LE DERNIER APPRENTI SORCIER 1

Les rivières de Londres

Du même auteur
aux Éditions J'ai lu

Dans la collection *Nouveaux Millénaires*

Le dernier apprenti sorcier :
1. Les rivières de Londres
2. Les lunes de Soho
3. Murmures souterrains

BEN AARONOVITCH

LE DERNIER APPRENTI SORCIER 1

Les rivières de Londres

Traduit de l'anglais
par Benoît Domis

Titre original :
RIVERS OF LONDON

À la mémoire de Colin Ravey,
parce que, pour certaines personnes,
un seul univers ne suffit pas.

Hélas ! pourquoi de leur destin
Apprendraient-ils quelle est la fin,
Puisque le bonheur fuit si vite
Et que trop tôt vient le malheur ?
La folie est le meilleur gîte
Où l'ignorance est le bonheur !

Thomas GRAY, *Sur une vue lointaine du collège d'Eton*

1. UN TÉMOIN IMPORTANT

Toute cette histoire commença un froid matin de janvier, à une heure et demie, quand Martin Turner, artiste de rue et, de son propre aveu, apprenti gigolo, trébucha sur un cadavre devant le portique ouest de l'église St Paul à Covent Garden. Martin, lui-même sérieusement éméché, crut d'abord qu'un des nombreux fêtards avait trouvé dans la Piazza un dortoir et des toilettes en plein air bien commodes. En vieux Londonien, Martin jeta un rapide coup d'œil au corps, afin de déterminer s'il avait affaire à un ivrogne, un cinglé ou un être humain en détresse – n'étant absolument pas exclu qu'il puisse être les trois à la fois. Ce dernier point explique en grande partie pourquoi les bons Samaritains ne se bousculent pas à Londres – à moins d'être amateur de sports extrêmes, comme le base-jump ou la lutte au corps à corps avec un crocodile. Martin, notant la qualité du manteau et des chaussures, venait de se décider pour un ivrogne quand il remarqua qu'il lui manquait la tête.

Comme Martin le souligna aux inspecteurs qui l'interrogèrent, s'il n'avait pas été lui-même en état d'ébriété, il aurait gaspillé un temps précieux à hurler et à courir dans tous les sens – surtout après s'être rendu compte qu'il se tenait dans une flaque de sang. Au lieu de cela, ivre et terrifié, Martin avait, avec une patience méthodique, composé le 999 et demandé la police.

Le chef de poste envoya le véhicule d'intervention rapide le plus proche et les premiers policiers arrivèrent sur place six minutes plus tard. Un des agents resta avec Martin – soudain dessoûlé – pendant que son collègue confirmait la présence d'un corps et que, toutes choses égales par ailleurs, il ne s'agissait probablement pas d'une mort accidentelle. Le crâne avait roulé six mètres plus loin, derrière l'une des colonnes néoclassiques du portique de l'église. Les policiers de l'équipe d'intervention firent leur rapport au centre de contrôle qui alerta la brigade criminelle de l'arrondissement ; l'officier de service, le plus jeune inspecteur de la brigade, se présenta une demi-heure plus tard : il lui suffit d'un seul regard à M. Sans-tête pour se résoudre à réveiller son patron. En réponse à cette initiative, toute la pompe et la majesté d'une enquête pour meurtre menée par la Police métropolitaine s'abattirent sur les vingt-cinq mètres de pavés séparant le portique de l'église et le bâtiment du marché. Le pathologiste certifia la mort, fit une première estimation de ce qui l'avait causée et emporta le corps pour l'autopsie. (Il y eut un bref délai, le temps de trouver un sac pour pièces à conviction assez grand pour la tête.) La police scientifique débarqua en force et, histoire de marquer efficacement son territoire, exigea que le périmètre de sécurité soit étendu jusqu'à inclure toute l'extrémité ouest de la Piazza. Pour ce faire, on avait besoin de plus de policiers en tenue sur le terrain, aussi l'inspecteur chargé de l'enquête appela-t-il le poste de Charing Cross et demanda s'ils avaient du monde sous la main. Lorsqu'il eut entendu les mots magiques – « heures supplémentaires » –, le capitaine se hâta d'aller sortir du lit tous ceux qui dormaient au foyer ce matin-là et leur apprit qu'ils venaient de se porter volontaires. Ainsi, le périmètre fut étendu, on fouilla les lieux, on confia de mystérieuses missions à des gardiens de la paix stagiaires et finalement, un peu après cinq heures, tout s'arrêta net. Le corps avait été évacué, les inspecteurs étaient partis et les gars de la scientifique admirent unanimement qu'il n'y avait plus rien à faire avant l'aube – trois heures plus tard. En attendant, il leur fallait juste quelques bonnes poires pour surveiller la scène de crime jusqu'à la relève.

C'est ainsi que je me retrouvai à Covent Garden, à six heures du matin, dans un vent glacial – et c'est à moi que revint de rencontrer le fantôme.

Peut-être ma vie n'aurait-elle pas été beaucoup moins intéressante et certainement bien moins dangereuse, si j'étais allé chercher du café à la place de Lesley May. Est-ce que ça aurait pu tomber sur n'importe qui, ou alors était-ce le destin ? Quand je réfléchis à ça, je trouve utile de citer mon père, dont la sagesse n'a jamais été prise en défaut : « Pourquoi les choses arrivent ? Putain, comment tu veux savoir ? »

Covent Garden est une grande place au cœur de Londres, avec le Royal Opera House à l'extrémité est, un marché couvert au centre et l'église St Paul à l'ouest. À une époque, il s'agissait des principales halles de la ville. Toutefois cette partie-là a déménagé au sud de la Tamise dix ans avant ma naissance. Cet endroit a vu passer le crime, la prostitution et le théâtre, mais aujourd'hui il attire avant tout les touristes. St Paul est connue comme l'« Église des Acteurs », pour ne pas la confondre avec la cathédrale du même nom, et a été construite par Inigo Jones en 1638. Figurez-vous que quand on fait le pied de grue par une nuit glaciale, on s'intéresse à toutes les sources de distraction, comme cette grande plaque d'information, remarquablement détaillée, accrochée sur le flanc de l'édifice. Par exemple, saviez-vous que la première victime recensée de la peste de 1665 – une épidémie qui s'est achevée par l'incendie de Londres – est enterrée dans son cimetière ? Après dix minutes passées à m'abriter de la bise, je n'étais pas près de l'oublier, moi.

La criminelle avait barré l'ouest de la Piazza en tirant du ruban aux entrées vers King Street et Henrietta Street, et le long de la façade du marché couvert. Je montais la garde devant l'église, où je pouvais me réfugier sous le portique, et Lesley May, agent de police stagiaire comme moi, surveillait le côté de la Piazza, où elle pouvait se protéger du vent à l'intérieur du marché.

Lesley était petite, blonde et toujours pleine d'entrain, même quand elle portait un gilet pare-balles. Nous avions suivi ensemble la formation de base à Hendon, avant d'être transférés à Westminster pour notre période d'essai. Nos relations étaient strictement professionnelles, même si je mourais d'envie de voir ce qu'elle cachait sous cet uniforme.

Parce que nous étions encore stagiaires, un policier expérimenté était resté pour nous encadrer – une mission dont il s'acquittait avec zèle depuis un café ouvert toute la nuit sur St Martin's Court.

Mon téléphone sonna. Il me fallut un moment pour le dénicher dans tout mon barda – gilet pare-balles, ceinture de service, matraque, menottes, émetteur-récepteur radio numérique et blouson réfléchissant, lourd, mais – Dieu merci – imperméable. Je décrochai enfin. C'était Lesley.

« Je vais chercher du café, dit-elle. Tu en veux un ? »

Je regardai en direction du marché couvert et la vis m'adresser un signe de la main.

« Tu me sauves la vie », dis-je en la suivant des yeux alors qu'elle se précipitait vers James Street.

Elle n'était pas partie depuis plus d'une minute quand j'aperçus une silhouette près du portique. Un homme de petite taille, dissimulé dans l'ombre de la plus proche colonne.

Je le saluai comme on nous l'avait enseigné à l'académie de police.

« Hé, vous ! dis-je. Qu'est-ce que vous fabriquez là ? »

La silhouette se retourna et j'eus la brève vision d'un visage pâle à l'expression interloquée. L'homme portait un costume miteux et démodé, avec gilet, montre de gousset et haut-de-forme bosselé. Je crus d'abord qu'il s'agissait d'un des artistes de rue autorisés à se produire sur la Piazza, mais il était un peu tôt pour ça.

« Approchez », dit-il en me faisant signe.

Je m'assurai que ma matraque télescopique était à portée de main et je me dirigeai vers lui. Les policiers sont censés impressionner la population, même quand celle-ci se montre coopérative. C'est pour cette raison que nous portons de grosses bottes et des casques pointus, mais quand j'arrivai plus près, je vis que l'homme était vraiment petit, un mètre cinquante maximum, chaussures aux pieds. Je résistai à l'envie de m'accroupir pour me tenir face à lui.

« J'ai tout vu, chef, dit l'homme. Une horreur, pour sûr. »

À Hendon, on n'arrête pas de nous le seriner : avant toute chose, obtenir un nom et une adresse. Je sortis mon calepin et mon stylo.

« Puis-je avoir votre nom, monsieur ?

— Bien sûr, chef. Nicholas Wallpenny. Ne me demandez pas comment ça s'écrit, parce que je n'ai jamais vraiment retenu mon alphabet.

— Vous êtes un artiste de rue ? demandai-je.

— On peut dire ça, répondit Nicholas. Jusqu'à présent, mes représentations se sont assurément limitées à la rue. Mais par une nuit aussi froide, je n'aurais rien contre un peu d'intériorité. Si vous voyez ce que je veux dire, chef. »

Un insigne était épinglé au revers de sa veste : un squelette en étain, saisi au milieu d'une cabriole. Ça faisait un rien goth pour un vieux cockney court sur pattes, mais Londres est connue comme la capitale mondiale des mélanges culturels les plus improbables. J'écrivis *Artiste de rue.*

« Je vous écoute, monsieur, dis-je. Racontez-moi ce que vous avez vu.

— J'ai vu des tas de choses, chef.

— Mais vous étiez bien là plus tôt ce matin ? »

Mes instructeurs avaient également été clairs sur ce point : ne jamais chercher à influencer les témoins. L'information ne doit circuler que dans un sens.

« Je suis là matin, midi et soir, dit Nicholas, qui n'avait visiblement pas suivi les mêmes cours que moi.

— Si vous avez été le témoin de quelque chose, peut-être que vous feriez mieux de venir au poste de police pour faire une déposition.

— Ça risque de poser un petit problème, vu que je suis mort. »

Je crus avoir mal entendu.

« Si vous vous inquiétez pour votre sécurité…

— Je ne m'inquiète plus de rien, chef. Ça va faire cent vingt ans que je suis mort.

— Si vous êtes mort, ne pus-je m'empêcher de demander, comment expliquez-vous qu'on se parle ?

— Vous devez être un peu médium. Comme la Palladino. » Il m'observa attentivement. « Vous tenez peut-être ça de votre père ? Un docker ou un marin, pas vrai ? C'est lui qui vous a donné ces beaux cheveux bouclés et ces lèvres ?

— Pouvez-vous prouver que vous êtes mort ?

— Tout ce que vous voudrez, chef », répondit Nicholas, et il avança dans la lumière.

Il était transparent, comme les hologrammes dans les films. En trois dimensions, bel et bien là, et complètement transparent. À travers lui, je voyais la tente blanche dressée par la police scientifique pour protéger la zone autour du corps.

D'accord, pensai-je, mais ce n'est pas parce que tu as perdu la boule que tu dois arrêter de te comporter en policier.

« Pouvez-vous me dire ce que vous avez vu ?

— J'ai vu le premier type, celui qu'a été tué, arriver depuis James Street. Un monsieur bien comme il faut, à l'allure martiale, habillé de couleurs vives, à la mode moderne. Une proie idéale, si vous voyez ce que je veux dire… » Nicholas marqua une pause pour cracher. Rien n'atteignit le sol. « Puis j'ai vu le deuxième type, le meurtrier, approcher tranquillement de l'autre côté, par Henrietta Street. Il n'était pas aussi bien sapé, avec son pantalon d'ouvrier et son ciré – il ressemblait à un pêcheur. Ils se sont croisés juste là. » Nicholas pointa du doigt un endroit à dix mètres du portique de l'église. « Je suppose qu'ils se connaissaient, parce qu'ils se sont salués de la tête, mais ils ne se sont pas arrêtés pour bavarder – ça se comprend, ce n'était pas vraiment une nuit pour traîner dehors.

— Alors, ils se sont croisés ? demandai-je, autant pour me permettre de combler mon retard dans ma prise de notes que pour clarifier un point. Et vous avez pensé qu'ils se connaissaient ?

— De simples relations, précisa Nicholas. Je ne dirais pas qu'ils étaient des amis intimes, surtout après ce qui s'est produit ensuite. »

Je lui demandai ce qui s'était passé.

« Eh bien, le deuxième type, l'assassin, il met un bonnet et une veste rouge, et il sort son bâton et, en silence et rapide comme l'éclair, il revient derrière l'autre et lui décolle la tête d'un coup bien net.

— Vous me faites marcher.

— Certainement pas, protesta Nicholas en faisant le signe de croix. Je le jure sur ma propre mort, et il n'est de serment plus sacré pour une pauvre ombre comme moi. C'était une vision horrible. La tête est tombée et le sang a jailli.

— Qu'a fait le tueur ?

— Eh bien, une fois son affaire réglée, il est reparti par New Row, rôder dans les bas-fonds », dit Nicholas.

New Row menait droit à Charing Cross Road, l'endroit idéal pour trouver un taxi, ou même un bus de nuit si l'horaire collait. Le meurtrier avait pu quitter le centre de Londres en moins de quinze minutes.

« Mais vous n'avez pas entendu le pire, chef, poursuivit Nicholas, qui n'avait visiblement pas l'intention de perdre son public. Le tueur avait quelque chose d'étrange.

— Ça vous va bien de dire ça : vous êtes un fantôme.

— Je sais d'autant mieux de quoi je parle, donc.

— Et qu'est-ce que vous avez vu ?

— L'assassin n'a pas fait que mettre un bonnet et enfiler une veste, il a aussi changé de visage, dit Nicholas. Si c'est pas étrange, ça… »

Quelqu'un m'appela. Lesley était de retour avec les cafés.

Nicholas se volatilisa pendant que je regardais ailleurs.

Je restai cloué sur place, à fixer l'endroit où il s'était tenu, jusqu'à ce que Lesley m'apostrophe de nouveau.

« Tu le veux ou pas, ton café ? » Traversant les pavés, je rejoignis Lesley, mon ange, qui m'attendait avec un gobelet en polystyrène à la main. « Il s'est passé quelque chose pendant mon absence ? » demanda-t-elle. Je bus mon breuvage à petites gorgées. Je ne trouvai tout simplement pas les mots pour expliquer que je venais de parler à un fantôme qui avait assisté à toute la scène.

Le lendemain, je me réveillai à onze heures – beaucoup plus tôt que je ne l'aurais souhaité. Lesley et moi avions été relevés à huit heures, et nous nous étions traînés jusqu'au foyer pour policiers célibataires où nous étions allés directement nous coucher – dans des lits séparés, malheureusement.

Loger dans la résidence rattachée au poste de police a ses avantages : c'est bon marché, près du boulot – et ce n'est pas l'appartement de vos parents. Au chapitre des inconvénients : partager son chez-soi avec des gens trop faiblement socialisés pour vivre parmi des êtres humains normaux et qui, d'ordinaire, portent des bottes bruyantes. La réclusion transforme l'ouverture du réfrigérateur en aventure palpitante, et les bottes donnent l'impression de se retrouver sous une avalanche à chaque relève.

J'étais allongé sur le petit lit étroit que me fournissait l'administration, les yeux fixés sur le poster d'Estelle que j'ai accroché sur le mur d'en face. Je me fiche de ce qu'on peut dire : on n'est jamais trop vieux pour se réveiller au côté d'une belle femme.

Je restai étendu pendant dix minutes, espérant que le souvenir de ma rencontre avec le fantôme s'effacerait, comme un rêve, mais il n'en était rien, aussi je me levai et pris une douche. Aujourd'hui était un jour important et je devais être au mieux de ma forme.

Contrairement à ce que pensent la plupart des gens, la Police métropolitaine est toujours une organisation prolétarienne qui, en tant que telle, refuse totalement la notion d'une classe d'officiers. Pour cette raison, chaque agent de police fraîchement sorti de l'académie se voit imposer deux années de période d'essai sur le terrain, dans les rues, comme un poulet ordinaire – sans distinction de diplôme. Rien ne forge autant le caractère que de se faire insulter, cracher ou vomir dessus par la population.

Vers la fin de cette phase, on commence à faire acte de candidature pour des postes dans les différents services, directions ou unités opérationnelles qui constituent les forces de police. La plupart des stagiaires vont poursuivre leur carrière comme policier en tenue dans un des commissariats d'arrondissement, et la hiérarchie de la Métro aime à souligner que décider de continuer à porter l'uniforme et accomplir un travail vital sur le pavé londonien est un choix positif en soi. La population a besoin d'une police à injurier, et sur laquelle cracher et vomir ; pour ma part, j'applaudis ces hommes et ces femmes assez courageux pour accepter de remplir ce rôle.

Ç'avait été la vocation de mon chef, l'inspecteur Francis Neblett. Il avait rejoint les rangs de la Métro au temps des dinosaures et avait rapidement gravi les échelons jusqu'à ce grade, avant de s'y épanouir au cours des trente années suivantes. C'était un type impassible, avec des cheveux bruns raides et ternes et un visage qui donnait l'impression d'avoir pris un coup du plat d'une pelle. Neblett était un flic à l'ancienne, au point de porter une vareuse par-dessus sa chemise blanche réglementaire quand il partait en patrouille avec « ses gars ».

Aujourd'hui, j'avais rendez-vous avec lui pour un entretien au cours duquel nous devions « discuter » de mes perspectives d'avenir. Théoriquement, cela faisait partie d'une démarche globale de développement des carrières qui devait se traduire par une issue positive, aussi bien pour moi que pour les forces de police. Après cette discussion, ma future affectation serait définitivement décidée – j'avais la très nette impression que ce que je voulais n'entrerait pas en ligne de compte.

Lesley me retrouva, toute pimpante – comment faisait-elle ? – dans la kitchenette sordide qu'utilisaient tous les occupants de mon étage. Il y avait du paracétamol dans un des placards – on est toujours certain d'en trouver dans un foyer de la police. Je pris deux comprimés que j'avalai directement avec un peu d'eau du robinet.

« M. Sans-tête a un nom, dit-elle alors que je préparais du café. William Skirmish, un type qui bosse dans les médias ; il vit à Highgate.

— Ils disent autre chose ?

— Les trucs habituels, dit Lesley. Un meurtre absurde, bla, bla, bla. Toute cette violence au cœur des villes, Londres n'est plus ce qu'elle était, bla, bla…

— … bla.

— Pourquoi tu es déjà levé ?

— J'ai mon entretien de carrière avec Neblett à midi.

— Bonne chance, alors. »

Je compris que les choses allaient mal tourner quand le capitaine Neblett m'appela par mon prénom.

« Dites-moi, Peter. Comment envisagez-vous votre carrière ? »

Je remuai sur ma chaise.

« Eh bien, monsieur, je me verrais bien à la PJ.

— Vous voulez devenir inspecteur ? »

Neblett avait porté l'uniforme durant toute sa carrière ; il avait donc à peu près autant de considération pour les policiers en civil que la population pour les fonctionnaires des impôts. Ils étaient sans doute un mal nécessaire, mais de là à les laisser épouser votre fille…

« Oui, monsieur.

— Pourquoi vous limiter à la PJ ? demanda-t-il. Pourquoi ne pas vous laisser tenter par une unité spécialisée ? »

Parce que ça ne se fait pas, pas quand vous êtes encore en période d'essai ; vous ne dites pas que vous voulez intégrer une brigade volante ou la police criminelle et vous pavaner dans une bagnole puissante en portant des chaussures sur mesure.

« Je pensais commencer par le bas de l'échelle et gravir les échelons petit à petit.

— C'est une attitude très raisonnable. »

Il me vint soudain une pensée horrible. Et s'ils décidaient de m'affecter à Trident ? C'était l'unité en charge des crimes par arme à feu dans la communauté noire. Trident était toujours à l'affût de policiers noirs pour des missions d'infiltration terriblement dangereuses ; en tant que métis, je remplissais les conditions requises. Je suis persuadé qu'ils font un boulot du tonnerre, mais c'est juste que je ne me sens pas à la hauteur. Un homme doit connaître ses limites, et je me voyais mal déménager à Peckham et traîner avec des truands jamaïquains, des petits durs dont la haine englobait tout ce qui avait le malheur de vivre deux rues plus loin, et ces gosses blancs et maigres qui ne comprenaient pas l'ironie dans les paroles d'Eminem.

« Je n'aime pas le rap, monsieur. »

Neblett hocha lentement la tête. « C'est bon à savoir. »

J'allais devoir apprendre à la fermer.

« Peter, au cours des deux dernières années, je me suis fait une opinion très positive de votre intelligence et de votre endurance au travail.

— Merci, monsieur.

— Et je n'oublie pas votre formation scientifique. »

Je ne m'étais pas trop mal débrouillé au bac en maths, physique et chimie. Ceci n'est considéré comme une formation scientifique qu'en dehors de la communauté scientifique. Ça n'avait d'ailleurs pas suffi pour m'envoyer à l'université que je convoitais.

« Vous êtes très doué pour exprimer vos pensées noir sur blanc », ajouta Neblett.

Je sentis une boule de déception glacée croître au creux de mon estomac. Je savais exactement quelle horrible affectation la Métro avait prévue pour moi.

« Nous aimerions que vous réfléchissiez à un poste au sein de l'Office des affaires en cours », annonça Neblett.

L'existence de l'Office des affaires en cours repose sur une théorie très valable. Selon une idée bien établie, les policiers croulent sous la paperasse : les suspects doivent être entrés dans le système, la chaîne de possession des pièces à conviction rester ininterrompue et le code de procédure suivi à la lettre. Le rôle de l'OAC est de s'acquitter de ces corvées à la place du policier surmené, de manière que celui-ci puisse retourner dans les rues pour se faire insulter, cracher et vomir dessus. Ainsi, avec un flic à chaque coin de rue, le crime sera vaincu et nos concitoyens lecteurs du *Daily Mail* pourront vivre en paix.

La vérité, c'est que toutes ces tâches administratives ne sont pas si pénibles – n'importe quelle intérimaire un tant soit peu compétente pourrait s'en charger en moins d'une heure et encore avoir le temps de se faire les ongles. Le problème, c'est que, pour faire un bon flic, il ne faut pas hésiter à se montrer et ne pas se laisser intimider ; un vrai flic se rappellera ce qu'un témoin a déclaré la veille pour le confondre le lendemain, il se précipitera vers l'origine d'un cri qu'il a entendu, il gardera son calme en ouvrant un colis suspect. Rien n'interdit de faire les deux, mais ce n'est pas très fréquent. Neblett était en train de me dire que je n'étais pas un vrai flic – pas du genre à attraper les voleurs –, mais que je pourrais être utile en faisant gagner du temps à ces derniers. J'avais la certitude déplaisante que j'entendrais ce mot précis – « utile » – avant la fin de l'entretien.

« J'espérais une affectation où je puisse faire preuve d'un peu plus d'initiative, monsieur.

— Rien ne vous l'interdit. Et vous seriez utile à la police. »

En règle générale, les policiers n'ont pas besoin d'une excuse pour aller au pub, mais l'une des nombreuses non-excuses qu'ils invoquent est la traditionnelle beuverie de fin de période d'essai au cours de laquelle les anciens font rouler sous la table les jeunes recrues. C'est ainsi qu'on nous traîna, Lesley et moi, de l'autre côté du Strand, jusqu'au *Roosevelt Toad*, où l'on remplirait nos verres jusqu'à ce que nous ne soyons plus capables de nous tenir debout. C'était l'idée, en tout cas.

« Comment ça s'est passé ? demanda Lesley malgré le brouhaha régnant dans le pub.

— Mal, criai-je en retour. Office des affaires en cours. »

Lesley fit la grimace.

« Et toi ?

— Je ne veux pas te le dire. Ça va te mettre en rogne.

— Vas-y, dis-je. Au point où j'en suis…

— Affectation temporaire à la police criminelle. »

C'était du jamais vu. « En tant qu'inspecteur ?

— En tant qu'agent en civil. C'est une grosse affaire et ils sont en manque d'effectif. »

Elle avait raison. J'étais en rogne.

Après ça, la soirée tourna à l'aigre. Je fis bonne figure pendant deux heures, mais je déteste les gens qui s'apitoient sur leur sort – surtout quand il s'agit de moi –, alors je sortis avec l'intention de rester sous la pluie – à défaut de plonger la tête dans un seau d'eau froide.

Malheureusement, il avait cessé de pleuvoir, aussi me contentai-je de laisser l'air glacial me dessoûler.

Lesley me rejoignit vingt minutes plus tard.

« Mets ton manteau, enfin ! lança-t-elle. Tu vas attraper la mort.

— Il fait froid ?

— Je savais que tu le prendrais mal. »

J'enfilai mon manteau. « Tu en as déjà parlé à ta tribu ? »

En plus de sa mère, de son père et de sa grand-mère, Lesley avait ses cinq sœurs aînées qui vivaient toutes dans un rayon de cent mètres autour de la maison familiale à Brightlingsea. Je les avais rencontrés une fois, quand ils étaient venus à Londres faire des courses – une véritable expédition. Sa tribu était bruyante au point de constituer à elle seule une atteinte à l'ordre public, ce qui lui aurait probablement valu une escorte de la police si elle ne nous avait pas déjà eus, Lesley et moi.

« Cet après-midi, dit-elle. Ils étaient ravis. Même Tanya, et elle ne se rend pas vraiment compte de ce que cela représente pour moi. Et toi, tu l'as annoncé à tes parents ?

— Leur annoncer quoi ? demandai-je. Que je vais travailler dans un bureau ?

— Il n'y a pas de mal à ça.

— Je veux juste être un flic.

— Je sais, dit Lesley. Mais pourquoi ?

— Pour me rendre utile à la communauté, expliquai-je. En aidant à attraper les méchants.

— Rien à voir avec le prestige de l'uniforme, alors ? Ou la satisfaction de passer les bracelets à un malfrat que tu viens de pincer ?

— Je veux contribuer au maintien de la paix de la reine. Faire triompher l'ordre sur le chaos. »

Elle secoua tristement la tête. « Qu'est-ce qui te fait croire qu'il y a un ordre ? Et tu es déjà sorti en patrouille un samedi soir. Ça ressemble à ça la paix de la reine, d'après toi ? »

Je voulus m'appuyer nonchalamment contre un réverbère, mais je manquai ma cible en chancelant, ce que Lesley sembla trouver bien plus amusant qu'elle n'aurait dû. Elle s'assit sur le pas de la porte d'une librairie Waterstone pour reprendre son souffle.

« D'accord, dis-je. Pourquoi ils t'ont choisie et pas moi ?

— Parce que je suis vraiment douée pour ce boulot.

— Tu n'es pas un si bon flic que ça.

— Mais si. Pour être franche, je suis même vachement bonne.

— Et moi, alors ?

— Tu te laisses trop facilement distraire.

— C'est faux.

— Souviens-toi : la Saint-Sylvestre, Trafalgar Square, la cohue, et une bande de branleurs en train de pisser dans la fontaine ; ça te revient ? demanda Lesley. Les choses dégénèrent et les branleurs commencent à s'agiter. Et toi, qu'est-ce que tu faisais pendant ce temps-là ?

— Je me suis seulement absenté quelques secondes.

— Tu essayais de lire ce qui était écrit sur le cul du lion. Je me colletais deux racailles complètement bourrées et toi, tu donnais dans la recherche historique.

— Tu veux savoir ce que ça disait ?

— Non, dit Lesley, je me fiche de savoir ce qu'il y a d'écrit sur le cul du lion, ou comment on effectue un siphonnage, ou encore pourquoi un côté de Floral Street a cent ans de plus que l'autre.

— Tu ne trouves rien de tout ça intéressant ?

— Pas quand je me coltine des vauriens, que je poursuis des voleurs de voitures ou que je suis appelée sur les lieux d'un accident mortel. Je t'aime bien, je pense que tu es un brave type, mais tu ne vois pas le monde comme un flic le devrait – c'est comme si tu voyais des choses qui ne sont pas là.

— Par exemple ?

— Je ne sais pas. Moi j'en suis incapable.

— Ça peut être un talent utile chez un policier », protestai-je.

Lesley s'étrangla de rire.

« C'est vrai, insistai-je. La nuit dernière, pendant que tu étais distraite par ta dépendance à la caféine, j'ai parlé à un témoin oculaire qui n'était pas physiquement présent sur les lieux.

— Qui n'était pas physiquement présent, répéta Lesley.

— J'anticipe déjà ta question : comment est-ce possible ?

— Je te la pose.

— Mon témoin est un fantôme. »

Lesley me regarda fixement pendant un moment. « J'aurais plutôt choisi l'explication du contrôleur des caméras de surveillance.

— Hein ?

— Le gars de la vidéosurveillance qui a assisté au meurtre, expliqua-t-elle. Mais j'aime bien ton histoire de fantôme.

— J'ai interrogé un fantôme.

— Arrête de te foutre de moi. »

J'entrepris donc de lui raconter ma rencontre avec Nicholas Wallpenny, son témoignage sur l'assassin qui avait changé de vêtements avant de frapper ce pauvre… « Comment s'appelait la victime, déjà ?

— William Skirmish. On en a parlé aux infos.

— … avant de frapper ce pauvre William Skirmish et de lui faire sauter la tête des épaules.

— Ça, on n'en a pas parlé aux infos, observa Lesley.

— La police criminelle préfère probablement garder ce détail pour elle. Pour écarter les déclarations fantaisistes.

— Et ton témoin est un fantôme ? fit Lesley.

— Oui. »

Lesley se leva, tangua un peu et fixa de nouveau son regard sur moi. « Tu crois qu'il est toujours là ? » demanda-t-elle.

L'air frais me faisait enfin dessoûler. « Qui ?

— Ton fantôme, dit-elle. Nicholas Nickelby. Il est peut-être toujours sur la scène de crime, qu'est-ce que tu en penses ?

— Comment veux-tu que je le sache ? Je ne crois même pas aux fantômes.

— Allons voir s'il est là. Si je le vois moi aussi, ça corrobo… coborror… ça confirmera que tu n'as pas rêvé.

— D'accord. »

Nous remontâmes King Street, bras dessus bras dessous, en direction de Covent Garden.

Cette nuit-là, Nicholas le fantôme se distingua par son absence. Nous commençâmes par le portique de l'église où je l'avais vu et, parce que, même bourrée, Lesley était un flic consciencieux, nous effectuâmes une recherche méthodique autour de tout le périmètre.

« Des frites, proposa Lesley après notre deuxième tour. Ou un kebab.

— Peut-être qu'il n'ose pas se montrer quand je suis avec quelqu'un d'autre.

— Peut-être qu'il n'est pas de service ce soir.

— Et merde. Kebab.

— Tu feras du bon boulot à l'Office des affaires en cours. Et tu pourras…

— Si tu dis "être utile", je ne réponds plus de mes actes.

— J'allais dire "contribuer à changer les choses". Tu pourrais toujours t'expatrier – en Amérique. Je parie que le FBI t'accueillerait à bras ouverts.

— Qu'est-ce qui te fait dire ça ?

— Il pourrait t'utiliser comme sosie d'Obama.

— Rien que pour ça, les kebabs sont pour ta pomme. »

Mais comme nous étions trop nases même pour aller manger un kebab, nous sommes directement rentrés au foyer où Lesley négligea totalement de m'inviter dans sa chambre. J'étais à ce stade d'ébriété où, étendu sur son lit dans le noir avec la pièce qui tourne autour de soi, on se pose des questions quant à la nature de l'univers et on se demande si on parviendra à atteindre le lavabo avant de vomir.

Demain était mon dernier jour de congé ; si je n'arrivais pas à prouver que ma capacité à voir des choses qui n'étaient pas là était une compétence vitale pour un policier moderne, j'étais bon pour un poste au sein de l'Office des affaires en cours.

« Je suis désolée pour la nuit dernière », dit Lesley.

Comme aucun de nous n'était d'attaque pour faire face aux horreurs de la kitchenette ce matin-là, nous avions trouvé refuge dans la cantine du foyer. Le personnel en cuisine était un mélange de Polonaises trapues et de Somaliens malingres, mais par l'effet d'une curieuse inertie institutionnelle, on y servait une nourriture classique de gargote anglaise, du mauvais café et du thé chaud et sucré dans de grandes tasses. Lesley mangeait un petit-déjeuner complet ; je me contentais d'un thé.

« Pas grave. C'est toi qui as raté quelque chose – moi, je l'ai déjà vu.

— Je ne parle pas de *ça*, dit Lesley, et elle me tapa sur la main du plat de son couteau. Je m'en veux pour ce que je t'ai dit sur tes qualités de policier.

— Ne t'en fais pas. J'ai bien pris en compte tes remarques et, après mûre réflexion, je me sens prêt à aborder mes objectifs de développement de carrière de façon diligente, proactive mais, par-dessus tout, créative.

— Qu'est-ce que tu comptes faire ?

— Je vais pirater HOLMES pour voir si mon fantôme a dit vrai. »

Chaque poste de police dans le pays a au moins une salle HOLMES, la base de données qui permet à des flics fâchés avec l'informatique de mettre un pied dans le XXe siècle. Pour le XXIe, on verra plus tard.

Tout ce qui a un rapport avec une enquête majeure est conservé dans le système ; les inspecteurs peuvent donc croiser les informations et éviter le genre de bavures qui ont fait de la traque de l'éventreur du Yorkshire une opération aussi exemplaire. La nouvelle version du logiciel devait s'appeler SHERLOCK, mais personne n'a réussi à trouver les mots pour faire un acronyme valable. Alors, ils l'ont baptisée HOLMES 2.

En théorie, bien que HOLMES 2 soit accessible depuis un ordinateur portable, la Police métropolitaine aime garder son personnel devant des terminaux fixes – impossible de les oublier dans le train ou de les mettre au clou. Quand survient une investigation majeure, les terminaux peuvent être transférés de la salle HOLMES au bureau des enquêteurs situé ailleurs dans le poste de police. Lesley et moi aurions pu pénétrer furtivement dans la salle HOLMES, mais plutôt que de courir le risque d'être surpris, je préférai brancher mon PC à une prise réseau de l'une des pièces de travail vides pour travailler dans de bonnes conditions et en toute sécurité.

J'avais suivi un enseignement de base sur HOLMES 2 trois mois plus tôt. À l'époque, croyant qu'on me préparait à jouer un rôle dans des enquêtes importantes, j'en avais conçu une excitation folle, mais je comprends à présent qu'on me formait à la saisie de données. Il me fallut moins d'une demi-heure pour trouver le dossier de l'affaire de Covent Garden. Les gens font souvent preuve de négligence dans le choix de leur mot de passe, et le capitaine Neblett s'était servi du prénom de sa fille cadette et de sa date de naissance, ce qui est tout bonnement criminel. J'accédai donc, uniquement en lecture, aux fichiers qui nous intéressaient.

L'ancien système ne savait pas gérer les gros fichiers, mais comme HOLMES 2 n'avait que dix ans de retard sur ce qui se faisait de mieux en matière d'informatique, les inspecteurs avaient maintenant la possibilité d'ajouter des documents – photos de pièces à conviction, rapports numérisés et même des images de vidéosurveillance. Une sorte de YouTube pour les flics.

Les enquêteurs à qui avait été confié le meurtre de William Skirmish n'avaient pas perdu de temps pour récupérer ce que les caméras de vidéosurveillance avaient enregistré cette nuit-là – c'était leur meilleure chance d'identifier l'assassin. Je téléchargeai immédiatement ce volumineux fichier.

D'après le rapport, la caméra était montée à l'angle de James Street, orientée vers l'ouest. Le film était de mauvaise qualité, mal éclairé, rafraîchi une fois par seconde. Mais en dépit de l'obscurité, on voyait clairement William Skirmish, traversant le champ et marchant en direction de Henrietta Street.

« Voilà notre suspect », déclara Lesley en le montrant du doigt.

Une autre silhouette, qui venait de se manifester – probablement un homme, vêtu d'un jean et d'un blouson en cuir, difficile d'en dire plus –, passa à côté de William Skirmish et disparut au bas de l'écran. D'après les notes des enquêteurs, il s'agissait du « TÉMOIN A ».

Le contour d'une troisième personne apparut, s'éloignant de la caméra. Je cliquai sur pause.

« Ça n'a pas l'air d'être le même type », observa Lesley.

Certainement pas. On aurait pu croire qu'il portait un bonnet de Schtroumpf et ce que je reconnus comme une veste d'intérieur style 1900 – ne me demandez pas pourquoi je sais à quoi ressemble une veste d'intérieur style 1900 : disons simplement que ça a quelque chose à voir avec *Doctor Who* et restons-en là. Nicholas avait déclaré qu'elle était rouge, mais l'image de la CCTV était en noir et blanc. Je cliquai pour revenir en arrière de quelques images, puis de nouveau en avant. La première silhouette, TÉMOIN A, quittait la vue numéro un, deux images avant que l'homme au bonnet de Schtroumpf fasse son entrée.

« Ça laisse deux secondes pour se changer, dit Lesley. Ça n'est pas humainement possible. »

Je cliquai pour avancer. L'homme au bonnet de Schtroumpf avait sorti sa batte et approchait vivement derrière William Skirmish. On ne le voyait pas lever son arme – cette partie-là s'était déroulée entre deux images. Mais dans la suivante, le corps de Skirmish était en train de tomber sur le sol et une petite tache sombre – d'après nous, il s'agissait vraisemblablement de la tête – était à peine visible, près du portique.

« Mon Dieu. Il lui a vraiment décollé la tête, bien proprement », commenta Lesley.

Comme l'avait affirmé Nicholas.

« *Ça*, c'est quelque chose qui n'est pas humainement possible, dis-je.

— Tu as déjà vu une tête rouler. J'étais là, tu l'as oublié ?

— C'était un accident de voiture. On parle d'une batte là, pas de deux tonnes de métal.

— Oui, fit Lesley, tapotant l'écran du doigt. Pourtant, c'est bien ce qu'on voit ici.

— Il y a quelque chose qui cloche.

— C'est un meurtre horrible, ça ne te suffit pas ? »

Je cliquai en arrière jusqu'à l'entrée en scène de Bonnet de Schtroumpf. « Tu vois une batte quelque part ?

— Non, dit Lesley. Ses deux mains sont visibles. Peut-être qu'il la cache dans son dos ? »

Je cliquai pour avancer d'une image, et la batte apparut dans la main de Bonnet de Schtroumpf, comme par magie, mais cela venait peut-être du décalage d'une seconde entre chaque image. Là non plus, quelque chose ne collait pas.

« C'est bien trop gros pour être une batte de base-ball », dis-je.

Elle faisait au moins les deux tiers de la taille de l'homme qui la brandissait. Je revins en arrière et en avant plusieurs fois, mais impossible de comprendre comment il avait fait pour la dissimuler.

« Peut-être qu'il aime parler doucement[1], dit Lesley.

— Où est-ce qu'on peut bien acheter une batte aussi longue ?

— Chez Mille Battes ? Au Palais de la Batte ?

— Essayons de mieux distinguer son visage.

— Grosses Battes ? »

Je l'ignorai et cliquai pour avancer. Le meurtre prit moins de trois secondes, trois images : un, la batte qui s'élevait, deux, le coup lui-même, et trois, la fin du mouvement circulaire. Sur l'image d'après, Bonnet de Schtroumpf était à moitié retourné, de trois quarts, révélant un menton en galoche et un nez crochu proéminent. Ensuite, la caméra le suivit, alors qu'il repartait par où il était venu, avec désinvolture et sans se presser, pour autant que les images tremblotantes permettaient d'en juger. La batte disparut deux images après le meurtre – à nouveau, sans que je puisse voir où elle était passée.

Je me demandai s'il était possible d'améliorer la résolution des visages et commençai à chercher une fonction graphique à cet effet.

« Idiot, tu crois que les enquêteurs n'y ont pas pensé ? »

Elle avait raison. Le film était accompagné de liens vers des photos retravaillées de William Skirmish, TÉMOIN A, et de l'assassin au bonnet de Schtroumpf.

---

1. Référence à un proverbe africain, « Parle doucement et porte un gros bâton », repris par Roosevelt pour expliquer la politique étrangère des États-Unis. *(Toutes les notes sont du traducteur.)*

Contrairement à ce qui se passe dans les séries télé, il y a une limite à la qualité d'un gros plan qu'on peut tirer d'une bonne vieille bande vidéo. Le numérique n'accomplit pas de miracles – si l'information n'est pas là, elle n'est pas là. Un technicien avait tout de même fait de son mieux et, bien que tous les visages fussent flous, il était au moins incontestable que nous avions affaire à trois personnes différentes.

« Il porte un masque, dis-je.

— N'importe quoi. Tu es vraiment désespéré, mon pauvre.

— Regarde ce menton et ce nez, dis-je. Personne n'a un visage comme ça. »

Lesley pointa du doigt un commentaire joint à l'image. « Apparemment, les enquêteurs sont de ton avis. » Une liste d'« actions » à entreprendre était associée au dossier. Parmi elles figurait – tout en bas de la liste – une visite aux costumiers, aux théâtres et aux loueurs de déguisements locaux, à la recherche de masques.

« Ah ! triomphai-je. Tu vois que ça pourrait être la même personne.

— Capable de se changer en moins de deux secondes ? Je t'en prie. »

Comme tous les fichiers de pièces à conviction étaient liés, je vérifiai si les enquêteurs avaient réussi à repérer le TÉMOIN A au moment où il quittait la scène de crime. Ce n'était pas le cas, mais à en croire la liste des actions à entreprendre, c'était devenu une priorité. Je sentais qu'on allait avoir droit à une conférence de presse et à un appel à témoin. *La police souhaiterait s'entretenir avec…* Je les entendais déjà.

Les caméras avaient suivi Bonnet de Schtroumpf tout le long de New Row, confirmant les dires de Nicholas, mais le suspect avait échappé au réseau de surveillance dans St Martin's Lane. Toujours selon la liste des « actions », la moitié de l'équipe chargée de l'enquête passait au peigne fin les rues avoisinantes à la recherche de témoins et d'indices potentiels.

« Non, dit Lesley, lisant dans mes pensées.

— Nicholas...

— Nicholas le fantôme.

— Nicholas le déficient corporel, rectifiai-je, avait raison sur toute la ligne : l'approche du meurtrier, la méthode employée pour l'attaque et la cause de la mort. Il avait aussi vu juste sur l'itinéraire emprunté par notre homme pour s'enfuir ; et dans notre chronologie, le TÉMOIN A n'est jamais visible en même temps que Bonnet de Schtroumpf.

— Bonnet de Schtroumpf ?

— Le suspect, expliquai-je. Je dois en informer les enquêteurs.

— Et qu'est-ce que tu comptes dire à l'inspecteur responsable de l'affaire ? demanda Lesley. "J'ai rencontré un fantôme qui m'a juré que le TÉMOIN A a mis un masque avant de commettre ce meurtre" ?

— Non, je vais lui dire que j'ai été approché par un témoin potentiel qui, bien qu'ayant quitté la scène de crime avant que j'aie eu le temps de noter son nom et son adresse, est à l'origine de plusieurs pistes intéressantes qui pourraient contribuer au succès de l'enquête. »

Lesley se tourna vers moi. « Et ainsi, tu espères éviter l'Office des affaires en cours ?

— Ça vaut le coup d'essayer.

— Ça n'est pas suffisant. Premièrement : ils travaillent déjà sur la piste du TÉMOIN A, y compris sur l'hypothèse du masque. Deuxièmement : tu aurais pu obtenir toutes ces informations simplement en regardant la vidéo.

— Ils ne sauront pas que j'ai eu accès à la vidéo.

— Peter. Ça montre quelqu'un qui se fait décapiter d'un coup de bâton. Ça aura fait le tour du Web avant la fin de la journée, peut-être même l'ouverture du journal télévisé.

— Alors, ça donnera encore plus de pistes.

— Tu vas partir à la recherche de ton fantôme ?

— Tu m'accompagnes ?

— Non, dit Lesley. Parce que demain est le jour le plus important du reste de ma carrière ; alors, je vais me coucher tôt, avec un chocolat chaud et mon exemplaire du Blackstone[1].

— Tant mieux. Je pense que tu l'as effrayé la nuit dernière. »

Tout bon chasseur de fantômes doit être muni de sous-vêtements Thermolactyl – très important –, d'un manteau bien chaud et d'une thermos. Il lui faut aussi de la patience, sans oublier le principal : un fantôme.

Je me dis assez tôt que c'était probablement la chose la plus stupide que j'avais jamais faite. Vers vingt-deux heures, je pris position à la terrasse d'un café et attendis que la foule se disperse. Après la fermeture du bistro, je m'approchai d'un pas nonchalant du portique de l'église et je continuai à poireauter.

La température découragea les ivrognes de se battre à la sortie des pubs. À un moment, je vis une douzaine de femmes portant des t-shirts roses trop grands, des oreilles de lapin et des talons hauts – une soirée entre copines. Leurs jambes pâles étaient marbrées par le froid. L'une d'elles m'aperçut.

« Tu ferais mieux de rentrer, me lança-t-elle. Il ne viendra plus. »

1. *Blackstone's Police Investigators' Manual and Workbook* : manuel étudié par tous les élèves inspecteurs de la police britannique.

Ses amies éclatèrent de rire. J'entendis l'une d'elles se plaindre que « les mecs les plus canon sont tous gays ».

Cette pensée me trottait dans la tête quand je vis un homme qui me regardait, de l'autre côté de la Piazza. Avec la prolifération des pubs, des night-clubs et des forums gays, un homme du monde esseulé n'est plus obligé de fréquenter les toilettes publiques et les cimetières par des nuits glaciales pour rencontrer le compagnon d'un soir qui saura satisfaire ses besoins immédiats. Pourtant, certaines personnes aiment prendre le risque d'exposer leurs parties intimes à des engelures – allez comprendre pourquoi.

Il mesurait à peu près un mètre quatre-vingts et portait un costume magnifiquement coupé qui soulignait la largeur de ses épaules et sa taille mince. La quarantaine, songeai-je. Des traits allongés, l'ossature fine et des cheveux bruns partagés par une raie sur le côté, à l'ancienne. C'était difficile à dire dans la lumière des lampes à vapeur de sodium, mais ses yeux me paraissaient gris. Il tenait une canne à pommeau en argent et je sus, sans même regarder, que ses chaussures étaient cousues main. Il ne lui manquait qu'un mignon un peu exotique pour que j'appelle la police des stéréotypes.

Quand il approcha nonchalamment pour me parler, je crus qu'il était précisément à la recherche du mignon en question.

« Bonsoir », dit-il. Il s'exprimait avec l'accent d'un méchant anglais dans un film hollywoodien. « Qu'est-ce que vous complotez ? »

Je décidai de tenter ma chance avec la vérité. « Je chasse les fantômes.

— Intéressant, dit-il. Un fantôme en particulier ?

— Nicholas Wallpenny.

— Puis-je avoir votre nom et votre adresse ? »

Aucun Londonien ne répond à cette question sans résister. « Je vous demande pardon ? »

Il glissa la main dans sa veste et en sortit son portefeuille. « Inspecteur divisionnaire Thomas Nightingale, dit-il en me montrant sa carte de police.

— Agent Peter Grant, me présentai-je.

— Du poste de police de Charing Cross ?

— Oui, monsieur. »

Il me fit un sourire bizarre.

« Eh bien, je ne vous dérange pas plus longtemps, agent Grant », dit-il, et il repartit vers James Street.

Je venais d'affirmer à un inspecteur divisionnaire de la Police métropolitaine que je chassais les fantômes. Soit il m'avait cru et il devait penser que j'étais complètement cinglé. Soit il ne m'avait pas cru, et il était probablement persuadé que je draguais dans les toilettes communes et que je me préparais à perpétrer un acte obscène contraire à l'ordre public.

Et le spectre que j'attendais n'avait pas daigné se montrer.

Vous avez déjà fugué ? Moi oui, à deux reprises. La première fois, j'avais neuf ans, et je suis allé jusqu'au magasin Argos, sur Camden High Street ; la deuxième, je suis arrivé à la gare d'Euston et je me tenais devant le tableau des départs lorsque j'ai rebroussé chemin. En ces deux occasions, personne ne m'a retrouvé ou sauvé ou ramené chez moi ; en fait, quand je suis rentré à la maison, je ne pense pas que ma mère ait seulement remarqué mon absence. Je sais que mon père ne s'est rendu compte de rien.

Ces deux aventures se sont terminées de la même façon – par la prise de conscience qu'au final, quoi qu'il advienne, j'allais devoir retourner chez mes parents. Du haut de mes neuf ans, le magasin Argos représentait la frontière du monde tel que je le connaissais. Au-delà, il y avait le métro et un grand bâtiment avec des statues de chats et, encore après, d'autres routes et des trajets en bus qui menaient à des bars en sous-sol, tristes et vides, et qui empestaient la bière.

À quatorze ans, j'étais déjà plus raisonnable. Je ne connaissais personne dans ces villes affichées sur les tableaux des départs et je doutais qu'elles fussent plus accueillantes que Londres. Je n'avais probablement pas assez d'argent pour pousser plus loin que Potters Bar, et même si je parvenais à voyager à l'œil, comment allais-je manger une fois arrivé ? J'avais sur moi de quoi me payer trois repas, après quoi je n'aurais plus qu'à rentrer chez maman et papa. En ne remontant pas immédiatement dans le bus, je ne faisais que retarder l'inévitable.

C'est exactement ce que je ressentis à Covent Garden à trois heures du matin. Je sentis toutes mes perspectives de carrière s'effondrer pour se réduire à une seule possibilité, un avenir auquel je ne pouvais pas échapper. Je ne conduirais pas de voiture puissante ni ne passerais les bracelets aux truands. Je travaillerais pour l'Office des affaires en cours et me montrerais « utile ».

Je me mis en route en direction du poste de police.

Au loin, je crus entendre quelqu'un qui riait.

2. UN CHIEN CHASSEUR DE FANTÔMES

Le lendemain matin, Lesley me demanda comment s'était déroulée ma chasse au fantôme. Nous traînions devant le bureau de Neblett, lieu où le verdict fatal allait tomber. Personne ne nous avait appelés, mais aucun de nous ne souhaitait prolonger l'agonie.

« Il y a pire que l'Office des affaires en cours », dis-je.

Nous méditâmes cela pendant un moment.

« Ils pourraient te mettre à la police de la route, fit observer Lesley. Ça, c'est pire que l'OAC.

— Ça dépend : tu conduis de belles bagnoles. BMW série 5, Mercedes classe M.

— Tu sais quoi, Peter ? Tu es vraiment quelqu'un de superficiel. »

J'étais sur le point de protester, quand Neblett émergea de son bureau. Il ne parut pas surpris de nous voir. Il tendit une lettre à Lesley, qui sembla curieusement réticente à l'ouvrir.

« Ils vous attendent à Belgravia, dit Neblett. Filez. »

Belgravia, quartier de Westminster, abrite les locaux de la brigade criminelle. Lesley me salua d'un petit signe de la main nerveux, se retourna et s'éloigna en sautillant dans le couloir.

« Elle fera un bon flic de terrain, comme je les aime. » Puis Neblett me regarda et fronça les sourcils. « Alors que vous… Qu'est-ce que je vais bien pouvoir faire de vous ?

— M'affecter à un poste où je saurai faire preuve d'initiative et me rendre utile, monsieur, dis-je.

— Petit malin, va. » Neblett me donna, non pas une enveloppe, mais un bout de papier. « Vous allez travailler avec l'inspecteur principal Thomas Nightingale. » Y figuraient le nom et l'adresse d'un restaurant japonais de New Row.

« Dans quel service ? demandai-je.

— Répression des fraudes, pour autant que je le sache, dit Neblett. Ils vous veulent en civil, alors ne perdez pas de temps. »

Le Service de la répression des fraudes était une direction fourre-tout incluant un grand nombre d'unités spécialisées dans des domaines aussi différents que le trafic d'antiquités, l'immigration ou la cybercriminalité. Le point important était que l'Office des affaires en cours n'en faisait pas partie. Je partis sans demander mon reste avant qu'il change d'avis, mais je tiens à souligner qu'à aucun moment je ne me mis à sautiller, moi.

New Row était une rue piétonne étroite située entre Covent Garden et St Martin's Lane, avec un Tesco à une extrémité et les théâtres de St Martin's Lane à l'autre. *Tokyo A Go Go* était l'équivalent d'un fast-food à la japonaise, coincé entre une galerie d'art et un magasin de sport pour femmes. L'intérieur, tout en longueur et à peine assez large pour deux rangées de tables, jouissait d'un décor minimaliste : parquet ciré, mobilier en bois laqué, angles droits et papier de riz.

J'aperçus Nightingale assis au fond, dégustant le contenu d'une boîte bentō laquée noire. Il se leva pour me saluer et me serra la main. Quand je pris place en face de lui, il me demanda si j'avais faim. Je déclinai son invitation. J'étais nerveux, et j'ai pour règle de ne jamais avaler de riz froid l'estomac agité. Il commanda du thé, et voulut savoir si je voyais un inconvénient à ce qu'il continue à manger.

Je lui dis que non, et il se remit à extraire de la nourriture de sa boîte bentō à petits coups de baguettes rapides.

« Il est revenu ? demanda Nightingale.

— Qui ça ?

— Votre fantôme, dit Nightingale. Nicholas Wallpenny : rôdeur, détrousseur d'ivrognes et chapardeur. Originaire de la paroisse de St Giles. Pouvez-vous hasarder une hypothèse sur l'endroit où son corps repose ?

— Dans le cimetière de l'Église des Acteurs ?

— Très bien, dit Nightingale, et il saisit un rouleau de canard entre ses baguettes. Alors, est-il revenu ?

— Non.

— Les fantômes sont capricieux. Ils ne font pas des témoins dignes de confiance.

— Vous êtes en train de prétendre qu'ils existent pour de bon ? »

Nightingale s'essuya soigneusement les lèvres avec une serviette. « Vous avez parlé à l'un d'eux. Qu'en pensez-vous ?

— J'attends confirmation de la part d'un officier supérieur. »

Il reposa sa serviette et leva sa tasse de thé. « Les fantômes sont réels. » Il but une gorgée.

Je le regardai fixement. Je ne croyais pas aux spectres, ni aux fées ou aux dieux, et ces deux derniers jours j'avais eu l'impression d'assister à un spectacle de magie, m'attendant à tout moment à voir surgir un prestidigitateur de derrière le rideau et me demander de choisir une carte, n'importe laquelle. Foutaises que ces ectoplasmes, mais impossible de nier la réalité d'une expérience empirique.

Et si les fantômes étaient réels ?

« Et c'est là que vous me dites qu'il existe une brigade secrète de la Métro dont la mission est de s'en prendre aux fantômes, aux goules, aux fées, aux démons, aux sorcières et aux sorciers, aux elfes et aux farfadets... ? Vous pouvez m'arrêter avant que je sois à court de créatures surnaturelles.

— Vous n'êtes pas au bout de vos surprises.

— Les extraterrestres aussi ? me sentis-je obligé de demander.

— Pas encore.

— Et la brigade secrète de la Métro ?

— Il n'y a que moi, j'en ai peur.

— Vous me proposez un poste ? Qu'est-ce que vous attendez de moi au juste ?

— Votre aide. Pour cette enquête.

— Vous pensez que le surnaturel a quelque chose à voir avec ce meurtre ? m'enquis-je.

— Pourquoi ne pas commencer par me dire ce que votre témoin avait à déclarer ? dit-il. Après ça, nous verrons. »

Je lui déballai tout : ce que m'avait relaté Nicholas, l'assassin capable de se changer en moins de deux secondes ; le film de la vidéosurveillance et les enquêteurs de la brigade criminelle qui pensaient avoir affaire à deux personnes différentes. Quand j'eus terminé, il fit signe à la serveuse de lui apporter l'addition.

« Dommage que je n'aie pas su tout cela hier. Mais il n'est peut-être pas trop tard pour découvrir une trace...

— Une trace de quoi, monsieur ?
— De l'étrange. L'étrange laisse toujours une trace. »

Nightingale pilotait une Jag, une authentique Mark 2, moteur XK6 3,8 litres. Mon père aurait vendu sa trompette pour pouvoir posséder une voiture comme celle-ci – et dans les années 1960, ça voulait encore dire quelque chose. Elle n'était pas en parfait état : la carrosserie avait quelques bosses et une vilaine éraflure défigurait la portière côté conducteur ; le cuir des sièges commençait à se crevasser. Mais quand Nightingale tourna la clé de contact et que le six cylindres en ligne se mit à gronder, plus aucun doute n'était possible : la perfection *était* de ce monde.

« Vous avez passé un baccalauréat scientifique, dit Nightingale, alors que nous démarrions. Pourquoi ne pas avoir poursuivi des études supérieures ?

— Je me suis laissé distraire, monsieur. Mes notes ont été trop faibles pour me permettre de m'inscrire dans l'université de mon choix.

— Vraiment ? Quel genre de distraction ? demanda-t-il. La musique, peut-être ? Avez-vous monté un groupe ?

— Non. Rien d'aussi intéressant. »

Nous traversâmes Trafalgar Square, profitant du discret écusson de la Métro sur le pare-brise pour foncer sur le Mall, passer devant Buckingham Palace et entrer dans Victoria Street. Je savais qu'il n'y avait que deux endroits où nous pouvions aller : le poste de police de Belgravia, où se trouvait le bureau des enquêteurs de la brigade criminelle, ou la morgue de Westminster où avait été transporté le corps. J'aurais préféré le bureau des enquêteurs, mais avec ma chance notre destination était, bien entendu, la morgue.

« La méthode scientifique vous est familière, n'est-ce pas ? » demanda Nightingale.

J'acquiesçai en révisant mentalement mes connaissances. Bacon, Descartes et Newton – c'est bon. Observation, hypothèse, expérimentation et une quatrième étape que je pourrais retrouver, une fois de retour devant mon ordinateur portable.

« Bien, fit Nightingale. Parce que j'ai besoin de quelqu'un qui saura faire preuve d'une certaine objectivité. »

La morgue, donc.

Officiellement, elle s'appelle l'Iain West Forensic Suite, et elle représente ce dont le ministère de l'Intérieur est capable quand il a décidé de faire ressembler une de ses morgues à celles qu'on voit dans les séries américaines. Afin d'éviter que d'horribles policiers viennent contaminer le plus petit indice sur un cadavre, on avait installé une salle d'observation depuis laquelle ils pouvaient assister aux autopsies en direct sur un circuit de télévision fermé. Avec ce système, même l'autopsie la plus épouvantable était réduite à un documentaire macabre. J'étais plutôt pour, mais Nightingale insista pour que nous approchions du corps.

« Pourquoi ? demandai-je.

— Parce qu'il existe d'autres sens que la vue.

— On parle de perceptions extrasensorielles, là ?

— Contentez-vous de garder l'esprit ouvert. »

Le personnel nous fit enfiler une blouse et un masque propres avant de nous laisser gagner la table d'opération. Comme nous n'appartenions pas à la famille de la victime, ils ne prirent pas la peine de couvrir d'un tissu discret l'espace entre les épaules de la tête. J'étais vraiment content d'avoir refusé de manger japonais ce matin.

De son vivant, William Skirmish avait probablement été un homme sans rien de remarquable. La quarantaine, taille à peine supérieure à la moyenne, tonus musculaire flaccide, bien qu'il ne fût pas gros. À ma surprise, je n'éprouvai pas de difficulté particulière à regarder la tête séparée du reste du corps, avec la peau déchirée et des muscles disjoints à la place d'un cou. En général, les gens croient qu'en tant que policier, votre premier cadavre est la victime d'un meurtre, mais ils se trompent : le plus souvent c'est un accidenté de la route. J'y avais eu droit dès mon deuxième jour, quand un coursier à vélo avait eu la tête arrachée par une camionnette. Après la première fois, je n'irais pas jusqu'à prétendre qu'on s'habitue, mais on finit par se dire que ça pourrait être bien pire. Je n'étais pas spécialement heureux de contempler le corps sans tête de M. Skirmish, mais je devais bien admettre que je m'étais imaginé quelque chose de plus impressionnant.

Nightingale se pencha sur le cadavre et enfonça pratiquement son visage dans le cou tranché. Il se releva et me fit face.

« Aidez-moi à le retourner », dit-il.

Je ne voulais pas toucher le défunt, même avec des gants chirurgicaux, mais je ne pouvais pas me dégonfler maintenant. Il était plus lourd que je ne le pensais, froid et inerte alors qu'il s'affalait sur le ventre. Alors que je reculai vivement, Nightingale me fit signe de le rejoindre.

« Je veux que vous vous approchiez aussi près de son cou que possible, que vous fermiez les yeux et me disiez ce que vous ressentez », déclara-t-il.

J'hésitai.

« Je vous promets que vous finirez par comprendre. »

Au moins, avec le masque et les lunettes de protection, je ne risquais pas d'embrasser le macchabée.

J'obéis aux ordres et fermai les yeux. D'abord, je ne sentis que l'odeur du désinfectant, l'acier inoxydable et la peau fraîchement lavée ; au bout de quelques instants, je pris conscience d'autre chose, une présence – un être haletant, au nez mouillé, au corps maigre et nerveux, remuant la queue, des griffes.

« Alors ? demanda Nightingale.

— Un chien, dis-je. Un petit chien qui n'arrête pas de japper. »

Des grognements, des aboiements, des cris ; une vision fugitive de pavés, un bâton, un rire – hystérique, aigu.

Je me redressai brusquement.

« De la violence et des rires ? » s'enquit Nightingale.

Je hochai la tête. « Qu'est-ce que c'était ?

— L'étrange, expliqua Nightingale. Quand on ferme les yeux, il est comme une lumière vive, il laisse une image rémanente. Nous appelons cela un *vestigium*.

— Comment être sûr que ce n'est pas juste le fruit de mon imagination ?

— L'expérience, dit Nightingale. On apprend à distinguer la différence par l'expérience. »

Je ne cachai pas ma satisfaction quand nous tournâmes le dos au corps pour sortir de la pièce.

« Je n'ai presque rien senti, dis-je, alors que nous nous changions. C'est toujours aussi faible ?

— Ce corps a été au frais pendant deux jours, observa Nightingale, et les cadavres ne conservent pas longtemps les *vestigia*.

— Donc, ça a forcément été provoqué par quelque chose de très fort.

— Sans le moindre doute, affirma Nightingale. Il nous faut supposer que le chien est très important et découvrir pourquoi.

— Peut-être que M. Skirmish avait un chien, proposai-je.

— Oui, fit Nightingale. Commençons par là. »

Nous nous étions changés et nous apprêtions à quitter la morgue quand le destin nous rattrapa.

« Mon petit doigt m'a dit que ça sentait mauvais par ici, lança une voix derrière nous. Merde, il avait raison. »

Nous nous immobilisâmes avant de faire volte-face.

L'inspecteur divisionnaire Seawoll était une montagne de près de deux mètres, au torse puissant, avec une bedaine et une voix capable de faire trembler les fenêtres. Il était originaire du Yorkshire, ou de quelque part dans le même coin, et comme beaucoup d'hommes du Nord avec des problèmes, il était venu s'installer à Londres plutôt que de dépenser une fortune en psychothérapie. Je le connaissais de réputation, et sa réputation disait qu'il ne fallait l'emmerder sous aucun prétexte. Il fonça dans le couloir, droit sur nous, comme un taureau sous stéroïdes, et je dus lutter contre la soudaine envie de me cacher derrière Nightingale.

« C'est ma putain d'enquête, Nightingale. Je me fiche de savoir de qui vous léchez les bottes en ce moment, je ne veux pas que vos conneries à la *X-Files* viennent entraver le travail des vrais policiers.

— Je peux vous assurer, inspecteur, répondit Nightingale, que telle n'est pas mon intention. »

Seawoll se tourna vers moi. « Qui c'est, celui-là ?

— Je vous présente l'agent Peter Grant. Il travaille avec moi. »

Visiblement, Seawoll était stupéfait de l'apprendre. Il m'étudia soigneusement avant de se retourner vers Nightingale. « Vous prenez un apprenti ?

— Rien n'a encore été décidé.

— C'est ce qu'on va voir. Il y avait un accord.

— Un arrangement, rectifia Nightingale. Les circonstances changent.

— Pas à ce point-là, putain. Certainement pas », fit Seawoll, mais il me semblait avoir perdu un peu de sa superbe. Il baissa de nouveau les yeux sur moi. « Un bon conseil, mon garçon. Laisse tomber ce type et barre-toi tant qu'il n'est pas trop tard.

— Ce sera tout ? demanda Nightingale.

— Ne vous mêlez pas de mon enquête et tout ira bien.

— Je vais là où on a besoin de moi. Ce sont les termes de l'accord.

— Rien n'est gravé dans le marbre, dit Seawoll. Maintenant, messieurs, vous voudrez bien m'excuser, mais je suis en retard pour mon lavage d'intestin. »

Il remonta le couloir, poussa la porte à deux battants avec fracas et disparut.

« Quel accord ? demandai-je.

— C'est sans importance. Allons plutôt essayer de trouver ce chien. »

Deux collines dominent l'extrémité nord du quartier de Camden ; Hampstead à l'ouest, Highgate à l'est, avec le Heath, l'un des plus grands parcs de Londres, suspendu entre les deux, comme une selle de verdure. À partir de ces hauteurs, la terre descend en pente vers la Tamise et les zones inondables qui se cachent en aval du centre urbain de Londres.

Dartmouth Park, où William Skirmish avait vécu, se trouvait dans la partie basse de Highgate Hill, à quelques minutes de marche du Heath. Il avait habité un appartement au rez-de-chaussée dans une maison victorienne réaménagée, à l'angle d'une rue bordée d'arbres remarquable par son absence quasi totale de circulation.

Plus bas sur la colline, on tombait sur Kentish Town, Leighton Road et le HLM où j'avais grandi. Certains de mes copains d'école avaient vécu pas très loin du logement de Skirmish – je connaissais bien le quartier.

Alors que nous montrions nos cartes au policier en tenue qui montait la garde, je repérai un visage à une fenêtre du premier étage. Comme dans beaucoup de ces vieilles demeures divisées en plusieurs habitations, un mur en Placoplâtre avait été érigé dans une entrée jadis élégante, la rendant sombre et exiguë. Deux portes supplémentaires avaient été coincées l'une à côté de l'autre dans l'espace au fond. Celle de droite était entrouverte, mais symboliquement obstruée par le ruban de la police ; la seconde, fermée, devait donc mener à l'appartement dont les rideaux avaient bougé à l'étage.

L'intérieur de Skirmish était bien rangé, et meublé avec ce mélange de styles caractéristique des gens ordinaires, ceux que n'animent pas les démons de l'ambition. Il y avait moins de livres que je ne m'y serais attendu chez un type bossant dans les médias ; beaucoup de photos, toutefois celles avec des enfants étaient en noir et blanc ou de la couleur un peu désaturée des vieux films Instamatic.

« Une vie de désespoir tranquille », commenta Nightingale. Je savais qu'il s'agissait d'une citation, mais je n'allais pas lui donner la satisfaction de lui demander qui en était l'auteur.

L'inspecteur Seawoll avait sans doute bien des défauts, mais ce n'était pas un imbécile. Ses hommes avaient tout passé au peigne fin – il y avait des traces de poudre à empreintes digitales sur le téléphone, les poignées de porte et les chambranles, et des livres avaient été sortis des étagères et remis à leur place, à l'envers. Ce dernier point sembla agacer Nightingale plus que de raison.

« J'aime le travail bien fait », dit-il. Des tiroirs avaient été fouillés et laissés légèrement ouverts afin d'indiquer leur statut. Tout ce qui méritait d'être noté avait dû l'être, puis enregistré dans HOLMES, probablement par des bonnes poires comme Lesley, mais les enquêteurs ignoraient tout de mes pouvoirs parapsychologiques et du *vestigium* légué par le chien.

Et il y avait bien un chien. À moins que Skirmish n'ait développé un goût pour les boîtes Mijotés du Terroir de chez Pedigree. Je ne pensais cependant pas que sa vie, si tranquille fût-elle, eût été désespérée à ce point-là.

J'appelai Lesley sur son mobile.

« Tu as un terminal HOLMES à portée de main ? demandai-je.

— Je n'ai pas décollé de cette saleté de clavier depuis que je suis arrivée, dit Lesley. Je n'ai fait que saisir des données et contrôler des foutues dépositions.

— C'est vrai ? demandai-je, m'efforçant de ne pas jubiler. Devine un peu où je suis ?

— Chez Skirmish, à Dartmouth Park, dit-elle.

— Comment tu le sais ?

— Parce que j'entends Seawoll hurler, même à travers les murs. Qui est l'inspecteur Nightingale ? »

Je jetai un coup d'œil à mon nouveau supérieur qui me regardait avec impatience. « Je te le dirai plus tard. Tu veux bien vérifier quelque chose pour nous ?

— Bien sûr. Je t'écoute.

— Quand la brigade chargée de l'enquête a fouillé l'appartement, est-ce qu'ils ont trouvé un chien ? »

Je l'entendis pianoter sur le clavier tandis qu'elle effectuait une recherche dans les fichiers correspondants. « Aucune mention d'un chien dans le rapport.

— Merci, dis-je. Ton aide nous a été très utile.

— Rien que pour ça, c'est toi qui paies les coups au pub, ce soir », dit-elle, et elle raccrocha.

J'informai Nightingale de l'absence du chien.

« Allons nous entretenir avec les voisins un peu trop curieux », proposa Nightingale. Apparemment, il avait, lui aussi, vu le visage à la fenêtre.

À côté de l'entrée, un interphone avait été installé au-dessus des sonnettes. Nightingale eut à peine le temps d'appuyer sur le bouton qu'une voix déclarait : « Montez donc, cher monsieur. » À l'intérieur, la porte donnant sur l'autre appartement s'ouvrit avec un bourdonnement, révélant un escalier poussiéreux, quoique propre ; alors que nous entamions notre ascension, un petit chien se mit à aboyer. La dame qui nous accueillit en haut des marches n'avait pas des cheveux aux reflets bleutés. En fait, je ne suis même pas sûr de savoir à quoi ça pouvait ressembler ; ni pourquoi quelqu'un aurait l'idée saugrenue de se teindre les cheveux en bleu. Elle ne portait pas de mitaines et ne vivait pas entourée d'un important nombre de chats, mais quelque chose en elle suggérait que ces deux possibilités n'étaient absolument pas à écarter – dans un avenir plus ou moins lointain. Elle était aussi plutôt grande pour une petite vieille, pleine d'entrain et pas le moins du monde sénile. Elle déclara s'appeler Mme Shirley Palmarron.

Elle nous fit rapidement passer au salon, qui avait été remeublé de fond en comble pour la dernière fois dans les années 1970, et nous offrit du thé et des gâteaux secs. Pendant qu'elle s'activait à la cuisine, le chien, un terrier bâtard blanc et brun à poil ras, n'arrêta pas d'aboyer en remuant la queue. Visiblement, l'animal ne savait pas lequel de nous deux constituait la menace la plus sérieuse, alors il balançait la tête d'un côté à l'autre, sans cesser de japper.

Puis Nightingale pointa son doigt vers lui et marmonna quelque chose à voix basse. L'animal se coucha immédiatement, ferma les yeux et s'endormit.

Je regardai Nightingale, qui se contenta de hausser un sourcil.

« Toby s'est endormi ? » demanda Mme Palmarron quand elle revint, un plateau entre les mains.

Nightingale se leva d'un bond et l'aida à le poser sur la table basse. Il attendit que notre hôtesse soit installée pour se rasseoir à son tour.

Toby donnait des coups de pattes et grognait dans son sommeil. Visiblement, seule la mort aurait raison de son agitation.

« Comme il est turbulent, ce voyou », dit Mme Palmarron alors qu'elle servait le thé.

Maintenant que Toby était relativement calme, je remarquai enfin que rien dans l'appartement ne trahissait la présence canine. Il y avait des photographies, vraisemblablement de M. Palmarron et de leurs enfants, au-dessus de la cheminée, mais pas de napperons ou d'ouvrages en chintz. Pas de panier à côté du foyer, ni de poils collés dans les coins du sofa. Je sortis mon calepin et mon stylo.

« Il est à vous ? demandai-je.

— Grand Dieu non. Il appartenait à ce pauvre M. Skirmish, mais c'est moi qui me suis occupée de lui ces derniers temps. Il n'est pas si terrible – on s'habitue.

— Il vivait chez vous avant la mort de M. Skirmish ? demanda Nightingale.

— Oh, oui, répondit Mme Palmarron avec délectation. Vous comprenez, Toby est un fugitif ; il est en cavale.

— Quel crime a-t-il commis ?

— On le recherche pour une agression grave. Il a mordu un homme. Pile sur le nez. La police est venue – ça a fait toute une histoire. » Elle regarda Toby qui chassait toujours des rats dans son sommeil. « Si je ne t'avais pas laissé te planquer chez moi, c'était la taule pour toi, mon gaillard. Et ensuite, la piqûre. »

Via le poste de Kentish Town, je fus mis en contact avec celui de Hampstead qui me confirma que oui, ils avaient bien reçu un appel pour une attaque de chien à Hampstead Heath, juste avant Noël. La victime n'avait pas souhaité porter plainte, et c'était tout ce que contenait le rapport. Ils me communiquèrent le nom et l'adresse de celle-ci : Brandon Coopertown, Downshire Hill, Hampstead.

« Vous avez jeté un sort à ce chien, observai-je, alors que nous sortions de la maison.

— Un tout petit, rien de bien méchant, admit Nightingale.

— Alors la magie, ça existe, dis-je. Vous... vous êtes quoi, au juste ?

— Un sorcier.

— Comme Harry Potter ? »

Nightingale soupira. « Non, pas comme Harry Potter.

— C'est quoi, la différence ?

— Je ne suis pas un personnage de fiction. »

Nous reprîmes la Jag et nous dirigeâmes vers l'ouest, contournant l'extrémité sud de Hampstead Heath avant de tourner vers le nord pour monter jusqu'à Hampstead proprement dit. À cette hauteur-là de la colline, nous arrivâmes dans un labyrinthe de rues étroites encombrées de BMW et de 4 x 4 hors de prix. Les maisons valaient plusieurs millions dans le coin, et le seul désespoir tranquille ici résidait dans les choses qui ne pouvaient pas s'acheter.

Nightingale gara la Jag sur le parking réservé aux visiteurs et nous continuâmes à pied, cherchant la bonne adresse dans Downshire Hill. Elle se trouvait dans une rangée de luxueuses demeures victoriennes mitoyennes, situées en retrait du côté nord de la route. C'était une sacrée baraque, avec moulures gothiques et oriels ; le jardin était entretenu par des professionnels et, à en juger par l'absence d'interphone, les Coopertown étaient les seuls occupants.

Alors que nous approchions de la porte d'entrée, nous entendîmes un enfant pleurer, le genre de pleurs ininterrompus et mesurés d'un bébé qui se prépare à donner de la voix pour un moment – toute la journée le cas échéant. Avec une maison de ce prix, je m'attendais à être accueilli par une nounou, au moins une jeune fille au pair, mais la femme qui nous ouvrit avait l'air trop hagard pour être l'une ou l'autre.

August Coopertown n'était pas loin de la trentaine, grande, blonde et danoise – information qu'elle réussit à introduire dans la conversation presque immédiatement. Avant le bébé, elle avait eu une silhouette d'adolescente – mince –, mais l'accouchement lui avait élargi les hanches et ajouté une couche de graisse sur les cuisses – ça aussi, elle le glissa dans la discussion plutôt rapidement. Selon August, la faute en incombait aux Anglais, incapables de répondre aux critères exigeants qu'une femme scandinave de bonne famille était en droit d'espérer. Je ne sais pas pourquoi ; peut-être qu'au Danemark les maternités sont équipées de gymnases.

Elle nous reçut dans un vaste salon-salle à manger, avec parquet en bois blond et tellement de pin décapé qu'on se serait cru dans un sauna. Malgré tous les efforts de sa mère, le bébé avait déjà trahi la propreté impitoyable de la maison. Un biberon avait roulé entre les robustes pieds en chêne du buffet, et une barboteuse froissée gisait abandonnée au-dessus de la chaîne Bang & Olufsen. Je sentis une odeur de lait plus très frais et de vomi.

Allongé dans son petit lit à quatre cents livres, le nourrisson continuait de pleurer.

Des photos de famille étaient accrochées avec beaucoup de goût au-dessus de la cheminée minimaliste en granit. Brandon Coopertown était un homme plus âgé – dans les quarante-cinq ans –, plutôt séduisant, avec des cheveux noirs et un visage étroit. Je profitai de l'absence temporaire de Mme Coopertown pour prendre furtivement un cliché à l'aide de mon téléphone. « J'oublie toujours que vous pouvez faire ça, murmura Nightingale.

— Bienvenue au XXIe siècle, monsieur. »

Nightingale se leva poliment quand Mme Coopertown revint au salon d'un air affairé. Cette fois, j'étais prêt et j'imitai mon chef.

« Puis-je vous demander quelle est la profession de votre mari ? » s'enquit mon supérieur.

Il était producteur, pour la télévision. Producteur à succès apparemment : plusieurs prix, des émissions revendues aux États-Unis – ce qui expliquait la maison à plusieurs millions. Il aurait pu faire beaucoup mieux, mais son ascension au niveau suivant – des productions internationales – était freinée par l'esprit de clocher de la télévision britannique. Si seulement les Anglais avaient bien voulu cesser de tourner des programmes qui n'intéressaient que leur marché intérieur, ou au moins donner les rôles principaux à des acteurs un tant soit peu attirants…

Si fascinantes que fussent les observations de Mme Coopertown sur le caractère provincial de la télévision britannique, nous nous sentîmes obligés d'aborder l'incident avec le chien.

« Ça aussi, c'est typique, dit Mme Coopertown. Bien sûr, Brandon n'a pas voulu porter plainte. Il est *anglais*. Il ne voulait pas faire toute une histoire. Le policier qui a pris sa déposition aurait tout de même dû engager des poursuites contre le propriétaire du chien. Cet animal représentait clairement un danger pour la population – il a mordu ce pauvre Brandon au nez. »

Le bébé marqua une pause et nous retînmes tous notre souffle, mais après un rot, il reprit ses jérémiades. J'attirai discrètement l'attention de Nightingale et roulai des yeux en direction de l'enfant. Peut-être pouvait-il utiliser le même sort qu'avec Toby. Il fronça les sourcils – c'était probablement contraire à la déontologie.

D'après Mme Coopertown, son fils avait toujours été parfaitement sage, jusqu'à ce problème avec le chien. Elle pensait qu'il faisait ses dents, ou alors qu'il souffrait de coliques ou de reflux. Leur médecin traitant semblait complètement dépassé et il se montrait incroyablement cassant avec elle. Peut-être qu'elle aurait plus de chance dans le secteur privé.

« Comment le chien a-t-il réussi à mordre le nez de votre mari ? demandai-je.

— Que voulez-vous dire ?

— Vous avez déclaré que votre mari avait été mordu au nez. C'est un tout petit chien. Comment a-t-il atteint son nez ?

— Mon idiot de mari s'est penché. Nous nous promenions dans le parc, tous les trois, quand ce chien est arrivé en courant. Brandon s'est baissé pour le caresser et, comme ça, sans prévenir, cet animal l'a mordu. D'abord, j'ai trouvé ça plutôt drôle, mais Brandon s'est mis à hurler et ensuite, ce petit homme désagréable s'est précipité vers nous en criant : "Oh, non ! Qu'est-ce que vous avez fait à mon pauvre chien, laissez-le tranquille !"

— Le "petit homme désagréable" étant le propriétaire du chien ? demanda Nightingale.

— Aussi désagréable que son chien, confirma Mme Coopertown.

— Comment votre mari a-t-il réagi ?

— Comment savoir avec un Anglais ? Je suis allée chercher de quoi essuyer le sang et quand je suis revenue Brandon riait – vous ne prenez rien au sérieux ici. J'ai dû appeler la police moi-même. Quand les officiers sont arrivés, Brandon leur a montré son nez et ils ont commencé à rire. Tout le monde était content, même ce sale petit chien.

— Mais pas vous ? demandai-je.

— Là n'est pas la question. Si un chien mord un homme, qu'est-ce qui l'empêchera de s'attaquer à un enfant ou à un bébé ?

— Puis-je vous demander où vous vous trouviez la nuit de mardi dernier ? poursuivit Nightingale.

— Là où je suis toutes les nuits, dit-elle. Ici, à m'occuper de mon fils.

— Et où était votre mari ? »

August Coopertown, certes agaçante, certes blonde, mais certainement pas stupide, répondit : « Pourquoi voulez-vous le savoir ?

— Ce n'est pas important, dit Nightingale.

— Je croyais que vous étiez venus à propos du chien.

— C'est le cas. Mais nous aimerions avoir la confirmation de certains détails auprès de votre mari.

— Vous me croyez capable d'inventer une histoire pareille ? » Elle avait cette expression de lapin effarouché que prennent au bout de cinq minutes les civils qui aident la police dans une enquête. S'ils gardent leur calme trop longtemps, c'est le signe qu'on a affaire à des malfrats, ou à des étrangers – ou à des crétins, tout simplement. Et on s'est déjà retrouvé derrière les barreaux pour moins que ça. Un bon conseil : si vous parlez à la police, restez tranquille, mais ayez l'air coupable – c'est votre meilleure chance.

« Absolument pas, la rassura Nightingale. Toutefois comme il est la principale victime, nous aurons besoin de prendre sa déposition.

— Il est à Los Angeles. Il rentrera tard cette nuit. »

Nightingale laissa sa carte et garantit à Mme Coopertown que tout policier digne de ce nom – lui compris – prenait les attaques de petits chiens très au sérieux ; il lui promit de la tenir au courant.

« Qu'avez-vous senti dans cette maison ? demanda-t-il alors que nous retournions à la Jag.

— Vous parlez de *vestigium* ?

— *Vestigium* est le singulier, *vestigia* le pluriel, précisa-t-il. Avez-vous perçu des *vestigia* ?

— Pour être honnête, rien du tout. Pas la plus petite trace.

— Un enfant qui pleure, une mère au désespoir et un père absent. Et dans une maison aussi ancienne, il aurait dû y avoir quelque chose.

— Elle m'a fait l'effet d'une maniaque de l'ordre et de la propreté. Peut-être qu'elle a fait disparaître toute la magie d'un coup d'aspirateur ?

— Si ce n'est pas elle, quelque chose d'autre s'en est chargé, ça ne fait aucun doute. Nous parlerons au mari demain. Retournons à Covent Garden – peut-être que la piste n'est pas encore trop froide.

— Ça va faire trois jours, dis-je. Est-ce que les *vestigia* ne se seront pas dissipés ?

— La pierre les conserve très bien. C'est la raison pour laquelle les vieux bâtiments ont du caractère. Cela dit, avec le passage des nombreux piétons et les éléments surnaturels de cet endroit, ils ne seront pas faciles à retrouver. »

Nous arrivâmes à la Jag. « Et les animaux ? Ils sont capables de sentir les *vestigia*, eux aussi ?

— Ça dépend lesquels.

— Et dans le cas d'un animal que nous soupçonnons déjà d'avoir un lien avec cette affaire ? »

« Pourquoi est-ce qu'on boit dans ta chambre ? s'étonna Lesley.

— Parce que le chien n'a pas le droit d'entrer au pub », répondis-je.

Juchée sur mon lit, Lesley se baissa pour gratter Toby derrière les oreilles. Le chien gémit de plaisir et essaya d'enfouir sa tête dans le genou de Lesley. « Tu aurais dû préciser qu'il s'agissait d'un chien chasseur de fantômes, dit-elle.

— Nous ne traquons pas des spectres, dis-je. Nous cherchons des traces d'énergie surnaturelle.

— Il a vraiment prétendu être un sorcier ? »

Je commençais franchement à regretter d'avoir tout dit à Lesley. « Oui. Je l'ai même vu jeter un sort. »

Nous buvions de la Grolsh à même la bouteille – une caisse que Lesley avait chapardée lors de la fête de Noël du poste et cachée derrière une cloison de la kitchenette.

« Tu te rappelles le type qu'on a arrêté pour voies de fait la semaine dernière ?

— Je ne suis pas près de l'oublier. » Le suspect m'avait violemment poussé contre un mur.

« Je crois que tu t'es cogné la tête bien plus fort que tu ne le pensais, dit-elle.

— Tout est vrai, protestai-je. Les fantômes, la magie, tout.

— Alors pourquoi est-ce que tout n'a pas l'air différent ?

— Parce que ça a toujours été là, sous ton nez. Rien n'a changé : pourquoi voudrais-tu remarquer quoi que ce soit ? » Je finis ma bouteille. « Il faut vraiment tout t'expliquer.

— Je te prenais pour un sceptique. Un scientifique. »

Elle me tendit une autre Grolsh et je l'agitai dans sa direction.

« D'accord. Mon père était un musicien de jazz, tu t'en souviens ?

— Bien sûr, dit Lesley. Tu me l'as même présenté. Je l'ai trouvé sympa. »

J'essayai d'encaisser sa dernière remarque sans broncher et je poursuivis : « Et tu sais que le jazz repose sur l'improvisation autour d'une mélodie ?

— Non, dit-elle. Je croyais que c'était cette musique avec des chansons dont les paroles sont pleines de jeunes et beaux inconnus qui séduisent des jeunes filles d'humeur folâtre.

— Très drôle. Une fois, j'ai demandé à mon père – quand il était sobre – comment il savait quoi jouer. Et il m'a dit que, quand tu as trouvé la bonne mesure, tu le sais parce que c'est parfait. Et tu n'as plus qu'à la suivre.

— Merde, où tu veux en venir ?

— Ce dont Nightingale est capable correspond à ma façon de voir le monde. C'est la mesure, la bonne mélodie. »

Lesley rit. « Tu veux devenir un sorcier, dit-elle.

— Je n'en sais rien.

— Menteur. Tu veux devenir son apprenti pour apprendre la magie et chevaucher un manche à balai.

— Je ne crois pas que les vrais sorciers chevauchent des manches à balai.

— Tu veux bien réfléchir une seconde sérieusement à ce que tu viens de me dire ? Et puis, qu'est-ce que tu en sais ? Si ça se trouve, il est en train de nous survoler en ce moment même.

— Avec une bagnole comme cette Jag, tu ne perds pas ton temps sur un balai.

— Ça se défend », dit Lesley, et nous trinquâmes en faisant s'entrechoquer nos bouteilles.

Covent Garden, la nuit – de nouveau. Cette fois avec un chien.

Un vendredi soir aussi, synonyme de bandes de jeunes complètement bourrés et horriblement bruyants dans une bonne vingtaine de langues. Je dus porter Toby dans mes bras pour ne pas le perdre dans la foule – laisse comprise. Il sembla apprécier la balade, montrant les dents aux touristes, ou me léchant le visage, ou encore essayant d'enfouir son museau dans les aisselles des passants.

J'avais proposé à Lesley d'effectuer quelques heures supplémentaires à titre bénévole, mais elle avait décliné mon invitation. Je lui avais envoyé la photo de Brandon Coopertown et elle m'avait promis de me donner ce qu'elle avait sur lui dans HOLMES. Il était à peine onze heures quand Toby et moi arrivâmes sur la Piazza ; la Jag de Nightingale était garée aussi près de l'Église des Acteurs qu'il était possible sans se faire embarquer par la fourrière.

Nightingale sortit de son véhicule en me voyant approcher. Il tenait la même canne à pommeau d'argent que lors de notre première rencontre. Je me demandai si cet instrument contondant bien pratique en cas d'ennui avait par ailleurs une signification particulière.

« Comment voulez-vous procéder ? s'enquit Nightingale.

— C'est vous l'expert, monsieur.

— J'ai essayé de me documenter, mais je n'ai rien trouvé dans mes livres.

— Il existe une littérature sur le sujet ?

— Vous seriez surpris...

— Je vois deux possibilités, commençai-je. L'un d'entre nous le promène autour de la scène de crime, ou alors on le laisse se balader comme il l'entend et on regarde où il va.

— Je pense que nous devrions procéder dans cet ordre.

— Vous pensez qu'un premier passage dirigé sera plus fiable ? demandai-je.

— Non, mais si nous le lâchons dans la nature et qu'il se sauve, c'est terminé. Je vais le promener. Vous, restez près de l'église et ouvrez l'œil. »

Il ne précisa pas pour qui (ou quoi) je devais ouvrir l'œil, mais je crois que je le savais déjà. Comme je m'y attendais, dès que Nightingale et Toby eurent disparu au coin du marché couvert, j'entendis quelqu'un essayer d'attirer mon attention par des « hep ! hep ! ». Je me retournai et vis Nicholas Wallpenny, derrière une des colonnes, qui me faisait signe d'approcher.

« Par ici, chef, siffla-t-il. Vite, avant qu'il revienne. » Il m'entraîna derrière le pilier où, parmi les ombres, il semblait plus solide et moins inquiétant. « Savez-vous quel genre d'homme vous fréquentez ?

— Vous êtes un fantôme, lui fis-je remarquer.

— Je ne vous parle pas de moi, dit Nicholas. Mais de lui, l'homme bien mis avec le frappe-coquin en argent.

— L'inspecteur Nightingale ? demandai-je. C'est mon chef.

— Je n'ai pas à me mêler de vos affaires, dit Nicholas. Mais à votre place, je me trouverais un autre chef. Quelqu'un de moins touché.

— Touché par quoi ?

— Demandez-lui simplement quelle est son année de naissance. »

J'entendis Toby aboyer et soudain Nicholas se volatilisa.

« Je vais finir par me vexer, Nicholas », fis-je.

Nightingale revint avec Toby, et rien de concret. Je ne mentionnai ni le fantôme ni ses insinuations. Je pense qu'il est important de ne pas accabler un officier supérieur de plus d'informations qu'il n'est strictement nécessaire.

Je soulevai Toby et tins son absurde visage de toutou à hauteur du mien – j'essayai d'ignorer l'odeur de Mijotés du Terroir.

« Écoute-moi, Toby, dis-je, ton maître est mort, je n'aime pas particulièrement les chiens et mon chef préférerait te transformer en une paire de mitaines plutôt que de te regarder. Tu sais ce qui t'attend : un aller simple pour Battersea Dog's Home et le grand sommeil. Ta seule chance d'éviter le chenil céleste, c'est d'utiliser tes pouvoirs surnaturels – si tu en as – pour nous aider à retrouver la piste de l'assassin de ton maître. Tu m'as compris ? »

Toby haleta, puis il aboya – une fois.

« Ça me va », dis-je, et je le reposai par terre. Il courut immédiatement jusqu'à la colonne la plus proche et leva la patte.

« Je n'en ferais jamais une paire de mitaines, fit observer Nightingale.

— Non ?

— C'est une race à poil ras – elles seraient affreuses. Mais il ferait un chapeau décent. »

Toby renifla l'endroit où s'était trouvé le corps de son maître. Il leva la tête, aboya une fois et partit comme une flèche vers King Street.

« Bon sang ! Je ne m'attendais pas à ça.

— Ne le perdez pas », fit Nightingale.

J'étais déjà en route. Les inspecteurs divisionnaires ne courent pas – ils ont des agents en tenue pour ça. Je m'élançai à la poursuite de Toby qui, comme tous les chiens ressemblant à des rats, était sacrément rapide quand il s'en donnait la peine. Il passa devant le magasin Tesco et dévala New Row, ses petites pattes s'agitant comme dans un dessin animé à budget réduit. Deux années à courser les ivrognes sur Leicester Square m'avaient octroyé la vitesse et l'endurance, et je gagnais du terrain lorsqu'il croisa St Martin's Lane pour s'engouffrer dans St Martin's Court. Je me laissai de nouveau distancer tandis que je contournais un groupe de touristes hollandais sortant deux par deux du Noël Coward Theater.

« Police ! hurlai-je. Dégagez ! » Je ne criai pas « Arrêtez ce chien ! » – j'ai ma fierté.

Toby fila devant le *J. Sheekey Oyster Bar* et le traiteur au coin, et traversa Charing Cross Road – l'une des rues les plus fréquentées du centre de Londres – à toute allure. Je dus y regarder à deux fois avant de la suivre ; heureusement Toby avait fait une pause à un abribus et se soulageait contre le distributeur de titres de transport.

L'animal me toisa avec cet air arrogant et satisfait qu'affichent les petits chiens du monde entier pour vous faire sentir qu'ils vous ont bien eu ou qu'ils ont saccagé votre jardin. Je vérifiai les lignes utilisant cet arrêt – la 24 était l'une d'elles : Camden Town, Chalk Farm et Hampstead.

Nightingale arriva et nous repérâmes tous les deux les caméras de vidéosurveillance offrant une bonne vue de la station. Cinq en tout, sans compter les caméras installées sur les véhicules eux-mêmes par la régie des transports de Londres. Je laissai un message sur le téléphone de Lesley, lui suggérant de commencer par visionner les images des bus 24. Je suis certain qu'elle accueillit ma proposition avec enthousiasme.

Elle se vengea en m'appelant à huit heures le lendemain matin.

Je déteste l'hiver ; je déteste me réveiller dans le noir.

« Tu ne dors donc jamais ? demandai-je.

— L'avenir appartient à ceux qui se lèvent tôt. Tu sais, cette photo de Brandon Coopertown que tu m'as envoyée ? Je pense qu'il a pris le bus 24 à Leicester Square moins de dix minutes après le meurtre.

— Tu en as parlé à Seawoll ?

— Bien sûr. Je t'aime profondément, mais je ne vais pas foutre en l'air ma carrière pour toi.

— Qu'est-ce que tu lui as dit ?

— Que j'avais une piste pour le TÉMOIN A, une parmi plusieurs centaines générées ces deux derniers jours, ajouterais-je.

— Comment il a réagi ?

— Il m'a dit de la suivre.

— D'après Mme Coopertown, son mari devait être de retour aujourd'hui.

— Encore mieux.

— Tu passes me chercher ? demandai-je.

— Bien sûr. Et Voldemort ?

— Il a mon numéro. »

J'eus le temps de prendre une douche et de préparer un café avant de retrouver Lesley devant chez moi. Elle arriva dans une Honda Accord de plus dix ans qui semblait avoir connu une opération antidrogue de trop. Elle me lança un regard mauvais quand Toby grimpa tant bien que mal sur la banquette arrière.

« On me la prête, c'est tout, précisa-t-elle.

— Je me voyais mal le laisser dans ma chambre, me défendis-je, alors que Toby reniflait Dieu sait quoi dans les espaces entre les sièges. Tu es sûre que c'était Coopertown ? »

Lesley me montra deux sorties papier. La caméra de sécurité du bus était orientée selon un angle permettant d'obtenir une bonne image de n'importe quel passager montant les marches ; il n'y avait pas d'erreur possible : c'était bien lui.

« Ce sont des contusions, là ? » demandai-je. Il semblait y avoir des marbrures sur les joues et le cou de Coopertown. Lesley répondit qu'elle n'en savait rien, mais que, comme il avait fait froid cette nuit-là, il pouvait très bien avoir bu.

Parce que nous étions un samedi, la circulation était seulement épouvantable, et il nous fallut donc moins d'une demi-heure pour arriver à Hampstead. Malheureusement, alors que nous nous arrêtions à Downshire Hill, j'aperçus la silhouette familière de la Jaguar nichée parmi les Range Rover et les BMW. Toby commença à aboyer.

« Il ne dort donc jamais ? demanda Lesley.

— Je suppose qu'il est resté en planque toute la nuit.

— C'est ton chef, pas le mien. Donc moi, je vais faire mon boulot. Tu viens ? »

Laissant Toby dans la voiture, nous nous dirigeâmes vers la maison. L'inspecteur Nightingale sortit de sa Jag et nous intercepta juste avant la grille d'entrée. Je notai qu'il portait le même costume que la nuit précédente.

« Peter, dit-il, et il fit un signe de la tête à Lesley. Agent May. Je suppose que votre présence signifie que vos recherches ont été couronnées de succès ? »

Même Miss Impertinence n'oserait défier un officier supérieur – pas en face. Elle lui parla donc des images prises par la CCTV sur le bus qui nous avaient amenés à la quasi-certitude que Brandon Coopertown était au moins le TÉMOIN A, et peut-être notre tueur.

« Avez-vous pris contact avec les services de l'immigration pour obtenir des informations sur son vol ? » demanda Nightingale.

Je me tournai vers Lesley qui haussa les épaules.

« Non, monsieur, dis-je.

— Alors il se peut qu'il se soit trouvé à Los Angeles au moment des faits.

— Nous pensions lui poser la question. »

Toby se mit à aboyer comme un forcené, pas son habituel jappement si agaçant, mais de vrais grognements furieux. L'espace d'un instant, je crus sentir quelque chose, une vague d'émotions, telle l'excitation que l'on ressent au milieu de la foule des spectateurs d'un match de foot quand un but vient d'être marqué.

Nightingale tourna soudain la tête vers la maison des Coopertown.

Nous entendîmes du verre se briser et une femme hurler.

« Agent May, attendez ! » cria Nightingale, mais Lesley avait déjà franchi la grille et pénétré dans le jardin. Puis elle s'immobilisa, si brusquement que Nightingale et moi faillîmes la percuter. Elle avait les yeux fixés sur la pelouse.

« Mon Dieu, non », fit-elle à voix basse.

Je regardai. Mon cerveau sembla vouloir refuser l'idée que quelqu'un avait jeté un nourrisson par la fenêtre du premier étage. Il essaya de me convaincre qu'il s'agissait d'un bout de tissu ou une poupée. Peine perdue.

« Appelez une ambulance », lança Nightingale, et il courut vers le perron. Je saisis mon téléphone alors que Lesley trébuchait au-dessus du fils de Mme Coopertown et tombait à genoux. Je la vis retourner le petit corps et chercher son pouls. Je donnai mon code d'urgence et dictai machinalement l'adresse. Lesley se pencha et commença à faire du bouche-à-bouche, ses lèvres recouvrant celles du bébé et son nez comme on le lui avait appris.

« Grant, amenez-vous », m'appela Nightingale. Sa voix était ferme, professionnelle. Elle me fit gravir les marches du perron. Nightingale devait avoir démoli la porte à coups de pied, parce que je dus la piétiner pour arriver dans l'entrée. Nous marquâmes une pause, le temps de déterminer la source de tout ce vacarme.

La femme recommença à hurler – à l'étage. J'entendis également un bruit puissant et sourd, comme si quelqu'un était en train de battre un tapis. Une voix aussi, celle d'un homme, pensai-je, mais très aiguë, criait : « Alors, tu as encore mal à la tête ? »

Je ne me rappelle même pas avoir monté l'escalier. Soudain, j'étais en haut, avec Nightingale devant moi. Je vis August Coopertown, étendue face contre terre à l'autre bout du couloir, un bras pendant à travers un interstice du garde-corps. Ses cheveux étaient humides de sang et une flaque se formait sous sa joue. Un homme se tenait au-dessus d'elle, brandissant un bâton en bois d'au moins un mètre cinquante de long. Il haletait.

Nightingale n'hésita pas une seconde. Il chargea, l'épaule baissée, visiblement dans l'intention de plaquer le suspect, comme au rugby. Je l'imitai, pensant me rendre utile en immobilisant ses bras après qu'il serait tombé. Sauf qu'il se retourna et, d'un revers de main désinvolte, envoya Nightingale s'écraser contre le garde-corps.

Je suppose qu'il s'agissait de Brandon Coopertown, quoiqu'il me fût impossible d'en avoir la certitude.

Je voyais un de ses yeux, mais un grand morceau de peau s'était décollé de son nez et couvrait l'autre d'œil. À la place de la bouche, une véritable gueule s'ouvrait sur un paysage ravagé de dents cassées et de fragments d'os. Je trébuchai sous l'effet de la surprise et je tombai, ce qui me sauva la vie quand Coopertown abattit son bâton et qu'il passa à un cheveu de ma tête.

Cet enfoiré m'enjamba en courant, l'un de ses pieds s'écrasant sur mon dos et chassant l'air de mes poumons. Je roulai sur moi-même alors que j'entendais ses pas dans l'escalier et réussis à me mettre à quatre pattes. J'avais quelque chose d'humide et de poisseux sous les doigts, et je pris conscience qu'une épaisse traînée de sang s'éloignait vers les marches.

Un fracas et une série de bruits lourds résonnèrent dans le vestibule, au rez-de-chaussée.

« Allons, debout, intima Nightingale.

— C'était quoi, merde ? » demandai-je, tandis qu'il m'aidait à me relever. Je regardai dans l'entrée où Coopertown – si c'était bien de lui qu'il s'agissait – était tombé, face contre terre – Dieu merci.

« Je n'en ai vraiment pas la moindre idée, dit Nightingale. Tâchez d'éviter de marcher dans le sang. »

Je dévalai l'escalier aussi vite que possible. Le sang frais était rouge, artériel. Je devinai qu'il avait dû jaillir d'un trou dans son visage. Je me baissai et touchai son cou à contrecœur, à la recherche d'un pouls. Il n'y en avait pas.

« Qu'est-ce qui s'est passé ?

— Peter, dit le commandant Nightingale, éloignez-vous du corps et sortez de cette maison en faisant bien attention. Nous ne devons pas contaminer la scène de crime plus que nous ne l'avons déjà fait. »

C'est à ça que servent les procédures, les formations et les exercices : à vous faire agir quand votre cerveau est trop secoué pour penser tout seul – n'importe quel soldat vous le dira.

Je sortis à la lumière du jour.

Au loin, j'entendais les sirènes.

3. LA FOLIE

L'inspecteur Nightingale nous ordonna – à Lesley et moi – d'attendre dans le jardin, et il disparut à nouveau à l'intérieur de la maison, afin de vérifier qu'il ne restait personne d'autre. Lesley, qui avait recouvert le bébé de son manteau, grelottait de froid. Je voulus enlever ma veste pour la lui donner, mais elle m'arrêta.

« Elle est pleine de sang », dit-elle.

Elle avait raison : j'en avais sur les manches et le long de l'ourlet. Sur mon pantalon aussi, au niveau des genoux. Je sentais sa consistance poisseuse là où il avait traversé le tissu. Lesley avait du sang sur le visage, autour des lèvres, la conséquence de sa tentative de réanimation du bébé. Elle remarqua mon regard.

« Je sais, dit-elle. J'en ai encore le goût dans la bouche. »

Nous tremblions tous les deux et j'avais envie de crier, mais je savais que je devais me montrer fort par égard pour Lesley. J'essayais de ne pas y penser, tandis que le visage ravagé de Brandon Coopertown n'arrêtait pas de surgir dans mon esprit sans prévenir.

« Hé, fit Lesley. Ça va aller. »

Elle semblait inquiète, et elle parut encore plus soucieuse quand, incapable de me retenir, je commençai à rire nerveusement.

« Peter ?

— Excuse-moi, dis-je. Mais tu tiens le coup pour moi, et moi pour toi. Tu ne vois pas ? C'est la seule façon de supporter ce boulot. »

Je me ressaisis et cessai de glousser. Lesley eut un petit sourire.

« D'accord, dit-elle, je te jure de ne pas perdre les pédales si tu me fais la même promesse. » Elle me prit la main et la serra.

« Bon sang, qu'est-ce qu'ils foutent au poste de Hampstead ? Ils viennent à pied ou quoi, ces renforts ? »

L'ambulance arriva la première ; les auxiliaires médicaux se précipitèrent dans le jardin et passèrent vingt minutes à essayer vainement de réanimer le bébé. Ils réagissent toujours ainsi avec les enfants, sans se soucier des dégâts occasionnés à la scène de crime. Il n'y a pas moyen de leur faire entendre raison, alors autant les laisser faire.

Les infirmiers venaient de commencer quand les agents en tenue envahirent le quartier – une camionnette pleine – dans la confusion la plus totale. Le brigadier s'approcha de nous avec prudence – nous prenant pour des civils couverts de sang et donc des suspects potentiels.

« Tout va bien ? » demanda-t-il.

J'étais incapable de répondre – sa question me semblait tellement stupide.

Le brigadier regarda en direction des auxiliaires médicaux qui s'occupaient toujours du bébé. « Pouvez-vous me dire ce qui s'est passé ? demanda-t-il.

— Quelque chose de grave, dit Nightingale alors qu'il émergeait de la maison. Vous, dit-il, s'adressant à un infortuné agent en tenue, prenez un de vos collègues avec vous et allez monter la garde à l'arrière du bâtiment ; assurez-vous que personne n'entre ou ne sorte par là. »

L'agent fila en compagnie d'un autre policier en uniforme. Le brigadier donna l'impression de vouloir demander à voir sa carte de police, mais Nightingale ne lui en laissa pas le temps.

« Je veux que cette rue soit fermée au public et sécurisée sur neuf cents mètres dans chaque direction, dit-il. La presse va débarquer d'un moment à l'autre, alors faites en sorte d'avoir suffisamment d'hommes à votre disposition pour tenir les journalistes à l'écart. »

Le brigadier ne salua pas – on est de la Métro, ça ne se fait pas –, mais il y avait un petit côté martial dans son pas quand il repartit. Nightingale nous vit, Lesley et moi, en train de grelotter. Il nous fit un signe de tête rassurant, se tourna vers l'un des agents en tenue restés là et commença à aboyer des ordres.

Peu après, on nous donna des couvertures et on nous trouva une place dans la camionnette où on nous servit un thé bien chaud avec trois sucres. Puis nous attendîmes en silence, et en buvant notre thé, la suite des événements.

Il fallut moins de quarante minutes à l'inspecteur Seawoll pour gagner Downshire Hill. Même dans la circulation d'un samedi, il avait dû utiliser la sirène et le gyrophare sur tout le trajet depuis Belgravia. Il apparut sur le seuil de la porte latérale du fourgon et nous regarda en fronçant les sourcils.

« Ça va, vous deux ? » demanda-t-il.

Hochements de tête.

« Bon. Restez là, c'est compris ? » dit-il.

Comme si on avait l'intention de bouger. Une fois lancée, une enquête criminelle est à peu près aussi passionnante qu'une rediffusion de *Big Brother*, bien que probablement moins riche en sexe et en violence. On n'attrape pas les meurtriers grâce à de brillants raisonnements, mais parce qu'un pauvre plouc a passé une semaine entière à faire la tournée de toutes les boutiques de Hackney qui vendent une marque précise de baskets et à visionner les images de la caméra de surveillance de chacune d'entre elles. Le bon inspecteur est celui qui s'assure que son équipe n'a rien négligé, au moins pour éviter qu'un baveux en perruque ne s'amuse à glisser la carte de crédit d'un prévenu dans une faille du dossier et lui ouvre grand les portes de la liberté.

Seawoll était l'un des meilleurs. On nous conduisit d'abord séparément sous une tente que la police scientifique avait dressée près de la grille d'entrée. Là, nous nous déshabillâmes, à l'exception de nos sous-vêtements et échangeâmes nos tenues civiles pour une élégante combinaison. Alors que ma veste préférée était fourrée dans un sac pour pièce à conviction, je me fis la réflexion que je n'avais jamais pris la peine de me demander si on récupérait ce genre de choses par la suite. Et s'ils me la rendaient, l'enverraient-ils d'abord au pressing ? Ils prélevèrent des échantillons de sang sur nos visages et nos mains, avant d'être assez aimables pour nous tendre des lingettes afin d'essuyer le reste.

On nous renvoya au fourgon pour le déjeuner – des sandwichs, achetés dans le quartier, mais s'agissant de Hampstead, ils étaient fameux. Mon appétit me surprit, et je m'apprêtais à demander du rab quand Seawoll vint nous rejoindre à bord. Le véhicule s'affaissa d'un côté sous son poids, et sa présence nous poussa inconsciemment, Lesley et moi, à reculer dans nos sièges.

« Vous tenez le coup ? » s'enquit-il.

Nous lui répondîmes que tout allait pour le mieux et que nous n'avions qu'une hâte : nous remettre au boulot.

« Foutaises, dit-il, mais au moins vous ne manquez pas de cran. Dans quelques minutes, vous allez être conduits au poste de Hampstead où une dame charmante de Scotland Yard va prendre vos dépositions – séparément. Et même si je suis un fervent partisan de la vérité en toutes circonstances, que les choses soient claires : je ne veux pas entendre parler de ces conneries à la *X-Files* dans cette putain de déposition. C'est compris ? »

Ça l'était.

« Tout le monde doit croire que la police s'est trouvée mêlée à ce bordel de manière tout à fait normale et qu'elle réglera cette affaire tout aussi normalement. » Et, faisant grincer le fourgon, il prit congé.

« Je rêve ou il vient juste de nous demander de mentir à un officier supérieur ? demandai-je.

— Tu ne rêves pas.

— Me voilà rassuré. »

Nous passâmes donc le reste de la journée à faire de faux témoignages dans des salles d'interrogatoire séparées, prenant soin de saupoudrer nos versions largement concordantes de petites divergences – par souci d'authenticité. Personne ne sait falsifier une déposition comme un policier.

Après avoir menti, nous empruntâmes des frusques au foyer et retournâmes à Downshire Hill. Un crime commis dans un quartier comme Hampstead faisait toujours la une ; les médias allaient être là en force, et pas seulement parce que la moitié des présentateurs des journaux télévisés avait pu se rendre au travail à pied cet après-midi-là.

Toby était étonnamment calme quand nous le laissâmes sortir de la Honda Accord ; après environ une heure consacrée au nettoyage de la banquette arrière, nous reprîmes la route de Charing Cross toutes vitres baissées. Difficile d'en vouloir à Toby – après tout, nous l'avions abandonné dans la voiture plus de huit heures. Nous lui achetâmes un Happy Meal dans un McDo, histoire de nous faire pardonner.

De retour dans ma chambre, nous bûmes l'ultime Grolsh. Puis Lesley se déshabilla et se coucha dans mon lit. Je la rejoignis et passai mes bras autour d'elle. Avec un soupir, elle se pressa contre moi. J'eus une érection, mais elle était bien trop polie pour s'en formaliser. Toby s'installa confortablement à nos pieds, utilisant ces derniers en guise d'oreiller, et le sommeil nous trouva tous dans cette position.

Quand je me réveillai le lendemain matin, Lesley était partie et mon téléphone sonnait. Je décrochai. C'était Nightingale.

« Êtes-vous en état de reprendre le travail ? » demanda-t-il.

Je l'étais.

De retour au boulot. À cette bonne vieille morgue où l'inspecteur Nightingale et moi-même étions invités à une visite guidée des blessures atroces de Brandon Coopertown. Je fis la connaissance d'Abdul Haqq Walid, un homme plein d'entrain d'une cinquantaine d'années et à la chevelure aux reflets roux, qui parlait avec un léger accent écossais.

« Le Dr Walid s'occupe de nos cas qui sortent de l'ordinaire, expliqua Nightingale.

— Ma spécialité est la cryptopathologie, dit le Dr Walid.

— Salem, dis-je.

— Al salam alaikum », répondit le Dr Walid en me serrant la main.

J'avais espéré que *cette fois* nous utiliserions la salle de visionnage à distance, mais Nightingale n'avait que faire d'un enregistrement à ce stade de l'autopsie. À nouveau affublés de nos tabliers, masques et lunettes de protection, nous entrâmes dans le labo. Sur la table, Brandon Coopertown, ou du moins l'homme que nous pensions être Brandon Coopertown, était allongé nu, sur le dos. Le Dr Walid avait déjà pratiqué la traditionnelle incision en Y sur le torse et, après avoir farfouillé à l'intérieur à la recherche de tout ce qui pouvait intéresser un pathologiste, l'avait refermée. Son identité avait été confirmée par les informations biométriques de son passeport.

« En dessous du niveau du cou, dit le Dr Walid, nous avons affaire à un homme proche de la cinquantaine, en bonne forme physique. C'est son visage qui retient notre intérêt dans le cas présent. »

Ou plutôt ce qui en restait. Le Dr Walid s'était servi de clamps pour écarter les lambeaux de peau déchirés, donnant au visage de Brandon Coopertown l'aspect d'une horrible marguerite rose et rouge.

« Commençons par le crâne », dit le Dr Walid, poursuivant son exposé à l'aide d'une baguette. Nightingale se pencha pour n'en rien manquer, mais je me contentai de regarder par-dessus son épaule. « Comme vous pouvez le constater, les os du visage ont subi des dégâts considérables – la mâchoire inférieure, l'os maxillaire et les zygomatiques ont été complètement pulvérisés et les dents, qui d'ordinaire résistent à tout, ont volé en éclats.

— Un coup violent au visage ?

— Ç'aurait été ma première hypothèse, s'il n'y avait pas eu cela. » À l'aide d'un clamp, il saisit un bout de peau – probablement ce qui avait dû recouvrir la joue – et le tira sur le visage. Il se déploya sur toute la largeur du crâne avant de retomber de l'autre côté, sur l'oreille. « La peau a été étirée au-delà de sa capacité naturelle à retrouver sa forme d'origine, et bien qu'il ne subsiste que peu de tissu musculaire, il présente également une dégradation latérale. À en juger par les lignes d'étirement, je dirais que quelque chose a exercé une pression sur son visage, tirant la peau et les muscles autour de son menton et de son nez, pulvérisant les os, et le maintenant dans cette position. Quand cette "force" a disparu, l'os et les tissus mous ont perdu leur intégrité et le visage s'est affaissé, tout simplement.

— Nous aurions affaire à un *dissimulo*, d'après vous ?

— Ou à une technique très proche. »

À mon intention, Nightingale expliqua que *dissimulo* était un sort permettant de modifier son apparence. En fait, il n'utilisa pas le mot « sort », mais c'était – grosso modo – l'idée.

« Malheureusement, intervint le Dr Walid, cela fonctionne essentiellement en changeant la position de la peau et des os, ce qui est susceptible de causer des dégâts irréparables.

— Cette technique n'a jamais été populaire, dit Nightingale.

— On comprend aisément pourquoi, dit le Dr Walid, désignant ce qui restait du visage de Brandon Coopertown.

— Vous avez trouvé quelque chose qui indique qu'il pratiquait la magie ? » demanda Nightingale.

Le légiste sortit un plateau en inox fermé. « Je m'attendais à cette question, alors j'ai pris les devants. » Il souleva le couvercle, révélant un cerveau humain. Je ne suis pas un expert, mais il n'avait pas l'air très sain ; il était grêlé et ratatiné, comme s'il était resté trop longtemps au soleil.

« Comme vous pouvez le constater, reprit le Dr Walid, on observe une dégradation du cortex cérébral et des signes d'hémorragie intracrânienne qui pourraient provenir d'une maladie dégénérative, si l'inspecteur Nightingale et moi-même n'en connaissions pas déjà la cause réelle. »

Il le coupa en deux pour nous montrer l'intérieur. On aurait dit un chou-fleur malade.

« Voilà à quoi ressemble un cerveau qui a abusé de la magie, commenta le Dr Walid.

— La magie a cet effet-là sur le cerveau ? demandai-je. Pas étonnant que ça soit passé de mode.

— C'est ce qui arrive quand on dépasse ses limites », précisa Nightingale. Il se tourna vers l'homme de l'art. « Nous n'avons rien trouvé à son domicile qui permette d'établir qu'il pratiquait la magie. Ni livre, ni instrument, ni *vestigium*.

— Quelqu'un lui a peut-être volé ses pouvoirs ? suggérai-je. En lui vidant le cerveau ?

— C'est très improbable, dit Nightingale. Il est presque impossible de voler la magie d'un autre homme.

— Sauf au moment de l'agonie, dit le Dr Walid.

— Il est bien plus vraisemblable que notre M. Coopertown se soit fait ça tout seul, dit Nightingale.

— D'après vous, il ne portait pas de masque lors de la première agression ? demandai-je.

— Ça semble plausible, dit Nightingale.

— Alors le visage de cet homme était déjà broyé mardi, poursuivis-je. Ce qui explique pourquoi sa peau avait l'air marbrée sur les images des caméras du bus. Ensuite, il prend l'avion pour les États-Unis, et passe trois nuits sur place avant de revenir ici. Et pendant tout ce temps, son visage est complètement démoli ? »

Le Dr Walid réfléchit. « Ce scénario correspondrait aux blessures et aux traces de repousse de la peau autour de certains fragments d'os.

— Il devait terriblement souffrir, fis-je remarquer.

— Pas nécessairement, dit Nightingale. L'un des dangers du *dissimulo*, c'est qu'il supprime la douleur. Le sorcier peut ne pas avoir conscience de ses blessures.

— Quand son visage avait l'air normal… c'était seulement grâce à la magie ? »

Le Dr Walid interrogea du regard Nightingale, qui acquiesça.

« Et quand on dort ? insistai-je.

— Normalement, *dissimulo* cesse de faire effet, précisa Nightingale.

— Mais dans ce cas, Coopertown était dans un tel état que son visage serait tombé. Il a dû se débrouiller pour garder le sort actif durant tout son séjour en Amérique. Vous prétendez qu'il n'a pas dormi pendant quatre jours ?

— Ça ne semble pas très réaliste, dit le Dr Walid.

— Est-ce qu'un sort fonctionne comme un logiciel ? » demandai-je.

Nightingale me lança un regard déconcerté. Le Dr Walid vola à son secours. « Dans quel sens ?

— Est-il envisageable de convaincre l'esprit inconscient d'un individu de maintenir un sort ? demandai-je. De cette façon, le sort continuerait à fonctionner, même une fois l'individu en question endormi.

— C'est possible, en théorie, bien que discutable du point de vue éthique, mais je n'en serais pas capable, dit Nightingale. Je pense qu'aucun sorcier humain ne le pourrait. »

Aucun sorcier humain – d'accord. Le Dr Walid et Nightingale me regardaient et je compris qu'ils avaient une longueur d'avance sur moi – et qu'ils m'attendaient.

« Quand je vous ai posé la question de l'existence des fantômes, vampires et autres loups-garous, vous m'avez répondu que je n'étais pas au bout de mes surprises ; vous ne plaisantiez pas, hein ? »

Nightingale secoua la tête. « J'ai bien peur que non. Je suis navré.

— Merde. »

Le Dr Walid sourit. « J'ai dit exactement la même chose il y a trente ans.

— Alors, ce qui a fait subir ça à ce pauvre M. Coopertown n'était probablement pas humain.

— Nous n'avons aucune certitude, dit le légiste. Cela dit, c'est plus que probable. »

Comme tout bon policier disposant d'un moment de libre en milieu de journée, Nightingale et moi nous mîmes en quête d'un pub. Au coin de la rue, le *Marquis de Queensbury*, un établissement plutôt select, faisait moins le fier sous la bruine de l'après-midi. Nightingale m'offrit une bière et nous nous installâmes dans un box d'angle sous une gravure victorienne représentant un combat de lutte à mains nues.

« Comment êtes-vous devenu un sorcier ? »

Nightingale secoua la tête. « Ce n'est pas comme entrer à Scotland Yard, dit-il.

— Vous m'en direz tant. Comment ça se passe ?

— C'est un apprentissage. Un engagement, envers la magie, envers moi et envers votre pays.

— Je dois vous appeler "Sufi" ? »

J'avais réussi à lui arracher un sourire. « Non, vous devez m'appeler "maître".

— Maître ?

— C'est la tradition », se défendit Nightingale.

Je me répétai le mot dans ma tête – décidément, il ne me plaisait pas, trop de mauvais souvenirs pour le métis que j'étais.

« Et si je vous appelais plutôt inspecteur ?

— Qu'est-ce qui vous fait croire que je vous propose le poste ? »

J'avalai une gorgée de ma pinte et j'attendis. Nightingale sourit de nouveau et but à son tour. « Une fois franchi ce Rubicon-là, il n'y a plus de retour en arrière possible, dit-il. Et "inspecteur" fera l'affaire.

— Je viens de voir un homme tuer sa femme et leur enfant, dis-je. S'il existe une explication rationnelle pour ça, alors je veux la connaître. S'il y a la moindre chance qu'il n'ait pas été responsable de ses actions, je veux le savoir. Parce que alors on sera en mesure d'empêcher que ça se reproduise.

— Ce n'est pas une bonne raison pour accepter ce travail.

— Parce qu'il y en a une ? Je veux en être, inspecteur, parce que j'ai besoin de savoir. »

Nightingale leva son verre et me salua. « C'est déjà mieux.

— Et maintenant ? demandai-je.

— Maintenant, rien. C'est dimanche. Mais dès demain matin, nous irons voir le préfet.

— Très drôle.

— Non, je ne plaisante pas. La décision finale lui appartient. »

New Scotland Yard a d'abord été un immeuble de bureaux ordinaire, loué par la Métro dans les années 1960. Depuis, la décoration intérieure a été revue plusieurs fois, le plus récemment au cours des années 1990, probablement la pire décennie en matière d'architecture d'intérieur institutionnelle depuis les années 1970. Raison pour laquelle, supposai-je, l'antichambre menant au bureau du préfet ressemblait à une jungle de contreplaqué stratifié austère et de chaises en polyuréthane moulé. Pour mettre les visiteurs à l'aise, des portraits des six derniers préfets les toisaient depuis les murs.

Sir Robert Mark (1972-1977) semblait particulièrement désapprobateur. Il ne pensait probablement pas que j'étais très utile à la police.

« Il n'est pas trop tard pour retirer votre candidature », m'informa Nightingale.

Il avait tort. J'aurais pourtant souhaité qu'il ait raison. En règle générale, la présence d'un policier en tenue dans l'antichambre du préfet ne se justifie que dans deux hypothèses : soit il a fait preuve d'un grand courage, soit il s'est montré extrêmement stupide. Dans mon cas, j'avais du mal à me décider.

Le préfet ne nous fit attendre que dix minutes avant que sa secrétaire vienne nous chercher. Son bureau était vaste, conçu avec la même absence de style que le reste de Scotland Yard, avec pour seul luxe une couche de lambris en faux chêne posée par-dessus le contreplaqué. Un portrait de la reine était accroché sur un mur et un autre, celui du premier préfet, Sir Charles Rowan, ornait celui d'en face. Aussi proche du garde-à-vous qu'un flic londonien pouvait l'être, je faillis tressaillir quand le préfet me tendit la main.

« Agent Grant, dit-il. Vous êtes bien le fils de Richard Grant, n'est-ce pas ? J'ai plusieurs de ses disques chez moi, à l'époque où il jouait avec Tubby Hayes. Des vinyles, bien sûr. »

Il n'attendit pas ma réponse, mais serra la main de Nightingale et nous invita à nous asseoir. Encore un homme du Nord qui avait gravi les échelons à la force du poignet, avec un passage en Ulster, apparemment un prérequis pour tous les futurs préfets de la Métro, sans doute parce qu'on considère que le sectarisme violent forge le caractère. Il portait bien l'uniforme et son image auprès de la base n'était pas celle d'un bouffon irrécupérable – ce qui le situait bien au-dessus de ses prédécesseurs.

« Voilà un développement inattendu, inspecteur, dit le préfet. Et certains pourraient même avoir des doutes sur son utilité.

— Monsieur le préfet, commença Nightingale avec circonspection, je crois que la situation exige une modification de notre arrangement.

— Quand j'ai été informé de la nature de votre service, j'ai cru comprendre qu'il n'avait plus qu'une fonction résiduelle et que la... » – le préfet dut se forcer à prononcer le mot – « la magie était en déclin et ne posait qu'un problème marginal au maintien de la paix de la reine. En fait, je me rappelle clairement le ministère de l'Intérieur se réjouir de voir son influence "s'amenuiser" – je cite – "éclipsée par la science et la technologie" – une autre phrase que j'ai beaucoup entendue.

— Le ministère de l'Intérieur n'a jamais vraiment compris que la science et la magie ne s'excluent pas mutuellement, monsieur. Le fondateur de ma société l'a amplement prouvé. Je crois que nous assistons depuis quelque temps à une augmentation lente mais régulière de l'activité magique.

— La magie serait de retour ?

— Depuis le milieu des années 1960.

— Les années 1960, répéta le préfet. Pourquoi ne suis-je pas surpris ? C'est tellement commode. Vous avez une idée de ce qui pourrait en être la cause ?

— Non, monsieur, répondit Nightingale. Mais on n'a jamais réussi à s'entendre sur les raisons de sa disparition non plus.

— J'ai pourtant entendu le mot Ettersburg mentionné dans ce contexte. »

Une expression de souffrance passa sur le visage de Nightingale. « Ettersburg a joué un rôle, c'est certain. »

Le préfet souffla bruyamment et soupira. « Les meurtres de Covent Garden et de Hampstead sont liés ? demanda-t-il.

— Oui, monsieur.

— Et vous pensez que la situation va empirer ?

— Oui, monsieur.

— Suffisamment pour remettre l'accord en cause ?

— Il faut dix ans pour former un apprenti, monsieur. Il est préférable d'avoir quelqu'un sous la main, juste au cas où il m'arriverait quelque chose. »

Le préfet eut un petit rire sans joie. « Il sait à quoi il s'engage ?

— Quel policier le sait vraiment ?

— Très bien, céda le préfet. Debout, mon garçon. »

Une fois tous debout, Nightingale me demanda de lever la main et me lut le serment : « Peter Grant, de Kentish Town, jurez-vous d'être fidèle à notre souveraine, Sa Majesté la reine, et à ses héritiers ? De bien servir votre maître au cours de votre apprentissage ? D'observer les règles édictées par les autorités supérieures de cette société, y compris en matière vestimentaire ? De ne révéler aucune information concernant ladite société sauf à un autre de ses membres ? Jurez-vous de vous comporter en homme de bien et de garder secret ce serment fait à votre pouvoir, à votre souveraine et aux forces qui gouvernent l'univers ? »

Je jurai, même si je faillis m'étrangler sur la clause vestimentaire.

« À la grâce de Dieu », conclut le préfet.

Nightingale m'informa qu'en ma qualité d'apprenti je devais loger dans sa résidence de Londres, à Russell Square. Il me donna l'adresse et me déposa au foyer de Charing Cross.

Lesley m'aida à faire mes bagages.

« Pourquoi tu n'es pas à Belgravia ? demandai-je. La crim n'a pas besoin de toi ?

— On m'a donné ma journée, expliqua Lesley. Une permission exceptionnelle – pour me tenir à l'écart des médias. »

C'était compréhensible. Une famille de gens riches et charismatiques venait d'être anéantie ; il y avait de quoi faire saliver n'importe quel rédacteur en chef. Après avoir décortiqué les détails sordides, la presse allait exploiter cette histoire à fond, se servant de la mort tragique des Coopertown pour s'interroger sur notre société et se livrer à un réquisitoire contre la culture moderne/l'humanisme séculaire/le politiquement correct/la situation en Palestine – rayez les mentions inutiles. Une chose aurait pu rendre pareil scoop encore meilleur : la présence d'une femme agent de police, blonde et séduisante, que sa hiérarchie avait envoyée seule sur le terrain pour une mission dangereuse. On ne manquerait pas de poser des questions. Et d'ignorer les réponses.

« Qui part à Los Angeles ? » demandai-je. Quelqu'un devait se charger de remonter la piste de Brandon Coopertown aux États-Unis.

« Deux brigadiers que je n'ai jamais eu l'occasion de rencontrer. Je n'ai travaillé là-bas que deux jours avant que tu ne me mettes dans le pétrin.

— Tu es sa préférée. Seawoll ne t'en voudra pas.

— N'empêche. Je t'ai rendu un fier service – tu as une dette envers moi, rappela-t-elle, alors qu'elle pliait brusquement ma serviette de bain en un cube bien serré.

— Qu'est-ce que tu veux ? » demandai-je.

Lesley voulut savoir s'il m'était possible d'avoir ma soirée libre ; je lui répondis que je pouvais toujours essayer.

« Je n'ai pas envie d'être coincée ici, expliqua-t-elle. Je veux sortir.

— Où ça ? demandai-je, et je la regardai déplier la serviette et la replier en forme de triangle.

— N'importe où, sauf au pub. » Elle me tendit la serviette, que je ne réussis à ranger dans mon sac à dos qu'après l'avoir dépliée.

« Et si on se faisait une toile ? proposai-je.

— Ça me va, à condition qu'on aille voir quelque chose de drôle. »

Russell Square est situé à un kilomètre de Covent Garden, au-delà du British Museum. À en croire Nightingale, c'était le cœur du mouvement philosophique et littéraire dans les premières années du siècle précédent ; moi, ça m'est resté à l'esprit à cause d'un vieux film d'horreur où des cannibales vivaient dans les couloirs du métro.

L'adresse était du côté sud de la place, où une rangée de maisons de style georgien avait survécu. Elles étaient hautes de cinq étages, en comptant les combles aménagés, et des rampes en fer forgé empêchaient de se briser le cou dans les descentes raides menant aux appartements en sous-sol. Celle que je cherchais disposait d'une volée de marches nettement plus majestueuse que ses voisines, montant vers une porte à deux battants en acajou, avec des ornements en cuivre. Les mots SCIENTIA POTESTAS EST étaient gravés au-dessus du linteau.

« La science pointe vers l'est » ? « La science est prodigieuse » ? « La science proteste un peu trop fort » ? « La science des patates est la plus puissante » ?

Étais-je tombé sur un repaire de savants fous se livrant à de dangereuses manipulations génétiques sur les plantes ?

Je traînai mon sac à dos et deux valises sur le perron. J'appuyai sur la sonnette en cuivre, mais aucun son ne filtra par les épaisses portes en bois. Au bout d'un moment, elles s'ouvrirent toutes seules. C'était peut-être à cause du bruit de la circulation, mais j'aurais juré n'avoir pas entendu de moteur ni de mécanisme d'aucune sorte. Toby geignit et se cacha derrière mes jambes.

« Charmant, comme endroit, dis-je. Pas lugubre pour un sou. »

Je fis franchir le seuil à mes valises.

Le sol du vestibule était une mosaïque à la romaine ; bien que ne ressemblant absolument pas à un guichet, une guérite en bois et en verre indiquait clairement qu'il y avait un dedans et un dehors, et que celui qui voulait entrer dans le bâtiment avait intérêt à avoir toutes les autorisations nécessaires. Quel que fût cet endroit, il ne s'agissait certainement pas de la résidence privée de Nightingale.

Au-delà de la cabine, flanquée de deux piliers néoclassiques, se dressait la statue en marbre d'un homme vêtu d'une toge de professeur et de hauts-de-chausses. Il tenait un gros volume au creux d'un bras et un sextant dans l'autre. Son visage carré affichait une expression de curiosité implacable. J'avais deviné son nom avant même de lire le socle :

La Nature et ses lois gisaient dans la nuit ;
alors Dieu dit : « Que Newton soit ! », et la lumière fut.

Nightingale m'attendait près de la statue. « Bienvenue à la Folie, dit-il, siège officiel de la magie anglaise depuis 1775.

— Et Isaac Newton est votre saint patron ? » m'étonnai-je.

Nightingale sourit. « Il était le fondateur de notre société, et le premier homme à systématiser la pratique de la magie.

— On m'a appris qu'il était l'inventeur de la science moderne, répliquai-je.

— Il a fait les deux. C'est la marque des vrais génies. »

Nightingale me fit franchir une porte donnant sur un atrium rectangulaire qui dominait le centre du bâtiment. Au-dessus de moi couraient deux rangées de balcons ; un dôme victorien en fer et en verre formait le toit. Les griffes de Toby cliquetèrent sur le sol de marbre couleur crème. C'était très calme, et l'endroit avait beau être impeccable, je n'en ressentis pas moins une forte impression d'abandon.

« Il y a par là une grande salle à manger que nous n'utilisons plus guère. » Nightingale pointa du doigt des portes de l'autre côté de l'atrium. « De ce côté-ci, la bibliothèque, l'amphithéâtre. À l'étage du dessous, les cuisines, les arrière-cuisines et la cave à vins. L'escalier de service est là-bas. On accède à la remise à calèches et aux écuries par les portes de derrière.

— Combien de personnes vivent ici ? m'enquis-je.

— Seulement vous et moi. Et Molly. »

Soudain, Toby s'accroupit à mes pieds et grogna, comme s'il avait flairé un rat dans la cuisine et qu'il comptait bien lui signaler ainsi qu'il ne plaisantait pas. Je regardai dans cette direction et vis une femme avancer vers nous sans bruit sur le marbre poli. Elle était mince et habillée comme une servante de l'époque d'Édouard VII – tablier blanc amidonné par-dessus une longue jupe noire et un chemisier en coton immaculé. Son visage n'était pas en harmonie avec sa tenue, trop ovale, trop anguleux, avec des yeux noirs en amande. En dépit de sa charlotte, elle laissait ses cheveux flotter, un rideau noir lui tombant sur la taille. Elle me donna immédiatement la chair de poule, et pas seulement parce que j'avais vu trop de films d'horreur japonais.

« Je vous présente Molly. Elle est à notre service.

— Pour faire quoi ?

— Tout ce qui est nécessaire », dit Nightingale.

Molly baissa les yeux et s'inclina dans ce qui aurait pu passer pour une révérence un peu gauche. Quand Toby reprit ses grondements, Molly lui répondit sur le même ton en montrant les dents – plutôt pointues, remarquai-je avec inquiétude.

« Molly », fit Nightingale d'une voix cassante.

D'un air modeste, Molly se couvrit la bouche de la main, se retourna et repartit d'où elle était venue. Toby laissa échapper un petit grognement de satisfaction auquel il était bien le seul à croire.

« Et elle est... ?

— Indispensable », trancha Nightingale.

Avant de nous rendre à l'étage, mon supérieur m'entraîna dans une niche du mur nord. Là, posé sur un piédestal tel un dieu du foyer, se trouvait une vitrine de musée fermée contenant un exemplaire d'un livre relié cuir. Il était ouvert à la page de titre. Je me penchai pour lire : *Philosophiae Naturalis Principia Artes Magicis, Autore : I. S. Newton*.

« Alors comme ça, non content d'avoir lancé la révolution scientifique, ce brave Isaac a inventé la magie ? commentai-je.

— Il ne l'a pas inventée, me corrigea Nightingale. Il en a codifié les principes de base, il en a fait quelque chose de moins hasardeux.

— La magie et la science. Et je suppose qu'il ne s'est pas arrêté en si bon chemin ?

— Il a réformé la Monnaie royale et sauvé le pays de la faillite. »

Il semblait exister deux escaliers principaux ; nous empruntâmes celui qui, du côté sud, montait vers les premiers balcons à colonnades ; partout, des lambris et des meubles sous des housses de protection blanches. Deux volées de marches supplémentaires nous amenèrent au deuxième étage, dans un couloir bordé de portes en bois massif. Il en ouvrit une, apparemment au hasard, et me fit entrer.

« Vous êtes chez vous », dit-il.

La chambre était deux fois plus grande que celle que j'occupais au foyer, et bien plus haute de plafond. Un lit double en cuivre était calé dans un coin, une armoire tout droit sortie du *Monde de Narnia* dans un autre ; entre les deux, un secrétaire, bien placé pour profiter de la lumière provenant d'une des deux fenêtres à guillotine. Des étagères couvraient deux murs entiers, avec pour seuls volumes, comme le révéla un examen ultérieur, une collection complète de la onzième édition de l'*Encyclopaedia Britannica*, publiée en 1913, et une Bible. Un appareil de chauffage à gaz, décoré de carreaux en céramique verts, avait visiblement remplacé la cheminée à foyer ouvert d'origine. Sur le bureau, la lampe de travail était coiffée d'un abat-jour orné d'un motif imitant une estampe japonaise ; à côté d'elle se trouvait un téléphone en bakélite probablement plus vieux que mon père. Il régnait une odeur de poussière et d'encaustique récemment appliquée ; je soupçonnai que cette pièce avait dormi paisiblement ces cinquante dernières années, rêvant sous des housses de protection blanches.

« Quand vous serez installé, retrouvez-moi en bas. Et soyez présentable. »

Sachant ce qui m'attendait, je m'efforçai de faire traîner les choses, mais il ne me fallut pas longtemps pour défaire mes bagages.

Accueillir les parents éplorés à l'aéroport sortait du strict cadre de notre mission. Même en négligeant le fait que cette affaire était officiellement du ressort de la brigade criminelle de Westminster, il semblait extrêmement improbable que le père ou la mère d'August Coopertown détiennent la moindre information se rapportant au meurtre. Au risque de paraître insensibles, les inspecteurs ont mieux à faire que d'apporter au pied levé une aide psychologique aux proches endeuillés ; les agents de liaison auprès des familles sont là pour ça. Nightingale ne voyait pas les choses ainsi, raison pour laquelle lui et moi attendions derrière la barrière de sécurité du hall des arrivées de Heathrow quand M. et Mme Fischer passèrent la douane. Je tenais le panneau en carton.

Ils ne ressemblaient pas à l'idée que je m'étais faite d'eux. Le père était petit, avec un début de calvitie ; la mère, rondelette, avait des cheveux châtain terne. Nightingale se présenta dans une langue que j'imaginai être du danois et m'ordonna de porter les valises à la Jag ; je ne me fis pas prier.

Demandez à n'importe quel policier ce qu'il y a de pire dans ce boulot, il vous répondra toujours « annoncer une mauvaise nouvelle à des parents », mais ce n'est pas la vérité. Le pire, c'est de devoir rester dans la pièce après avoir annoncé la nouvelle, et d'être obligé de regarder quelqu'un dont la vie est en train de se désintégrer. J'en connais qui disent que ça ne les dérange pas – ces gens-là ne m'inspirent pas confiance.

Les Fischer avaient visiblement trouvé sur Google l'hôtel le plus proche du domicile de leur fille, et ils avaient donc réservé une chambre dans un établissement de Haverstock Hill, un bâtiment en brique qui tenait à la fois de la prison et de la station-service. Le hall défraîchi à la décoration surchargée était à peu près aussi accueillant qu'une agence d'intérim. Les Fischer n'avaient sans doute rien remarqué, mais je voyais bien que cet endroit ne recueillait pas l'approbation de Nightingale ; l'espace d'un instant, je crus qu'il allait leur proposer de les loger à la Folie.

Puis il soupira et me fit poser les valises près de la réception. « Je me charge du reste », ajouta-t-il, et il me renvoya chez moi. Je saluai les Fischer et décampai de leur vie aussi vite que me le permettaient mes jambes.

Après ça, je n'avais plus vraiment envie de sortir, néanmoins Lesley insista. « Il se produit des horreurs tous les jours : la vie ne s'arrête pas pour autant. En plus, tu me dois cette soirée. »

Je ne discutai pas. Et puis, ce n'était pas les cinémas qui manquaient dans le West End. Nous aurions l'embarras du choix. Le Prince Charles proposait *L'Armée des douze singes* dans la salle du bas et un double programme Kurosawa à l'étage. Étape suivante, le Voyage, sur Leicester Square, une sorte de mini multiplex – sur ses huit écrans, deux au moins étaient plus grands qu'un téléviseur plasma de taille moyenne. En temps normal, je n'ai rien contre un peu de violence gratuite au cinéma, mais je laissai Lesley me convaincre que *Sorbets au citron*, la comédie romantique euphorisante du mois, avec Allison Tyke et Dennis Carter, était le film tout indiqué pour nous remonter le moral. Qui sait, ça aurait pu marcher, si nous avions eu l'occasion de le voir.

Le stand de boissons et de friandises s'étendait sur toute la largeur du foyer. Huit points de vente accueillaient les clients, chacun disposant de sa propre caisse nichée parmi les distributeurs de pop-corn, les machines à hot-dogs et les affichettes publicitaires en carton proposant des menus enfants dans le cadre d'une opération promotionnelle liée au dernier blockbuster. Au-dessus de chaque guichet, un écran LCD panoramique annonçait les films, l'âge requis, les horaires, le temps d'attente et le nombre de fauteuils encore disponibles dans chaque salle. À intervalles réguliers, le moniteur basculait sur un trailer, une réclame pour de la viande hachée mécaniquement ou un message confirmant la chance qu'on avait de passer un si bon moment dans la chaîne des cinémas Voyage. Une seule caisse était ouverte, et une quinzaine de personnes avait pris racine devant. Nous nous joignîmes à la queue derrière une femme d'âge moyen, bien habillée, accompagnée par quatre fillettes entre neuf et onze ans. Ça ne nous ennuyait pas, Lesley et moi – si un flic apprend une chose, c'est la patience.

L'enquête qui suivit révéla que, des quatre employés de service ce soir-là, il n'y en avait qu'un pour s'occuper du guichet, un réfugié sri-lankais de vingt-trois ans nommé Sadun Ranatunga. Au moment de l'incident, deux de ses collègues nettoyaient les écrans un et trois en prévision de la prochaine projection et un autre lavait une flaque particulièrement écœurante dans les toilettes pour hommes.

Comme M. Ratanuga devait à la fois vendre des billets et du pop-corn, il lui fallut au moins un quart d'heure pour réduire la longueur de la file et commencer à redonner espoir à la femme qui nous précédait. Les enfants qui l'accompagnaient et s'étaient jusqu'alors amusées ailleurs rejoignirent la queue et lui firent part de leurs souhaits en matière de friandises. Avec une fermeté impressionnante, elle leur précisa qu'elles avaient droit à une ration comprenant une boisson, une portion de pop-corn ou un paquet de bonbons – aucune exception, et elle se moquait de ce que leur permettait de commander la mère de Priscilla lorsqu'elle sortait avec elles. Non, personne n'aura de *nachos*. Des nachos, je vous demande un peu ! Maintenant, tenez-vous bien, ou personne n'aura rien.

À en croire la PJ de Charing Cross, tout bascula quand le couple suivant réclama le tarif réduit. Le couple en question, Nicola Fabroni et Eugenio Turco, deux héroïnomanes originaires de Naples venus à Londres pour se désintoxiquer, avait en sa possession des prospectus de la Piccadilly Circus School, ce qui, prétendaient-ils, faisait d'eux des étudiants en bonne et due forme. Moins d'une semaine plus tôt, M. Ranatunga aurait fermé les yeux, mais cet après-midi-là, le siège avait décrété que le Voyage de Leicester Square vendait beaucoup trop de billets à bas prix et qu'à l'avenir le personnel devrait refuser toute requête suspecte. Conformément à cette directive, M. Ranatunga informa avec regret Turco et Fabroni qu'ils allaient payer plein pot. La nouvelle fut mal accueillie par le couple qui avait budgété sa soirée en pensant resquiller au cinéma. Ils protestèrent, mais M. Ranatunga se montra inflexible. Comme les deux parties s'exprimaient dans leur deuxième langue, leur échange s'éternisa. Enfin, de mauvaise grâce, Turco et Fabroni s'acquittèrent du plein tarif avec deux billets de cinq livres sales et une poignée de pièces de dix pence.

Apparemment, Lesley avait eu les deux Italiens à l'œil depuis le début, alors que je mettais au point toutes sortes de stratagèmes pour la faire monter en douce dans ma chambre à la Folie – puisqu'on vous dit que je me laisse facilement distraire. C'est pourquoi nous fûmes un peu surpris quand la femme d'allure respectable qui se tenait devant nous se jeta par-dessus le comptoir et essaya d'étrangler M. Ranatunga.

Elle s'appelait Celia Munroe, habitait Finchley, et avait voulu gâter ses filles Georgina et Antonia et leurs deux amies, Jennifer et Alex, en les emmenant au cinéma dans le West End. La dispute commença quand Mme Munroe tendit cinq chèques-cadeaux Voyage Film en paiement partiel des billets. M. Ranatunga lui indiqua avec regret que ces chèques n'étaient pas valables dans cette salle-ci. Mme Munroe lui demanda pour quelle raison, mais M. Ranatunga ne put lui fournir d'explication, sa direction n'ayant pas jugé utile de l'informer de la promotion en question. Mme Munroe exprima son insatisfaction avec un degré de violence qui surprit M. Ranatunga, Lesley et moi, et, à en croire sa déposition ultérieure, Mme Munroe elle-même.

C'est ce moment-là que Lesley et moi décidâmes d'intervenir, mais nous n'eûmes même pas le temps de nous présenter et de nous enquérir de la nature du problème que Mme Munroe passait à l'action. Tout se déroula très vite et il nous fallut quelques instants avant de comprendre la situation. Heureusement, nous avions tous les deux suffisamment l'habitude de la rue pour ne pas rester plantés là ; empoignant chacun une épaule de Mme Munroe, nous essayâmes de lui faire lâcher ce pauvre M. Ranatunga. Elle lui serrait le cou si fort qu'il fut entraîné, lui aussi, par-dessus le comptoir. À ce stade, l'une des fillettes était hystérique et la plus âgée, Antonia je crois, se mit à me bourrer le dos de coups de poing, mais je ne sentis rien sur le moment. Mme Munroe affichait un rictus de rage ; les tendons de son cou et de ses avant-bras saillaient. Le visage de M. Ranatunga était en train de s'assombrir, ses lèvres viraient au bleu.

Lesley parvint à appuyer son pouce sur les points de compression des poignets de Mme Munroe ; celle-ci lâcha prise tellement vite que nous tombâmes tous deux à la renverse. Elle atterrit sur moi et j'essayai de lui immobiliser les bras, mais elle réussit tout de même à me donner un méchant coup de coude dans les côtes. J'usai de mon avantage en force et en poids pour la déséquilibrer et la faire rouler sur elle-même, face contre terre, le nez dans la moquette empestant le pop-corn. Bien sûr, je n'avais pas mes menottes sur moi, je dus donc lui maintenir les deux mains derrière le dos. D'un point de vue strictement légal, une fois qu'on a touché un suspect, on n'a pas vraiment d'autre choix que de l'arrêter. Je l'informai que toute déclaration de sa part pouvait être retenue contre elle et elle cessa de se débattre. Je regardai en direction de Lesley qui, non contente de s'être occupée du blessé, avait réuni les enfants et prévenu le poste de police de Charing Cross.

« Si je vous laisse vous relever, vous me promettez d'être sage ? » demandai-je.

Mme Munroe hocha la tête. Elle se retourna sur elle-même et resta assise à l'endroit où elle se trouvait.

« Je voulais simplement aller au cinéma, dit-elle. Quand j'étais jeune, à l'Odeon de mon quartier, il suffisait de dire “un billet, s'il vous plaît”, et on vous donnait un billet en échange de votre argent. Quand est-ce que tout est devenu si compliqué ? Quand est-ce que ces cochonneries de nachos sont arrivées ? C'est quoi d'ailleurs un putain de nacho ? » L'une des fillettes rit nerveusement en entendant le juron.

Lesley écrivait dans son calepin officiel. Quand on vous prévient que tout ce que vous direz pourra être retenu contre vous, ce n'est pas de la blague.

« Est-ce que ce garçon est blessé ? » Elle me regarda, en quête de réconfort. « Je ne sais pas ce qui m'a pris. Je voulais juste discuter avec quelqu'un qui parle notre langue correctement. L'été dernier, je suis allée en vacances en Bavière et tout le monde parlait très bien l'anglais. J'emmène mes enfants dans le West End et je n'y rencontre que des étrangers. Je ne comprends pas un mot de ce qu'ils disent. »

J'avais le sentiment qu'un procureur peu scrupuleux n'hésiterait pas à faire de cette histoire un crime raciste. Je croisai le regard de Lesley qui soupira et cessa de prendre des notes.

« Je voulais simplement aller au cinéma », répéta Mme Munroe.

Notre salut se manifesta sous la forme de l'inspecteur Neblett qui nous jeta un coup d'œil et dit : « Et moi qui pensais être débarrassé de vous deux ! » Je n'étais pas dupe. Je savais qu'il avait dû ressasser cette phrase pendant tout le trajet.

Pourtant, nous nous retrouvâmes tous au poste, afin de terminer l'arrestation et de faire toute la paperasse – trois heures de ma vie perdues à jamais. Comme tout bon flic en heures sup, nous nous installâmes à la cantine pour remplir les formulaires tout en buvant du thé.

« Je croyais que c'était le boulot de l'Office des affaires en cours ? ironisa Lesley.

— Si tu m'avais écouté, on serait allés voir *Les Sept Samouraïs*.

— Tu n'as pas trouvé qu'il y avait quelque chose de bizarre dans toute cette histoire ?

— Tu peux être plus précise ?

— Tu sais… Une femme d'âge moyen pète brusquement les plombs et agresse un inconnu dans un cinéma, devant ses enfants. Tu es sûr que tu n'as pas senti quelque chose ? » Elle agita les doigts.

« Je ne faisais pas attention. » Avec le recul, je pensai qu'il y avait peut-être eu quelque chose, un éclat de violence et de rire, mais je n'étais pas certain de pouvoir me fier à un souvenir.

M. Munroe arriva avec un avocat et les parents des autres enfants vers vingt et une heures et sa femme fut remise en liberté sous caution moins d'une heure plus tard. Bien avant que Lesley et moi n'en ayons fini avec la paperasserie. J'étais trop épuisé à ce moment-là pour tenter quoi que ce soit, je me contentai donc de lui souhaiter une bonne nuit et de demander à une voiture de patrouille de me déposer à Russell Square.

J'avais un jeu de clés flambant neuf, qui comprenait celle ouvrant l'entrée de service à l'arrière de la maison. Ainsi, je n'avais pas besoin de passer furtivement sous le regard désapprobateur de Sir Isaac. L'atrium principal était faiblement éclairé, et alors que je montais la première volée de marches, je crus distinguer une silhouette pâle qui traversait la pièce sans un bruit.

On sait qu'on habite dans un endroit vraiment classe quand on prend le petit-déjeuner dans une autre salle à manger que celle où on a dîné, et qu'on ne se contente pas de changer la vaisselle en porcelaine. Elle était orientée sud-est, pour profiter de la maigre lumière de janvier, et donnait sur la remise à calèches et les écuries. En dépit du fait que Nightingale et moi étions les seuls convives, toutes les tables avaient été dressées sur des nappes d'une blancheur immaculée. On aurait aisément pu accueillir cinquante personnes. En outre, le buffet proposait, servis sur des plateaux plaqués argent, des harengs fumés et salés, des œufs, du bacon, du boudin noir ; il y avait également un saladier rempli de riz, de pois et de haddock effilé que Nightingale identifia comme du kedgeree. Il parut aussi surpris par la quantité que moi.

« Je pense que Molly s'est laissé un peu emporter par son enthousiasme », dit-il en entamant le kedgeree. Je pris un peu de tout et Toby eut droit à quelques saucisses, du boudin noir et un bol d'eau.

« On n'arrivera jamais à avaler tout ça, dis-je. Qu'est-ce qu'elle va faire de tous les restes ?

— J'ai appris à ne pas poser ce genre de questions, dit Nightingale.

— Pourquoi ?

— Parce que je ne suis pas sûr de vouloir connaître les réponses. »

Mon premier véritable cours de magie eut lieu dans un des labos situés à l'arrière du premier étage. Les autres avaient été utilisés, par le passé, pour des projets de recherche, mais celui-ci était destiné à l'enseignement. D'ailleurs, il ressemblait un peu à une salle de travaux pratiques de chimie, à l'école, avec ses paillasses à hauteur de taille, et leurs robinets à gaz pour les becs Bunsen placés à intervalles réguliers, les vasques en porcelaines blanches enfoncées dans les surfaces en bois verni. J'aperçus même une table de classification périodique des éléments accrochée au mur ; je remarquai qu'elle ne tenait pas compte des découvertes effectuées depuis la Seconde Guerre mondiale.

« D'abord, remplissons un évier », dit Nightingale. Il en choisit un et tourna la poignée à la base du long tuyau à col de cygne. Quelque chose sembla cogner au loin, et le bec remua, gargouilla, avant de cracher une goutte de liquide brunâtre.

Nous fîmes tous les deux un pas en arrière.

« À quand remonte la dernière utilisation de cet endroit ? » demandai-je.

Les chocs devinrent plus forts, plus rapides, et enfin de l'eau coula dans l'évier, sale dans un premier temps, puis claire. Le bruit faiblit. Nightingale enfonça la bonde et laissa la cuvette se remplir aux trois quarts avant de fermer le robinet.

« Quand vous essayez de jeter ce sort, dit-il, ayez toujours une bassine d'eau à côté de vous, par mesure de sécurité.

— On va faire du feu ?

— Seulement si vous vous y prenez mal. Je vais vous faire une démonstration et je veux que vous soyez très attentif – comme vous l'étiez quand vous cherchiez des *vestigia*. Vous comprenez ?

— Comme pour les *vestigia*, dis-je. Compris. »

Nightingale tendit la main droite, paume vers le haut, et serra le poing. « Regardez ma main », dit-il, et il ouvrit les doigts. Soudain, flottant à quelques centimètres au-dessus de sa peau, apparut une boule lumineuse. Brillante, mais pas au point de ne pas pouvoir la fixer du regard.

Nightingale referma le poing et le globe disparut. « Encore une fois ? » demanda-t-il.

Jusqu'à ce moment-là, je pense qu'une partie de moi attendait une élucidation rationnelle, mais quand je vis la désinvolture avec laquelle Nightingale produisait cet éclat étrange, je sus que je tenais mon explication : la magie était une réalité. La question suivante étant, bien sûr : Comment ça marche ?

« Encore », dis-je.

Il rouvrit la main et la lumière apparut. Sa source semblait être de la taille d'une balle de golf, avec une surface lisse et nacrée. Je me penchai en avant, mais je n'arrivai pas à déterminer si la clarté émanait de l'intérieur du globe ou de sa surface.

Nightingale ferma sa paume. « Soyez prudent. Vous pourriez vous abîmer les yeux. »

Je clignai des paupières et vis des taches violettes. Il avait raison – je m'étais laissé amadouer par la douceur de la lumière et je l'avais fixée trop longtemps. Je m'aspergeai les yeux avec un peu d'eau.

« Prêt à recommencer ? demanda Nightingale. Essayez de vous concentrer sur vos sensations pendant que je le fais – vous devriez ressentir quelque chose.

— Quelque chose ?

— La magie est comparable à la musique, expliqua Nightingale. Chacun l'entend différemment. Le terme technique approprié est *forma*, mais ça ne vous aide pas beaucoup plus, n'est-ce pas ?

— Je peux fermer les yeux ?

— Je vous en prie. »

Je sentis effectivement « quelque chose », comme un accroc dans le silence au moment de la création. Nous répétâmes l'exercice jusqu'à ce que je sois sûr que ce n'était pas le fruit de mon imagination. Nightingale me demanda si j'avais des questions. Je voulus savoir comment se nommait ce sort.

— Familièrement, on appelle ça une lumiforme, dit-il.

— Ça marche aussi sous l'eau ? »

Nightingale plongea la main dans l'évier et, malgré l'angle peu commode, créa une lumiforme sans difficulté apparente.

« Donc il ne s'agit pas d'un processus d'oxydation, observai-je.

— Concentrez-vous. La magie d'abord, la science plus tard. »

J'essayai de me concentrer, mais sur quoi ?

« À présent, reprit Nightingale, je vais vous demander d'ouvrir la main comme je vous en ai fait la démonstration. Ce faisant, je veux que vous façonniez votre esprit pour lui donner une forme correspondant à ce que vous avez senti quand j'ai créé la lumiforme. Pensez-y comme à une clé qui ouvre une porte. Vous me comprenez ?

— Main. Forme, clé, serrure, porte.

— Précisément. Allez-y. »

Je respirai à fond, étendis le bras et ouvris le poing – rien ne se produisit. Nightingale ne rit pas ; j'aurais préféré qu'il le fasse. Après une nouvelle inspiration, je m'évertuai à « façonner » mon esprit, quoi que ça puisse vouloir dire, et tentai de nouveau ma chance.

« Laissez-moi vous refaire une démonstration. Ensuite, ce sera votre tour. »

Il créa la lumiforme, je m'efforçai de me représenter mentalement la *forma* et tentai de la reproduire. J'échouai encore, mais je crus sentir un écho de la *forma*, un peu comme quelques mesures de musique arrachées à une voiture de passage.

Nous répétâmes l'exercice plusieurs fois, jusqu'à ce que je sois certain d'en reconnaître l'aspect. Pourtant j'étais toujours incapable de la trouver dans mon esprit. Le processus devait être familier à Nightingale, parce qu'il savait précisément à quel stade j'en étais.

« Exercez-vous encore pendant deux heures, dit-il. Puis nous ferons une pause pour le déjeuner ; après quoi, vous travaillerez encore deux heures. Ensuite, vous pourrez disposer de votre soirée.

— C'est tout ? m'étonnai-je. Aucun apprentissage de langues oubliées, aucun enseignement théorique ?

— C'est la première étape. Une fois que vous aurez maîtrisé cette *forma*, je vous promets d'étancher votre soif de savoir. Vous apprendrez le latin, bien sûr, le grec, l'arabe, l'allemand technique. Sans oublier que vous vous chargerez de tout le travail de terrain pour mes enquêtes.

— Bien. Me voilà motivé. »

Nightingale rit et me laissa à mes exercices.

4. AU BORD DU FLEUVE

Il y a des choses qu'on aimerait autant ne pas faire moins de dix minutes après s'être réveillé ; rouler à cent soixante à l'heure sur la Great West Road en fait indéniablement partie. Même à trois heures du matin, avec le gyrophare et la sirène pour dégager la voie et des routes aussi désertées par la circulation que peuvent l'être les rues de Londres. Je me cramponnais à la poignée intérieure en essayant de ne pas penser au fait que la Jag, malgré ses nombreuses qualités de style et de finitions, était malheureusement dépourvue d'airbags et que le concept de structure déformable n'avait pas été inventé à l'époque de sa fabrication.

« Vous avez réparé la radio ? » s'enquit Nightingale.

À un moment de son histoire, la Jag avait été équipée d'un poste de radio moderne, que Nightingale admettait bien volontiers ne pas savoir utiliser. J'avais réussi à l'allumer, mais j'avais été distrait quand Nightingale nous avait fait tourner autour du Hogarth Roundabout assez vite pour que ma tête heurte la vitre côté passager. Je profitai d'un tronçon relativement droit pour me connecter au commissariat de l'arrondissement de Richmond – c'était là-bas que ça bardait, d'après Nightingale. La radio intercepta la fin d'un rapport prononcé d'une voix légèrement étranglée par quelqu'un qui essayait désespérément de ne pas donner l'impression de céder à l'affolement. Il y était question d'oies.

« Tango Whiskey Un à Tango Whiskey Trois : répétez ? »

TW-1 était probablement l'inspecteur de service dans la salle de commande, et TW-3 un des véhicules d'intervention d'urgence de l'arrondissement.

« Tango Whiskey Trois à Tango Whiskey Un, nous sommes au Cygne blanc, *en train de nous faire agresser par ces saletés d'oies ! »*

« *Le Cygne blanc* ? interrogeai-je.

— Un pub à Twickenham, m'informa Nightingale. À côté du pont qui mène à Eel Pie Island. »

Je connaissais Eel Pie Island, un ensemble de chantiers navals et de maisons sur un îlot fluvial d'à peine cinq cents mètres de long. Les Rolling Stones avaient donné un concert là-bas à une époque, et mon père aussi – raison pour laquelle cet endroit m'était familier.

« Et les oies ?

— Plus efficaces que des chiens de garde, me répondit Nightingale. Les Romains en savent quelque chose. »

Mais TW-1 n'était pas intéressé par les oies. Il y avait eu de multiples appels au 999 vingt minutes plus tôt, signalant une atteinte à l'ordre public et de possibles bagarres entre bandes de jeunes ; l'expérience m'a montré que, dans des cas de ce genre, une fois sur place on peut avoir affaire aussi bien à une soirée entre filles ayant mal tourné qu'à des renards fouillant les poubelles – ou à n'importe quoi d'autre.

Dans son rapport, TW-3 affirma avoir vu un groupe d'IC1 de sexe masculin, vêtus de jeans et de grosses vestes, se battre avec un nombre indéterminé d'IC3 de sexe féminin sur Riverside Road. IC1 est le code d'identification pour les individus de race blanche ; IC3, c'est pour les Noirs et, au cas où vous vous poseriez la question, je me situe quelque part entre IC3 et IC6 – Arabe ou Nord-Africains. Ça dépend si j'ai récemment pris le soleil ou pas. Noirs contre Blancs était inhabituel, mais pas impossible. Là, c'était la première fois que j'entendais parler d'une bagarre garçons contre filles – et TW-1, apparemment incrédule, demanda confirmation.

« *Individus de sexe féminin*, confirma TW-3. *Sans aucun doute possible, et l'une d'elles est complètement nue.* »

« C'est ce que je craignais, dit Nightingale.

— Quoi donc ? »

La Jag sembla jaillir du vide alors que nous franchissions en trombe Chiswick Bridge. En amont de Chiswick, la Tamise jette un méandre vers le nord, autour de Kew Gardens, et nous traversions la partie inférieure de celui-ci, en direction de Richmond Bridge.

« Un important sanctuaire est installé à proximité, dit Nightingale. Je pense que les garçons en avaient probablement après ça.

— Et les filles étaient là pour défendre ce sanctuaire ?

— C'est l'idée générale. » Nightingale avait beau être un conducteur hors pair, avec un degré de concentration que je trouve toujours rassurant à grande vitesse, même lui dut ralentir quand les rues devinrent plus étroites. Comme une grande partie de Londres, le centre-ville de Richmond avait été aménagé à une époque où l'urbanisme, c'était bon pour les autres.

« Tango Whiskey Quatre à Tango Whiskey Un ; je suis dans Church Lane, près du fleuve, et j'ai repéré

cinq ou six IC1 de sexe masculin en train de grimper dans un bateau – je les prends en chasse. »

TW-4 était probablement l'autre véhicule d'intervention d'urgence de Richmond, autrement dit toutes les forces disponibles étaient sur le terrain.

TW-3 signala qu'il avait perdu la trace des IC3 de sexe féminin, nues ou pas, mais qu'il voyait, lui aussi, le bateau qui se dirigeait vers la rive opposée.

« Appelez-les et dites-leur qu'on arrive, dit Nightingale.

— Quel est notre indicatif ? demandai-je.

— Zoulou Un. »

J'ouvris le micro. « Zoulou Un à Tango Whiskey Un ; on prend. »

Il y eut une courte pause, le temps pour TW-1 de digérer cette information. Je me demandai si l'inspecteur de service connaissait nos identités.

« Tango Whiskey Un à Zoulou Un ; bien reçu », fit-elle d'une voix neutre. Aucun doute possible : elle savait à qui elle avait affaire. *« Je vous informe que les suspects semblent avoir traversé le fleuve et se trouvent peut-être à présent sur la rive sud. »*

J'essayai d'accuser réception, mais ne parvins qu'à émettre un bruit étranglé quand Nightingale emprunta à contresens le système de circulation à la hauteur de George Street – ce qui est fortement déconseillé, même avec le gyrophare et la sirène, notamment à cause du risque de se trouver nez à nez, en pleine nuit, avec un de ces mastodontes qui nettoient les rues. Je freinai des deux jambes, alors que nos feux éclairaient un cœur de deux mètres de haut dans la vitrine de Boots, décorée pour la Saint-Valentin.

TW-3 appela : *« Le bateau est en feu, les suspects sautent par-dessus bord. »*

Nightingale appuya sur le champignon. Dieu merci, après le coude suivant, notre véhicule réintégra la circulation dans le bon sens. Sur la droite se trouvait Richmond Bridge, mais Nightingale alla tout droit, traversant le mini rond-point et s'engouffrant dans la rue qui longeait la Tamise. Nous entendîmes TW-1 appeler les pompiers : leur bateau n'arriverait pas sur le site avant une vingtaine de minutes.

Nightingale lança la Jag dans un virage à droite que je n'avais même pas remarqué et soudain nous roulions à toute allure dans le noir complet, cahotant sur un chemin dont le gravier tintait contre le bas du châssis. Après un brusque tournant à gauche, nous nous retrouvâmes juste au bord de l'eau, suivant un méandre du fleuve vers le nord. Une rangée de petits yachts mouillait près de la rive opposée, et derrière eux j'apercevais des flammes jaunes – notre embarcation en feu, qui ressemblait plus à une modeste péniche qu'à un bateau de plaisance moderne ; le genre de canot qu'on imaginait assez bien appartenir à un vendeur de remèdes homéopathiques, avec des plats-bords peints à la main et un chat endormi sur le toit. S'il y avait un chat à bord, j'espérais pour lui qu'il savait nager, parce que ce bateau-là brûlait de la proue à la poupe.

« Là-bas », lança Nightingale.

Je vis devant moi des silhouettes se dessiner à la limite de la lumière de nos phares. J'appelai TW-1 : « Confirmons la présence de suspects sur la rive sud près de… Où est-ce qu'on est, bon sang ?

— Hammerton's Ferry », me souffla Nightingale, et je communiquai l'information.

Nightingale freina et s'arrêta en face de l'embarcation. Il gardait des torches électriques dans la boîte à gants, des monstruosités vulcanisées équipées de vieilles ampoules à filament. Leur poids dans la main avait quelque chose de rassurant, quand Nightingale et moi quittâmes la Jag pour l'obscurité.

Je balayai les alentours de mon faisceau lumineux, mais les suspects – si suspects il y avait – avaient déguerpi. Nightingale sembla bien plus intéressé par le fleuve que par le chemin. J'utilisai ma torche pour éclairer l'eau autour de la péniche qui dérivait lentement vers l'aval, toutefois je ne vis personne.

« Vous pensez qu'on devrait vérifier qu'il n'y a plus personne à bord ? demandai-je.

— Il vaudrait mieux que ce bateau soit vide, dit Nightingale d'une voix forte, comme s'il s'adressait plus au fleuve qu'à moi. Et je veux que cet incendie soit éteint immédiatement », conclut-il.

J'entendis un gloussement nerveux dans l'obscurité. Je pointai ma torche dans cette direction, mais il n'y avait rien à voir, excepté les bateaux de plaisance amarrés sur l'autre rive. Quand je me retournai, le bâtiment en flammes était en train d'être englouti par le fleuve, comme si quelqu'un l'avait saisi par la carène et entraîné sous la surface. Les dernières lueurs vacillèrent en crachotant ; ensuite, tel un canard en caoutchouc ayant réussi à s'échapper, il remonta à l'air libre, le feu complètement éteint.

« Qu'est-ce qui a fait ça ? demandai-je.

— Les esprits du fleuve. Restez là pendant que je vais jeter un coup d'œil un peu plus haut sur la rive. »

J'entendis de nouveau un rire, depuis l'autre rive. Puis, très nettement et à moins de trois mètres de là où je me trouvais, quelqu'un dit : « Oh, merde ! » Une femme, à l'accent londonien. Puis vint un bruit de métal arraché.

Je me précipitai. À cet endroit, la berge devenait une pente boueuse qui ne tenait que grâce aux racines des arbres et à quelques renforcements en pierre. Alors que j'approchais, j'entendis un plouf et pointai ma torche juste à temps pour distinguer une forme lisse et courbe disparaître sous la surface. J'aurais pu penser qu'il s'agissait d'une loutre, si j'étais assez stupide pour croire que les loutres n'avaient pas de poils et qu'elles pouvaient atteindre la taille d'un homme. Sous mes pieds se trouvait une cage grillagée carrée – un dispositif antiérosion, appris-je plus tard – dont l'un des côtés avait été arraché.

Nightingale revint bredouille et déclara que nous ferions aussi bien d'attendre l'arrivée des pompiers qui remorqueraient ce qui restait de la péniche. Je lui demandai si les sirènes existaient.

« Ce n'était pas une sirène.

— Donc, ça existe.

— Concentrez-vous, Peter, dit-il. Une chose à la fois.

— C'était un esprit du fleuve, alors ?

— *Genius loci*, dit-il. L'esprit d'un lieu, une déesse du fleuve, si vous préférez. » Mais pas la Déesse de la Tamise en personne, expliqua Nightingale, parce que, en cas de grabuge, son implication directe constituerait une violation de l'accord. Je demandai si cet accord était bien le même que « l'accord », ou quelque chose d'entièrement différent.

« Il y a un certain nombre d'accords, dit Nightingale. Notre rôle consiste essentiellement à s'assurer que tout le monde les respecte.

— Vous avez parlé d'une déesse du fleuve, fis-je remarquer.

— Oui – Mère Tamise, dit-il patiemment. Et un dieu, également – Père Tamise.

— Ils sont parents ?

— Non. Et c'est une partie du problème.

— Ce sont vraiment des dieux ?

— Je ne me préoccupe jamais de questions théologiques, dit Nightingale. Ils existent, ils ont du pouvoir et il leur arrive de porter atteinte à l'ordre public – et ça, c'est l'affaire de la police. »

Un projecteur troua la nuit et parcourut la surface du fleuve une fois, deux fois, avant de revenir se fixer sur les débris de la péniche – les pompiers étaient arrivés. Je sentis l'odeur de gazole alors que le bateau pompier manœuvrait avec précaution pour s'amarrer bord à bord, des silhouettes coiffées de casques jaunes attendant patiemment, tuyaux d'incendie et gaffes à la main. Le faisceau révéla une superstructure complètement ravagée par le feu, mais on devinait encore que la coque avait été rouge, avec des finitions noires. Les pompiers bavardaient entre eux tandis qu'ils montaient à bord et sécurisaient la péniche – un spectacle d'une banalité rassurante. Je me fis soudain une réflexion : Nightingale et moi nous étions précipités hors du lit, dans la Jag, et avions roulé vers l'ouest sans que rien permette de soupçonner autre chose qu'une rixe de fin de soirée somme toute assez commune pour un vendredi.

« Comment avez-vous su que c'était une affaire pour nous ? demandai-je.

— J'ai mes sources », répondit mon supérieur.

L'un des véhicules d'intervention d'urgence de Richmond arriva avec l'inspecteur de service à son bord, l'occasion pour chaque camp de se donner de grands airs et de protester de sa bonne foi. Richmond l'emporta aux points, mais seulement parce que l'un des leurs avait ramené une thermos de café. Nightingale informa les flics du coin – un conflit entre bandes rivales, expliqua-t-il. De jeunes IC1, probablement ivres, avaient volé un bateau du côté de Teddington Lock, navigué jusqu'ici et provoqué une bande locale de jeunes IC3 – dont certains membres étaient de sexe féminin. En essayant de prendre la fuite, les gamins de Teddington s'étaient débrouillés pour accidentellement mettre le feu à leur embarcation. Ensuite, ils avaient abandonné le navire incendié et avaient continué à pied, le long de la Tamise. Tout le monde hocha la tête – rien qui sorte de l'ordinaire pour un vendredi soir dans la capitale. Nightingale affirma être certain que personne ne s'était noyé, mais l'inspecteur de service de Richmond décida tout de même d'appeler une équipe de plongeurs – au cas où.

Puis, nos deux inspecteurs ayant marqué leur territoire respectif, chacun rentra de son côté.

Nous repartîmes en direction de Richmond et nous arrêtâmes juste avant le pont. L'aube ne serait pas là avant une bonne heure, mais alors que je franchissais une grille en fer sur les talons de Nightingale, je vis que la route que nous empruntions traversait un jardin municipal qui descendait en pente vers la Tamise. Devant nous, une lampe-tempête pendue aux branches basses d'un platane dispensait une lueur orange ; elle éclairait une rangée d'arches en briques rouges intégrées au revêtement qui portait le tablier du pont. À l'intérieur de ces grottes artificielles, j'aperçus des sacs de couchage, des cartons et des vieux journaux.

« Je dois parler à ce troll, déclara Nightingale.

— Monsieur, je pense que nous sommes censés les appeler des "sans-abri".

— Non. Lui, c'est un troll. »

Je distinguai un mouvement dans l'ombre d'une des arches, un visage pâle, des cheveux ébouriffés, plusieurs couches de vêtements pour se protéger du froid hivernal. Ça m'avait tout l'air d'un sans-abri.

« Un troll, sans rire ? demandai-je.

— Il s'appelle Nathaniel, dit Nightingale. Avant, il dormait sous Hungerford Bridge.

— Pourquoi a-t-il changé de pont ?

— Apparemment, il voulait habiter en banlieue. »

Un troll de banlieue, pensai-je. Après tout, pourquoi pas ?

« C'est votre indic, hein ? C'est lui qui vous a prévenu.

— On reconnaît un bon policier à la qualité de ses informateurs », affirma Nightingale. Je m'abstins de lui faire remarquer que, de nos jours, on était censés les appeler des agents de renseignements. « Restez un peu en retrait. Il ne vous connaît pas encore. »

Nathaniel recula à l'intérieur de sa tanière, alors que Nightingale approchait et s'accroupissait poliment sur le seuil de la caverne du troll. Je battais la semelle et soufflais sur mes doigts. J'avais eu la bonne idée d'enfiler un pull sous la veste de mon uniforme, mais même ainsi, après trois heures au bord de la Tamise en plein mois de février, je devais me rendre à l'évidence : j'étais en train de me les geler. Si je n'avais pas été aussi occupé à fourrer mes mains sous mes aisselles, j'aurais peut-être découvert plus tôt qu'on m'épiait. En fait, si je n'avais pas passé les deux dernières semaines à essayer de distinguer *vestigium* et manifestation de paranoïa ordinaire, je n'aurais probablement rien remarqué.

J'eus d'abord l'impression de rougir, en proie à une gêne profonde, comme lors de cette boum en classe de cinquième, quand Rona Tang avait traversé le no man's land de la piste de danse pour m'informer, sans fioritures, que Funme Ajayi voulait que je danse avec elle. J'avais refusé : pas question de me donner en spectacle devant une bande d'adolescentes comploteuses. C'était ce même regard scrutateur qui semblait me fixer – provocant, moqueur, curieux. Mon premier réflexe fut de me retourner, comme on le fait tous, mais je ne vis rien, à part les réverbères plus haut sur la route. Je crus sentir un souffle chaud sur ma joue, une sensation où se mêlaient la lumière du soleil, l'herbe coupée et les cheveux roussis. Je regardai en direction du fleuve et l'espace d'un instant, je pensai discerner un mouvement, un visage, je n'étais sûr de rien…

« Vous avez vu quelque chose ? demanda Nightingale, me faisant sursauter.

— Bon Dieu !

— Pas sur ce fleuve, dit Nightingale. Même Blake ne pensait pas que cela fût possible. »

Nous retournâmes à la Jag et à l'étreinte capricieuse de son système chauffage des années 1960. Alors que nous traversions le centre de Richmond, cette fois en respectant le sens de la circulation, je demandai à Nightingale si Nathaniel le troll s'était montré coopératif.

« Il m'a confirmé ce que nous soupçonnions », dit-il. Les garçons du bateau étaient bien des partisans de Père Tamise, descendus plus bas pour piller le sanctuaire d'Eel Pie Island ; ils avaient été surpris par les fidèles de Mère Tamise. Complètement soûls, ils avaient probablement incendié leur propre embarcation en essayant de prendre la fuite. En aval, la Tamise était le domaine souverain de Mère Tamise, tandis que l'amont du fleuve appartenait à Père Tamise. La frontière était située à Teddington Lock, deux kilomètres en aval d'Eel Pie Island.

« Alors vous croyez que Père Tamise essaie de grappiller un bout de territoire ? » demandai-je. Soudain, ces « dieux » me faisaient penser à de banals trafiquants de drogue. La circulation était nettement plus dense qu'à l'aller – Londres s'éveillait.

« Que l'esprit d'un lieu fasse preuve de territorialité n'a rien d'étonnant, expliqua Nightingale. En tout cas, je pense que vous pourriez apporter un regard neuf sur ce problème. Je veux que vous alliez parler à Mère Tamise.

— Et de quoi mon regard neuf et moi-même allons-nous bien pouvoir discuter avec Mme Tamise ?

— Tâchez de découvrir quel est le problème et voyez si vous pouvez parvenir à un arrangement à l'amiable, dit Nightingale.

— Et si j'échoue ?

— Alors, je veux que vous lui rappeliez que, contrairement à ce que certains pourraient penser, la reine garantit la paix à ses sujets dans l'ensemble du royaume. »

Personne n'avait le droit de conduire la Jag à part Nightingale ; c'était compréhensible. Si j'avais une auto comme celle-là, je ne laisserais personne d'autre en prendre le volant non plus. On me confia une Ford Escort bleu électrique de dix ans d'âge, qui sentait la voiture de patrouille à plein nez. Nightingale devait s'équiper chez le même vendeur d'occasion que Lesley. On reconnaît toujours un ex-véhicule de la police, parce qu'on peut frotter autant qu'on veut, impossible de chasser cette odeur de vieux flic.

Shoreditch, Whitechapel, Wapping – l'East End, l'ancien comme le nouveau, réunis par l'argent et l'intransigeance. Mère Tamise habitait un entrepôt aménagé à l'est de la White Tower, à un jet de pierre de Shadwell Basin. De l'autre côté de l'antédiluvienne cale de construction se trouvait le *Prospect of Whitby*, un pub qui avait connu son heure de gloire comme boîte de jazz. Mon père avait joué ici avec Johnny Keating, mais, avec ce talent hors du commun pour saboter sa propre carrière, il avait manqué l'occasion d'accompagner Lita Roza – je crois qu'ils avaient engagé Ronnie Hugues pour le remplacer.

Depuis la rue principale, l'entrepôt n'offrait aux regards qu'une façade en brique aveugle, percée de fenêtres modernes. Du côté de la Tamise, les vieux quais de chargement avaient été transformés en parking. Je me garai entre une Citroën Picasso orange et une Jaguar XF bordeaux avec un autocollant Urban Dance FM sur le pare-brise.

Alors que je descendais de voiture, ma sensibilité aux *vestigia* se manifesta avec une clarté que je n'avais jamais éprouvée jusqu'à présent. Une soudaine odeur de poivre et d'eau de mer, aussi vive et déstabilisante que le cri d'une mouette. Pas vraiment surprenant, dans la mesure où l'entrepôt avait jadis fait partie du port de Londres, le port le plus important du monde.

Un vent terriblement froid remontait de la Tamise, je me précipitai donc vers le hall d'entrée. Quelque part, quelqu'un écoutait de la musique avec les basses réglées à un niveau nettement supérieur à celui préconisé par le ministère de la Santé. La mélodie – à supposer qu'il y en eût une – était inaudible, mais la ligne de basse résonnait dans ma poitrine. Soudain, des trilles de rires féminins se superposèrent à la musique, pleins de malice, railleurs. Le vestibule néovictorien était gardé par un interphone haut de gamme. Je composai le numéro que m'avait donné Nightingale et j'attendis. J'allais remettre ça quand j'entendis un claquement de tongs sur le carrelage de l'autre côté de la porte. Lorsqu'elle s'ouvrit, une jeune femme à la peau d'ébène et aux yeux de chat apparut, portant un t-shirt noir We Run Tingz plusieurs tailles trop grand pour elle.

« Ouais, dit-elle. C'est pour quoi ?

— Je suis l'agent Grant, me présentai-je. Je viens voir Mme Tamise. »

La fille me toisa de la tête aux pieds puis, ayant jugé que je n'étais pas digne de son examen, elle croisa les bras sur ses seins et me lança un regard furieux. « Et alors ?

— C'est Nightingale qui m'envoie. »

La fille soupira et se retourna pour hurler en direction de la salle commune. « J'ai un gus ici, il dit qu'il vient de la part du Sorcier. » Au dos de son t-shirt était imprimé TINGZ NUH RUN WE.

« Fais-le entrer », dit une voix depuis l'intérieur du bâtiment. Elle avait un accent nigérian, léger mais distinct.

« Allez, viens, dit la fille, et elle s'écarta.

— Comment tu t'appelles ? demandai-je.

— Beverley Brook, dit-elle, et elle pencha la tête au moment où je passais devant elle.

— Enchanté, Beverley. »

À l'intérieur régnait une chaleur tropicale, presque humide ; de la sueur me picotait le visage et le dos. Les portes donnant sur le couloir étaient grandes ouvertes et le rythme lourd de la basse flottait depuis l'escalier en fer forgé qui reliait les étages. Soit Mère Tamise avait les voisins les plus compréhensifs que l'Angleterre ait jamais connus, soit elle occupait tout l'immeuble.

Beverley m'emmena dans un appartement du rez-de-chaussée. Je m'efforçai de détourner les yeux des longues jambes, minces et bronzées, qui émergeaient sous l'ourlet de son t-shirt. Il faisait encore plus chaud à l'intérieur de l'appartement lui-même, et je reconnus l'odeur d'huile de palme et de feuille de manioc.

En voyant les murs couleur pêche, et la cuisine pleine de riz, de poulet et de biscuits fourrés Morrison, je sus exactement dans quel genre de maison je me trouvais.

Nous nous arrêtâmes sur le seuil du salon. Beverley me fit signe de me baisser pour qu'elle puisse me murmurer à l'oreille. « N'oublie pas : tu lui dois le respect. » J'inspirai l'odeur d'extension capillaire et de beurre de cacao. J'avais l'impression d'avoir de nouveau seize ans.

Au cours des années 1990, quand cet endroit avait été commandé à l'architecte qui l'avait construit, on lui avait sans doute dit qu'il créait des appartements de luxe destinés à une clientèle de jeunes cadres dynamiques. Il avait dû se représenter des costumes d'une grande rigidité avec des épaulettes, des bretelles et des gens qui meubleraient leur intérieur dans le style lugubre et minimaliste d'un roman policier scandinave. Dans ses pires cauchemars, il n'avait probablement jamais imaginé que le propriétaire profiterait des dimensions généreuses de la pièce pour le transformer en showroom d'un magasin de canapés. Sans parler du téléviseur plasma – passant du football, en sourdine – et d'une énorme plante en pot – un palétuvier, constatai-je, stupéfait. Un vrai arbre, dont les racines noueuses débordaient du pot et avaient depuis longtemps entamé leur exploration de l'épaisse moquette. Je levai la tête et vis que les branches plus hautes avaient traversé le plafond. À certains endroits, le plâtre s'était effrité, révélant les solives en pin.

Plusieurs Africaines d'âge moyen étaient assises sur un canapé en cuir – elles auraient été tout à fait à leur place sur les bancs d'une église pentecôtiste. Elles me toisèrent de la même façon que Beverley. Plus incongrue était la présence d'une femme blanche et maigre, en twin-set de cachemire rose et collier de perles ; elle semblait tout à fait à l'aise, comme si elle était arrivée ici un peu par hasard et n'était jamais repartie. Elle me fit un signe de tête aimable.

Mais rien de tout cela n'avait d'importance, parce que, dans cette pièce, se trouvait la Déesse de la Tamise.

Elle trônait sur le plus luxueux des fauteuils. Ses cheveux nattés et piquetés d'or formaient une sorte de couronne, maintenus par du fil de coton noir. Son visage rond était sans rides, sa peau aussi lisse et parfaite que celle d'un enfant, ses lèvres charnues et très noires. Elle avait les mêmes yeux de chat que Beverley. Son chemisier et sa jupe portefeuille étaient cousus de la plus belle dentelle autrichienne dorée, avec une encolure rehaussée d'argent et d'écarlate, assez large pour offrir la vue généreuse d'une épaule pleine et du haut de ses seins.

Une main impeccablement manucurée était posée sur une desserte, au pied de laquelle se trouvaient des sacs de toile et de petites caisses en bois. Comme j'approchais, je perçus toutes sortes d'odeurs : eau salée et café, gazole et bananes, chocolat et entrailles de poisson. Je n'avais pas besoin de Nightingale pour me dire que ce que je sentais était d'ordre surnaturel ; j'étais sous l'influence d'un charme si puissant que j'avais l'impression d'être rejeté par la marée. La Déesse du Fleuve était nigériane, mais en sa présence je ne trouvais rien d'étrange à cela.

« Alors, c'est toi qu'il a pris comme apprenti ? dit Mama Tamise. Je pensais qu'il y avait un accord ? »

Je recouvrai l'usage de la parole. « C'était plus un arrangement, je crois. »

Je devais lutter contre l'envie de me jeter à ses pieds, d'enfouir mon visage entre ses seins et de pleurer comme un veau. Quand elle m'offrit un siège, j'avais une telle érection qu'il m'était pénible de m'asseoir.

Je surpris Beverley en train de ricaner derrière sa main. Mama Tamise aussi, et elle ordonna à l'adolescente de filer dans la cuisine. Croyez-moi, c'est l'expérience qui parle : les femmes africaines font des enfants pour avoir quelqu'un sous la main qui les soulage des tâches domestiques.

« Puis-je te proposer du thé ? » demanda Mama Tamise.

Je déclinai poliment. Nightingale avait été très clair : ne rien manger et ne rien boire sous son toit. « Oubliez cette règle, avait-il dit, et elle vous tiendra en son pouvoir. » Ma maman aurait pris un refus de ce genre comme une insulte, mais Mama Tamise se contenta d'incliner la tête de bonne grâce. Peut-être que ça aussi, ça faisait partie de l'arrangement.

« Ton maître, demanda-t-elle, il va bien ?

— Oui, madame.

— L'âge ne semble pas avoir de prise sur maître Nightingale. » Sans me laisser le temps de creuser la question, elle s'enquit de mes parents. « Ta mère, c'est une Fula – oui ?

— De Sierra Leone.

— Et ton père a arrêté de jouer de la musique, je crois ?

— Vous connaissez mon père ?

— Non, répondit-elle, et elle m'adressa un sourire entendu. Mais tous les musiciens de Londres m'appartiennent, en particulier les jazzmen et les bluesmen. C'est une histoire de fleuves.

— Vous vous parlez, le Mississippi et vous ? » demandai-je. Mon père jurait que le jazz, comme le blues, était né dans les eaux boueuses du Mississippi. Ma mère était persuadée qu'à l'instar de toutes les plus belles œuvres du diable il sortait de la bouteille. J'avais voulu charrier un peu, mais il me vint soudain à l'esprit que, s'il y avait une Mère Tamise, pourquoi le Mississippi n'aurait-il pas eu son dieu ? Et si tel était le cas, avaient-ils des choses à se dire ? Avaient-ils de longues conversations sur l'ensablement, les lignes de partage des eaux et la nécessité d'une gestion des crues dans les régions soumises à l'influence des marées ? À moins qu'ils n'échangent des e-mails ou des SMS ? Ou des tweets ?

Revenant à la réalité, je pris conscience que la fascination que Mama Tamise exerçait sur moi avait perdu un peu de sa force. Je pense qu'elle avait dû le sentir, elle aussi, parce qu'elle me lança un regard perspicace et hocha la tête. « Oui, dit-elle. Je comprends mieux maintenant. Ton maître a fait le bon choix – comme dit le proverbe, on n'apprend pas à un vieux singe à faire la grimace. »

Deux semaines de remarques tout aussi impénétrables de la part de Nightingale m'avaient permis de développer un système de riposte sophistiqué contre les déclarations gnomiques – je changeai de sujet.

« Comment êtes-vous devenue la Déesse de la Tamise ? demandai-je.

— Tu es sûr de vouloir le savoir ? » répondit-elle, mais je voyais bien que mon intérêt la flattait. Tout le monde aime parler de soi ; c'est un truisme. Neuf fois sur dix, les aveux obtenus par la police sont entièrement dus à l'instinct naturel de l'être humain à raconter sa vie à tout auditeur attentif, même si le récit comprend l'épisode où le narrateur en vient à tuer son partenaire de golf à coups de club. Mama Tamise n'était pas différente ; en fait, je pris conscience que les dieux avaient encore plus besoin de s'expliquer.

« Je suis arrivée à Londres en 1957, dit Mama Tamise. Je n'étais pas une déesse à l'époque, juste une fille de la campagne pas très futée, avec un nom que j'ai oublié depuis. Je voulais devenir infirmière, mais pour être honnête, je dois admettre que je n'étais pas très douée. Je n'ai jamais aimé approcher des malades, et il y avait trop d'Igbos dans ma classe. À cause de ces idiots de patients, j'ai raté mes examens et on m'a fichue dehors. » Mama Tamise aspira entre ses dents devant un tel toupet. « À la rue, du jour au lendemain. Ensuite, mon beau Robert, qui me faisait la cour depuis trois ans, m'a dit : "Je ne peux plus attendre que tu te décides enfin, et je vais épouser une garce de Blanche, une Irlandaise." »

Elle refit le même bruit désapprobateur entre ses dents, et toutes les autres femmes dans la pièce l'imitèrent.

« Mon chagrin était tellement immense, reprit Mama Tamise, que j'ai voulu me tuer. Oh, oui, cet homme m'avait brisé le cœur. Alors, je suis allée sur Hungerford Bridge pour me jeter dans la Tamise. Mais c'est un pont de chemin de fer, avec une vieille passerelle qui le longeait sur le côté – très sale à l'époque. Toutes sortes de choses vivaient sur ce pont, des clochards, des trolls et des lutins. Ce n'est pas un endroit pour mourir pour une jeune Nigériane convenable. Qui sait qui pourrait regarder ? Alors, je suis allée à Waterloo Bridge, mais quand je suis arrivée, c'était le coucher du soleil et tout était si beau autour de moi que je n'avais plus le cœur à sauter. Ensuite, la nuit est tombée et je suis rentrée chez moi pour dîner. Le lendemain matin, je me suis levée de bonne heure et j'ai pris le bus pour Blackfriars Bridge. Il y a cette maudite statue de la reine Victoria et même si elle regarde de l'autre côté, j'étais terriblement gênée à l'idée qu'elle puisse se retourner et me voir debout sur le garde-fou. »

Le reste de la pièce signifia son accord en hochant la tête.

« Rien sur cette terre ne pouvait m'obliger à sauter de Southwark Bridge, poursuivit Mama Tamise. Alors, après une longue, longue marche, où est-ce que j'ai fini par me retrouver ?

— London Bridge ? »

Mama Tamise tendit la main et me tapota le genou. « C'était l'ancien pont, celui qui a été vendu peu de temps après à ce gentil gentleman américain. Voilà un homme qui savait s'amuser. Deux tonneaux de Guinness et une caisse de Rhum Barbancourt, ça c'est ce que j'appelle une offrande ! »

Mama Tamise fit une pause dans son récit, le temps de boire quelques gorgées de thé. Beverley réapparut avec un plat de biscuits fourrés qu'elle posa à ma portée. J'en avais un entre les doigts avant même de me rendre compte de ce que j'étais en train de faire. Je le remis à sa place et elle eut un petit rire étranglé.

« Au milieu de l'ancien London Bridge se trouvait une chapelle, un lieu saint dédié à saint Birinus, et la bonne chrétienne que j'étais pensait que ce serait l'endroit idéal pour sauter. J'étais là, le regard tourné vers l'ouest, quand la marée a commencé à changer de direction. Londres était encore un port à cette époque, à l'agonie mais, comme un ancêtre, riche en histoires et en souvenirs. Et terrifié à l'idée de rester seul dans ses vieux jours, frêle, avec personne pour prendre soin de lui parce qu'il n'y avait plus de vie dans le fleuve, pas d'Orisa, pas d'esprit, rien pour se soucier de l'ancêtre. J'ai entendu le fleuve m'appeler par le nom que j'ai oublié, et il a dit :

“Nous voyons que tu souffres, nous voyons que tu pleures comme une enfant à cause d’un seul homme.”

« Et j’ai répondu : “Ô Tamise, j’ai fait un si long chemin ; j’ai échoué comme infirmière et j’ai échoué comme femme, et c’est pour cette raison que mon homme ne m’aime pas.”

« Le fleuve m’a dit : “Nous pouvons te soulager de ta douleur, nous pouvons te rendre heureuse et te donner de nombreux enfants et petits-enfants. Tout le monde viendra déposer des offrandes à tes pieds.”

« C’était une offre plutôt tentante, alors j’ai demandé : “Que dois-je faire ? Qu’est-ce que vous attendez de moi ?” Et la Tamise m’a répondu : “Nous ne te demandons rien que tu n’étais déjà prête à sacrifier.”

« Alors, j’ai sauté – plouf ! Et j’ai coulé jusqu’au fond, et tu peux me croire, j’ai vu des choses incroyables. Disons simplement qu’il a besoin d’être dragué et restons-en là. »

D’un geste plein de langueur, elle désigna le fleuve du bras. « Je suis sortie de l’eau à Wapping, par l’escalier qu’on utilisait dans le temps pour noyer les pirates. Je n’y suis jamais retournée depuis, dit-elle. La Tamise est le fleuve industriel le plus propre d’Europe. Tu crois que c’est par hasard ? Le “Swinging London”, “Cool Britannia”, la barrière de la Tamise ; tu penses que tout ça est arrivé comme ça ?

— Le Dôme du millénaire ? demandai-je.

— C’est devenu la salle de concert la plus populaire d’Europe, dit-elle. Les Filles du Rhin me rendent visite pour voir comment j’ai réussi. » Elle me lança un regard lourd de sous-entendus, et je me demandai qui pouvaient bien être les Filles du Rhin.

« Peut-être que Père Tamise a une vision différente des choses, suggérai-je.

— Baba Tamise, cracha-t-elle. Il était encore un jeune homme quand il s'est tenu sur le pont, comme moi, et qu'il a fait la même promesse. Mais on ne l'a pas vu en aval de Teddington Lock depuis la Grande Puanteur de 1858. Il n'est jamais revenu, même après que Bazalgette a installé les égouts. Même pas pendant le Blitz, quand la ville était en flammes. Et maintenant, il ose dire que ce fleuve est le sien ! »

Mère Tamise se redressa sur son fauteuil, comme si elle posait pour un portrait officiel.

« Je ne suis pas gourmande, dit-elle. Je lui laisse Henley, Oxford et Staines. Moi, je garde Londres, et les offrandes du monde entier à mes pieds.

— Nous n'admettrons pas que votre conflit dégénère », l'informai-je. L'emploi du pluriel de majesté est très important dans le cadre du travail de la police ; il rappelle à notre interlocuteur qu'on représente la puissante institution qu'est la Police métropolitaine, parée de tous les atours de la loi et capable, en termes d'effectifs, d'envahir un petit pays. Reste à espérer, quand on utilise ce terme, qu'on peut vraiment compter sur tout le monde.

« C'est Baba Tamise qui est entré sans permission en aval de l'écluse, dit Mère Tamise. Si quelqu'un doit reculer, ce n'est pas moi.

— Nous parlerons à Père Tamise, dis-je. Nous comptons sur vous pour calmer vos partisans. »

Mama Tamise pencha la tête sur le côté et me regarda longuement. « Voilà ce que je te propose, dit-elle. Je te donne jusqu'à l'Exposition florale de Chelsea pour faire entendre raison à Baba ; après ça, nous prendrons les choses en main. » Son emploi du pluriel de majesté était bien plus convaincant que le mien.

Notre entretien était terminé. J'échangeai encore quelques banalités avec elle, puis Beverley me raccompagna. Alors que nous arrivions dans l'atrium, elle laissa délibérément sa hanche effleurer la mienne, et je sentis une vague de chaleur qui ne devait rien au chauffage central.

Elle me lança un petit regard malicieux alors qu'elle m'ouvrait la porte.

« Au revoir, Peter, dit-elle. À bientôt. »

De retour à la Folie, je trouvai Nightingale dans la salle de lecture du premier étage. Il y avait là quelques fauteuils en cuir vert, des repose-pieds et des dessertes. Des bibliothèques en acajou vitrées occupaient deux des murs, mais Nightingale avait reconnu qu'autrefois les gens venaient généralement y faire la sieste après le déjeuner. Il était en train de remplir les grilles de mots croisés du *Telegraph*.

Il leva la tête alors que je m'asseyais en face de lui. « Votre verdict ?

— Elle est réellement persuadée d'être la Déesse de la Tamise, dis-je. Elle a raison ?

— Là n'est pas vraiment la question. »

Molly vint silencieusement nous servir le café accompagné d'un plat de biscuits fourrés. Je lui lançai un regard méfiant, mais elle était aussi impassible que d'habitude.

« Dans ce cas, dis-je, d'où ces "dieux" tirent-ils leur pouvoir ?

— Voilà une question bien plus intéressante, dit Nightingale. Plusieurs théories s'affrontent à ce sujet ; pour certains, leur pouvoir proviendrait de la foi de leurs fidèles ; pour d'autres, ce serait le lieu lui-même ou encore une source divine au-delà du royaume des mortels.

— Qu'en pensait Sir Isaac ?

— Sir Isaac ne comprenait pas grand-chose au divin – il est même allé jusqu'à mettre en doute la divinité de Jésus-Christ. Il n'aimait pas l'idée de la Trinité.

— Pourquoi ?

— Il avait l'esprit méthodique.

— Est-ce que le pouvoir vient du même endroit que la magie ? interrogeai-je.

— Tout cela deviendra bien plus clair une fois que vous aurez maîtrisé votre premier sort. Vous devriez pouvoir vous entraîner deux bonnes heures avant le thé. »

Je m'éloignai furtivement en direction du labo.

Je rêvai que je partageais mon lit avec Lesley May et Beverley Brook, un corps souple et nu de chaque côté, mais ça n'était pas aussi érotique que j'aurais pu l'espérer parce que je n'osais pas étreindre l'une, de peur d'offenser horriblement l'autre. Je venais à peine de concevoir une stratégie me permettant de glisser mes bras autour de leurs deux corps en même temps quand Beverley planta ses dents dans mon poignet et je me réveillai avec une crampe atroce.

Ça me faisait un mal de chien, assez pour tomber par terre et secouer ma main avec un stoïcisme inutile pendant deux bonnes minutes. Rien ne vaut une douleur insoutenable pour émerger du sommeil. Comme il y avait peu de chances que je me rendorme, je décidai d'aller grignoter quelque chose. Le sous-sol de la Folie était constitué d'un dédale de pièces remontant à une époque où les domestiques se comptaient par dizaines, mais j'avais noté que l'escalier de service menait directement à la cuisine. Voulant éviter de déranger Molly, je descendis les marches à pas de loup. En arrivant en bas, j'aperçus de la lumière. Alors que j'approchais, j'entendis Toby gronder, puis aboyer ; un sifflement étrange, cadencé, lui répondit. Un bon flic sait quand ne pas annoncer sa présence ; je me faufilai donc jusqu'à la porte et jetai un coup d'œil à l'intérieur.

Molly, toujours vêtue de sa tenue de domestique, était perchée sur le bord de la table en chêne qui dominait une partie de la cuisine. À côté d'elle se trouvait un saladier en céramique beige et, face à elle, assis à trois mètres de là, Toby. Comme elle tournait le dos à la porte, Molly ne pouvait pas savoir que je l'observais lorsqu'elle plongea la main dans le saladier et en sortit un cube de viande – crue, encore dégoulinante.

Toby aboya avec excitation tandis que Molly jouait les tentatrices avant de lui lancer le morceau d'un habile mouvement du poignet. Toby fit un bond plutôt impressionnant et attrapa la nourriture au vol. À la vue de Toby mâchant avec application, Molly commença à rire – le sifflement cadencé que j'avais entendu plus tôt.

Molly prit un autre morceau de viande et l'agita en direction de Toby, qui la gratifia de sa petite danse de toutou impatient. Cette fois, elle fit semblant de le lui lancer, se moquant de l'agitation vaine de l'animal désorienté. Puis, après s'être assurée qu'elle avait toute son attention, elle goba le cube sanguinolent. Toby aboya avec mauvaise humeur, mais Molly lui tira la langue, une langue anormalement longue et préhensile.

Je m'étais probablement balancé d'un pied sur l'autre, à moins que la surprise ne m'ait fait expirer bruyamment, parce que Molly sauta de la table et se tourna soudain vers moi. Les yeux agrandis, la bouche ouverte sur des dents pointues et du sang, rouge vif, se détachant sur sa peau pâle, dégoulinant le long de son menton. Puis elle plaqua sa main sur ses lèvres et, avec une expression honteuse et interloquée, s'enfuit silencieusement de la cuisine. Toby m'adressa un grognement irrité.

« Ce n'est pas ma faute, lui dis-je. J'avais juste une petite faim. »

D'ailleurs, il n'avait pas à se plaindre ; il vida le reste du saladier – je me contentai d'un verre d'eau.

5. ACTION À DISTANCE

En dehors de ma crampe et d'une amélioration significative de ma poigne, mes efforts pour créer une lumiforme se révélèrent frustrants. Un matin sur deux, Nightingale me faisait une démonstration, et je consacrais jusqu'à quatre heures de la journée à ouvrir la main de manière éloquente. Heureusement, je pus faire une pause la troisième semaine de février : Lesley et moi devions témoigner contre Celia Munroe, l'auteur de l'agression du cinéma de Leicester Square.

Ce matin-là, nous arrivâmes consciencieusement à dix heures précises, comme on nous l'avait demandé, sachant pertinemment que le procès ne commencerait pas avant quatorze heures. Nous étions tous les deux en uniforme – les juges préfèrent les agents en tenue. En policiers prévoyants et ambitieux, nous avions pensé à apporter de la lecture. Lesley avait son Blackstone, et moi les *Légendes de la vallée de la Tamise* de Horace Pitman, publié en 1897.

Le tribunal de première instance de la cité de Westminster est situé derrière Victoria Station, sur Horseferry Road. C'est un bâtiment rectangulaire tout à fait quelconque construit dans les années 1970 ; son absence totale d'intérêt sur le plan architectural a même fait dire à certains qu'il était souhaitable de le conserver pour la postérité, comme une sorte d'épouvantable mise en garde. À l'intérieur, les espaces d'attente étaient une illustration de l'alliance unique entre exiguïté et inhumanité stérile qui avait fait la gloire de l'architecture britannique de la deuxième moitié du XXe siècle.

Il y avait deux bancs à l'extérieur de la salle d'audience. Nous occupions l'un d'eux, tandis que l'accusée, Celia Munroe, son avocat et un ami venu en qualité de soutien moral partageaient l'autre avec M. Ranatunga et son frère. Aucun d'eux n'avait envie d'être là, et tous nous en tenaient pour responsables.

« Du nouveau de Los Angeles ? demandai-je.

— Brandon Coopertown était dans une situation précaire. Apparemment, tous ses contrats américains étaient tombés à l'eau et sa société était au bord de la faillite.

— Et la maison ?

— En sursis », répondit Lesley. Je la regardai, l'air interdit. « Six mois d'arriérés sur le prêt immobilier, expliqua-t-elle. Et Coopertown a tout juste gagné trente-cinq mille livres cette année. »

Ça faisait tout de même dix mille de plus que moi – j'avais du mal à éprouver de la compassion.

« Ça ressemble de plus en plus à une affaire classique d'anéantissement familial, observa Lesley, qui avait potassé sa psychologie légale. Le père, confronté à une perte de statut catastrophique, est incapable d'assumer la honte et décide que, sans lui, les vies de sa femme et de son gosse n'ont aucun sens. Il craque, bute un collègue, bute sa famille et se suicide.

— Tu as vu ce qui est arrivé à son visage ? Comment aurait-il pu se faire ça tout seul ?

— Aucune théorie n'est parfaite, répliqua Lesley. Surtout qu'on ne sait toujours pas ce que William Skirmish pouvait bien fabriquer dans le West End cette nuit-là.

— Peut-être qu'il était venu pour draguer, proposai-je.

— Non. Et je suis bien placée pour le savoir. »

Parce que établir le schéma chronologique de William Skirmish n'avait pas semblé essentiel à la bonne marche de l'enquête, cette tâche avait été confiée à la nouvelle recrue de la brigade, c'est-à-dire Lesley. Comme elle avait consacré beaucoup de temps et d'efforts à reconstituer les dernières heures de la victime, elle était tout à fait disposée, ravie même, de me faire part de ses découvertes dans les moindres détails. Elle s'était renseignée sur la vie sentimentale de William Skirmish et n'avait rien trouvé qui laisse à penser qu'il rôdait dans le West End pour satisfaire des besoins sexuels. Notre William était un monogame en série – uniquement des hommes dont il avait fait la connaissance au travail ou présentés par des amis. Lesley avait aussi examiné les images de chaque caméra de surveillance devant laquelle il était passé cette nuit-là : il avait marché de son domicile jusqu'à la station de métro de Tufnell Park. Il était ressorti à Tottenham Court Road et avait pris Mercer Street pour aller directement à Covent Garden, et sa rencontre fatale avec Coopertown. Aucune déviation, aucune hésitation – comme s'il avait un rendez-vous.

« On dirait presque qu'il n'était plus aux commandes, dit-elle. Hein ? »

Alors je lui parlai du sort *dissimulo* et de la théorie selon laquelle quelque chose avait envahi l'esprit de Coopertown, l'avait forcé à changer de visage et à tuer William Skirmish avant de s'en prendre à sa propre famille. Ce qui m'amena fort logiquement à un compte rendu de ma visite à Mère Tamise, et une description de mes leçons de magie et de notre domestique, Molly – dont je n'étais pas certain de vouloir connaître la véritable nature.

« Tu ferais peut-être mieux de garder ça pour toi, me conseilla Lesley.

— Je ne vois pas pourquoi. Nightingale ne m'a jamais interdit d'en parler. Ton chef y croit aussi, c'est juste qu'il n'aime pas trop ça.

— Alors quelque chose semait la pagaille dans la tête de Coopertown, c'est ça ? demanda Lesley.

— C'est ça, confirmai-je.

— Probablement le même truc qui a affecté William Skirmish. Ça expliquerait pourquoi il a fait tout ce chemin jusque dans le West End, simplement pour se faire décoller la tête. Si cette chose peut influencer l'esprit d'une personne, qu'est-ce qui l'empêche de s'attaquer à une autre, ou même à toi ou moi ? »

Je me rappelai l'horreur du visage de Coopertown quand il s'était jeté vers moi sur le palier, et l'odeur du sang. « Merci pour cette pensée, Lesley. Elle ne manquera probablement pas de se rappeler à mon bon souvenir – surtout tard le soir, quand j'essaie de m'endormir. »

Lesley jeta un coup d'œil en direction de Celia Munroe, sagement assise. « Elle aussi a été prise d'une rage folle, sans prévenir, dit-elle. Et si *ça* s'était aussi emparé de son esprit ?

— Elle a toujours son visage », fis-je remarquer.

Celia Munroe surprit notre regard et tressaillit. « Et si elle n'avait été qu'une sorte d'écho, de moindre amplitude, de ce qui est arrivé à Coopertown ? suggéra Lesley. Peut-être que d'autres incidents se sont produits un peu partout, mais que le hasard a voulu qu'on soit sur place pour celui-ci.

— On devrait éplucher les rapports de police pour voir si quelque chose se dégage – une sorte de tir groupé.

— Ça concerne Westminster et Camden, fit remarquer Lesley. Ça fait beaucoup de dossiers.

— Limite-toi aux agressions physiques et aux premiers délits. L'ordinateur devrait te soulager du plus gros du boulot.

— Et toi, qu'est-ce que tu vas faire ?

— Apprendre à allumer la lumière », répliquai-je avec hauteur.

Deux jours plus tard, Nightingale m'appela au rez-de-chaussée alors que je sortais de la salle de bains. Mon entraînement était annulé et, apparemment, le petit-déjeuner aussi. Nightingale portait ce que j'en étais venu à reconnaître comme son « costume de travail » – tweed à chevrons couleur sable, veston croisé, renforts en cuir aux coudes. Il tenait son authentique trench-coat Burberry plié par-dessus son bras et sa canne à pommeau d'argent à la main – une chose que je ne l'avais jamais vu faire en plein jour.

« Nous allons à Purley, annonça-t-il, et à ma surprise, il me lança les clés de la Jag.

— Qu'y a-t-il à Purley ?

— Je préfère ne rien vous dire, répondit-il, et vous laisser vous faire vos propres impressions.

— C'est une affaire de police ou ça a un rapport avec mon apprentissage ? m'enquis-je.

— Les deux. »

Je m'installai derrière le volant, mis le contact et pris un moment pour savourer le bruit du moteur. Dans la vie, il est important de ne pas précipiter les bonnes choses.

« Quand vous voudrez », dit Nightingale.

Elle n'était pas aussi maniable que je l'aurais cru, mais la façon dont la mécanique réagit à la pression de mon pied sur l'accélérateur me fit vite oublier tout autre défaut, y compris sa tendance au survirage et le chauffage qui me soufflait périodiquement de l'air chaud et confiné au visage.

Je nous fis franchir Lambeth Bridge. En semaine, la circulation à Londres est toujours un cauchemar, et nous avançâmes par à-coups pendant tout le trajet qui nous vit passer devant l'Oval, traverser Brixton et continuer jusqu'à Streatham. Puis ce fut la banlieue sud de Londres, un paysage de rangées de maisons à deux étages datant du début du XXe siècle et de rues principales interchangeables, émaillé de rectangles de verdure, vestiges des anciens villages qui s'étaient développés ensemble telles des taches de moisissure dans une boîte de Petri.

L'A23 se transforma en Purley Way, et nous passâmes devant deux grandes cheminées couronnées du logo IKEA. Prochain arrêt, Purley, un endroit célèbre – non, vous ne voyez pas[1] ?

Un Volkswagen Transporter des sapeurs-pompiers de Londres nous attendait sur le parking de la gare. Alors que nous nous garions à côté du véhicule, un homme solidement bâti sortit par la porte latérale et leva la main pour nous saluer. Il avait la quarantaine, le nez cassé et des cheveux bruns coupés en brosse. Nightingale me le présenta sous le nom de Frank Caffrey.

« Frank travaille à la caserne de New Cross. Il est notre agent de liaison chez les sapeurs-pompiers de Londres.

---

1. Purley est resté célèbre pour avoir été mentionné dans deux sketches des Monty Python.

— On a besoin d'un agent de liaison chez les pompiers ? Pourquoi ?

— Pour ça », dit Frank, et il me tendit une gibecière en toile. Je ne m'attendais pas à ce qu'elle soit aussi lourde et je faillis la laisser tomber. Quelque chose émit un bruit sourd à l'intérieur.

« Faites attention », dit Nightingale.

Je soulevai le rabat et jetai un coup d'œil. Elle contenait deux cylindres de métal de la taille de bombes aérosol, mais beaucoup plus pesants. Ils étaient blancs et portaient la mention *N° 80 WP Gren.* peinte au pochoir. Sur le dessus, un percuteur à ressort était maintenu en place par une grosse goupille. Je ne suis pas un mordu des armes, mais je sais reconnaître une grenade quand j'en vois une. Je me tournai vers Nightingale qui m'adressa un geste irrité du bras.

« Rangez-moi ça », dit-il.

Je fermai la gibecière et la passai avec précaution par-dessus mon épaule.

Nightingale se retourna vers Frank. « Vos hommes sont prêts ? demanda-t-il.

— Deux voitures sont en état d'alerte – en cas de besoin.

— Fort bien. Nous devrions en avoir fini en moins d'une demi-heure. »

Nous remontâmes tous deux dans la Jag et Nightingale me guida pour me faire traverser le pont de la gare, puis le long de deux rues identiques, avant d'ordonner enfin : « Garez-vous par là. »

Nous trouvâmes une place de stationnement à deux pas et continuâmes à pied.

Grasmere Road longeait la voie ferrée et ressemblait à une artère tout à fait normale, une enfilade de pavillons et de maisons mitoyennes construits dans les années 1920, avec des façades de style

Tudor et des oriels. Il n'y avait personne aux alentours, les enfants étaient tous à l'école et leurs parents au travail ; nous marchions d'un pas désinvolte – enfin, dans mon cas, aussi désinvolte que possible avec deux grenades s'entrechoquant dans mon dos. On aurait pu nous confondre avec deux agents immobiliers en maraude.

Soudain, Nightingale prit sur sa gauche, franchit la grille d'une propriété et se dirigea vers une porte en bois qui interdisait l'accès à un passage latéral. Sans ralentir, il tendit le bras droit vers l'obstacle, paume en avant, et avec un petit bruit, le verrou sauta du bois et tomba lourdement sur l'allée. De l'autre côté de la porte ouverte, nous nous arrêtâmes dans l'angle mort. Nightingale fit un signe de la tête vers le battant, et je le refermai en la bloquant avec un pot de fleurs. Une tige noire ratatinée dépassait du peu de terre qui restait à l'intérieur. Je jetai un coup d'œil dans les pots du même genre alignés sur la partie ensoleillée de l'allée ; ils étaient tous morts. Nightingale se baissa, prit une poignée d'humus dans la main et l'effrita sous son nez. Je l'imitai, mais elle ne sentait rien, elle était stérile, comme si elle avait passé trop de temps sur le rebord de la fenêtre.

« Ils sont là depuis longtemps, observa Nightingale.

— Qui ? » demandai-je, n'obtenant aucune réponse.

La maison était adossée à la voie ferrée, nous n'avions donc à nous soucier des voisins que de deux côtés. Le jardin n'était pas une jungle, mais le gazon semblait n'avoir pas été tondu depuis des mois et des sections entières de plates-bandes étaient aussi mortes que les pots de fleurs. Les baies vitrées donnant sur le patio étaient fermées et les rideaux tirés. Contournant le bâtiment, nous nous dirigeâmes vers la cuisine. Les stores étaient baissés et la porte close de l'intérieur. J'observai attentivement Nightingale, espérant le voir renouveler son exploit avec le verrou, mais il se contenta de casser la fenêtre d'un coup de canne. Passant la main à travers le carreau, il ouvrit la porte. Je le suivis.

Nous tombâmes sur une cuisine de banlieue parfaitement normale. Plans de travail suédois, plaque de cuisson et four au gaz, micro-ondes, pots imitation grès marqués sucre, thé et café. Le réfrigérateur-congélateur était arrêté, ses parois constellées de petits mots et de factures collés par des magnets. La plus récente remontait à six mois. À côté d'elle, une note disait : *Grand-père ?* En dessous se trouvait un calendrier sur lequel figuraient des horaires de crèche.

« Des enfants vivent ici », commentai-je.

Nightingale avait la mine sombre. « Plus maintenant. C'est un des éléments qui ont éveillé notre attention.

— Ça ne s'annonce pas bien, je me trompe ?

— Pas pour la famille qui vivait ici. »

Nous nous glissâmes dans le couloir. Nightingale me fit signe d'aller jeter un coup d'œil à l'étage. Je déployai ma matraque télescopique et la tins prête tandis que je montais les marches. Quelqu'un avait grossièrement collé des feuilles noires de papier pour pastels avec du ruban adhésif sur le carreau au-dessus de l'escalier, afin d'empêcher le soleil d'entrer. Sur l'une d'elles, un enfant avait dessiné une maison, des fenêtres carrées et de la fumée sortant en tire-bouchon d'une cheminée tordue. Deux bonshommes représentant maman et papa se tenaient fièrement sur le côté.

Alors que je posais le pied sur le palier sombre, un mot se forma dans mon esprit : deux syllabes, commençant par un V et rimant avec pire. Je me figeai sur place. Si Nightingale avait dit que tout était vrai, d'une certaine manière, ça devait inclure les vampires, non ? Ils ne ressemblaient probablement pas beaucoup à ceux des livres ou de la télévision, mais j'étais au moins sûr d'une chose : ils ne devaient pas étinceler au soleil.

Il y avait une porte sur ma gauche. Je me forçai à entrer. Une chambre d'enfant, celle d'un garçon encore assez jeune pour avoir des Legos et des figurines éparpillés sur le sol. Le lit était fait, avec une housse de couette et des taies d'oreiller bleues et mauves assorties, sans fantaisie inutile. Le garçon avait aimé Ben 10 et le Chealsea FC au point d'accrocher leurs posters au mur. Il régnait une odeur de poussière, mais aucun des signes de moisissure et d'humidité que j'aurais associés à une maison longtemps laissée à l'abandon. La chambre des parents était dans le même état, le lit avait été fait, l'air était sec, toutefois je ne repérai aucune toile d'araignée dans les coins au plafond. Le réveil à affichage numérique à côté du lit avait cessé de fonctionner, bien qu'il fût toujours branché. Quand je le soulevai, du sable blanc s'échappa d'un des joints du bas. Je le remis soigneusement à sa place, notant mentalement de voir plus tard de quoi il retournait.

La pièce principale à l'arrière de la maison était la nursery. Du papier peint Beatrix Potter, un berceau, un parc. Un mobile en bois hypoallergénique de chez Galt, le spécialiste des jouets éducatifs, frémissait dans le courant d'air venant de la porte ouverte. Comme dans les autres pièces, aucun signe de lutte, ni même de départ précipité ; tout était bien rangé – étonnant, dans une chambre d'enfant. Tout aussi anormale était l'absence de moisissure dans la douche, ou cette non-odeur poussiéreuse du réservoir de la chasse d'eau.

La dernière pièce à l'étage était ce que, dans le jargon des agents immobiliers, on aurait appelé une chambre sous les combles, pouvant accueillir des enfants en bas âge ou des nains atteints d'agoraphobie. Elle avait été aménagée en bureau, équipé d'un PC Dell vieux de deux ans et – sans surprise – d'une armoire de classement et d'une lampe IKEA. Quand je touchai l'ordinateur, j'eus un flash de poussière et d'ozone, un *vestigium* similaire à ce que j'avais senti dans la chambre des parents. J'ouvris le boîtier et trouvai à l'intérieur le même sable blanc. Je le frottai entre mes doigts. Il était très fin, voire poudreux, mais indéniablement granuleux, et il contenait des particules d'or. J'allais sortir la carte-mère lorsque Nightingale passa la tête dans l'embrasure de la porte.

« Qu'est-ce que vous fabriquez, bon sang ? siffla-t-il.

— J'inspecte l'ordinateur. »

Il hésita, repoussa ses cheveux en arrière. « Laissez tomber, dit-il. Il ne reste plus qu'un endroit à visiter. »

Je notai de ne pas oublier de revenir avec un sac pour pièce à conviction et d'embarquer l'ordi.

Dans le couloir, une porte donnait sur un escalier étriqué qui descendait à la cave. Les marches étaient de simples planches de bois dur ; leur usure indiquait qu'elles avaient probablement été posées lors de la construction de la maison. L'ampoule nue qui pendait juste dans l'entrée m'aveuglait presque et ne faisait que rendre l'obscurité d'en bas plus profonde.

La cave, pensai-je. Pourquoi ne suis-je pas surpris ?

« Bien, dit Nightingale, quand il faut y aller… »

J'étais ravi de le laisser passer le premier.

Je frissonnai, alors que nous nous engagions dans l'escalier. Il faisait si froid que j'avais l'impression de pénétrer dans un congélateur, mais aucune vapeur ne sortait de ma bouche. Ce n'était pas un froid physique, probablement une sorte de *vestigium*. Nightingale s'arrêta, fit porter son poids d'un pied sur l'autre et jouer ses muscles dans ses épaules, tel un boxeur se préparant pour un combat.

« Vous l'avez senti ? demanda-t-il.

— Oui, chuchotai-je. Qu'est-ce que c'est ?

— *Tactus disvitae*. L'odeur de l'anti-vie – ils doivent être là en bas. »

Il ne dit pas quoi, et je ne creusai pas le sujet. Nous reprîmes notre descente.

La cave était étroite et – plus surprenant – bien éclairée par un tube au néon qui courait sur la moitié de sa longueur. Quelqu'un avait monté des étagères sur un des murs et, emporté par son optimisme, avait assemblé un établi juste en dessous. Plus récemment, un vieux matelas avait été jeté sur le sol en béton ; deux vampires étaient allongés dessus. Ils avaient l'air de clochards – des clodos à l'ancienne, disparaissant sous les couches de vêtements en lambeaux, du genre à aborder les passants de manière agressive. La sensation de froid s'intensifia à mesure que Nightingale et moi approchions. Ils semblaient assoupis, mais leur respiration ne faisait pas de bruit et ils n'avaient pas cette odeur de renfermé que dégage un être humain qui dort dans un espace restreint.

Nightingale me tendit un portrait de famille dans un cadre, manifestement fauché sur la cheminée du salon, et transféra sa canne dans sa main droite.

« Je vais vous demander de faire deux choses, dit-il. Confirmer leur identité et vérifier s'ils ont un pouls. Vous vous en sentez capable ?

— Qu'est-ce que vous ferez pendant ce temps-là ?

— Je vais vous couvrir. Au cas où ils se réveilleraient. »

Je réfléchis un moment. « C'est une possibilité ?

— C'est déjà arrivé.

— Souvent ? insistai-je.

— Le risque augmente si nous nous éternisons dans cette cave. »

Je m'accroupis et tendis prudemment la main pour écarter le col de la veste du vampire le plus proche. Je fis bien attention à ne pas toucher la peau. Il avait les traits d'un homme d'âge moyen, de race blanche, aux joues anormalement lisses et aux lèvres blafardes. Je l'identifiai sur la photo et, même s'il partageait les traits du père de famille souriant, il ne lui ressemblait plus vraiment. Je me déplaçai pour inspecter le deuxième corps. Une femme, et son visage était bien celui de la mère. Dieu merci, Nightingale avait choisi un cliché sans les enfants. Au moment de prendre le pouls, j'hésitai.

« Rien ne vit sur ces corps, déclara Nightingale. Pas même des bactéries. »

Je pressai mes doigts contre le cou de l'homme. Sa peau était froide et il n'y avait pas de battement. Même chose pour la femme. Je me levai et reculai. « Rien, dis-je.

— On remonte. Ne perdons pas de temps. »

Je ne courus pas dans l'escalier, mais je n'aurais pas qualifié mon allure de nonchalante. Derrière moi, Nightingale me suivait à reculons, canne brandie. « Les grenades », dit-il.

Je les sortis de la gibecière, Nightingale en prit une et me montra comment faire. Ma main tremblait un peu et la goupille se révéla plus dure à tirer que je ne m'y attendais – par mesure de sécurité, supposai-je. Nightingale tira la goupille de sa propre grenade et désigna le bas des marches.

« À trois, dit-il. Et faites en sorte qu'elle aille bien jusqu'en bas. » Il compta jusqu'à trois et nous lançâmes nos grenades dans l'escalier ; bêtement, je regardai la mienne rebondir de marche en marche, jusqu'à ce que Nightingale m'empoigne par le bras et m'arrache à ma contemplation.

Nous n'avions même pas encore atteint la porte d'entrée quand j'entendis un double bruit lourd et sourd sous nos pieds. Et le temps que nous arrivions dans le jardin, des volutes de fumée blanche s'élevaient de la cave.

« Du phosphore blanc », précisa Nightingale.

Un cri aigu résonna quelque part à l'intérieur. Pas humain, mais presque.

« Vous avez entendu ça ? demandai-je à Nightingale.

— Non, dit-il. Et vous non plus. »

Des voisins inquiets se précipitèrent hors de chez eux pour voir s'il se passait quelque chose susceptible d'avoir un impact sur leur investissement immobilier. Nightingale leur montra sa carte de police. « Soyez tranquilles, nous avons vérifié qu'il n'y avait personne dans la maison, dit-il. Vraiment une chance que nous soyons de passage dans le quartier. »

La première voiture de pompiers rappliqua moins de trois minutes plus tard et on nous évacua *manu militari*. Sur les lieux d'un incendie, la brigade des sapeurs-pompiers classe les individus en deux catégories : les victimes et les obstacles – et si on ne veut pas se retrouver dans l'une ou l'autre, il est conseillé de prendre ses distances.

Frank Caffrey arriva à son tour et salua Nightingale d'un signe de la tête, avant de se diriger vers le chef d'équipe pour entendre son rapport. Je n'avais pas besoin des explications de Nightingale pour connaître la suite des événements ; une fois le feu éteint, Frank, en sa qualité d'enquêteur incendie, examinerait la scène, trouverait une cause vraisemblable au sinistre et effacerait tout indice tendant à prouver le contraire. Il ne faisait aucun doute qu'on ferait disparaître les restes des corps de la cave avec la même discrétion et que toute cette histoire demeurerait dans les mémoires comme un feu domestique de plus. Probablement un défaut du circuit électrique, heureusement que personne n'était là, une bonne raison de s'équiper d'un détecteur de fumée, non ?

Et c'est ainsi, mesdames et messieurs, que nous réglons leur compte aux vampires dans notre bonne vieille ville de Londres.

Difficile de décrire ce que je ressentis quand vint enfin l'heure de la réussite. Même avant que je parvienne à produire mon premier sort, j'avais pris conscience que je progressais. Comme un moteur tournant au ralenti par un matin un peu frisquet, je sentais quelque chose se former dans mes pensées. Je m'entraînais depuis une heure lorsque je marquai une pause, respirai à fond et ouvris la main.

Il était là, de la taille d'une balle de golf et aussi brillant que le soleil levant : un globe de lumière.

À ce moment-là, je compris pourquoi Nightingale m'avait fortement conseillé de ne m'exercer qu'à proximité d'un évier plein. À l'inverse de sa lumiforme, la mienne était jaune et dégageait de la chaleur – une chaleur considérable. Je hurlai de douleur et plongeai ma main dans l'eau. Le globe crépita et s'éteignit.

« Vous vous êtes brûlé, n'est-ce pas ? » remarqua Nightingale. Je ne l'avais pas entendu entrer.

Je sortis ma main du liquide et la contemplai. Une tache rosâtre était apparue sur ma paume, mais ça n'avait pas l'air bien grave.

« J'ai réussi », lâchai-je. Je n'arrivais pas à y croire ; j'avais fait de la magie – pour de vrai. Nightingale et ses sorts, ce n'était pas du bidon.

« Recommencez », dit-il.

Cette fois, je tendis le bras au-dessus de l'évier, formai la clé dans mon esprit et ouvris la main.

Rien ne se produisit.

« Ne pensez pas à la douleur, me conseilla Nightingale. Trouvez la clé et refaites-le. »

Je cherchai la clé, sentis le moteur tourner au ralenti et ouvris les doigts pour relâcher l'embrayage.

Je me brûlai de nouveau, mais ce n'était vraiment pas aussi chaud et j'étais bien plus proche de l'eau. J'examinai tout de même ma paume – cette fois, pas de doute, j'allais avoir des cloques.

« Encore. Réduisez la chaleur, gardez la lumière. »

Je lui obéis avec une facilité qui m'étonna moi-même. Clé, pouvoir, manifestation – plus de clarté, moins de chaleur. Une chaleur supportable cette fois, et la couleur jaune d'une vieille ampoule de 40 watts.

Nightingale n'eut pas à se répéter.

J'ouvris la main et engendrai un globe de lumière parfait.

« À présent, maintenez-le en place. »

C'était comme de tenir un râteau en équilibre dans la paume de sa main : facile en théorie, impossible de dépasser cinq secondes en pratique. Mon joli globe éclata telle une bulle de savon.

« Bien, dit Nightingale. Je vais vous apprendre un mot et je veux que vous le prononciez chaque fois que vous lancerez ce sort. Mais il est très important que l'effet du sort soit constant.

— Pourquoi ?

— Je vous l'expliquerai dans une minute, dit Nightingale. Le mot en question est *lux*. »

Je recommençai : clé, moteur… Je dis le mot au moment de relâcher. Le globe tint plus longtemps – ça devenait de plus en plus facile.

« Je veux que vous travailliez ce sort, et seulement ce sort pendant au moins encore une semaine, dit

Nightingale. Vous allez éprouver le besoin de faire des expériences, de rendre le globe plus brillant ou de le déplacer…

— On peut le faire bouger ? »

Nightingale soupira. « Pas avant une semaine. Exercez-vous jusqu'à ce que le mot devienne le sort et que le sort devienne le mot ; que le simple fait de dire "*lux*" produise de la lumière.

— *Lux* ? C'est quelle langue ? »

Nightingale me regarda d'un air étonné.

« Ça signifie "lumière", en latin. On n'enseigne plus le latin dans le secondaire ?

— Pas dans mon école, en tout cas.

— Ne vous inquiétez pas. Je pourrai aussi vous donner des cours particuliers dans cette matière. »

Veinard, pensai-je.

« Pourquoi utiliser le latin ? demandai-je. Pourquoi ne pas se servir de l'anglais ou inventer ses propres mots ?

— *Lux*, le sort que vous venez de lancer, est ce que nous appelons une forme, expliqua Nightingale. Chacune des formes de base que vous apprendrez possède un nom : *Lux*, *Impello*, *Scindere* – et d'autres encore. Quand elles feront partie de votre vocabulaire, vous pourrez combiner ces formes pour créer des sorts complexes, de la même façon que vous construisez une phrase en assemblant des mots.

— C'est comme le solfège, alors ? » demandai-je.

Nightingale sourit. « Exactement.

— Alors pourquoi ne pas utiliser le solfège ?

— Parce que notre bibliothèque est riche de milliers de volumes décrivant la pratique de la magie dans ses moindres détails et que tous, sans exception, emploient les formes latines courantes, expliqua Nightingale.

— Je suppose que c'est une invention qu'on doit à Sir Isaac ?

— Les formes originales se trouvent dans le *Principia Artes Magicis*. Il y a eu des changements au cours des années.

— Qui décide des changements ?

— Des gens incapables de tenir en place. Des gens comme vous, Peter. »

Donc Newton, en bon intellectuel du XVIIe siècle, avait écrit dans la langue internationale des sciences, de la philosophie et – comme je le découvris plus tard – de la pornographie haut de gamme. Je demandai s'il existait une traduction.

« Pas de l'*Artes Magicis*, dit Nightingale.

— Faudrait pas que la populace se mette en tête d'apprendre la magie, pas vrai ?

— Tout à fait.

— Laissez-moi deviner, dis-je. Dans les autres livres, tout est écrit en latin – pas seulement les formes.

— Certains ouvrages sont en grec ou en arabe.

— Combien de temps faut-il pour apprendre toutes les formes ?

— Dix ans. En ne ménageant pas sa peine.

— Alors je ferais bien de m'y mettre.

— Travaillez encore deux heures et arrêtez-vous, dit Nightingale. Ensuite, laissez s'écouler au moins six heures avant de relancer ce sort.

— Je ne suis pas fatigué, vous savez. Je peux continuer comme ça toute la journée.

— Si vous y allez trop fort, il peut y avoir des conséquences », m'informa mon supérieur.

Je n'aimais pas du tout ce que je venais d'entendre. « Quel genre de conséquences ?

— Attaque, hémorragie cérébrale, anévrisme…

— Comment savoir si on a un peu trop forcé ?

— Si vous avez une attaque, une hémorragie cérébrale ou un anévrisme, c'est mauvais signe. »

Je me rappelai le chou-fleur ratatiné dans la boîte crânienne de Coopertown, et les paroles du Dr Walid : *Voilà à quoi ressemble un cerveau qui a abusé de la magie.*

« Merci pour le tuyau, dis-je.

— Deux heures, répéta Nightingale depuis la porte. Ensuite, rejoignez-moi dans la bibliothèque pour votre leçon de latin. »

J'attendis qu'il soit parti avant d'ouvrir la main et de chuchoter : « Lux ! »

Cette fois, le globe émit une douce lumière blanche et pas plus de chaleur qu'une journée ensoleillée.

Merde alors, pensai-je. Me voilà magicien.

6. LA REMISE À CALÈCHES

Pendant la journée, quand je n'étais pas au labo ou de sortie, il m'incombait d'aller ouvrir la porte. Les visiteurs étaient si peu nombreux qu'il me fallut une minute pour reconnaître le bruit de la sonnette la première fois.

C'était Beverley Brook, elle portait une veste matelassée bleu électrique, avec la capuche remontée.

« Tu en as mis du temps, dit-elle. Il fait un froid de canard là dehors. »

Je l'invitai à entrer, mais elle sembla hésiter, avant de dire qu'elle ne pouvait pas.

« Maman dit qu'il ne faut pas, que c'est un environnement hostile pour nous.

— Hostile ?

— À cause des champs de force magiques et d'autres trucs du même genre », précisa Beverley.

Logique, pensai-je. Ça expliquait certainement pourquoi Nightingale ne paraissait pas s'inquiéter pour notre sécurité.

« Pourquoi tu es là, alors ?

— Eh bien, fit Beverley, quand une maman fleuve et un papa fleuve s'aiment très fort…

— Très drôle.

— Maman dit qu'il se passe des trucs bizarres du côté de l'UCH et que tu devrais aller jeter un coup d'œil.

— Tu peux être plus précise ?

— On en a parlé aux infos, elle a dit.

— On n'a pas la télé.

— Même pas les chaînes gratuites ?

— Rien du tout.

— Dur, dit Beverley. Alors, tu viens ?

— Je vais d'abord en toucher deux mots à l'inspecteur. »

Nightingale se trouvait dans la bibliothèque où il prenait des notes destinées – je le soupçonnais fortement – au devoir de latin du lendemain. Je lui expliquai ce que venait de m'apprendre Beverley et il me dit d'aller jeter un coup d'œil. Quand je retournai dans le vestibule, Beverley s'était risquée dans l'entrée, même si elle restait aussi près du seuil que possible. Chose étonnante, Molly se tenait à côté d'elle ; leurs têtes étaient proches l'une de l'autre, comme si elles échangeaient des confidences. En m'entendant arriver, elles s'écartèrent vivement de manière suspecte – je sentis mes oreilles me brûler. Molly détala devant moi et disparut dans les entrailles de la Folie.

« On prend la Jag ? demanda Beverley, alors que j'enfilais mon manteau.

— Tu m'accompagnes ?

— Bien obligée, dit Beverley. Maman m'a envoyée pour jouer les médiateurs.

— Pourquoi ?

— La femme qui a appelé est un acolyte, expliqua Beverley. Elle refusera de te parler si je ne suis pas là.

— D'accord. Allons-y.

— On prend la Jag ?

— Ne sois pas ridicule. L'UCH est à quelques minutes à pied.

— Mince, dit Beverley. J'avais envie de rouler en Jag. »

La Jag se retrouva rapidement coincée dans un embouteillage sur Euston Road, et à cela vint s'ajouter une vingtaine de minutes pour trouver une place de parking. D'après mon estimation, nous aurions mis deux fois moins de temps en marchant.

L'University College Hospital occupe deux pâtés de maisons à lui tout seul, entre Tottenham Court Road et Gower Street. Entre autres titres de gloire, ce centre hospitalier universitaire renommé fondé au XIXe siècle avait vu naître Peter Grant, apprenti sorcier. Depuis ce jour capital au milieu des années 1980, la moitié du site avait fait l'objet d'une rénovation se concrétisant par l'érection d'une tour bleue et blanche étincelante qui donnait l'impression qu'une partie de Brasilia avait effectué un atterrissage forcé en plein cœur du Londres victorien.

Le hall d'entrée était un espace vaste et propre, avec beaucoup de verre et de peinture immaculée, uniquement gâché par tous ces malades qui tournaient en rond en traînant les pieds. Dans la police, on passe beaucoup de temps aux urgences, soit pour demander aux gens comment ils se sont fait cette vilaine blessure au couteau, soit pour calmer des ivrognes un peu trop violents, ou encore pour se faire recoudre. D'ailleurs beaucoup de flics épousent des infirmières – en plus, elles ont l'habitude des horaires déraisonnables.

L'acolyte de Beverley en était une, maigre et pâle, avec des cheveux violets et un accent australien. Elle me dévisagea avec méfiance.

« Qui c'est ? demanda-t-elle à Beverley.

— Un ami, répondit Beverley, et elle posa la main sur son bras pour l'apaiser. On peut tout lui dire. »

La femme se détendit et m'adressa un sourire plein d'espoir. Elle me faisait penser à ces adolescentes pentecôtistes de l'avant-avant-dernière église qu'avait fréquentée ma mère. « C'est tellement merveilleux de faire partie de quelque chose de vrai, vous ne croyez pas ? » dit-elle.

Je lui accordai que faire partie de quelque chose de vrai était, certes, merveilleux, mais que ce serait sensass si elle pouvait m'en dire plus sur ce qu'elle avait vu. J'employai réellement le mot « sensass » et elle ne broncha même pas, ce que je trouvai préoccupant à bien des égards.

Selon elle, une ambulance leur avait amené un coursier à vélo à la suite d'un accident de la circulation et, pendant qu'on l'examinait, il avait donné un coup de pied dans l'œil du médecin qui s'occupait de lui. Le praticien n'avait pas été grièvement blessé, étourdi tout au plus, et le coursier avait fui les urgences avant que la sécurité puisse le choper.

« Pourquoi nous le signaler ? demandai-je.

— C'était son rire, dit l'infirmière. Je retournais en salle d'examen quand j'ai entendu ce rire perçant, on aurait dit un mainate. Ensuite, j'ai entendu Eric – le Dr Framline, c'est lui qui a été blessé –, il jurait et quand le coursier s'est précipité vers la sortie, j'ai vu qu'il avait quelque chose de bizarre au visage.

— Quelque chose de bizarre ? répétai-je.

— Je ne sais pas comment le décrire, dit-elle, démontrant cette précision caractéristique des témoins oculaires qui fait d'eux un élément essentiel de toute enquête de police. Il est passé devant moi si vite que je n'ai pas bien vu, mais il avait… quelque chose. »

Elle me montra le lieu de l'incident, un box blanc et beige avec un lit et un rideau pour préserver l'intimité du patient. Le *vestigium* – notez bien l'emploi du singulier – me frappa comme une gifle dès que j'entrai. De la violence, des rires, une odeur de sueur séchée et de cuir. Le même qu'avec ce pauvre William Skirmish à la morgue, moins l'agaçant petit chien.

Si j'avais pénétré dans ce box deux mois plus tôt, j'aurais frissonné et pensé : « C'est bizarre », avant de ressortir immédiatement.

Beverley passa la tête à l'intérieur et me demanda si j'avais trouvé quelque chose.

« Prête-moi ton téléphone, dis-je.

— Qu'est-ce qui est arrivé au tien ?

— Je l'ai bousillé – un accident de magie, je te raconte pas. »

Beverley fit la moue et me tendit un Ericsson étonnamment gros. « Tu dois acheter des minutes », m'informa-t-elle. Le boîtier avait des joints en latex et les boutons étaient grands et protégés par une couche de plastique transparent. « Il est conçu pour aller sous l'eau. Au cas où tu te poserais la question.

— Est-ce que tu peux demander à ton acolyte de me fournir l'adresse du Dr Framline ? »

Beverley haussa les épaules. « Bien sûr, dit-elle. Et n'oublie pas, tu parles, tu paies ! »

Une fois Beverley partie en mission, je sortis avec son téléphone sur Beaumont Place, une rue piétonne paisible qui passait entre les anciens et les nouveaux bâtiments de l'hôpital, et j'appelai Nightingale. Je lui décrivis l'incident et le *vestigium*, et il reconnut qu'il fallait multiplier les efforts pour retrouver le coursier.

« Je veux surveiller le médecin, déclarai-je.

— Intéressant. Pourquoi ?

— J'ai réfléchi à l'enchaînement des événements autour du meurtre de Skirmish, dis-je. Toby mord Coopertown au nez, tout commence là. Mais Coopertown ne pète les plombs que bien plus tard, quand il croise Skirmish à Covent Garden.

— Vous pensez qu'une rencontre fortuite a tout déclenché ?

— Précisément. Lesley affirme que, d'après les enquêteurs, Skirmish n'avait aucune raison de se trouver à Covent Garden cette nuit-là. Il monte dans un bus en direction du West End, croise Coopertown et se fait décoller la tête. Pas de rendez-vous, pas d'amis - rien.

— Vous pensez que les deux protagonistes ont été affectés ? demanda Nightingale. Qu'un facteur externe a pu intervenir et provoquer leur rencontre ?

— C'est possible ?

— Tout est possible. Si votre chien a été touché en même temps que son maître et Coopertown, cela explique pourquoi il était aussi sensible aux *vestigia*. »

Je notai que Toby était devenu *mon* chien. « Alors, c'est possible ?

— Oui, admit Nightingale, mais je sentais bien qu'il était sceptique.

— Et si le coursier joue le rôle de Toby et le médecin celui de Coopertown ? demandai-je. Ça ne ferait pas de mal de mettre le toubib sous surveillance, au moins jusqu'à ce qu'on ait retrouvé le coursier.

— Vous pouvez vous en charger ?

— Pas de problème.

— Parfait », conclut Nightingale, et il proposa de coordonner la recherche du coursier. Je raccrochai au moment où Beverley sortait de l'hôpital d'un pas nonchalant, le balancement de ses hanches attirant mon regard. Elle sourit quand elle me surprit et me tendit un bout de papier - l'adresse du Dr Framline.

« Et maintenant, chef ?

— Où est-ce que je te dépose ?

— Non, non, non, se hâta de protester Beverley. Maman a dit que je devais être ton médiateur.

— C'est ce que tu viens de faire. Maintenant, tu peux rentrer chez toi.

— J'ai pas envie de rentrer. Maman a son entourage avec elle – Ty, Effra et Fleet –, et je ne te parle même pas de toutes les vieilles. Tu n'imagines pas ce que c'est. »

En fait, je savais très bien ce que c'était, mais je n'allais pas avouer ça à Beverley.

« Allez, quoi. Je serai sage, assura-t-elle en ouvrant des yeux de biche. Je te prêterai mon téléphone. »

Je cédai avant qu'elle emploie les grands moyens, lèvre tremblante et tout le toutim. « Tu dois promettre de suivre les ordres.

— Oui, chef », dit-elle en saluant.

Pas question de mettre en place une surveillance discrète dans une Jag des sixties et donc, à la déception de Beverley, nous retournâmes à la Folie afin de l'échanger contre l'ex-panda[1]. Le garage de la Folie est situé à l'arrière du bâtiment et occupe tout le rez-de-chaussée de l'ancienne remise à calèches. Depuis les écuries, on peut deviner l'endroit où les portes d'origine, suffisamment larges et hautes pour permettre à un carrosse à quatre chevaux de passer, ont été murées et remplacées par une modeste porte à glissière. La Jag et l'ex-panda étaient un peu perdues dans cet espace assez vaste pour accueillir quatre équipages.

Contrairement à l'entrée de la maison, la remise ne semblait pas poser de problème à Beverley. « Tu ne sens plus l'hostilité des champs de force magiques ? demandai-je.

— Pas ici, dit-elle. Il y a juste une petite protection sur la porte du garage, c'est tout. »

---

1. Surnom générique donné aux voitures de patrouille de la police britannique.

Nightingale était sorti, mais Molly me retrouva dans l'entrée, avec un sac en plastique Tesco rempli de sandwichs ficelés dans leur emballage de papier sulfurisé. Je ne demandai pas ce qu'il y avait dedans, car je doutais qu'il s'agît de poulet tikka masala. De retour dans la remise, je jetai mon sac et les sandwichs à l'arrière de la voiture, m'assurai que Beverley avait bien attaché sa ceinture et partis harceler un jeune médecin.

Le Dr Framline habitait une maison mitoyenne à deux étages de l'époque victorienne près de Rimford Road à Newham – un peu trop à l'est à mon goût, mais pas un quartier difficile. Je trouvai une place où me garer, avec une bonne vue sur la porte d'entrée et je descendis du véhicule. Comme je savais qu'aucune force au monde ne retiendrait Beverley, je la laissai venir avec moi, à la condition expresse qu'elle n'ouvre pas la bouche.

Il n'y avait qu'une seule sonnette et le petit jardin en façade, abandonné au gravier, était occupé par les poubelles et deux pots de fleurs rouge vif vides. Soit le Dr Framline était l'unique propriétaire de cet endroit, soit il le partageait avec des amis. J'appuyai sur la sonnette et une voix pleine d'entrain m'annonça qu'elle arrivait. La voix appartenait à une femme grassouillette, au visage rond, du genre à développer une personnalité agréable, parce que tout autre choix serait suicidaire.

Je lui montrai ma carte de police. « Bonjour. Je m'appelle Peter Grant, je suis de la police et voici ma collègue Beverley Brook, qui est aussi une rivière au sud de Londres. » On peut balancer des trucs de ce type à des civils : le cerveau se bloque dès qu'il entend le mot « police ».

Toutefois à en juger par le regard que mon interlocutrice lança à Beverley, j'en avais peut-être fait un peu trop.

« Une rivière, c'est bien ce que vous venez de me dire ? »

Une bonne raison pour ne jamais frimer en service. « C'est une blague entre collègues, dis-je.

— Elle semble un peu jeune pour être de la police, dit-elle.

— Elle est en stage.

— Permettez que je revoie votre carte ? »

Je soupirai et la lui tendis. Beverley ricana.

« Je peux vous communiquer le numéro de téléphone de mon supérieur, si vous voulez », proposai-je. Généralement, on en reste là, parce que, dans la population, la paresse l'emporte sur la suspicion.

« Vous êtes là à cause de ce qui est arrivé à l'hôpital ? s'enquit la femme.

— Oui, fis-je, soulagé. C'est exactement la raison de notre présence.

— Eric est en ville, dit-elle. Vous l'avez manqué de peu : il est parti il y a un quart d'heure. »

Bien sûr, pensai-je. Et il se trouvait probablement dans un rayon de moins de cinq cents mètres de l'endroit d'où Beverley et moi avions entamé notre périple. « Vous avez une idée de l'endroit où il est allé ?

— Pourquoi voulez-vous le savoir ?

— Nous pensons avoir une piste concernant l'homme qui l'a agressé. Nous avons besoin de lui pour confirmer certains détails. Si nous agissons rapidement, nous devrions pouvoir procéder à une arrestation dès ce soir. »

Cette nouvelle parut la ragaillardir et elle me donna non seulement le nom du gastro-pub où se rendait le Dr Framline, mais aussi son numéro de mobile. Beverley dut trotter derrière moi pour ne pas se laisser distancer alors que nous retournions à la voiture.

« Qu'est-ce qu'il y a de si pressé ? demanda-t-elle, alors que nous montions à bord.

— Je connais ce pub, dis-je. C'est à l'angle de Neal Street et de Sheldon Street. » Je démarrai sans attendre que Beverley ait bouclé sa ceinture. « Juste en face de la zone piétonne devant le magasin Urban Outfitters.

— Urban Outfitters, hein ? dit Beverley. Je comprends mieux la chemise Dr Denim.

— C'est un cadeau de ma mère, me défendis-je.

— Et tu crois que c'est moins embarrassant ? »

J'appuyai sur le champignon, pour autant que ça ait un sens avec une Ford Escort vieille de dix ans, et grillai un feu. J'entendis un cri derrière moi. « Les coursiers à vélo ont l'habitude de traîner là-bas, expliquai-je. C'est pratique à cause des cafés et des pubs, mais c'est aussi proche de la plupart de leurs clients. »

De la pluie commença à crépiter sur le pare-brise et je dus ralentir – les rues devenaient humides. Combien de temps faudrait-il au Dr Framline pour atteindre Covent Garden en transports en commun ? Pas moins d'une heure, mais il avait de l'avance et à Londres le métro est souvent plus rapide que la voiture.

« Appelle le Dr Framline », dis-je à Beverley.

Elle ronchonna, composa le numéro, écouta et déclara : « Messagerie vocale. Il est probablement sous terre. »

Je lui donnai le numéro de Lesley. « N'oublie pas, dit-elle. Tu parles, tu paies.

— Ça va. »

Beverley me tint l'appareil à l'oreille pour que je puisse garder les deux mains sur les commandes. Quand Lesley décrocha, j'entendis le bureau des enquêteurs de Belgravia en bruit de fond – les vrais flics en plein boulot.

« Qu'est-ce qui est arrivé à ton téléphone ? demanda-t-elle. J'ai essayé de t'appeler toute la matinée.

— Je l'ai cassé – un accident de magie. À ce propos, rends-moi un service : mets-moi de côté un Airwave. » L'Airwave est le combiné radio numérique des flics – il sait tout faire, même le café.

« Tu n'en as pas un chez toi ?

— Tu veux rire. Je ne pense pas que Nightingale ait compris le principe de l'Airwave – ou de la radio en général, d'ailleurs. D'après moi, il n'a même qu'une vague idée du fonctionnement d'un téléphone. »

Elle accepta de nous retrouver à Neal Street.

Il pleuvait à seaux, alors que je roulais au pas dans la partie semi-piétonne d'Earlman Street ; je m'arrêtai au coin de la rue, d'où nous avions une bonne vue sur le pub et le lieu de prédilection des coursiers. Beverley resta dans la voiture, tandis que je traversais afin de jeter un rapide coup d'œil à l'intérieur du pub. C'était désert ; le Dr Framline n'était pas encore arrivé.

Quand je regagnai le véhicule, j'étais trempé, mais je gardais une serviette dans le sac que j'emportais toujours avec moi en surveillance et je m'en servis pour m'essorer les cheveux. Pour une raison qui m'échappait, Beverley trouva cela tordant.

« Laisse-moi faire », dit-elle.

Je lui tendis la serviette et elle se pencha vers moi et entreprit de me frotter la tête. L'un de ses seins se pressa contre mon épaule et je dus résister à l'envie de la prendre par la taille. Elle enfonça ses doigts dans mon cuir chevelu.

« Tu ne les peignes donc jamais ? demanda-t-elle.

— J'ai la flemme de le faire, dis-je. Je me contente de les raser chaque printemps. »

Elle fit courir sa main sur ma tête et la laissa reposer, légèrement, sur ma nuque. Je sentis son souffle, proche, dans mon oreille.

« Tu n'as vraiment rien de commun avec ton père, hein ? » Beverley réintégra son siège et jeta la serviette à l'arrière. « Ta mère a dû être déçue. Elle espérait sans doute que tu aurais de beaux cheveux bouclés.

— Ç'aurait pu être pire. J'aurais pu être une fille. »

Inconsciemment, Beverley toucha ses propres cheveux, défrisés et avec une raie sur le côté, qui lui tombaient sur les épaules. « Tu n'as pas idée… C'est pour ça que tu ne me verras jamais dehors par un temps pareil. » Elle fit un signe de la tête en direction des rues balayées par la pluie.

« Mais tu es censée être une déesse…

— Une orisha, me corrigea Beverley. Nous sommes des orishas. Pas des esprits, ni des génies attachés à un lieu – des orishas.

— Pourquoi tu ne fais rien pour la météo ? l'interrogeai-je.

— D'abord, répondit-elle avec une lenteur exagérée, il ne faut pas jouer avec le temps ; ensuite, on est au nord de Londres, le domaine de mes sœurs aînées. »

J'avais déniché une carte des rivières de Londres datant du XVIIe siècle. « Fleet et Tyburn, c'est ça ?

— Essaie un peu de l'appeler Tyburn si tu veux te retrouver pendu au bout d'une corde, répliqua Beverley. Si jamais tu fais sa connaissance, je te conseille de t'adresser à elle en l'appelant Lady Ty. Mais tu n'as pas envie de croiser sa route, crois-moi. Et elle n'a certainement aucune intention de te rencontrer.

— Tu ne t'entends pas avec tes sœurs ?

— Fleet a beau être sympa, elle fourre son nez partout. Ty est une bêcheuse. Elle habite Mayfair, elle est invitée à des réceptions de la haute et connaît des "gens importants".

— C'est la chouchoute à sa maman ?

— Seulement parce qu'elle arrondit les angles avec les politicards. Elle prend le thé sur la terrasse du palais de Westminster ; moi, pendant ce temps-là, je me coltine le larbin de Nightingale.

— Je te rappelle que c'est toi qui as insisté pour ne pas rentrer chez toi. »

J'aperçus la voiture de Lesley qui s'arrêtait derrière nous. Elle me fit un appel de phares et sortit. Je me penchai rapidement vers l'arrière afin de lui ouvrir la porte côté passager. La pluie me gifla en pleine face, suffisamment fort pour me faire crachoter, et Lesley se jeta pratiquement sur la banquette.

« Je pense qu'on va avoir droit à une inondation », commenta-t-elle, et elle saisit ma serviette pour se sécher le visage et les cheveux. Elle désigna Beverley d'un brusque mouvement de la tête. « Qui c'est ?

— Beverley, je te présente l'agent de police Lesley May. (Je me tournai vers Lesley.) Elle, c'est Beverley Brook, esprit fluvial et championne toutes catégories des langues bien pendues de Londres et de ses environs depuis au moins cinq années consécutives. » Beverley me donna un coup de poing sur le bras. Lesley lui adressa un sourire encourageant. « La Tamise est sa mère, tu sais.

— Vraiment ? dit Lesley. Et qui est le père, alors ?

— C'est compliqué, répondit Beverley. Maman dit qu'elle m'a trouvée, flottant dans la rivière à hauteur de la quatre voies de Kingston Vale.

— Dans un panier ? tenta Lesley.

— Non, juste comme ça.

— Elle est le fruit d'une création spontanée des midi-chloriens », intervins-je. Les deux femmes me regardèrent d'un air perplexe. « Laissez tomber.

— Ton type est déjà arrivé ? s'enquit Lesley.

— On n'a vu personne depuis qu'on est là.

— Tu sais à quoi il ressemble ? » demanda Lesley.

Je pris conscience que je n'avais pas la moindre idée de l'apparence du Dr Framline. J'avais prévu de l'interroger chez lui, pas de le suivre en ville. « J'ai une description », dis-je. Lesley me lança un regard compatissant et sortit une impression format A4 de la photo du permis de conduire du Dr Framline. « Il pourrait faire un flic correct, confia-t-elle à Beverley, si seulement il parvenait à se concentrer un peu plus sur les détails. »

Elle me tendit un objet qui faisait penser à la progéniture mutante et volumineuse d'un Nokia et d'un talkie-walkie – un combiné Airwave. Je le fourrai dans la poche intérieure de ma veste. Plus lourd qu'un téléphone mobile, il allait la déformer.

« C'est lui ? » fit Beverley.

Scrutant la pluie, nous vîmes un couple approcher sur Neal Street depuis Covent Garden. Le visage de l'homme correspondait à la photographie, hormis les contusions autour de son œil gauche et, sur sa joue, les deux bandes adhésives parallèles maintenant ensemble les lèvres de la coupure. Il tenait un parapluie au-dessus de sa tête et de celle de sa compagne, une femme trapue portant un imperméable orange criard. Tous deux souriaient et semblaient heureux.

En silence, nous les regardâmes arriver au gastropub et entrer après une pause, le temps de secouer le parapluie.

« Tu veux bien me rappeler la raison de notre présence ici ? demanda Lesley.

— Tu as réussi à mettre la main sur le coursier ?

— Non, répondit-elle. Et je ne pense pas que mon chef apprécie beaucoup que ton chef le traite comme son larbin.

— Tu n'as qu'à lui dire qu'il n'est pas le seul.

— Dis-le-lui toi-même.

— Qu'est-ce qu'il y a dans les sandwichs ? » intervint Beverley.

J'ouvris le sac Tesco et déballai les sandwichs baguette au rosbif, garnis de pickles à la moutarde et de raifort – très appétissants, mais je me méfiais des paniers-repas de Molly qui avait déjà essayé de me faire avaler de la cervelle de veau frite. Lesley, qui mange sans peur et pense que les anguilles en gelée sont un mets délicat, attaqua avec enthousiasme. Beverley, elle, hésita.

« Si j'en mange, tu n'attendras rien en retour ? demanda-t-elle.

— Ne t'en fais pas, dis-je. Je garde un spray buccal dans mon sac.

— Je suis sérieuse, dit Beverley. Il y a un gus chez maman qui est venu saisir des meubles en 1997. Il a eu le malheur d'accepter une tasse de thé et de grignoter un biscuit, et il est toujours là. Quand j'étais gamine, je l'appelais tonton Luissier. Il se rend utile en bricolant dans la maison, et ma mère ne le laissera jamais repartir. » Beverley me planta un doigt sur la poitrine. « Alors, je veux connaître tes intentions concernant ce sandwich.

— Je t'assure que mes intentions sont honorables, protestai-je, mais une partie de moi songeait à la fois où j'avais bien failli craquer pour ce biscuit fourré chez Mama Tamise.

— Jure-le sur ton pouvoir, exigea Beverley.

— Je n'ai pas de pouvoir.

— C'est juste. Sur la vie de ta mère, alors.

— Non. C'est puéril.

— Dans ce cas, je vais m'acheter à manger. » Beverley sortit de la voiture et s'éloigna d'un pas lourd, laissant la portière ouverte. Je remarquai qu'elle avait attendu que la pluie se calme un peu avant de piquer sa crise.

« C'est vrai ? demanda Lesley.

— Quoi donc ?

— Tout : les sorts, les obligations, les sorciers – l'huissier, ajouta-t-elle. Bon sang, Peter, c'est de la détention illégale, au minimum.

— Une partie est vraie, répondis-je. Je serais bien incapable de dire jusqu'à quel point, mais je pense que devenir un sorcier revient à distinguer ce qui est réel de ce qui ne l'est pas.

— Et sa mère est vraiment la déesse de la Tamise ?

— Elle le pense, en tout cas, et, pour l'avoir rencontrée, je ne suis pas loin de le croire moi-même. Son pouvoir n'est pas bidon, alors, jusqu'à preuve du contraire, je pense que je ferais mieux de traiter sa fille avec les égards dus à son rang. »

Lesley se pencha par-dessus le dossier du siège et me regarda dans les yeux.

« Tu sais faire de la magie ? demanda-t-elle doucement.

— Je connais un sort.

— Montre-moi.

— Pas ici. Si je le lançais maintenant, ça bousillerait les Airwave, l'autoradio et peut-être même l'allumage. C'est comme ça que j'ai fichu en l'air mon téléphone – il était dans ma poche pendant que je m'exerçais. »

Lesley inclina la tête sur le côté et me dévisagea d'un air insolent.

J'allais protester quand Beverley donna de grands coups contre ma vitre – je la baissai.

« Pour ton information, il a cessé de pleuvoir, dit-elle. Et un coursier vient d'arriver dans la rue. »

Lesley et moi émergeâmes de la voiture en nous bousculant, prouvant, s'il en était besoin, notre cruel manque d'expérience des techniques de base de la surveillance. Après nous être rappelé que nous voulions avant tout être discrets, nous feignîmes d'avoir une conversation informelle. À notre décharge, nous sortions tout juste de deux années en uniforme, et le propre du policier en tenue est d'afficher sa présence.

Beverley devait avoir une bonne vue, parce que le coursier était à l'extrémité de Neal Street donnant sur Shaftesbury Avenue et approchait à pas lents et mesurés. Il poussait son vélo, ce qui semblait suspect, et je notai que la roue arrière était voilée. Je ressentis un profond sentiment de malaise, mais je n'arrivai pas à déterminer si cela venait de moi ou de quelque chose d'extérieur.

Non loin de là, un chien commença à aboyer. Derrière nous, une maman gronda un enfant qui demandait à être porté. La pluie s'écoulait dans un caniveau quelque part et je me surpris à tendre l'oreille – sans trop savoir pourquoi. Puis je l'entendis : un petit rire étranglé, aigu, venu de très loin, qui sembla s'inviter dans l'air ambiant.

Le coursier paraissait normal, entièrement vêtu de lycra jaune et noir incroyablement moulant, un sac à l'épaule, une radio accrochée à la bandoulière, et un casque bleu et blanc. Il avait un visage étroit et une bouche fine sous un nez anguleux, mais l'absence d'expression de ses yeux était inquiétante. Je n'aimais pas sa façon de marcher. La roue arrière tordue frottait contre le cadre et l'homme semblait hocher la tête au rythme de chaque tour. Je décidai que ce serait une mauvaise idée de le laisser approcher plus près.

« Salaud ! » Il y eut un cri derrière moi, suivi d'un grand fracas.

Je me retournai et ne vis rien avant que Lesley pointe du doigt les portes en verre à double battant d'Urban Outfitters. À l'intérieur, un homme avait été projeté violemment contre les portes. Il fut tiré en arrière, hors de ma vue, avant d'être à nouveau brutalement poussé contre les panneaux en verre – assez fort pour faire sauter une des charnières et ouvrir un espace suffisamment large pour permettre à l'homme de s'enfuir. Il avait l'air d'un touriste ou d'un étudiant étranger, bien habillé dans le style européen – cheveux blond cendré, longs mais pas trop, sac à dos bleu Swissair offert par la compagnie en bandoulière. Il secoua la tête, comme s'il n'en revenait pas de ce qui lui arrivait, et eut un mouvement de recul quand son agresseur sortit et avança sur lui d'un pas décidé.

L'homme était petit, empâté, il avait une toison brune dégarnie et portait des lunettes rondes à fine monture. Sur sa chemise blanche, un badge accroché à sa poche de poitrine l'identifiait comme le gérant. Il suait à grosses gouttes et son visage luisant était rouge de colère.

« Ras le bol ! cria-t-il. Marre d'être traité comme un putain d'esclave, même quand j'essaie de me montrer serviable !

— Hé ! cria Lesley. Police ! » Elle avança vers eux, sa carte dans la main gauche, la droite posée sur le manche de sa matraque télescopique. « Quel est le problème ?

— Il s'est jeté sur moi », expliqua le jeune homme. Il avait bien un accent. Allemand, estimai-je.

Le gérant furieux hésita et se tourna vers Lesley, plissant les yeux derrière ses verres. « Il parlait au téléphone », déclara-t-il. Toute violence semblait l'avoir quitté. « Il était à la caisse. Personne ne l'a appelé, en plus – c'est lui qui a passé un coup de fil pendant qu'il payait. On attend de moi que j'aie avec lui un échange mutuel bénéfique et courtois et ce connard fait comme si je n'existais pas et préfère téléphoner. »

Lesley s'interposa entre les deux hommes et fit prudemment reculer le gérant. « Allons plutôt continuer cette discussion à l'intérieur, d'accord ? Comme ça, vous pourrez tout me raconter. » C'était un vrai plaisir de la regarder travailler.

« Je ne comprends pas, dit le gérant. Pourquoi ? Qu'est-ce qu'il avait de si important à dire qui ne puisse pas attendre quelques minutes ? »

Beverley me donna une tape sur le bras. « Peter, lança-t-elle. Par ici. »

Je me retournai juste au moment où le Dr Framline se précipitait dans la rue, brandissant un bâton moitié aussi grand que lui. Derrière lui, son amie se rua hors du gastro-pub en criant son nom, visiblement déconcertée. J'accourus à toutes jambes, dépassant rapidement la femme, mais je n'avais aucune chance de rattraper le Dr Framline avant qu'il fonde sur sa proie.

Le coursier ne fit même pas mine de se défendre quand le Dr Framline abattit la gaule avec force sur son épaule. Le bras de sa victime pendait mollement et sa main perdit sa prise sur la bicyclette, qui commença à tomber sur le côté.

« Tiens, encore un coup, hurla le docteur, levant une nouvelle fois le bâton, c'est pour ton bien. »

Je me jetai sur lui par-derrière, enfonçant mon épaule dans le point vulnérable juste au-dessus des hanches, de manière à le faire s'écrouler sur le flanc et amortir ma chute, plutôt que l'inverse. J'entendis le bruit du vélo sur la chaussée, puis celui du bâton ricochant sur le sol. Je tentai d'immobiliser le Dr Framline, mais il semblait doté d'une puissance surhumaine ; il me planta son coude dans la poitrine, assez fort pour me couper le souffle. J'essayai d'empoigner sa jambe, ce qui me valut un coup de genou au visage – je poussai un juron.

« Police ! criai-je. Cessez de résister. » Chose étonnante, il s'exécuta. « Merci », dis-je ; simple courtoisie. Je m'apprêtai à me lever, mais quelqu'un m'asséna une claque d'une telle violence que je tombai face contre terre sans avoir eu le temps de me rendre compte de ce qui m'arrivait. Dans un combat de rue, quelle que soit la gravité de vos blessures, le trottoir n'est pas votre allié ; je roulai donc sur moi-même et tentai à nouveau de me remettre debout. C'est ainsi que je vis le coursier ramasser l'énorme bâton et frapper le Dr Framline. Ce dernier recula afin d'éviter l'impact, mais l'arme toucha tout de même le haut de son bras. Il glissa et s'écroula, le souffle coupé par la douleur.

Je sentis monter en moi une vague d'émotions : exultation, excitation et une violence sous-jacente, rappelant l'ambiance d'un match de foot quand une équipe qui joue devant son public a une occasion de marquer un but.

J'assistai au *dissimulo* en direct cette fois : le menton du coursier parut former une saillie et j'entendis distinctement le craquement des os et des dents alors qu'il devenait de plus en plus pointu. Les lèvres se tordirent en un rictus, et le nez s'allongea presque à la même longueur. Ses traits n'avaient rien d'humain ; ça ressemblait à la caricature d'un visage que l'on peut imaginer en regardant la lune. La bouche s'ouvrit et j'eus la vision des ruines sanglantes de la mâchoire.

« C'est comme ça qu'il faut faire ! » hurla-t-il en levant son bâton.

La matraque de Lesley s'abattit sur son crâne. Il chancela, Lesley frappa encore et, gloussant un dernier soupir, il s'écroula devant moi. Je rampai jusqu'à lui et le fis rouler sur le dos, mais il était trop tard. Son visage s'affaissa comme du papier mâché. Je vis la peau se déchirer autour du nez, puis un grand lambeau dégoulinant se décolla et pendit sur son front. J'aurais voulu l'aider, mais rien dans mes cours de secourisme ne m'avait préparé à un visage explosé comme une étoile de mer.

Tressaillant au contact du morceau d'épiderme chaud et humide, je glissai ma paume en dessous et essayai de le remettre en place. J'avais dans l'idée que je devais au moins tenter d'arrêter l'hémorragie.

« Lâchez-moi », cria le Dr Framline. Je regardai dans sa direction et vis que Lesley lui avait déjà passé les menottes. « Enlevez-moi ça, dit-il. Je peux l'aider. » Lesley hésita.

Je lui intimai de libérer le médecin.

Trop tard. Soudain, le coursier se raidit, son dos s'arqua et un flot de sang monta de son cou et se fraya un chemin à travers les déchirures de sa peau et les espaces entre mes doigts.

Le Dr Framline se précipita vers nous et planta les siens dans la gorge du jeune homme. Il changea leur position à la recherche d'un pouls, mais je devinai à son expression qu'il n'y en avait plus. Finalement, il secoua la tête et me dit de lâcher. Le visage du coursier s'ouvrit à nouveau.

Quelqu'un hurlait et je dus vérifier que ce n'était pas moi. Ça aurait pu. Ce n'était certes pas l'envie qui me manquait. Je me souvins cependant que Lesley et moi étions les seuls policiers sur les lieux, et que la population n'aime pas quand sa police se met à crier : ça donne l'impression que les choses ne se déroulent pas dans un climat propice au maintien de l'ordre public. Je me relevai et constatai que nous avions attiré une foule de badauds.

« Mesdames, messieurs, dis-je, la police fait son travail. Je vais vous demander de bien vouloir reculer. »

La foule reflua – être couvert de sang peut avoir cet effet-là sur les gens.

Nous protégeâmes la scène de crime jusqu'à l'arrivée des renforts, mais les deux tiers des spectateurs avaient sorti leurs téléphones mobiles et nous prenaient en photo ou nous filmaient, moi, Lesley et les restes mutilés du coursier. Les images étaient sur Internet avant que l'ambulance ne soit là et que les auxiliaires médicaux n'aient eu le temps de draper le corps de ce pauvre bougre. J'aperçus Beverley qui traînait à l'arrière de la foule ; quand elle me vit à son tour, elle attira mon attention, me fit un petit signe de la main, tourna les talons et s'éloigna.

En attendant la tente de la police scientifique, les prélèvements et les combinaisons de rechange, Lesley et moi trouvâmes refuge sous le store d'un magasin.

« Il faut que ça s'arrête, commenta Lesley. Je ne vais bientôt plus avoir de fringues. »

Ça nous fit bien rire – enfin, si on veut. Ce n'est pas plus facile la deuxième fois, c'est juste qu'à partir de ce moment-là on sait que, le lendemain, on se réveillera le même homme – ou la même fille.

Un inspecteur de la criminelle se pointa et prit les choses en main. C'était une femme trapue d'âge moyen, à l'air mauvais, avec des cheveux bruns raides et ternes, et qui devait probablement occuper ses loisirs en se battant à mains nues contre des rottweilers. La légendaire Miriam Stephanopoulos, bras droit de Seawoll et terrifiante lesbienne. L'unique blague qui circule à son sujet est la suivante : « Est-ce que tu sais ce qui est arrivé au dernier policier qui a raconté une blague sur l'inspecteur Stephanopoulos ? – Non, qu'est-ce qui lui est arrivé ? – Il n'est plus là pour nous le dire. » J'ai dit que c'était la seule, pas qu'elle était bonne.

Comme elle semblait avoir un faible pour Lesley, on s'occupa de nous bien plus vite cette fois, mais dès que nous en eûmes terminé, une voiture banalisée nous emmena directement à Belgravia. Nightingale et Seawoll nous débriefèrent dans une salle de conférences anonyme ; personne ne prit de notes, mais on nous offrit au moins une tasse de thé.

Seawoll lança un regard furieux à Lesley ; il n'était pas content. Lesley me lança un regard furieux ; elle n'était pas contente que Seawoll ne soit pas content. Nightingale ne se sentait apparemment pas concerné ; je ne réussis à susciter son intérêt qu'en évoquant la sensation que j'avais éprouvée avant l'agression. Après le débriefing, nous nous rendîmes tous ensemble à la morgue de Westminster où, chose étonnante, Seawoll et Stephanopoulos assistèrent tous les deux à l'autopsie. Lesley et moi nous tînmes derrière eux, espérant nous faire oublier.

Le coursier était étendu sur la table du Dr Walid, le visage ouvert, exposé d'une façon que je commençais à trouver horriblement familière. L'homme de l'art était en train de présenter ses conclusions – quelqu'un avait utilisé la magie pour obliger la victime à changer de visage et à agresser des inconnus au hasard. L'inspecteur Stephanopoulos lança un regard entendu à Seawoll à l'énoncé du mot « magie », mais son chef secoua légèrement la tête, comme pour dire *Plus tard, pas ici.*

« Derek Shampwell, récita le Dr Walid. Vingt-trois ans, citoyen australien. Installé à Londres depuis trois ans. Pas de casier judiciaire. L'analyse des cheveux indique une consommation intermittente de marijuana au cours des deux dernières années.

— On sait pourquoi c'est tombé sur lui ? demanda Seawoll.

— Non, intervint Nightingale. Même si tous les autres cas semblent avoir pour point de départ un sentiment d'injustice. Coopertown a été mordu par l'animal de compagnie de quelqu'un. Shampwell a été heurté par un véhicule automobile pendant qu'il roulait sur sa bicyclette. »

Seawoll se tourna vers Stephanopoulos. « Un accident avec délit de fuite sur le Strand, monsieur, à un angle mort des caméras de vidéosurveillance.

— Un angle mort ? s'étonna Seawoll. Sur le Strand ?

— Une chance sur mille, dit Stephanopoulos.

— May ! aboya Seawoll sans se retourner. Vous pensez que ces affaires sont liées ?

— En comptant l'incident dont Grant et moi avons été les témoins au cinéma, et celui qui a eu lieu juste avant la mort de Shampwell, j'ai identifié quinze crimes dont les auteurs ont fait preuve d'un niveau d'agressivité qui ne leur ressemblait pas – des personnes sans casier, sans antécédents psychiatriques. Toutes ces agressions se sont déroulées dans un rayon de moins de cinq cents mètres autour de Cambridge Circus.

— Dans combien d'entre elles sait-on avec certitude que l'agresseur était… » – Seawoll marqua une pause – « … possédé ?

— Juste celles où le visage a subi des dommages similaires, dit Nightingale.

— Que les choses soient bien claires, dit Seawoll. Le préfet ne veut pas de vagues, alors l'agent May et l'agent Grant pourront collaborer pour les tâches subalternes, mais pour les décisions importantes, je suis votre unique interlocuteur. Ça vous pose un problème, Thomas ?

— Pas le moins du monde, Alexander, répliqua Nightingale. Ça me semble parfaitement raisonnable.

— Ses parents arrivent d'Australie demain, dit le Dr Walid. Je peux lui recoudre le visage ? »

Seawoll jeta un coup d'œil au corps. « Putain », lâcha-t-il.

Nightingale garda le silence pendant tout le trajet de retour à la Folie, mais au pied des marches, il se tourna vers moi et me souhaita bonne nuit. Je voulus savoir ce qu'il allait faire, et il me répondit qu'il avait des recherches à effectuer dans la bibliothèque – pour essayer de restreindre le nombre d'hypothèses sur ce qui provoquait ces meurtres. Je demandai si je pouvais l'aider.

« Travaillez plus dur, dit-il. Apprenez plus vite. »

Alors que je montais à l'étage, je croisai Molly qui descendait sans bruit. Elle s'arrêta à ma hauteur et me lança un regard inquisiteur.

« Qu'est-ce que j'en sais ? fis-je. Vous le connaissez mieux que moi. »

Pour obtenir de son chef un accès Internet à haut débit, de préférence par câble, on ne lui dit pas que c'est pour regarder des matchs de foot. On lui explique que c'est indispensable pour se connecter à HOLMES directement, plutôt que de devoir faire appel constamment à Lesley May. Les retransmissions des matchs de foot, le cinéma à la demande et les jeux de console en réseau ne sont qu'un bonus qui ne pouvait pas mieux tomber.

« Une telle installation nécessite-t-elle le passage physique d'un câble à l'intérieur de la Folie ? demanda Nightingale quand j'abordai la question avec lui lors d'une de nos sessions d'apprentissage au labo.

— C'est pour ça qu'on l'appelle le câble, fis-je observer.

— Main gauche, dit Nightingale, et je produisis consciencieusement une lumiforme dans ma main gauche. Maintenez-la, poursuivit-il. Rien ne peut entrer physiquement dans ce bâtiment. »

J'en étais arrivé à un stade où je pouvais parler tout en gardant une boule de lumière dans ma paume, même s'il me fallait beaucoup d'effort pour que ça ait l'air facile. « Pourquoi ?

— Le bâtiment incorpore toutes sortes de protections mises en œuvre après l'installation de lignes téléphoniques en 1941. Introduire un nouveau lien physique avec l'extérieur nous rendrait vulnérables. »

Je cessai de cultiver ma fausse désinvolture et me concentrai sur ce que je faisais. Je me sentis soulagé quand Nightingale me dit de m'arrêter.

« Bien. Je pense que vous êtes presque prêt à passer à la forme suivante. »

Je laissai tomber la lumiforme et retins mon souffle. Nightingale vint se placer devant la paillasse voisine où j'avais démonté mon ancien mobile et installé le microscope trouvé dans un coffret en acajou dans l'un des placards.

Il toucha le cuivre et le tube laqué noir. « Vous savez ce que c'est ? demanda-t-il.

— Un authentique microscope Charles Perry numéro 5. J'ai cherché sur Internet. Fabriqué en 1932. » Nightingale hocha la tête et se pencha pour examiner les entrailles de mon téléphone.

« Vous pensez que la magie est responsable de ça ?

— J'en suis sûr. Ce que j'ignore, c'est comment et pourquoi. »

Nightingale changea de position, l'air gêné. « Peter. Vous n'êtes pas le premier apprenti doté d'un esprit curieux, mais je ne veux pas que ça vienne perturber votre travail.

— Oui, monsieur. Je garderai ça pour mon temps libre.

— Vous alliez suggérer d'utiliser la remise, reprit Nightingale.

— Pardon ?

— Pour ce raccordement au câble. Comme les protections avaient tendance à rendre les chevaux nerveux, la remise a été épargnée. Je suis persuadé que cela se révélera très utile.

— Oui, monsieur.

— Pour toutes sortes de divertissements.

— Monsieur…

— À présent, la forme suivante – *Impello.* »

Je n'arrivais pas à déterminer si la remise à calèches avait été bâtie, dès l'origine, avec un premier niveau pour loger les valets de pied ou qui sais-je encore, et aménagée dans les années 1920, ou si l'étage était la conséquence d'un plafond ajouté au garage quand le portail principal avait été obstrué. À un moment donné, quelqu'un avait boulonné un assez bel escalier en colimaçon en fer forgé au mur donnant sur la cour. La première fois que je m'étais aventuré en haut, j'avais eu la surprise de découvrir qu'un bon tiers du toit en pente côté sud avait été vitré. Le verre était sale à l'extérieur et certains des carreaux étaient fêlés, mais il laissait entrer assez de lumière pour deviner la présence de formes ensevelies sous des housses de protection. Contrairement aux housses du reste de la Folie, celles-ci étaient pleines de poussière – Molly n'avait jamais dû nettoyer par ici.

Si la méridienne, le paravent chinois, les dessertes dépareillées et la collection de coupes à fruits en céramique que je trouvai sous ces linceuls ne constituaient pas des indices suffisants, je repérai également un chevalet et une boîte remplie de pinceaux en poils de martre, durcis à force d'être négligés. Quelqu'un s'était servi de cet endroit comme d'un atelier, à en juger par les bouteilles de bière alignées contre le mur sud. Probablement d'autres apprentis comme moi – ou alors, un sorcier avec un sérieux problème de boisson.

Une série de tableaux – des huiles – étaient entassés dans un coin, soigneusement ficelés dans du papier brun. Ils comprenaient plusieurs natures mortes, le portrait d'une jeune femme dont la gêne était palpable, malgré une piètre exécution. La toile suivante était de bien meilleure qualité – un gentleman de l'époque d'Édouard VII, étendu sur la méridienne en osier que j'avais découverte sous une housse un peu plus tôt. Il tenait une canne à pommeau d'argent et, l'espace d'un instant, je crus reconnaître Nightingale, mais l'homme était plus âgé et ses iris d'un bleu intense. Nightingale senior, peut-être ? La peinture d'après, probablement due au même artiste, était un nu dont le sujet me causa un tel choc que je l'approchai de la lucarne pour mieux voir. Je ne m'étais pas trompé. C'était bien Molly, allongée, pâle et dévêtue, sur la méridienne, les yeux aux paupières lourdes fixant le spectateur, une main plongée dans une coupe de cerises placée sur une table à côté d'elle. De moins espérais-je qu'il s'agissait de cerises. Le style impressionniste de l'œuvre, les touches puissantes de l'artiste ne permettaient pas d'en avoir la certitude : elles étaient indéniablement petites et rouges, et de la même couleur que les lèvres de Molly.

Je remballai les toiles avec soin et les remis là où je les avais trouvées. Je procédai à un examen hâtif de la pièce à la recherche de traces d'humidité, de pourriture sèche ou de tout autre phénomène susceptible de fragiliser les poutres en bois et de les rendre dangereuses. Une porte de chargement munie de volets et surmontée par un madrier donnait sur la cour, probablement un ancien accès au grenier à foin destiné aux chevaux.

Alors que je me penchais pour m'assurer de sa solidité, je vis le visage pâle de Molly à l'une des fenêtres du dessus. Je ne savais pas ce que je trouvais le plus étrange : que quelqu'un ait réussi à la persuader de se désaper ou qu'elle n'ait pas changé d'aspect en soixante-dix ans. Elle recula, sans avoir perçu ma présence apparemment. Je me retournai et parcourus la pièce du regard.

Parfait.

À un moment ou à un autre, la plupart des membres de ma famille maternelle avaient fait le ménage dans des immeubles professionnels pour gagner leur vie. Nettoyer des bureaux a commencé à faire partie de la culture d'une certaine génération d'immigrés africains, au même titre que la circoncision et le fait d'être un supporter d'Arsenal. Ma mère l'avait fait et je l'avais souvent accompagnée pour réaliser des économies de baby-sitter. Lorsqu'une maman africaine emmène son fils au boulot, elle attend de lui qu'il travaille ; j'ai donc rapidement appris à me servir d'un balai et d'un chiffon pour les vitres. Ainsi, dès le lendemain, je retournai dans la remise après mes exercices, armé de gants en caoutchouc et de l'aspirateur Numatic de mon oncle Tito. Mille watts d'aspiration, ça fait une sacrée différence quand on décrasse une pièce, vous pouvez me croire. Si je ne voulais pas provoquer une déchirure dans le tissu spatio-temporel de l'univers, mieux valait faire gaffe. Je dénichai des laveurs de carreaux sur le Net, deux Roumains qui n'arrêtaient pas de se chamailler ; ils s'occupèrent des fenêtres de toit, pendant que j'installais une poulie sur la poutre de levage, juste à temps pour la livraison de la télévision et du frigo.

Je dus patienter une semaine avant d'être raccordé au câble, ce qui me permit de progresser dans mon apprentissage et de commencer à m'intéresser d'un peu plus près à Père Tamise. Nightingale m'avait confié la mission de le trouver. « Ce sera un bon exercice pour vous, avait-il affirmé. Et ça vous donnera de bonnes bases sur les traditions populaires de la vallée de la Tamise. » Je lui avais demandé un indice, et il m'avait répondu de me rappeler que Père Tamise avait anciennement été un esprit péripatétique, ce qui, à en croire Google, signifiait *ambulant*, *nomade* ou *itinérant* – j'étais bien avancé. Je devais admettre que cela élargissait mes connaissances des traditions de la vallée de la Tamise, contradictoires pour la plupart d'entre elles, mais que cela me donnait un avantage certain si je devais participer à un quiz de culture générale au pub du coin.

Pour inaugurer mon retour au XXIe siècle, je commandai des pizzas et invitai Lesley à venir admirer mes estampes japonaises. Je pris un long bain dans la baignoire en porcelaine sur pieds en forme de griffes qui dominait la salle de bains commune et jurai – ce n'était pas la première fois – que j'allais vraiment installer une douche. Je ne suis pas du genre à me pomponner, mais à l'occasion j'aime faire bonne impression, même si, comme la plupart des flics, je ne suis pas très bling-bling. Ne jamais porter autour du cou quelque chose qui pourrait servir à vous étrangler : c'est la règle. Je mis quelques Becks au frais, parce que je savais que Lesley préférait la bière en canette, et m'assis devant la chaîne des sports en attendant son arrivée.

Parmi les nombreuses innovations modernes apportées à la remise, j'avais posé un interphone sur la porte latérale du garage, je n'eus donc qu'à appuyer sur un bouton pour la faire entrer.

J'ouvris et l'accueillis en haut de l'escalier en colimaçon – elle n'était pas venue seule.

« J'ai invité Beverley, dit-elle.

— Forcément. »

Je leur proposai une bière. « Que les choses soient bien claires : rien de ce que je pourrai boire ou manger ici ne me créera d'obligation, dit Beverley. Et j'en ai assez qu'on me traite par-dessus la jambe.

— Entendu. Mange, bois, aucune obligation, parole de scout.

— Jure sur ton pouvoir, dit Beverley.

— Je le jure sur mon pouvoir. »

Beverley saisit une canette, sauta sur le canapé et commença à zapper. « Je peux commander un film à la demande ? » S'ensuivit une discussion à trois pour décider ce que nous allions regarder, débat perdu d'avance pour moi, et que Lesley finit par emporter en s'emparant simplement de la télécommande et en faisant défiler les chaînes de cinéma gratuites.

Beverley était en train de se plaindre qu'aucune des pizzas ne contenait de pepperoni quand la porte s'entrouvrit à peine sur un visage pâle, à l'air interrogateur. C'était Molly. Elle nous observa, et nous en fîmes autant.

« Vous voulez entrer ? » demandai-je.

Molly se glissa silencieusement à l'intérieur et se dirigea vers la méridienne où elle prit place à côté de Beverley. Je me rendis compte que nous n'avions jamais été aussi proches ; sa peau était très claire et avait la même perfection que celle de Beverley. Elle refusa la bière que je lui offrais, mais accepta timidement une part de pizza. Elle se détourna pour manger et tint sa main devant sa bouche.

« Quand est-ce que tu comptes régler cette histoire avec Père Tamise ? demanda Beverley. Maman s'impatiente et la bande de Richmond devient difficile à contrôler.

— La bande de Richmond, répéta Lesley avec un grognement de mépris.

— On doit lui mettre la main dessus les premiers, dis-je.

— Ça ne devrait pas être bien compliqué, fit observer Beverley. Il est forcément près du fleuve. Tu n'as qu'à louer un bateau, aller vers l'amont et t'arrêter quand tu y seras.

— Comment saura-t-on qu'on y est ?

— Moi, je le saurais.

— Pourquoi ne pas venir avec nous, dans ce cas ?

— Pas question, dit Beverley. Tu ne m'entraîneras pas au-delà de Teddington Lock. Je suis une rivière à marées, moi. »

Molly tourna brusquement la tête vers la porte et, un moment plus tard, quelqu'un frappa. Beverley me regarda, mais je me contentai de hausser les épaules – je n'attendais personne. Je mis la télévision en sourdine à l'aide de la télécommande et me levai pour répondre. C'était l'inspecteur Nightingale, vêtu d'un polo bleu et d'un blazer – ce qui se rapprochait le plus, pour lui, d'une tenue décontractée. Je le fixai d'un air hébété pendant un moment, puis je l'invitai à entrer.

« Je voulais simplement voir comment vous aviez aménagé cet endroit », dit-il.

Molly se leva précipitamment dès que Nightingale franchit le seuil de la pièce. Lesley se mit debout parce qu'elle se trouvait en présence d'un officier supérieur, et Beverley en fit autant, animée par quelque courtoisie résiduelle ou en anticipation d'une fuite rapide. Je lui présentai Beverley, qu'il n'avait rencontrée que brièvement quand elle avait dix ans.

« Puis-je vous offrir une bière, monsieur ? demandai-je.

— Merci, dit-il. Mais appelez-moi Thomas, s'il vous plaît. »

Ça ne risquait pas d'arriver. Je lui tendis une canette et lui indiquai la méridienne. Il s'assit bien droit à une extrémité, moi à l'autre. Beverley s'affala au milieu, Lesley regagna sa place, un peu plus raide qu'auparavant, et la pauvre Molly branla du chef plusieurs fois en se perchant sur l'accoudoir. Elle garda les yeux résolument baissés.

« C'est une très grande télévision, observa Nightingale.

— C'est un écran plasma », expliquai-je. Nightingale opina de la tête avec componction, pendant que Beverley – sans qu'il puisse la voir – roulait des yeux.

« Il y a un problème avec le son ? demanda-t-il.

— Non, répondis-je. Je l'ai mis en sourdine. » Je saisis la télécommande et nous eûmes droit à dix secondes de *Beat The Rest* avant que je parvienne à régler le volume.

« Le son est parfaitement clair, dit Nightingale. C'est comme d'avoir son propre cinéma. »

Puis tout le monde resta assis sans rien dire pendant un moment, probablement pour mieux apprécier la qualité du son surround.

Je proposai une part de pizza à Nightingale, mais il avait déjà mangé. Il prit des nouvelles de la mère de Beverley, qui lui répondit qu'elle allait bien. Puis il finit sa bière et se leva.

« Je dois vraiment y aller, dit-il. Merci pour la bière. »

Tout le monde se leva et je le raccompagnai. Après son départ, j'entendis Lesley soupirer et se laisser tomber sur la méridienne. Je faillis pousser un cri quand Molly se faufila devant moi dans un bruissement de tissu et s'esquiva.

« Ça me met mal à l'aise, dit Beverley.

— Tu ne crois tout de même pas qu'elle et Nightingale… demanda Lesley.

— Beurk, dit Beverley. C'est dégueulasse.

— Je croyais que vous étiez amies, Molly et toi ? m'étonnai-je.

— Oui, mais Molly est une créature de la nuit, expliqua Beverley. Et lui, il est vieux.

— Pas tant que ça, dit Lesley.

— Oh que si », conclut Beverley, mais je ne parvins pas à lui en faire dire plus sur le sujet, malgré mes nombreuses allusions durant le reste de la soirée.

7. LE FESTIVAL DES MARIONNETTES

Tout commença lors d'une séance d'entraînement où j'oubliai de sortir mon téléphone de la poche de ma veste. Je remarquai une soudaine montée en intensité quand je créai la lumiforme, mais comme je ne réussissais à stabiliser ce sort que depuis deux jours, je n'y vis rien de significatif. Ce ne fut que plus tard, en essayant d'appeler Lesley et en découvrant que mon mobile était foutu, que j'ouvris le boîtier et vis le filet de sable déjà rencontré dans la maison des vampires. J'apportai l'appareil au labo pour en extraire le microprocesseur. Alors qu'il se détachait, le même sable fin s'échappa du logement en plastique. Les fiches en or étaient intactes, les contacts aussi, mais la partie en silicium de la puce s'était désintégrée. Dans les armoires du labo régnait une odeur de bois de santal ; elles accueillaient la plus incroyable gamme d'équipements anciens – y compris le microscope Charles Perry. Tout avait été rangé avec un soin et une précision qui me prouvaient que ce n'était pas l'œuvre d'un étudiant. Sous le microscope, je découvris que la poudre était essentiellement composée de silicium, avec quelques impuretés, probablement du germanium et de l'arséniure de gallium. Un examen superficiel de la puce chargée de la conversion des radiofréquences donnait l'impression qu'elle n'avait pas souffert, mais à y regarder de plus près, une pluie de météores minuscules semblait s'être abattue sur sa surface. La répartition des impacts n'était pas sans rappeler le cerveau de M. Coopertown – comme si mon téléphone avait, lui aussi, abusé de la magie. Manifestement, la pratique de celle-ci et le port d'un mobile n'étaient pas compatibles – pas plus que la proximité d'un ordinateur ou d'un iPod, ou de toute technologie utile inventée depuis ma naissance. Pas étonnant que Nightingale conduise une Jag de 1967. La question était : à quelle distance la magie devait-elle s'exercer ? J'étais en train de formuler certaines expériences afin de résoudre ce problème quand je fus interrompu par Nightingale. L'heure était venue de m'attaquer à ma forme suivante.

Nous nous installâmes de part et d'autre de la paillasse et Nightingale posa un objet entre nous. C'était une petite pomme. « *Impello* », dit-il, et le fruit s'éleva dans les airs. Il resta en suspension, tournant lentement sur lui-même, pendant que je m'essayais à comprendre le truc, à voir s'il y avait des fils ou un support quelque part. Je le touchai du doigt, mais j'eus la sensation qu'il était noyé dans quelque chose de solide.

« Vous en avez assez vu ? »

Je hochai la tête, et Nightingale m'apporta un panier rempli de pommes – un panier en osier, avec une anse et une serviette à carreaux, rien que ça. Il plaça une deuxième pomme devant moi et il n'eut pas à m'expliquer l'étape suivante. Il la souleva par lévitation, je tentai de percevoir la *forma*, me concentrai sur ma propre pomme et dis : « *Impello.* »

Je ne fus pas réellement surpris quand rien ne se produisit.

« Ça devient plus facile avec le temps », m'assura mon supérieur.

Je regardai le panier. « Pourquoi a-t-on besoin d'autant de pommes ?

— Elles ont tendance à exploser. »

Le lendemain matin, je partis acheter trois paires de lunettes de protection et un tablier de laboratoire résistant. Nightingale n'avait pas raconté de bobards en parlant de fruits qui explosaient, et j'avais passé l'après-midi à empester le jus de pomme et la soirée à retirer les pépins de mes vêtements. Je demandai à Nightingale pourquoi nous ne nous exercions pas avec quelque chose de moins fragile, comme des roulements à billes, mais il répondit que la pratique de la magie requérait maîtrise et finesse, dès les premiers jours.

« Les jeunes gens sont toujours tentés par l'usage de la force brute, avait énoncé Nightingale. C'est comme d'apprendre à tirer au fusil : parce que c'est dangereux en soi, on enseigne la sécurité, la précision et la vitesse – dans cet ordre. »

Cette première séance engloutit un grand nombre de fruits. Je parvenais à les surélever, mais tôt ou tard… splash ! Pendant une première phase, plutôt brève, je trouvai l'exercice amusant, puis cela devint ennuyeux. Au bout d'une semaine, j'arrivais à soulever la pomme sans l'exploser neuf fois sur dix. Je n'étais pas un petit sorcier heureux pour autant.

Ce qui me préoccupait, c'était la provenance de ce pouvoir, sa source. N'ayant jamais été très doué en électricité, je ne savais pas calculer la quantité d'énergie nécessaire à la création d'une lumiforme. Mais lutter contre la pesanteur pour faire léviter une pomme – c'était grosso modo la définition standard d'un newton de force –, requérait un joule théorique d'énergie chaque seconde. Les lois de la thermodynamique sont plutôt strictes à propos de ce genre de choses, et elles disent qu'on n'a rien sans rien. Autrement dit, ce joule venait de quelque part – d'où ? De mon cerveau ?

« En fait, c'est un peu comme les perceptions extrasensorielles », exposa Lesley au cours d'une de ses visites périodiques à la remise. Officiellement, la raison de sa présence était notre collaboration sur l'affaire, mais en vérité elle était là pour l'écran géant, les repas livrés à domicile et la tension sexuelle non résolue entre nous. Par ailleurs, à part deux ou trois cas non confirmés survenus à peu près en même temps que l'agression de Neal Street, nous n'avions rien de neuf.

« Comme ce type à la télé qui pouvait faire bouger des trucs, ajouta-t-elle.

— Je n'ai pas l'impression de faire bouger quoi que ce soit par la pensée. C'est comme si je créais des formes avec mon esprit, ce qui influe sur quelque chose d'autre, qui à son tour produit des trucs en bout de chaîne. Tu sais ce que c'est qu'un thérémine ?

— C'est pas cet instrument de musique complètement bizarre, avec la boucle ?

— En gros, dis-je. C'est le seul instrument de musique que tu ne touches pas physiquement. Tu fais des gestes avec les mains et tu obtiens un son. Les gestes sont totalement abstraits, alors tu dois apprendre à associer une forme en particulier à une note et à une sonorité avant de pouvoir jouer un morceau.

— Qu'est-ce qu'en dit Nightingale ?

— Il dit que si j'arrêtais de me laisser distraire, je passerais moins de temps couvert de morceaux de pommes. »

À la fin du mois de mars, les montres avancent d'une heure pour marquer le début de l'heure d'été. Je me réveillai tard et la Folie semblait étrangement désertée ; dans la salle de petit-déjeuner, les chaises étaient toujours glissées sous la table et le buffet était vide. Je trouvai Nightingale en train de lire le *Telegraph* de la veille, assis dans un des fauteuils rembourrés qui bordaient le balcon du premier étage.

« C'est le changement d'heure, expliqua-t-il. Deux fois par an, elle prend une journée de congé.

— Pour aller où ? »

Nightingale pointa du doigt en direction du grenier. « Je crois qu'elle reste dans sa chambre.

— On va faire de la route ? » demandai-je. Nightingale avait enfilé sa veste sport par-dessus un pull Arran couleur crème. Ses gants de conduite et les clés de la Jag étaient posés sur une table d'appoint voisine.

« Ça dépend. Vous pensez savoir où trouver le Vieil Homme de la Tamise aujourd'hui ?

— Trewsbury Mead, répondis-je. Il est probablement arrivé là-bas aux alentours de l'équinoxe de printemps, la semaine dernière donc, et il y restera jusqu'au 1er avril.

— Votre raisonnement ? demanda Nightingale.

— C'est la source de son fleuve. À quel autre endroit pourrait-il aller au printemps[1] ? »

Nightingale sourit. « Je connais un bistro routier sur la M4 – nous y prendrons le petit-déjeuner. »

---

1. En anglais, *spring* signifie à la fois « printemps » et « source ».

Trewsbury Mead, tôt dans l'après-midi sous un ciel bleu pastel. À en croire l'Ordnance Survey[1], c'est là que la Tamise prend sa source, à cent trente kilomètres à vol d'oiseau à l'ouest de Londres. Un peu plus au nord se trouve le site d'un castro de l'âge du fer ou d'un camp romain – sa nature exacte n'attend qu'un épisode de *Time Team* pour être déterminée. Une pierre marque l'emplacement de la source au milieu d'un champ détrempé – avec un peu de chance, et après un hiver particulièrement humide, on y aperçoit même parfois de l'eau. L'accès se fait par une petite route qui se transforme en chemin de gravier, une fois passé les dernières maisons. Le tracé du fleuve suit un dense bosquet d'arbres, qui masque la source de la Tamise.

La Cour du Vieil Homme du Fleuve était installée dans le champ juste derrière. Je l'entendis avant de la voir – le ronronnement des groupes électrogènes diesel, le bruit métallique des tôles, le grondement de basse de la musique, les aboiements des haut-parleurs, les cris de filles ; des néons entraperçus par-dessus la cime des arbres et toute l'excitation bon enfant d'une fête foraine itinérante. Il me revint soudain en mémoire le souvenir d'un jour férié, moi tenant la main de mon père et serrant une précieuse poignée de pièces dans l'autre – jamais assez, trop vite dépensées.

Nous laissâmes la Jag au bord de la route et continuâmes à pied. Au-delà de la ligne des arbres, je voyais le haut de la grande roue et de cette attraction où on vous balance dans les airs au bout d'une corde – jamais compris quel était l'intérêt. Le chemin traversait le lit d'un ruisseau sur un ponceau en béton flambant neuf, mais qui gardait les marques

1. Équivalent de notre Institut géographique national.

du passage des poids lourds. Pendant un moment, nous marchâmes à l'ombre des arbres.

La première rangée de caravanes se présenta dès notre retour à la lumière du soleil – une majorité de modèles anciens, à un essieu, avec des portes et des baies vraiment petites, quelques-unes, plus récentes et plus aérodynamiques, avec des liserés sport. J'aperçus même, à travers le maquis des bouteilles de gaz, des chaises longues, des haubans et des rottweilers, le toit en fer à cheval d'une roulotte de bohémien en bois – une chose que je pensais réservée aux touristes. Même si les caravanes semblaient garées au hasard, j'eus l'impression qu'il existait un schéma, une structure profonde, aux limites de la perception. Il y avait indéniablement une enceinte, et le costaud qui montait la garde depuis la porte de sa caravane était bien réel.

Coiffé comme un teddy boy, l'homme avait des cheveux noirs gominés et une paire d'interminables rouflaquettes qui avaient dû être à la mode pour la dernière fois à l'époque où mon père jouait régulièrement avec Ted Heath, à la fin des années 1950. Un fusil de calibre 12, totalement illégal, tenait en équilibre contre sa caravane.

— Bonjour », lança Nightingale, sans faire mine de s'arrêter.

L'homme hocha la tête. « Bonjour, répondit-il.

— Beau temps, n'est-ce pas ? fit Nightingale.

— Une belle journée », confirma l'autre avec un accent irlandais ou gallois – difficile à dire –, mais définitivement celtique. Je sentis un picotement dans la nuque. Aucun flic londonien n'aime pénétrer dans un campement de gens du voyage sans être appuyé par un fourgon rempli de collègues en tenue antiémeute – sinon, c'est considéré comme un manque de respect.

Les caravanes d'habitation formaient un demi-cercle autour de la foire proprement dite. Là, les grands fauves rugissaient dans un fracas de métal et beuglaient « I Feel Good » de James Brown. En Grande-Bretagne, les fêtes foraines sont la chasse gardée des Showmen, un rassemblement de familles liées entre elles et tellement fermées qu'elles constituent officiellement un groupe ethnique à part. Chaque policier le sait. Les noms de ces clans étaient peints sur les camions groupe électrogène et figuraient fièrement au sommet d'immenses panneaux publicitaires. J'en comptai au moins six différents sur six attractions distinctes et une demi-douzaine de plus alors que nous traversions la foire. Apparemment, chaque famille avait apporté sa contribution à la foire de printemps de Trewsbury Mead.

Des gamines trop maigres nous dépassèrent en courant, laissant dans leur sillage des rires et des serpentins de cheveux roux. Leurs sœurs plus âgées paradaient en minishorts blancs, hauts de bikini et bottes à talons aiguilles, lançant des œillades aux garçons à travers leurs cils Max Factor et des nuages de fumée de cigarette. Les jeunes gens tâchaient de dissimuler leur gêne en jouant les durs ou en se promenant sur les attractions en mouvement avec un air indifférent soigneusement étudié. Leurs mères s'occupaient des baraques décorées de peintures murales représentant approximativement les vedettes du grand écran de la dernière décennie, et ornées de bannières et de panneaux donnant des conseils de prudence. Personne ne semblait payer pour les attractions et la barbe à papa, ce qui expliquait probablement la joie des enfants.

La fête foraine elle-même formait un autre demi-cercle au centre duquel s'élevait l'ébauche d'un corral en bois comme on en voit dans les westerns ; c'est au milieu de ce corral que la puissante Tamise prenait sa source. À mes yeux, ça ressemblait plutôt à un petit étang, avec quelques canards. Et, debout devant la barrière, le Vieil Homme du Fleuve en personne.

À une époque, une statue de Père Tamise s'était dressée à Trewsbury Mead ; depuis, on l'avait déménagée à Lechlale, à un endroit où on était sûr de toujours trouver de l'eau. Elle représentait un vieillard musclé, avec une barbe à la William Blake, appuyé sur son socle, une pelle sur l'épaule, des caisses et des paquets disposés à ses pieds – les fruits de l'industrie et du commerce. Je ne suis pas idiot : je sais flairer les relents de propagande impériale de loin ; alors je ne m'attendais pas du tout à ce qu'il ressemble à ça, mais je pense que j'espérais tout de même quelque chose d'un peu plus impressionnant que l'homme à la barrière.

Petit, les traits tirés, il avait un visage dominé par un nez crochu et des sourcils épais. Il avait l'air vieux, plus de soixante-dix ans au moins, mais sa façon de bouger trahissait une vigueur nerveuse et ses yeux gris brillaient. Il portait un costume croisé passé de mode, noir cendré, la veste déboutonnée ouverte sur un gilet en velours rouge, une montre de gousset en cuivre et une pochette de la couleur d'une jonquille au printemps. Un feutre bosselé était enfoncé sur sa tête, laissant échapper de fines mèches de cheveux blancs, et une cigarette pendait à ses lèvres. Il était adossé à la clôture, un pied posé sur le rail le plus proche du sol, bavardant du coin de la bouche avec un de ses copains ; ils étaient plusieurs, ces vieillards d'une solidité tout à fait surprenante, à discuter avec lui, faisant de grands gestes en direction de la mare aux canards ou tirant sur leur clope.

Il leva les yeux sur nous, fronçant les sourcils en reconnaissant Nightingale, avant de me considérer plus attentivement. Je sentis l'attraction de la force de sa personnalité : la promesse d'une bière et d'une partie de quilles, l'odeur du crottin de cheval et le retour du pub au clair de lune, une place au coin du feu et des femmes sans complications. J'étais content d'avoir eu cette première expérience avec Mama Tamise et je m'étais mentalement préparé en arrivant, parce que autrement je serais directement allé lui offrir le contenu de mon portefeuille. Il me fit un clin d'œil et s'intéressa de nouveau à Nightingale.

Il le salua dans une langue qui aurait pu être du shelta ou du gallois, voire de l'authentique gaélique pré-romain – qu'est-ce que j'en savais ? Nightingale répondit dans la même langue ; je me demandai si, ça aussi, je devrais l'apprendre. Les vieux se bougèrent pour faire un peu de place à la barrière – juste assez pour une personne, remarquai-je. Mon supérieur rejoignit Père Tamise et ils échangèrent une poignée de main. Avec sa stature et son costume impeccable, Nightingale aurait dû ressembler à un châtelain se mêlant à la gueusaille, mais il n'y avait aucune déférence dans la façon dont Père Tamise le toisa.

Père Tamise monopolisait la parole, soulignant ses mots de petits gestes des doigts. Nightingale s'appuya sur la barrière, minimisant volontairement la différence de taille, hochant la tête et riant doucement, pile au bon moment.

J'envisageais d'avancer un peu pour entendre plus distinctement quand l'un des hommes plus jeunes attira mon attention. Il était plus grand et mieux bâti que Père Tamise, mais il avait les mêmes longs bras nerveux et un visage étroit comme lui.

« Ne vous en faites pas, dit-il, ils en ont encore pour une grosse demi-heure avant de passer aux choses sérieuses. » Il me tendit une immense main calleuse. « Oxley, dit-il.

— Peter Grant.

— Venez, je vais vous présenter ma femme. »

Son épouse était une belle femme au visage rond et aux yeux noirs saisissants. Elle nous accueillit sur le seuil d'une modeste caravane datant des années 1960, garée sur un emplacement à l'écart, à gauche de la fête foraine.

« C'est ma femme, Isis, présenta Oxley, puis s'adressant à elle : C'est Peter, le nouvel apprenti. »

Elle me serra la main. Sa peau était chaude et avait cette même perfection irréelle que j'avais déjà notée chez Beverley et Molly. « Enchantée », dit-elle, avec un accent tout droit sorti d'*Orgueil et préjugés*.

Nous nous assîmes dans des fauteuils pliants, autour d'une table de jeu au plateau en formica fendu, décorée par une unique jonquille disposée dans un vase élancé en verre cannelé.

« Je peux vous offrir une tasse de thé ? » demanda Isis. Puis, me voyant hésiter, elle ajouta : « Moi, Anna Maria de Burgh Coppinger Isis, jure solennellement sur la vie de mon mari » – ce qui lui valut un petit rire d'Oxley – « et les futures chances de victoire de l'équipe d'aviron d'Oxford, que rien de ce que vous consommerez sous mon toit n'entraînera de votre part une quelconque obligation. » Elle fit une croix sur son cœur et m'adressa un sourire de fillette.

« Merci, fis-je. Je veux bien un thé.

— Vous vous demandez sans doute comment nous nous sommes rencontrés », dit Oxley.

Je comprenais qu'il mourait d'envie de me raconter leur histoire. « Je suppose qu'elle est tombée dans la rivière, tentai-je.

— Faux, cher monsieur. À l'époque, j'appréciais beaucoup le théâtre, et il m'arrivait fréquemment de me mettre sur mon trente-et-un et de me rendre jusqu'à Westminster à la rame. J'étais plutôt beau gosse et j'aime à penser que j'ai attiré mon lot de regards admiratifs.

— Surtout quand il traversait la halle aux viandes », intervint Isis, revenue avec le thé. Les tasses et la théière faisaient partie d'un service en porcelaine moderne, aux lignes très élégantes avec une bande platine autour du rebord – pas une ébréchure, notai-je. J'avais l'impression d'être traité comme un invité de marque, et je me demandais bien pourquoi.

« J'ai posé les yeux sur mon Isis pour la première fois au vieux Royal, sur Drury Lane – c'était le nouveau, qui a brûlé peu après. J'étais au paradis, et elle assistait au spectacle dans une loge avec son amie Anne. J'étais fou d'elle, hélas, elle avait déjà un amant. » Il marqua une pause, le temps de servir le thé. « Je peux vous assurer qu'il a connu une cruelle déception.

— Tais-toi, mon amour, le gourmanda Isis. Ça n'intéresse pas ce jeune homme. »

Je soulevai ma tasse. L'infusion était très pâle, et je reconnus l'arôme de l'Earl Grey. J'hésitai, la tasse aux lèvres, mais il fallait bien faire confiance à quelqu'un, alors je bus courageusement une gorgée. Le thé était excellent.

« Je suis comme une rivière, poursuivit Oxley, je sais me faire discret, mais je ne suis jamais bien loin.

— Sauf pendant les sécheresses, dit Isis, et elle m'offrit une tranche de cake damier.

— Je rôde sous la surface, dit Oxley. Déjà à cette époque. Son ami possédait une fort belle maison à Strawberry Hill, un endroit magnifique, pas encore envahi par toutes ces maisons mitoyennes marquant le retour du style Tudor. On aurait dit un château et Isis, ma princesse, était retenue prisonnière dans sa plus haute tour.

— En fait, je passais le week-end chez un ami, précisa Isis.

— J'ai saisi ma chance quand s'est tenu un bal masqué au château, poursuivit Oxley. Vêtu de mes plus beaux atours, les traits ingénieusement dissimulés derrière un loup en cygne blanc, je me suis glissé par l'entrée de service et me suis bientôt mêlé aux invités. »

J'estimai que si le thé risquait de m'attirer des ennuis, autant me laisser tenter par une part de gâteau. Il avait été acheté en magasin, et je le trouvai très sucré.

« C'était un grand bal, continua Oxley. Lords et gentlemen en culotte de cheval et gilet de velours, dames en robe Empire, chacun cachant ses vilaines pensées à l'abri de son masque. Et mon Isis, que de malice derrière ce masque de reine d'Égypte !

— C'est de moi qu'il parle, dit Isis. Vous l'aurez compris.

— Alors, n'écoutant que mon audace, je me suis avancé et j'ai rempli son carnet de bal pour toutes les danses, dit Oxley.

— On n'a jamais vu pareille impertinence, observa Isis.

— Je t'ai sauvée des pieds gauches de bien des maladroits », protesta Oxley.

Elle posa la main sur sa joue. « Je ne peux pas le nier.

— N'oubliez pas qu'à la fin d'une mascarade tout le monde doit tomber le masque, continua Oxley. Du moins entre gens du monde, mais j'avais réfléchi…

— Ce qui n'annonce jamais rien de bon, l'interrompit Isis.

— Pourquoi la mascarade devait-elle forcément avoir une fin ? Et tel le fils qui marche dans les pas de son père, j'ai laissé mes actes suivre mes pensées et, attrapant ma chère Isis, je l'ai jetée par-dessus mon épaule et je suis parti à travers champs vers Chertsey.

— Oxley, intervint Isis. Ce pauvre garçon est un policier. Tu ne peux pas lui avouer que tu m'as enlevée. Son devoir serait de t'arrêter. » Elle me regarda. « Il n'a pas eu à me forcer la main, je vous assure. J'avais déjà été mariée deux fois, j'avais des enfants, et personne ne m'a jamais rien imposé.

— Il est certain qu'elle s'est révélée une femme d'expérience, dit-il, et, à mon grand embarras, il me fit un clin d'œil.

— Et lui, difficile d'imaginer qu'il a jadis porté l'habit, dit Isis.

— Je n'étais pas fait pour être moine, protesta-t-il. Mais c'était dans une autre vie. » Il frappa sur la table. « Maintenant que vous vous êtes sustenté et que vous avez eu la grâce d'écouter patiemment nos histoires assommantes, que diriez-vous de passer aux choses sérieuses ? Que veut exactement la Grande Dame ?

— Vous devez comprendre que je ne suis qu'un simple intermédiaire dans tout ça », commençai-je. À Hendon, on a suivi un cours sur la résolution des conflits, et le truc, c'est de bien mettre en évidence sa neutralité, tout en faisant croire à chacune des parties qu'on est secrètement de son côté. On a même fait des simulations – c'était l'un des rares domaines où j'étais meilleur que Lesley. « Mama Tamise a le sentiment que vous auriez peut-être dans l'idée de descendre en aval de Teddington Lock.

— C'est un seul et même fleuve, dit Oxley. Et mon père est le Vieil Homme du Fleuve.

— Elle prétend qu'il a abandonné la section soumise à l'influence des marées en 1858. » Plus précisément au cours de la Grande Puanteur – vous noterez l'usage des majuscules – quand la Tamise a charrié une quantité phénoménale d'eaux sales. Londres a été envahie par une odeur si terrible que le Parlement a envisagé de déménager à Oxford.

« Personne n'est resté à Londres cet été-là – tous ceux qui pouvaient fuir la ville l'ont fait, dit Oxley. Pas un homme, pas une bête n'aurait pu y vivre.

— Elle affirme qu'il n'est jamais revenu. C'est vrai ?

— Oui, admit Oxley. Et pour dire la vérité, le Vieil Homme n'a jamais eu d'affection pour la ville, pas depuis qu'elle a tué ses fils.

— De quels fils s'agit-il ?

— Oh, vous les connaissez, dit Oxley. Il y avait Ty, Fleet et Effra. Tous engloutis par un déluge de boue et d'ordure, et achevés par ce diable de Bazalgette, le créateur du réseau des égouts. Je l'ai rencontré, vous savez, un homme éminent, avec des rouflaquettes à rendre jaloux William Gladstone. Je lui ai administré la correction qu'il méritait, cet assassin.

— Vous pensez qu'il a tué les rivières ?

— Non, convint Oxley. Mais il a enfoncé le dernier clou dans le cercueil. Je dois au moins reconnaître cette qualité aux filles de la Grande Dame : elles ont certainement mieux résisté que mes frères.

— Si Londres n'intéresse pas le Vieil Homme, pourquoi ces incursions en aval ? interrogeai-je.

— Certains d'entre nous rêvent encore des lumières de la grande ville, dit Oxley, et il sourit à sa femme.

— J'avoue que retourner au théâtre ne me déplairait pas », confia-t-elle.

Oxley remplit à nouveau ma tasse. Une voix crépita dans un haut-parleur quelque part derrière moi, et James Brown hurla : « Let's get this party started. » James Brown se sentait toujours aussi bien.

« Et vous avez l'intention de vous battre avec les filles de Mama Tamise pour ce privilège ?

— Vous croyez que nous ne sommes pas de taille ? demanda Oxley.

— Je ne pense pas que vous en ayez suffisamment envie, dis-je. Et puis, je suis sûr qu'on peut trouver un accord.

— Un voyage en bus, peut-être ? demanda Oxley. Devrons-nous présenter nos passeports ? »

Contrairement à ce qu'on pourrait croire, la plupart des gens ne cherchent pas réellement la bagarre, en particulier lorsque règne un équilibre entre les forces en présence. Une foule en colère mettra en pièces un individu isolé, et un homme armé d'un pistolet et d'une noble cause se fera un plaisir de tuer un maximum de femmes et d'enfants. Mais prendre le risque d'un combat à la loyale ? Pas si facile. Il n'y a qu'à observer ces ados furax quand ils se livrent à leur petit manège : « Retenez-moi ou je fais un malheur ! » disent-ils, tout en espérant farouchement que quelqu'un sera là pour leur obéir. Tout le monde est bien content de voir la police arriver, parce qu'on leur sauve la mise, que ça nous plaise ou non.

Oxley n'était pas un jeune homme énervé, mais je comprenais qu'il avait, lui aussi, envie que quelqu'un les retienne – lui ou son père.

« Votre père. Que veut-il réellement ?

— Ce que souhaitent tous les pères, répondit Oxley. Le respect de ses enfants. »

Je faillis lâcher que tous les pères ne méritaient pas le respect, mais je réussis à fermer ma grande gueule ; de toute façon, la plupart des gens n'avait pas un paternel comme le mien.

« Ce serait bien si tout le monde pouvait se calmer un peu. Pour que l'inspecteur et moi puissions régler cette affaire dans un climat propice. »

Oxley me dévisagea par-dessus sa tasse. « C'est le printemps, dit-il. Ce ne sont pas les distractions qui manquent, en amont de Richmond.

— C'est la période d'agnelage, confirmai-je. Et le reste...

— Vous n'êtes pas ce à quoi je m'attendais.

— Dans quel sens ?

— Je pensais que le choix de Nightingale se porterait sur un apprenti qui lui ressemblerait plus.

— Quelqu'un de la haute ?

— Quelqu'un de solide, dit Isis, devançant son mari. Un professionnel.

— Alors que vous, dit Oxley, vous êtes un homme habile.

— Dans la lignée des sorciers d'antan, ajouta Isis.

— C'est une bonne chose ? » demandai-je.

Oxley et Isis éclatèrent de rire. « Je ne sais pas, dit Oxley. Ce sera intéressant de le découvrir. »

Curieusement, j'éprouvai les plus grandes difficultés à quitter la foire. Mes jambes me semblaient lourdes, comme si je sortais d'une piscine en marchant dans l'eau. Ce ne fut qu'une fois de retour à la Jag et loin des bruits de la fête que j'eus le sentiment d'avoir recouvré ma liberté.

« Qu'est-ce que c'était ? demandai-je à Nightingale alors que nous remontions à bord de la voiture.

— *Seducere*, dit-il. La Contrainte, ou, comme l'appellent les Écossais, “la Séduction”. Selon Bartholomew, nombreuses sont les créatures surnaturelles à en faire usage comme une forme d'autodéfense.

— Quand est-ce que j'apprendrai à le faire ? le questionnai-je.

— D'ici une dizaine d'années, dit-il. Si vous progressez un peu plus vite. »

Alors que nous traversions Cirencester pour rejoindre la M4, je mentionnai à Nightingale ma rencontre avec Oxley.

« C'est le *consigliere* du Vieil Homme, n'est-ce pas ?

— Si vous entendez par là son *consiliarius*, son conseiller, dit Nightingale, la réponse est oui. Il est probablement le deuxième homme dans la hiérarchie du camp.

— Vous saviez qu'il allait me parler, n'est-ce pas ? »

Nightingale s'arrêta pour s'assurer qu'aucun autre véhicule ne venait avant de s'engager sur la grand-route. « C'est son travail, de faire pression pour obtenir un avantage. Vous avez mangé du cake damier, n'est-ce pas ?

— J'aurais dû refuser ?

— Non. Vous étiez sous ma protection, il n'aurait pas essayé de vous piéger. Mais avec ces gens, le bon sens ne l'emporte pas toujours. Le Vieil Homme n'a aucune raison de brusquement pousser vers l'aval. Maintenant que vous les avez rencontrés tous les deux, qu'en pensez-vous ?

— Leur pouvoir est bien réel, dis-je, quoique de nature différente. Celui d'Isis vient incontestablement de la mer, des ports, de ce genre de choses. Celui d'Oxley vient de la terre et du temps, peut-être même des lutins et des cristaux, si ça se trouve.

— Cela expliquerait pourquoi la frontière se situe à Teddington Lock. » Teddington est le point le plus haut atteint par la marée, point en dessous duquel le fleuve est appelé Tideway. C'est aussi la section de la Tamise administrée directement par le Port de Londres – je ne croyais pas aux coïncidences.

« J'ai raison ? fis-je.

— Je le crois. Je pense qu'une scission entre le Tideway et le fleuve d'eau douce a probablement toujours existé. C'est peut-être pour cette raison que Père Tamise n'a pas eu de difficulté à abandonner la ville.

— Oxley semblait suggérer que Londres n'intéresse pas réellement le Vieil Homme, dis-je. Qu'il demande simplement le respect.

— Peut-être qu'une cérémonie suffirait à le satisfaire, dit Nightingale. Pourquoi pas un serment d'allégeance…

— Un quoi ?

— Un serment féodal, expliqua Nightingale. Un vassal fait vœu d'être fidèle et de servir son seigneur, et le seigneur lui promet sa protection. Les sociétés médiévales étaient organisées de cette façon.

— J'ai du mal à imaginer Mama Tamise faire vœu d'allégeance à qui que ce soit, et certainement pas au Vieil Homme du Fleuve – vous voulez provoquer un bain de sang ou quoi ?

— Vous êtes sûr ? demanda Nightingale. Ça n'aurait qu'une valeur purement symbolique.

— C'est encore pire. Elle aurait l'impression de perdre la face. Elle se considère comme la maîtresse de la plus prestigieuse cité de la planète, elle ne va pas faire des courbettes devant qui que ce soit. Et certainement pas devant un péquenaud qui vit dans une caravane.

— Dommage qu'on ne puisse pas les marier », dit Nightingale.

Cette dernière boutade nous fit tous deux éclater de rire, alors que nous contournions Swindon.

Une fois sur la M4, je demandai à mon supérieur quelle avait été la teneur de ses échanges avec le Vieil Homme.

« Je n'ai guère contribué à la conversation, dit Nightingale. Elle a porté sur des sujets essentiellement techniques : problèmes de nappes phréatiques, cycles hydrologiques, bassins hydrographiques et coefficients d'emmagasinement. Apparemment, tout ça va affecter la quantité d'eau qui coulera dans le fleuve cet été.

— Si je me projetais deux cents ans en arrière et que j'avais cette même conversation, supposai-je, de quoi aurait parlé le Vieil Homme ?

— Du type de fleurs qui poussaient. De l'hiver que nous venions d'avoir – du vol des oiseaux un matin de printemps.

— Ç'aurait été le même Vieil Homme ?

— Je l'ignore. Par contre, je sais que c'est lui depuis 1914.

— Comment pouvez-vous en être sûr ? »

Nightingale hésita, puis il déclara : « Je ne suis pas aussi jeune que j'en ai l'air. »

Mon téléphone se manifesta. J'avais très envie de ne pas répondre, mais la sonnerie était « That's Not My Name », autrement dit Lesley m'appelait. Quand je décrochai, elle voulut savoir où diable j'étais passé. Je l'informai que nous traversions Reading.

« Il y en a eu un autre, m'annonça-t-elle.

— C'est grave ?

— Très grave. »

Je mis le gyrophare sur le toit de la voiture alors que Nightingale écrasait le champignon, lançant la Jag à près de deux cents à l'heure, avec Londres devant nous et le soleil couchant dans notre dos.

Des véhicules de pompiers étaient garés sur Charing Cross Road, provoquant des bouchons jusque sur Parliament Square et Euston Road. Nous arrivâmes à St Martin's Court, où nous fûmes accueillis par l'odeur de la fumée et le crépitement des radios des services d'urgence. Lesley nous retrouva au cordon de police et nous tendit des combinaisons. Pendant que nous nous changions, je vis que la moitié de la devanture de *J. Sheekey's* avait brûlé, et que trois tentes de la police scientifique avaient été dressées dans la ruelle. Trois corps, au moins.

« Combien de personnes à l'intérieur ? demanda Nightingale.

— Aucune, dit Lesley. Tout le monde a pu emprunter les sorties de secours à l'arrière de l'établissement – quelques blessés légers, c'est tout.

— Nous pouvons nous estimer heureux. Vous êtes sûre que cette affaire est de notre ressort ? »

Lesley hocha la tête et nous guida jusqu'à la première tente. À l'intérieur, le Dr Walid nous avait devancés et était accroupi à côté du corps d'un homme vêtu de la robe couleur safran des adeptes de la secte Hare Krishna. Il était étendu sur le dos, à l'endroit où il était tombé, les jambes raides, les bras écartés de chaque côté, comme s'il avait participé à un de ces exercices de confiance où l'on se laisse choir en arrière – sauf que personne n'avait été là pour le rattraper. Son visage présentait le même spectacle de ruine sanglante que ceux de Coopertown et du coursier.

Cela répondait à la question de Nightingale.

« Ce n'est pas le pire », reprit-elle, nous faisant signe de la suivre sous la deuxième tente, occupée par deux cadavres celle-ci. Le premier appartenait à un homme à la peau brune vêtu d'une redingote noire ; des touffes de cheveux raidies par l'hémoglobine se dressaient sur sa tête. Il avait reçu un coup d'une telle violence qu'il lui avait ouvert le crâne, révélant une partie du cerveau. L'autre corps était celui d'un second Hare Krishna. Un bon Samaritain avait voulu lui porter secours en le mettant en position latérale de sécurité, mais avec son visage fendu, ça n'avait servi à rien.

J'avais conscience d'un bourdonnement sourd à mes oreilles, et j'avais aussi le souffle court. Du sang, provenant vraisemblablement du coup porté au deuxième type, avait éclaboussé la robe de l'adepte et formait une sorte de motif psychédélique sur le tissu orange. Il faisait une chaleur étouffante sous la tente et je commençais à transpirer à l'intérieur de ma combinaison. Nightingale posa une question, mais je n'entendis pas vraiment la réponse de Lesley. Je sortis et, pris d'un haut-le-cœur, je chancelai jusqu'au cordon de police où, à ma grande stupéfaction, je réussis à ne pas vomir le cake dégusté chez Isis et Oxley.

Je m'essuyai la bouche sur la manche en plastique froid de ma combinaison et m'appuyai contre un mur. En face de moi, une affiche du Noël Coward Theater vantait les mérites d'un vaudeville intitulé *Sans dessous dessus*.

Deux victimes au visage ravagé indiquaient que la « possession » avait touché deux individus simultanément. Il restait une tente. En quoi ça pouvait être pire ? me demandai-je.

Question idiote.

Le troisième corps était assis en tailleur, mais comme un enfant, pas comme un yogi, même s'il avait les mains sur les genoux, paumes vers le haut. Sa robe trempée de sang et des lambeaux d'une matière rouge et noueuse lui couvraient les épaules et les bras. Sa tête avait entièrement disparu, ne laissant qu'un cou aux bords déchiquetés. Il y avait une touche de blanc au milieu du muscle déchiré – je supposai qu'il s'agissait de la colonne vertébrale.

Seawoll nous attendait dans la tente. Il grogna quand Lesley nous fit entrer. « Je n'aime pas qu'on se foute de ma gueule, déclara-t-il.

— Ça s'intensifie », observai-je.

Nightingale me lança un regard pénétrant, sans faire aucun commentaire.

« Qu'est-ce qui s'intensifie ? demanda Lesley. Et pourquoi ne pouvez-vous pas y mettre un terme ?

— Parce que nous ne savons pas à quoi nous avons affaire, agent May », dit froidement Nightingale.

Les témoins et les suspects ne manquaient pas, sans compter tous ceux qui voulaient aider la police dans ses investigations. On forma des équipes pour mener les interrogatoires le plus vite possible, moi et Seawoll, Nightingale et Lesley. De cette façon, il y aurait en permanence quelqu'un dans la pièce capable de percevoir un *vestigium* s'il s'en manifestait un. L'inspecteur Stephanopoulos se chargea de réunir les preuves matérielles et d'obtenir les images de la CCTV.

Observer Seawoll au travail était une sorte de privilège. Il ne cherchait pas à intimider les suspects comme il le faisait avec les autres policiers. Sa technique d'interrogatoire était courtoise – jamais familier, toujours formel, il n'élevait pas la voix. Je n'en perdis pas une miette.

La chronologie des événements, telle que nous l'avions reconstituée, était si routinière que c'en était déprimant, mais à une plus grande échelle que ce que nous avions connu auparavant. Ç'avait été un doux dimanche après-midi de printemps ; il y avait un peu de monde à St Martin's Court. Cette ruelle transformée en zone piétonne donnait accès à l'entrée des artistes de trois différents théâtres, et à l'entrée de service de Browns et du fameux *J. Sheekey's Oyster Bar*, où vont les employés des théâtres quand ils ont envie de boire un café et de fumer une clope ni vu ni connu, entre deux représentations.

J. Sheekey's est aussi fréquenté par bon nombre d'acteurs, ce qui n'a rien de surprenant pour un établissement qui sert à manger jusque tard dans la nuit, à quelques minutes à pied des plus célèbres scènes du West End. *Sheekey's* a également recours à des portiers en uniforme – chapeau haut de forme et redingote noire – et c'est là que les problèmes ont commencé cet après-midi-là.

À quatorze heures quarante-cinq, à peu près au moment où je prenais le thé avec Oxley et Isis, six membres de l'Association internationale pour la conscience de Krishna venus de Charing Cross Road pénétrèrent dans St Martin's Court. C'était un itinéraire régulièrement emprunté par les *bhaktas*, les aspirants adeptes, pour se rendre de Leicester Square à Covent Garden. À leur tête se trouvait un certain Michael Smith, dont l'identité fut confirmée par la suite grâce à ses empreintes digitales ; Smith, ancien camé et alcoolique, voleur de voitures et violeur présumé repenti, avait mené une vie irréprochable depuis qu'il avait rejoint le mouvement neuf mois plus tôt. L'ISKCON, acronyme anglais sous lequel l'association aime être connue, est consciente que la marge est étroite entre attirer l'attention du public et provoquer l'hostilité des passants. L'intention est de séduire les convertis potentiels par le biais de danses et de chants, et d'éviter toute confrontation. Ainsi, la durée de « résidence » dans un endroit donné devait-elle faire l'objet d'une estimation prudente. Michael Smith s'était révélé particulièrement doué pour juger quand les adeptes devenaient indésirables, et c'était la raison pour laquelle il menait le cortège de safran cet après-midi-là.

Tout le monde avait donc été surpris, à en croire le témoignage de Willard Jones, ancien maître-nageur à Llandudno et heureux survivant, quand la petite troupe s'était arrêtée devant *J. Sheekley's* et que Michael Smith leur avait demandé de faire du bruit. Mais comme ils étaient là pour ça – faire du bruit et attirer l'attention –, ils s'étaient mis à faire du bruit.

« Un son harmonieux, dit Willard Jones. En cette ère de matérialisme et d'hypocrisie, aucune forme d'accomplissement spirituel n'est aussi efficace que de chanter le maha-mantra. C'est comme le cri sincère d'un enfant qui appelle sa mère... » Il nous rebattit les oreilles de ce genre de sornettes pendant un bon moment.

Ce qui n'avait rien d'harmonieux, c'était la cloche de vache ; une authentique cloche de vache, dixit Willard Jones, qui savait de quoi il parlait parce que son père et ses frères étaient de purs éleveurs gallois en faillite. « Si vous aviez déjà entendu une cloche de vache, dit Jones, vous sauriez qu'elles n'ont pas été conçues pour être harmonieuses. »

Aux alentours de quatorze heures cinquante, Michael Smith sortit une énorme cloche de vache de quelque part sur sa personne et commença à la faire sonner avec d'amples gestes du bras. Le portier de service ce jour-là était un certain Gurcan Temiz, de Tottenham via Ankara. Comme tout Londonien qui se respecte, Gurcan avait un seuil de tolérance plutôt élevé pour les manifestations aveugles du sans-gêne de ses concitoyens – après tout, quand on vit dans une grande ville, on sait à quoi s'attendre –, mais même cette tolérance avait ses limites, des limites qu'on aurait pu résumer à « ne pas se foutre de la gueule du monde ». Faire sonner une énorme cloche de vache devant le restaurant et déranger les clients constituait sans aucun doute un foutage de gueule caractérisé, Gurcan prit donc l'initiative d'aller faire des remontrances à Michael Smith, qui lui asséna plusieurs coups de cloche sur la tête et les épaules. D'après l'examen du Dr Walid, le quatrième avait causé la mort. Une fois Gurcan Temiz à terre, deux autres zélotes, Henry MacIlvoy de Wellington, Nouvelle-Zélande, et William Cattrington de Hemel Hempstead, s'étaient précipités pour donner des coups de pied à la victime, ce qui n'avait pas provoqué les dégâts auxquels on pouvait s'attendre, dans la mesure où les deux adeptes portaient des sandales en plastique mou.

À ce moment-là, un dispositif incendiaire explosa derrière le bar, à l'intérieur de *J. Sheekey's*. La clientèle, bien que composée de comédiens et de touristes, évacua les lieux de manière disciplinée, mais rapide. Ceux qui empruntèrent les issues de secours à l'arrière se dispersèrent sur Cecil Court ; ceux qui sortirent par-devant passèrent près des corps de Gurcan Temiz, Henry MacIlvoy et William Cattrington, qui étaient déjà morts. La plupart remarquèrent qu'il y avait des cadavres et du sang, mais tous restèrent vagues sur les détails lors de leur interrogatoire. Seul Willard Jones vit distinctement ce qui arriva à Michael Smith.

« Il s'est assis, dit Jones, tout simplement. Et après, sa tête a explosé. »

Comme il existait quelques explications rationnelles au phénomène observé par Jones – un fusil tirant des balles à haute vélocité, par exemple –, la brigade criminelle se consacra à les éliminer les unes après les autres. J'avais mis ce temps à profit pour échafauder une hypothèse sur l'origine de l'explosion à l'intérieur – et ce n'était pas plus mal, parce que, à ce stade, la section antiterroriste et le MI5 commençaient à fourrer son nez dans cette affaire, ce dont personne ne voulait.

La réponse me vint des expériences que j'avais menées, en secret ou presque, pour comprendre pourquoi mon mobile avait cessé de fonctionner. Comme je n'avais pas l'intention de me servir de mon ordinateur portable ou de l'autre téléphone comme cobayes, un aller-retour chez Computers For Africa, une association qui retape des PC d'occasion avant de les envoyer à l'étranger, m'avait permis d'acquérir un sac rempli de puces et une carte-mère que je soupçonnais d'avoir appartenu à un Atari ST. J'utilisai du ruban de masquage pour tracer des marques tous les vingt centimètres le long de la paillasse ; une fois que j'eus posé une puce sur chaque marque, je plaçai soigneusement ma main et produisis une lumiforme. Le truc, en science, c'est de ne changer qu'une variable à la fois, mais j'avais le sentiment d'avoir atteint un niveau de maîtrise suffisant pour créer une lumiforme de même intensité à chaque essai. Je passai une journée entière à faire apparaître des lumières et à étudier au microscope les dommages causés à chaque puce. En vain. Je ne réussis qu'à énerver Nightingale qui me dit que, si j'avais autant de temps à perdre, je devrais être capable de lui expliquer la différence entre l'accusatif et l'ablatif.

Puis il m'interrompit dans mes recherches en m'enseignant mon premier *Adjectivum*, une *forma* qui sert à modifier l'aspect d'une autre *forma*. Cet *Adjectivum* était appelé *Iactus* ; combiné avec *Impello*, il aurait dû me permettre, en théorie, de faire flotter une pomme autour de la pièce. Après deux semaines de fruits explosés, j'en étais arrivé à un stade où je pouvais raisonnablement espérer faire parcourir à une pomme le labo sur toute sa longueur, en ligne droite, avec une assez bonne précision. Nightingale me dit que l'étape suivante consisterait à attraper les objets lancés dans ma direction – retour, donc, à la case départ, et aux pommes qui éclataient. Nous en étions restés là le jour où les montres avaient avancé d'une heure et où nous étions allés présenter nos respects à Père Tamise.

C'était dans la salle d'interrogatoire, pendant que je regardais Seawoll extraire patiemment les faits contenus dans le témoignage de Willard Jones, que j'eus une révélation. Finalement, en magie comme en science, parfois la réponse vous crève les yeux. Galilée avait observé que, sous l'effet de la pesanteur, l'accélération était commune à tous les objets, quel que soit leur poids. De la même façon, je notai que la différence entre mon mobile et les diverses puces électroniques ayant servi de support à mes expériences était la présence d'une batterie.

Relier ma collection de puces d'occasion à une telle source d'énergie semblait bien trop aléatoire et prendrait beaucoup trop de temps. Heureusement, pour un billet de cinq on peut se procurer une dizaine de calculettes bas de gamme – il suffit de connaître les bonnes adresses. Ensuite, je n'eus plus qu'à les disposer sur la paillasse, à faire apparaître la lumiforme pendant exactement cinq secondes et à les glisser sous le microscope. Celle placée directement sous ma main était morte et les dommages allaient en diminuant jusqu'à la marque des deux mètres. Les dégâts causés à l'électronique provenaient-ils d'un courant électrique que j'émettais – une sorte de déchet, que j'éliminais ? Ou, au contraire, absorbais-je l'énergie des calculettes, les rendant inutilisables par la même occasion ? Et pourquoi étaient-ce principalement les puces qui étaient touchées et pas les autres composants ? En dépit de ces questions toujours sans réponses, je venais de régler un problème crucial : j'allais pouvoir pratiquer la magie tout en gardant mon téléphone – à condition de retirer la batterie.

« Mais qu'est-ce que tout ça signifie ? » me demanda Lesley.

Je pris une gorgée de ma Becks et agitai la bouteille en direction de la télévision. « Ça signifie que je viens de comprendre ce qui a déclenché l'incendie. »

Le lendemain matin, Lesley m'envoya par e-mail le rapport des pompiers et, après l'avoir lu, je me mis en quête d'un fournisseur qui vendait la même caisse enregistreuse que le modèle utilisé chez *J. Sheekey's Oyster Bar*. À cause de la stricte politique du « zéro visiteur à la Folie, sauf dans la remise » édictée par Nightingale, je dus me trimbaler ce machin de l'entrée de service jusqu'à mon labo. Molly me vit passer en titubant et couvrit son sourire de sa main. J'estimai que Lesley ne comptait pas comme un visiteur dans le cas présent, mais quand je lui proposai d'assister à ma démonstration, elle répondit que Seawoll lui avait donné du travail. Une fois que tout fut prêt, je demandai à Molly d'inviter Nightingale à me retrouver au labo.

Après m'être fait de la place dans un coin, à l'écart de tout tuyau à gaz, j'installai la caisse enregistreuse sur un chariot en métal et la branchai. Quand Nightingale arriva, je lui tendis une blouse blanche et des lunettes de protection ; je lui demandai de se tenir près d'une marque à six mètres de la caisse. Puis, avant de commencer, je retirai la batterie de mon téléphone.

« Et quel est exactement l'objet de tout cela ? s'enquit-il.

— Si vous voulez bien patienter un instant, monsieur, tout deviendra clair.

— Si vous le dites, Peter. » Il croisa les bras. « Me conseillez-vous également de porter un casque ?

— Ça n'est probablement pas nécessaire, monsieur. Je vais compter à rebours, à partir de trois. À zéro, je veux que vous jetiez un sort en donnant tout ce que vous avez – dans les limites acceptables pour la sécurité de tous, bien entendu.

— Tout ce que j'ai ? répéta Nightingale. Vous êtes sûr de vous ?

— Oui, monsieur. Prêt ?

— Quand vous voudrez. »

Je fis le compte à rebours et, à zéro, Nightingale fit sauter le labo – du moins, c'est l'impression que j'en eus. Une boule de feu, comme une lumiforme qui aurait horriblement mal tourné, se forma au-dessus de la paume tendue de Nightingale. Une vague de chaleur me submergea et je sentis une odeur de cheveux roussis. Je faillis me réfugier derrière une paillasse avant de prendre conscience que la chaleur n'était pas physique – c'était impossible, ou Nightingale se serait embrasé –, mais, d'une certaine façon, contenue dans la sphère flottant au-dessus de sa main – je venais de ressentir des *vestigia* à grande échelle.

Nightingale me regarda et leva tranquillement un sourcil. « Combien de temps dois-je continuer ?

— Je ne sais pas, dis-je. Vous pouvez tenir longtemps ? »

Nightingale rit. Je devinai un mouvement dans ma vision périphérique ; je me tournai et Molly était là, dans l'embrasure de la porte, le feu se reflétant dans son regard fixé sur son maître.

Je me retournai juste à temps pour assister à l'explosion de la caisse enregistreuse. Le haut s'envola dans un jaillissement de plastique brûlant et de la fumée noire s'éleva vers le plafond. Molly poussa un cri de ravissement et je me précipitai vers l'extincteur afin d'étouffer les flammes sous le CO_2. Nightingale éteignit sa sphère de mort foudroyante et mit en route une série de ventilateurs dont j'ignorais l'existence.

« Pourquoi a-t-elle explosé ? demanda-t-il.

— La rapide dégradation des composants libère un gaz volatil, de l'hydrogène je crois – j'ai seulement eu un C en chimie, ne l'oubliez pas. Le gaz se mélange à l'air contenu dans la caisse, et il suffit d'une étincelle électrique et boum ! Maintenant, la question qui se pose est la suivante : est-ce qu'en jetant un sort on absorbe la magie d'un objet ou est-ce qu'on y introduit de la magie ? »

Bien entendu, la réponse était : les deux, mon général.

« Normalement, ce sujet n'est pas abordé avant que l'apprenti ait maîtrisé les principales *formae* », fit observer Nightingale. La magie, telle qu'il la comprenait, était générée par la vie. Un sorcier pouvait faire appel à ses propres ressources, ou à de la magie emmagasinée par enchantement, ce qui semblait intéressant, mais pas très pertinent dans le cas de mon problème d'explosion de caisse enregistreuse. Toute forme de vie produisait de la magie, en quantité proportionnelle à sa complexité : plus complexe était-elle, moins elle se laissait dépouiller sans opposer de résistance. « Il est impossible de voler la magie d'un autre être humain, affirma Nightingale. Ou même d'un chien, d'ailleurs.

— Les vampires ont pourtant absorbé toute la vie dans cette maison, non ?

— De ce point de vue, les vampires sont des créatures parasitaires, bien qu'on ne sache pas comment ils s'y prennent. On ignore également comment certaines personnes, à l'instar de votre amie Beverley, tirent leur pouvoir de leur environnement.

— C'est dans la maison des vampires que j'ai remarqué pour la première fois l'effet sur les puces électroniques, dis-je.

— Les différences entre l'homme et les machines s'amenuisent, alors je suppose qu'il est logique qu'elles se mettent à produire leur propre magie. Je ne suis pas certain de comprendre en quoi cela peut nous aider. » Son raisonnement si peu scientifique me fit grincer des dents, mais je préférai ne pas relever – ce n'était pas le moment.

« En premier lieu, conclus-je, cela nous apprend que notre coupable, quel qu'il soit, absorbe d'énormes quantités de pouvoir ; ensuite, cela nous donne une nouvelle piste à explorer. »

Même s'il fallait bien admettre que, pour l'instant, nous n'avions pas trouvé grand-chose. Pendant ce temps, Seawoll et ses hommes s'étaient vu confier une affaire de violence gratuite du côté de Piccadilly Circus. J'allai traîner dans le coin, mais je ne perçus aucune trace de *vestigium*. Au final, l'échange de coups de couteau se révéla avoir un mobile stupide, quoique compréhensible. « Un petit ami infidèle », m'informa Lesley quand elle passa à la maison pour regarder un DVD. Un type rencontre une fille, la fille couche avec un deuxième type, le premier poignarde son rival et prend la fuite. « On pense qu'il se cache à Walthamstow », ajouta-t-elle. Un châtiment bien suffisant, si vous voulez mon avis.

Les meurtres devant *J. Sheekey's* furent attribués à Michael Smith ; il était censé avoir abattu trois personnes d'une balle dans la tête avant de retourner son arme contre lui. Les journalistes auraient pu fouiner un peu plus si le jeune premier d'un soap à succès n'avait pas été surpris en compagnie d'un footballeur tout aussi connu dans les toilettes d'une boîte de nuit de Mayfair. La tempête médiatique qui s'ensuivit balaya toute information sérieuse pendant deux semaines, ce que Lesley trouva bien trop commode pour être une coïncidence.

Je passai le mois d'avril à travailler mes *formae* et mon latin, et à imaginer d'autres façons de faire exploser des puces électroniques. Tous les après-midi, j'allais promener Toby du côté de Covent Garden et de Cambridge Circus, dans l'espoir que l'un de nous flairerait quelque chose, mais il n'y avait rien. J'appelai Beverley Brook deux ou trois fois, mais elle m'informa que sa mère lui avait interdit tout contact avec moi tant que je n'aurais pas réglé le problème de Père Tamise.

Le premier lundi de mai, traditionnellement férié, marqua le début de deux jours de pluie, suivis par trois jours de crachin, et il fallut attendre le dimanche d'après pour voir revenir le beau temps, indispensable à l'amour, aux crèmes glacées et aux spectacles de Punch et Judy dans l'esprit d'un jeune homme.

La May Fayre de Covent Garden est un festival qui commémore la première représentation connue de Punch et Judy, avec une fanfare, une messe célébrée pour l'occasion et un rassemblement de théâtres de marionnettes autour de l'Église des Acteurs. Quand j'avais effectué ma période d'essai à Charing Cross, j'avais toujours été de service pour contrôler la foule ce jour-là. J'appelai donc Lesley pour l'inviter à vivre l'événement du point de vue d'un civil. Après avoir fait provision de glace et de Coca au Tesco Metro, nous contournâmes les touristes jusqu'à nous retrouver devant le portique de l'église. La baraque d'un théâtre de marionnettes avait été installée à moins d'un mètre de l'endroit où ce pauvre William Skirmish avait perdu la tête.

« Quatre mois, fis-je tout haut.

— On ne s'est pas ennuyés depuis, commenta Lesley.

— Parle pour toi – tu n'as pas été obligée d'apprendre le latin. »

Des tapis avaient été posés sur le sol pour permettre aux enfants de s'asseoir, tandis que les adultes restaient debout à l'arrière. Un homme vêtu du costume bigarré d'un bouffon s'avança pour chauffer le public. Il expliqua qu'au cours des siècles il y avait eu de nombreuses versions du spectacle de Punch et Judy, mais qu'aujourd'hui le célèbre Professeur[1] Philip Pointer interpréterait *La Comédie tragique, ou Tragédie comique, de Punch et Judy* dans la version transmise à John Payne Collier par Giovanni Piccini en 1827.

Au début de l'histoire, Punch se fait mordre le nez par Toby le chien.

---

1. Nom donné au marionnettiste dans les spectacles de Punch et Judy.

8. LA VERSION POUR ENFANTS

Toby le chien mord Punch, qui bat à mort M. Scaramouche, le maître de Toby. Ensuite, il rentre chez lui, jette le bébé par la fenêtre et bat à mort sa femme Judy. Il tombe de son cheval et donne un coup de pied dans l'œil du docteur qui l'examine. Le docteur l'attaque avec un bâton, mais il s'en empare et le bat à mort. Il fait sonner une cloche de mouton devant la maison d'un homme riche, et quand un domestique essaie de le raisonner, Punch le bat à mort. À ce stade, ma glace avait fondu et coulé sur mes chaussures.

La Comédie tragique, ou Tragédie comique, de Punch et Judy dans la version transmise à John Payne Collier par Giovanni Piccini en 1827. Pas très difficile à se procurer, quand on sait où chercher. À la fin du spectacle, Lesley et moi présentâmes notre carte de police au Professeur et il nous remit bien volontiers un exemplaire du texte. Nous l'emportâmes au Roundhouse, à l'angle de New Row et de Garrick Street, où nous nous installâmes pour le lire, devant deux doubles vodkas.

« Ça ne peut pas être une coïncidence, avançai-je.

— Tu crois ? Quelqu'un se sert de gens réels pour donner vie à ce stupide spectacle de marionnettes.

— Ton chef ne va pas aimer ça.

— Ce n'est certainement pas moi qui vais lui dire. Je laisse le soin au tien d'apprendre au mien que le fantôme de M. Punch sévit dans son secteur.

— Tu crois qu'il s'agit d'un fantôme ?

— Comment veux-tu que je le sache ? C'est *votre* boulot, ça – les flics de la brigade magique. »

La Folie comprenait trois bibliothèques. Une dont j'ignorais l'existence à l'époque ; la deuxième consacrée à la magie et renfermant les ouvrages sur les sorts, les *formae* et les traités d'alchimie, tous rédigés en latin – autrement dit du chinois pour moi ; la troisième était la bibliothèque non spécialisée, au premier étage à côté de la salle de lecture. La répartition du travail allait de soi : Nightingale chercherait du côté de la magie, et moi dans les livres en bon anglais.

La pièce était tapissée de suffisamment d'acajou pour reboiser le bassin de l'Amazone. Sur un des murs, les rayonnages grimpaient jusqu'au plafond, et les étagères du haut n'étaient accessibles qu'en montant sur une échelle qui glissait le long de rails en cuivre luisant. Une rangée de classeurs en noyer contenait les fiches qui constituaient ce qui se rapprochait le plus d'un moteur de recherche dans cet endroit. Je sentis une odeur de vieux carton et de moisissure en ouvrant les tiroirs, et je songeai avec soulagement que Molly n'allait pas jusqu'à les nettoyer régulièrement. Les fiches étaient répertoriées par sujets, avec un index principal par titres. Je commençai par me mettre en quête de références à Punch et Judy, mais ne trouvai rien. Nightingale m'avait donné un autre terme à examiner : *revenant*. Après plusieurs coups d'épée dans l'eau, les fiches me menèrent aux *Méditations sur la vie et la mort* du Dr John Polidari qui, à en croire le frontispice, avait été publié en 1819.

Sur la même page figurait une note en latin écrite d'une main élégante : *Vincit qui se vincit*, août 1821. Je me demandai ce que ça signifiait.

Selon Polidari, un revenant est un esprit tourmenté qui s'élève d'entre les morts pour causer des ravages chez les vivants, le plus souvent pour exercer des représailles à la suite d'un affront ou d'une injustice, réel ou perçu comme tel, subi au cours de son existence.

« Ça correspond certainement à notre profil, dis-je à Nightingale pendant le déjeuner – bœuf Wellington, pommes vapeur et panais sautés. Ces petits différends qui prennent des proportions démesurées – ça colle avec cette idée de Lesley d'échos plus faibles autour d'un événement majeur.

— Vous pensez à une sorte d'infection ?

— Plutôt à un effet de champ, comme des radiations ou la lumière d'une ampoule. D'après moi, les échos sont à l'intérieur du champ, leurs cerveaux se chargent d'émotions négatives et ils pètent les plombs.

— Mais dans ce cas, pourquoi cela ne touche-t-il pas plus de monde ? voulut savoir Nightingale. Il y avait au bas mot une dizaine de personnes dans le foyer de ce cinéma, y compris vous et l'agent May, et pourtant, seule la mère de famille a été affectée.

— Et si cela ne faisait que renforcer un sentiment de colère déjà présent ? Comme une sorte de catalyseur ? Ce ne serait pas facile à prouver scientifiquement. »

Nightingale sourit.

« Quoi ?

— Vous me rappelez un sorcier que j'ai connu – David Mellenby, répondit Nightingale. Il avait la même obsession.

— Qu'est-ce qu'il est devenu ? Il a laissé des notes ?

— Malheureusement, il est mort à la guerre. Il n'a jamais eu l'occasion de mener à bien la moitié des expériences qu'il envisageait. Sa théorie sur les *genii locorum* vous aurait plu.

— Vous pouvez m'en dire plus ?

— Ça dépendra de votre assiduité à maîtriser votre prochaine *forma*. J'ai cru remarquer des différences entre le texte et les exploits de notre M. Punch. Je pense en particulier à Pretty Polly. »

Dans la chronologie de la *Comédie tragique*, après avoir assassiné sa femme et son enfant, M. Punch chante un air gai sur la façon de se débarrasser d'une épouse encombrante. Puis il rencontre Pretty Polly et la demande en mariage. C'est un personnage qui ne dit rien, mais ne proteste guère quand notre joyeux petit tueur en série commence à l'embrasser.

« On ne sait pas s'il suit cette version-là du texte, observai-je.

— Très juste. Piccini rapportait une tradition orale, et elles ne sont presque jamais fiables. »

Selon le livret peut-être sujet à caution de Piccini, la prochaine victime devait être un mendiant aveugle qui crache au visage de M. Punch et paie son audace en se voyant jeter au bas de la scène. Le texte ne disait pas s'il survivait à cette épreuve. « Si notre Punchinello revenant est fidèle à l'esprit de l'histoire, dis-je, alors la cible la plus probable est une canne blanche.

— Une canne blanche ?

— Une personne qui fait la collecte pour les aveugles.

— Un mendiant aveugle… Ce serait plus utile de savoir qui est le revenant et où il est enterré.

— Je suppose qu'en sachant qui il est, on pourra régler ses problèmes et lui permettre de reposer en paix, dis-je.

— Une autre solution serait de déterrer ses os, de les réduire en poudre, de les mélanger à du sel gemme et de disperser le tout en mer.

— Et c'est efficace ?

— Victor Bartholomew prétend que c'est la seule façon de s'en débarrasser. » Nightingale haussa les épaules. « C'est le spécialiste incontesté des fantômes et des revenants.

— Je pense que nous négligeons peut-être une source d'informations qui nous crève les yeux, fis-je remarquer.

— Vraiment ?

— Nicholas Wallpenny. Toutes les attaques sont parties des alentours de l'Église des Acteurs, ce qui me semble indiquer que notre revenant ne doit pas être bien loin. Nicholas le connaît peut-être – si ça se trouve, ils sont potes.

— Je ne suis pas sûr que les fantômes puissent être "potes" au sens où vous l'entendez », dit Nightingale, et après un rapide coup d'œil pour s'assurer que Molly ne regardait pas, il glissa son assiette à moitié pleine sous la table. La queue de Toby battit contre mes jambes, alors qu'il se jetait dessus.

« On va avoir besoin d'un plus gros chien, fis-je remarquer. Ou de portions plus petites.

— Essayez de lui parler cette nuit. Mais n'oubliez pas que ce cher Nicholas n'était déjà pas un témoin fiable de son vivant – je doute qu'il ait beaucoup changé depuis.

— De quoi est-il mort ? Vous le savez ?

— La boisson l'a tué, dit Nightingale. Une fin agréable. »

Comme Toby était notre chien chasseur de fantômes officiel, et parce qu'il avait commencé à se dandiner de façon alarmante en marchant, je décidai que la petite promenade d'une demi-heure de la Folie à Covent Garden lui ferait le plus grand bien. Une fois qu'on a dépassé Forbidden Planet et traversé Shaftesbury Avenue, il suffit de continuer tout droit jusqu'à Neal Street, là où le coursier était mort. Toutefois si je me mettais à éviter les rues où des personnes avaient perdu la vie, j'allais devoir déménager à Aberystwyth.

C'était la fin de soirée, et il ne faisait pas très chaud, mais les buveurs n'avaient pas encore déserté la terrasse du gastro-pub. À Londres, les gens branchés n'avaient adopté que tardivement l'idée de consommer à l'extérieur et ils n'allaient pas se laisser décourager par un peu de fraîcheur – surtout depuis que la loi interdisait de fumer à l'intérieur.

Toby marqua bien une pause à proximité de l'endroit où le Dr Framline avait agressé le coursier, mais uniquement le temps de se soulager contre une borne.

Même à l'heure de la fermeture, Covent Garden était noir de monde. Après la représentation, la foule des spectateurs sortait du Royal Opera House, en quête d'un lieu où manger un morceau et poser pour la galerie, tandis que des groupes de jeunes gens en voyage d'études en provenance de toute l'Europe exerçaient leur droit sacré à bloquer la circulation.

Après que les cafés, les restaurants et les pubs à l'intérieur du marché couvert eurent baissé le rideau, la Piazza se vida rapidement et j'eus bientôt les coudées franches pour me lancer dans ma petite chasse au fantôme.

Les auteurs qui faisaient autorité sur le sujet n'étaient pas d'accord sur la véritable nature des spectres. Polidori affirmait qu'il s'agissait des âmes de défunts refusant de quitter un lieu. Selon sa théorie, ils se nourrissaient de leur propre esprit et finissaient par disparaître d'eux-mêmes, progressivement – à moins que la magie ne vienne redonner une seconde jeunesse à l'esprit en question. Dans *Persistance de la fantasmagorie dans le Yorkshire*, publié en 1860, Richard Spruce confirmait l'hypothèse de Polidori, mais ajoutait que les fantômes étaient capables d'exploiter la magie présente dans leur environnement, un peu comme la mousse tire sa subsistance de la roche qui lui sert de foyer. Dans les années 1930, Peter Brock écrivit que les fantômes n'étaient que des enregistrements fixés dans le tissu magique local, de manière comparable à la musique gravée sur un disque en vinyle. Pour ma part, je les imaginais comme des copies grossières de la personnalité du défunt, fonctionnant en mode dégradé dans une sortie de matrice magique où des paquets d'« informations » étaient transmis d'un nœud magique au suivant.

Comme mes deux rencontres avec Nicholas avaient eu pour cadre le portique de l'Église des Acteurs, je décidai de commencer par là. Les flics ne portent pas sur le monde le même regard que les civils. On reconnaît facilement un policier à sa façon d'observer la pièce qui l'entoure, d'un œil froid et méfiant, aisément identifiable pour qui prête attention. Le plus curieux, c'est que ça vient très vite. Je suis un jour allé voir mes parents alors que je n'étais gardien de la paix stagiaire que depuis un mois, et je me suis rendu compte que, même si je ne l'avais pas déjà su, j'aurais tout de suite compris que mon père était un drogué. En une seconde. Bien que ma mère soit une fanatique du ménage – on pourrait manger par terre sur la moquette du salon –, pour un œil averti, tous les signes étaient là.

C'était devenu pareil avec les *vestigia*. Quand je posai la main sur les blocs de pierre calcaire du portique, je retrouvai les sensations de plus en plus familières – une vague présence, le froid, une odeur, peut-être du bois de santal –, mais désormais, à l'instar d'un flic pour qui la rue n'a plus de secrets, j'avais ma petite idée sur leur signification. Je m'attendais aussi à quelque chose de plus fort. J'essayai de me rappeler la dernière fois que j'avais touché la pierre. Avais-je ressenti les mêmes impressions ?

Je m'assurai que personne ne m'observait. « Nicholas, dis-je au mur. Vous êtes là ? »

Je sentis quelque chose dans ma paume, une sorte de vibration, comme le passage d'un métro au loin. Toby geignit et recula, ses griffes glissant sur les pavés. Avant que je puisse faire un pas en arrière, le visage de Nicholas, blanc et transparent, apparut devant moi.

« Aidez-moi, dit-il.

— Qu'est-ce qui ne va pas ?

— Il me dévore », répondit Nicholas, après quoi son visage fut de nouveau avalé par le mur. Pendant un moment, j'éprouvai une curieuse sensation de tiraillement dans la nuque et je me jetai en arrière. Toby aboya une fois, puis il se retourna et partit en courant en direction de Russell Square. Je tombai lourdement sur le dos ; la douleur me cloua au sol un instant, au bout duquel je me relevai, me sentant un peu bête. Avec précaution, je m'approchai de l'église et posai de nouveau la main sur la pierre.

Elle était froide et rugueuse, mais à part ça, rien. Comme si les *vestigia* avaient été aspirés hors des blocs de calcaire, de la même façon que dans la maison des vampires. Je retirai brusquement ma main et reculai. La Piazza était silencieuse et plongée dans le noir. Je me retournai et m'éloignai à grandes enjambées dans la nuit, cherchant Toby en cours de route.

Il avait couru se réfugier directement à la Folie. Je le trouvai dans la cuisine, couché en rond sur les genoux de Molly. Elle réconfortait le chien et me lança un regard sévère.

« Il est censé affronter le danger, dis-je. S'il reste, il travaille. »

Mener l'enquête ne me dispensait pas d'exercices. J'avais persuadé Nightingale de me montrer le sort de la boule de feu ; je n'avais pas été surpris d'apprendre qu'il s'agissait d'une variante de *Lux*, avec une touche d'*Iactus*. Une fois Nightingale convaincu que j'étais capable de faire la première partie sans me carboniser la main, nous descendîmes à la cave nous entraîner au stand de tir. Jusqu'alors je ne savais même pas que nous en avions un. Au pied de l'escalier de service, il suffisait de tourner à gauche plutôt qu'à droite, et derrière des portes renforcées que j'avais toujours cru s'ouvrir sur la réserve de charbon se trouvait une salle de cinquante mètres de long, avec un mur de sacs de sable à une extrémité et une série d'armoires métalliques de l'autre. Une rangée d'authentiques casques Tommy pendaient à des patères, au-dessus de sacoches de masque à gaz kaki. Sur une affiche, des lettres blanches proclamaient, sur fond rouge sang : KEEP CALM AND CARRY ON[1] – un conseil plein de bon sens, si vous voulez mon avis. Au bout de la zone de tir, des silhouettes en carton avaient subi les outrages du temps, mais on reconnaissait tout de même des soldats allemands, baïonnette au canon, avec leur

1. « Restez calme et continuez » ; affiche produite par le gouvernement britannique en 1939 au début de la Seconde Guerre mondiale, destinée à relever le moral de l'opinion publique britannique en cas d'invasion.

casque en forme de seau à charbon. Suivant les instructions de Nightingale, j'en installai une rangée contre les sacs de sable et je retournai au petit trot sur la ligne de tir. Avant de commencer, je vérifiai que je n'avais pas mon téléphone flambant neuf sur moi.

« Observez bien », dit mon supérieur. Puis il tendit brusquement la main et il y eut un éclair, suivi d'un son rappelant un drap qui se déchire, et la cible à l'extrême gauche explosa dans un jaillissement de fragments étincelants.

Je me retournai au son d'applaudissements enthousiastes ; Molly était là, sur la pointe des pieds, sifflant avec délices, aussi excitée qu'un enfant au cirque.

« Vous n'avez pas dit les mots en latin, lui fis-je remarquer.

— Pour ça, vous vous entraînez en silence. Ce sort est une arme. Il n'a qu'un objectif : tuer. Quand vous l'aurez maîtrisé, vous serez soumis aux mêmes obligations que les autres policiers autorisés à porter une arme. Je vous suggère de vous familiariser avec les directives actuelles sur l'usage des armes à feu. »

Molly bâilla, couvrant sa bouche de sa main, pour ne pas laisser voir à quel point elle s'ouvrait. Nightingale lui lança un regard sans expression. « Il doit vivre dans le monde des hommes », expliqua-t-il.

Molly haussa les épaules.

Nightingale me refit une démonstration, à un quart de la vitesse de la première, et j'essayai de l'imiter. Je savais déjà faire la boule de feu, mais quand je lui appliquai *Iactus*, elle sembla se dérober sous mes doigts comme si, contrairement aux pommes, je n'avais pas de prise sur elle. Quand je tendis le bras d'une manière théâtrale dûment homologuée, ma boule de feu flotta doucement à travers le stand de tir, brûla un petit trou dans la cible, avant de terminer sa trajectoire dans les sacs de sable.

« Vous devez la lâcher, Peter, sinon elle ne s'éteindra pas. »

Je lâchai la boule de feu et il y eut un bruit sourd étouffé derrière la cible. Une volute de fumée s'éleva vers le plafond. Dans mon dos, Molly ricana.

L'entraînement dura une heure, au bout de laquelle je réussis à projeter une boule de feu en direction de ma cible à la vitesse étourdissante d'un bourdon qui a atteint son quota de pollen et fait une pause, le temps d'admirer le paysage.

Pendant que nous prenions le thé, j'abordai l'idée qui m'était venue pour sauver Nicholas – en supposant qu'il ne soit pas trop tard et qu'il n'ait pas été entièrement « dévoré ».

« Polidori fait allusion à un sort qui permet d'invoquer des fantômes, exposai-je. Comment ça marche ?

— C'est davantage un rituel qu'un sort à proprement parler », répondit Nightingale. Pour décourager Molly de nous gaver, nous prenions désormais le thé dans la cuisine – si elle n'avait pas à dresser les six tables dans la salle à manger, nous pensions qu'elle ne préparerait que deux portions. Objectif atteint, mais c'était tout de même deux grosses portions.

« Quelle est la différence ?

— Vous n'arrêtez pas de poser le genre de questions qui ne devraient pas être soulevées avant au moins un an, me morigéna Nightingale.

— Juste les grandes lignes – la version pour enfants.

— Un sort est une série de *formae* enchaînées pour obtenir un effet, alors qu'un rituel est, comme son nom l'indique, une suite de *formae* organisées selon un protocole, avec un certain cérémonial pour favoriser le processus. Généralement il s'agit de charmes plus anciens, remontant au début du XVIIIe siècle.

— Est-ce que le cérémonial est important ? m'enquis-je.

— Je n'en sais vraiment rien, admit-il. Ces charmes sont peu utilisés, sinon ils auraient été mis au goût du jour au début du XXe siècle.

— Vous pouvez me montrer comment faire ? » Toby me surprit en train de beurrer un petit pain brioché et se redressa avec attention. Je lui en donnai un morceau.

« Il y a un autre problème, expliqua Nightingale. Le rituel en question exige un sacrifice animal.

— On a Toby, dis-je. Il est bien gras.

— La société moderne ne voit pas ce genre de pratiques d'un très bon œil, en particulier à proximité d'un lieu de culte.

— À quoi sert le sacrifice ?

— Selon Bartholomew, à l'article de la mort, la magie intrinsèque de l'animal devient disponible pour “alimenter” le fantôme et l'aider à gagner le monde matériel.

— Alors il se sert de l'essence vitale de l'animal comme d'un carburant magique ?

— Exact.

— On peut aussi sacrifier des humains ? Leur prendre leur magie de cette façon ?

— En effet. Mais il y a un inconvénient.

— Lequel ?

— On vous traquera jusqu'au bout monde et vous serez sommairement exécuté. »

Je préférai ne pas demander qui serait chargé de la traque et de l'exécution.

Toby aboya, exigeant des saucisses.

« Si tout ce dont on a besoin est une source de magie, dis-je, je crois avoir trouvé un produit de substitution. »

D'après Bartholomew, plus on était proche de la tombe du fantôme, plus grandes étaient les chances de succès ; je passai donc quelques heures à parcourir les archives de la paroisse, pendant que Nightingale persuadait le pasteur que nous étions sur la piste de vandales susceptibles de s'en prendre à son église. C'était une église vraiment étrange, une immense bâtisse en pierre rectangulaire. Le portique est, où j'avais rencontré Nicholas Wallpenny pour la première fois, était factice – la véritable entrée était du côté opposé et donnait sur le cimetière, qui avait été transformé en jardins. On y accédait par une paire de hautes grilles en fer forgé sur Bedford Street. Mon supérieur réussit à convaincre le pasteur de lui confier les clés.

« Si vous avez l'intention de mettre en place une surveillance, il vaudrait peut-être mieux que je reste, au cas où ? proposa le pasteur.

— Vous pourriez être suivi, refusa Nightingale. Nous voulons que ces vandales pensent que la voie est libre, pour les prendre en flagrant délit.

— Vous pensez que je suis en danger ? »

Nightingale le regarda droit dans les yeux. « Seulement si vous restez dans l'église cette nuit. »

Les murs en briques et les fenêtres aux volets clos des maisons mitoyennes construites à la même époque que le reste de la Piazza formaient une enceinte autour des jardins. Le véritable portique de l'église veillait sur cet îlot de calme et de verdure, isolé du bruit de la circulation. Des cerisiers en fleur, une explosion de rose sous le soleil du mois de mai, bordaient le sentier. Nightingale avait raison, c'était vraiment l'endroit le plus ravissant de Londres – j'aurais préféré ne pas devoir y revenir à minuit pour pratiquer un rituel de nécromancie.

Le registre paroissial manquait de précision, et je n'obtins qu'une position approximative de la tombe de Wallpenny, du côté nord des jardins, quelque part au milieu. Comme Nicholas avait répugné à se montrer avec Nightingale dans les parages, ce dernier serait posté à l'entrée de Bedford Street, prêt à répondre à un éventuel appel à l'aide de ma part. J'arrivai juste après minuit, salué par les trilles sporadiques des oiseaux toujours présents. La nuit était claire, mais la brume masquait les étoiles. Le fer de la grille était froid sous ma main quand je la refermai derrière moi ; je me dirigeais vers la tombe. J'avais une lampe frontale que j'utilisais pour lire mes antisèches dans mon calepin réglementaire.

Il aurait fallu une tractopelle pour creuser un pentagramme dans une terre souple et molle comme celle-là, et je m'imaginais mal saccager une si belle pelouse. Je dessinai donc l'étoile et le cercle avec du charbon actif, me servant d'un sac de toile dont j'avais troué un coin comme d'une poche à douille. J'en mis une bonne couche. Polidori avait beaucoup insisté sur les effets indésirables d'une rupture du pentacle lors de l'évocation d'un esprit – à commencer par le fait de perdre son âme et de la voir plonger dans les flammes de l'enfer.

À chaque point cardinal de la figure, je disposai une de mes calculettes. J'avais suggéré d'emmener Toby, juste au cas où la substitution échouerait, mais au moment de quitter la Folie, le chien était introuvable. J'avais acheté un paquet de bâtons lumineux fluorescents dans un magasin d'articles de camping ; j'en brisai l'ampoule interne et les plaçai aux emplacements où mes notes prévoyaient des bougies. Le sorcier – moi, en l'occurrence – était censé transmettre un peu de son essence, ce qui, dans la langue de la fin du XVIIIe siècle, signifiait « injecter de la magie » à l'intérieur du cercle autour du pentacle. Il existe une *forma* conçue précisément dans ce but, mais je n'avais pas eu le temps de l'apprendre – Nightingale m'avait donc suggéré de faire apparaître une lumiforme au centre.

Je respirai à fond, créai la lumiforme et la fis flotter jusqu'au milieu du pentagramme. J'ajustai ma lampe frontale et commençai à lire la conjuration dans mon calepin. Le texte original occupait quatre pages manuscrites ; avec l'aide de Nightingale, j'étais cependant parvenu à le résumer un peu.

« Nicholas Wallpenny, dis-je. Entends ma voix, accepte mes offrandes, lève-toi et viens me parler. »

Et soudain il fut là, l'air toujours aussi fuyant.

« J'ai su que vous étiez quelqu'un de pas ordinaire dès que je vous ai vu, dit-il. Votre chef n'est pas dans les parages au moins ?

— Il m'attend là-bas, de l'autre côté de la grille.

— Eh bien, qu'il y reste, dit Nicholas. J'avais raison, à propos de l'assassin, pas vrai ?

— Nous pensons qu'il s'agit de l'esprit de Punchinello, lui confiai-je.

— Hein ? M. Punch ? Vous avez forcé sur la bouteille ou quoi ?

— Vous m'avez demandé mon aide hier soir, enchaînai-je.

— Vraiment ? demanda Nicholas. Mais ça ferait de moi un mouchard, et Nicholas Wallpenny n'est pas une balance ; il a trop peur de recevoir une bonne correction.

— Je suis soulagé de l'apprendre. Sinon… comment va la mort ?

— Pas trop mal, dit Nicholas. Je ne me plains pas. C'est sûr que ça se bouscule moins par ici qu'à une époque. Mais comme c'est l'Église des Acteurs, on n'est jamais à court de divertissements pour une soirée. À l'occasion, on a même eu des invités prestigieux, pour notre édification. Le célèbre Henry Pyke est venu – Pyke avec un Y. C'est quelqu'un de pas ordinaire. Il a du succès avec les dames, à cause de son long nez. »

Nicholas avait l'air nerveux, tendu, et je n'aimais pas beaucoup ça ; il aurait probablement été en sueur, s'il avait toujours été capable de transpirer. J'envisageai d'en rester là, mais un informateur, mort ou vif, servait à fournir des informations – si cruel que ça puisse paraître.

« Ce… Ce Henry Pyke, il pense rester longtemps à l'affiche ? demandai-je.

— Je dirais même qu'il a acheté le théâtre, dit Nicholas.

— Ça me semble intéressant. Vous pouvez m'avoir un billet ?

— Vous savez, monsieur l'agent, à votre place je ne serais pas si pressé de participer au spectacle, dit Nicholas. M. Pyke n'est pas toujours tendre avec ses partenaires, et je crois savoir qu'il a prévu un rôle pour vous.

— J'aimerais tout de même rencontrer ce… », dis-je, mais Nicholas s'était soudain volatilisé.

Le pentagramme était vide, à l'exception de ma lumiforme qui brûlait au centre. Avant que j'aie eu le temps de l'éteindre, je sentis quelque chose m'attraper par le cou et tenter de m'attirer de force à l'intérieur de la figure géométrique. Je paniquai, me débattis, tentant désespérément d'échapper à cette emprise. Nightingale s'était montré catégorique : je ne devais en aucun cas pénétrer dans le pentacle – et je n'avais aucune intention de découvrir pourquoi. Je rejetai vigoureusement la tête en arrière, mais mes talons raclèrent sur le gazon alors que j'étais tiré en avant – droit sur le pentagramme.

À ce moment-là, j'aperçus au centre de la figure, sous ma boule de lumière, une ombre sombre, telle la gueule d'un puits creusé dans la terre. Je voyais les racines de l'herbe et les vers cherchant désespérément à se réfugier sur les côtés, et les couches d'humus et de glaise du sol londonien disparaître dans les ténèbres.

J'étais presque au bord quand je pris conscience que la force qui m'entraînait opérait à travers mon propre sort. J'essayai donc d'étouffer ma lumiforme, toutefois elle resta allumée, luisant à présent d'un éclat jaune menaçant. J'avais rejeté mes épaules si loin en arrière que j'étais pratiquement à l'horizontale, mais mes talons continuaient à labourer la terre.

J'entendis Nightingale crier et le vis accourir. J'avais le sentiment terrible qu'il n'arriverait pas à temps. En désespoir de cause, je décidai de tenter une dernière chose. Pas facile de se concentrer quand on est aspiré par le néant, mais je me forçai à respirer à fond et à créer la bonne *forma*. Soudain, la lumiforme se mit à brûler d'un rouge flamboyant. Dans mon esprit, j'avais fait la forme qui, je l'espérais, permettrait d'injecter la magie, mais je n'avais aucun moyen de savoir si ça marchait. Mes talons traversèrent les limites du pentagramme et je sentis une bouffée d'excitation, une envie de violence, un océan de honte et d'humiliation, et une soif de vengeance.

J'abaissai la boule de feu d'une cinquantaine de centimètres, puis je lâchai.

Il y eut un bruit sourd, assez décevant, un peu comme un dictionnaire qu'on aurait laissé choir. Puis le sol se souleva sous mes jambes et je fus projeté dans les branches du cerisier derrière moi, apercevant au passage une colonne de terre crachée vers le ciel à la vitesse d'un train de marchandises sortant d'un tunnel. Puis je tombai de l'arbre et m'écrasai sur le sol.

Nightingale m'empoigna par le col et me tira en arrière sous une pluie de fleurs de cerisier et de débris. Une grosse motte vola en éclats en atterrissant sur ma tête, et de l'humus se répandit dans ma nuque.

Puis ce fut le silence, uniquement troublé par le bruit de la circulation au loin et la sirène d'une alarme de voiture dans une rue voisine. Nous attendîmes trente secondes, le temps de reprendre notre souffle, juste au cas où quelque chose d'autre se produirait.

« Vous ne devinerez jamais. J'ai obtenu un nom.

— Vous avez une sacrée chance d'avoir encore votre tête, dit Nightingale. Quel nom ?

— Henry Pyke.

— Jamais entendu parler. »

Comme on pouvait s'y attendre, ma lampe frontale avait cessé de fonctionner. Nightingale prit donc le risque de faire apparaître une lumiforme. À l'endroit où s'était trouvé le trou, il n'y avait plus à présent qu'un creux peu profond, en forme d'assiette de trois mètres de diamètre. Le gazon avait été complètement détruit, broyé dans un mélange d'herbe morte et de terre pulvérisée. Quelque chose de rond et de sale gisait près de mon pied. Un crâne. Je le ramassai.

« C'est toi, Nicholas ? interrogeai-je.

— Reposez ça, Peter. Vous ne savez pas où ça a pu traîner. » Il considéra l'état épouvantable du jardin. « Le pasteur ne va pas être content », ajouta-t-il.

Posant le crâne, je remarquai un autre objet enfoncé dans le sol. Un écusson en étain, représentant un squelette en train de danser. Je le reconnaissais :

Nicholas Wallpenny l'avait « porté ». Il avait probablement été enterré avec.

« On l'avait prévenu qu'on traquait des vandales », dis-je.

Je pris l'écusson et perçus brièvement un soupçon de fumée de tabac, de bière et de chevaux.

« C'est vrai, mais je doute qu'il trouve cette explication satisfaisante.

— Une fuite de gaz, alors ?

— Aucune canalisation de gaz ne passe sous l'église. Vous risquez d'éveiller ses soupçons.

— Pas si on lui dit que l'histoire de la fuite de gaz est une couverture dans le cadre d'une opération de déminage, suggérai-je.

— Une bombe non explosée ? demanda Nightingale. Pourquoi imaginer quelque chose d'aussi compliqué ?

— Parce que ça nous donnera un prétexte pour faire venir une excavatrice et fouiller partout. Peut-être qu'on pourra exhumer ce Henry Pyke et le réduire en poussière.

— Vous avez l'esprit tortueux, Peter.

— Merci, monsieur. Je fais de mon mieux. »

J'avais peut-être l'esprit tortueux, mais j'avais aussi une ecchymose de la taille d'une grande assiette dans le dos et quelques autres bleus sur la poitrine et les jambes. Je racontai au médecin des urgences que j'avais eu un différend avec un arbre. Il me regarda d'un drôle d'air et refusa de me prescrire des analgésiques plus puissants que du Nurofen.

Nous avions donc un nom : Henry Pyke. Nicholas avait laissé entendre que Pyke n'était pas enterré dans le cimetière de l'Église des Acteurs, mais je vérifiai tout de même dans le registre, au cas où. Nightingale téléphona au Service central d'état civil à Southport tandis que j'écumais Genepool, Familytrace et d'autres sites de généalogie sur le Web. Il n'en sortit pas grand-chose, si ce n'est que Pyke était un nom très répandu en Californie, dans le Michigan et dans l'État de New York. La remise devint notre lieu de réunion ; ainsi, je pouvais continuer à surfer sur le Net pendant que Nightingale suivait le rugby à la télévision.

« Nicholas a affirmé que Pyke était un artiste, dis-je. Peut-être même un marionnettiste, un "professeur". Le texte de Piccini a été publié en 1827, mais toujours d'après Nicholas, Pyke était un esprit plus ancien, alors je dirais fin XVIIIe, début XIXe. Pourtant les registres de cette époque ne nous sont d'aucune aide. »

Nightingale regardait les All Blacks ne faire qu'une bouchée des lignes arrière des Lions et marquer un essai ; à en juger par sa mine allongée, la victoire était en train de nous échapper. « Si seulement vous pouviez parler à des spécialistes du théâtre de cette époque, dit-il.

— Vous proposez d'évoquer d'autres fantômes ?

— J'avais plutôt en tête quelqu'un de bien vivant – façon de parler.

— Vous pensez à Oxley, c'est ça ?

— Et à sa charmante concubine, Isis, également connue sous le nom d'Anna Maria de Burgh Coppinger, maîtresse de John Montagu, quatrième comte de Sandwich et compagne de Henry Ireland, spécialiste réputé de Shakespeare. Elle a quitté cette vallée de larmes en 1802, probablement pour les cieux plus cléments de Chertsey.

— Chertsey ?

— Là où se trouve la rivière Oxley. »

Si je devais revoir Oxley, autant en profiter pour faire d'une pierre deux coups. J'appelai Beverley sur son mobile étanche et lui demandai si elle était d'humeur pour une petite balade. Au cas où l'interdiction de sa mère serait toujours en vigueur, je m'apprêtais à ajouter que ça pourrait contribuer à régler le « conflit » avec Père Tamise, mais elle ne m'en laissa pas le temps.

« On y va en Jag ? demanda-t-elle. Ne le prends pas mal, mais ton autre bagnole craint vraiment trop. »

Je lui répondis par l'affirmative. Quinze minutes plus tard, elle sonnait à l'interphone. Apparemment, elle rôdait déjà dans le West End quand elle avait reçu mon coup de fil.

« C'est maman qui m'a demandé de fouiner dans le coin, lança-t-elle en montant dans la Jag. À la recherche de ton revenant. » Elle portait un boléro brodé par-dessus un pull à col roulé et des leggins noirs.

« Tu serais capable de reconnaître un revenant si tu en voyais un ? demandai-je.

— Je l'ignore. Il y a une première fois pour tout. »

J'avais envie de la regarder plier ses longues jambes sous le tableau de bord, mais je me dis qu'il faisait déjà bien assez chaud comme ça. Un jour, mon père m'a confié que le secret d'une vie heureuse était de ne jamais commencer quelque chose avec une fille si on n'était pas prêt à aller jusqu'au bout. C'est le meilleur conseil qu'il m'ait jamais donné, et probablement la raison de ma naissance. Sortant la Jag du garage, je me concentrai sur la conduite et mis à nouveau le cap vers le sud-ouest et le mauvais côté du fleuve.

La ville de Chertsey a grandi autour d'une abbaye fondée en 671 après Jésus-Christ, en hauteur, au sud de la Tamise. À la fois lieu d'étude et poumon économique de la région, elle servait également, comme tout bon établissement anglo-saxon du même genre, de refuge aux fils de la noblesse qui pensaient que la vie ne se résumait pas à trucider des Vikings à grands coups d'épée. Deux cents ans plus tard, les Vikings – qui ont de la suite dans les idées – ont mis l'abbaye à sac et l'ont réduite en cendres. Elle a été reconstruite, mais ses habitants ont dû faire quelque chose qui a déplu au roi Edgar d'Angleterre, surnommé « le Pacifique », parce que en 964, il les a fichus à la porte pour les remplacer par des bénédictins. Cet ordre préconisait une vie de contemplation, de prière et de repas vraiment copieux ; en amateurs de bonne chère, il était impensable pour eux de ne pas optimiser le moindre lopin de terre arable. L'une de leurs améliorations a consisté, aux alentours du XIe siècle, à creuser un canal détournant l'eau de la Tamise entre Penton Hook et le barrage de Chertsey afin d'alimenter leurs moulins. Quand je dis que les moines ont « creusé », c'est une façon de parler : ils ont enrôlé de force quelques paysans pour faire le boulot. Cet affluent artificiel de la Tamise figure sur les cartes sous le nom d'Abbey River, mais jadis il s'appelait l'Oxley Mills Stream.

Je n'avais pas révélé à Beverley où nous allions, mais elle comprit de quoi il retournait dès la sortie du rond-point de Clockhouse, quand la Jag s'engagea sur London Road en direction de la merveilleuse ville de Staines.

« Je n'ai pas le droit d'aller par là, dit-elle. Ce n'est pas mon territoire.

— Détends-toi, dis-je. On a toutes les autorisations. »

Curieusement, j'avais beau être né et avoir grandi à Londres, il y avait des coins en ville où je n'avais jamais mis les pieds. Staines en faisait partie, bien qu'en théorie on ne soit déjà plus à Londres ; tout m'apparaissait plutôt bas et ça avait un côté rustique. Après avoir traversé Staines Bridge, je me retrouvai sur un tronçon de route anonyme, bordé de haies et de clôtures qui obstruaient la vue à gauche comme à droite. Je ralentis alors que nous approchions d'un rond-point, regrettant de ne pas avoir investi dans un GPS.

« Prends à gauche, dit Beverley.

— Pourquoi ?

— Tu cherches l'un des fils du Vieil Homme ?

— Oxley, confirmai-je.

— Alors, à gauche », affirma-t-elle avec une certitude absolue.

J'empruntai la première sortie du carrefour giratoire, avec cette curieuse impression de dissociation qu'on éprouve en conduisant sous la direction de quelqu'un d'autre. Je vis une marina sur ma gauche – des rangées de bateaux de plaisance blancs et bleus qui dansaient sur l'eau, une chaloupe venant de temps en temps rompre la monotonie.

« C'est là ? m'enquis-je.

— Ne dis pas de bêtises. Ça, c'est la Tamise. Continue tout droit. » Nous traversâmes un pont moderne qui enjambait – Beverley me l'assura – la rivière Oxley, et arrivâmes devant un drôle de petit rond-point. Le lotissement de rues étroites bordées de minuscules pavillons en stuc rose donnait le sentiment d'entrer dans le pays des Lilliputiens. Je tournai à droite, sur une voie parallèle à la rivière, et roulai lentement, au cas où l'un de ces petits cons se mettrait dans l'idée de sauter au milieu de la route et de commencer à chanter.

« Là », indiqua Beverley, et je garai la voiture. Quand je sortis, elle resta sur son siège. « Je pense que c'est une mauvaise idée.

— Ce sont des gens vraiment charmants.

— Je suis sûre qu'ils sont tout à fait courtois, admit-elle. Mais Ty ne va pas apprécier.

— Beverley, ta mère t'a demandé de m'aider à régler cette histoire – c'est précisément ce que je suis en train de faire. Sauf qu'on ne risque pas d'avancer si tu ne sors pas de cette voiture. »

Beverley soupira, déboucla sa ceinture et sortit. Elle s'étira et se cambra, ses seins pointant de façon alarmante sous son pull. Elle surprit mon regard et me fit un clin d'œil. « La fatigue du voyage », expliqua-t-elle.

Nightingale m'avait dit que j'avais eu tort d'accepter la part de cake que m'avait offerte Isis, alors je l'imaginais mal approuver des relations autres que strictement professionnelles avec les naïades du coin. Je gardai donc les yeux fixés sur le derrière rebondi de Beverley et m'efforçai de ne penser qu'au boulot. Et puis, je n'oubliais pas Lesley – ou plutôt le vague espoir de Lesley, dans un futur plus ou moins proche.

J'appuyai sur la sonnette et reculai poliment.

À l'intérieur, la voix d'Isis demanda : « Qui est là ? », et je déclinai mon identité.

Isis ouvrit la porte et m'adressa un grand sourire. « Peter, quelle agréable surprise ! » Elle nota la présence de Beverley derrière moi et, même si elle ne se départit pas de sa bonne humeur, une certaine méfiance s'insinua dans son regard. « Et qui est cette jeune personne ? demanda-t-elle.

— C'est Beverley Brook, dis-je. J'ai pensé qu'il était grand temps de faire les présentations en bonne et due forme. Beverley, je te présente Isis. »

Beverley tendit la main avec prudence, et Isis la lui serra.

« Ravie de vous rencontrer, Beverley. Nous sommes dans le jardin – suivez-moi. » Isis ne se mit pas à courir – elle avait trop de classe pour ça –, mais elle adopta l'allure d'une femme voulant garder une longueur d'avance pour avoir le temps de prévenir son mari. J'eus un bref aperçu de petites chambres bien rangées et tapissées de papier peint à fleurs, et de fenêtres ornées de rideaux de chintz, avant de ressortir par la porte de la cuisine.

L'arrière du pavillon donnait directement sur la rivière, et Oxley avait construit un appontement en bois qui surplombait une vaste étendue d'eau. Une paire de splendides saules pleureurs, un à chaque extrémité, masquait le plan d'eau aux regards indiscrets. Il faisait aussi frais que dans une église de campagne, et il y régnait la même ambiance intemporelle. Oxley était debout dans la rivière, nu, l'eau brune venant lécher ses cuisses. Il souriait à Isis qui, depuis l'appontement, tentait de lui signifier par de grands gestes qu'ils avaient de la visite – et qu'il devait bien se tenir. Il regarda derrière elle et nous aperçut, Beverley et moi, alors que nous sortions de la cuisine.

« Qu'est-ce que ça veut dire ? » demanda-t-il. Je vis ses épaules se contracter et je jure que le soleil alla se réfugier derrière un nuage – mais c'était peut-être une coïncidence.

« Je vous présente Beverley Brook. Dis bonjour, Beverley.

— Bonjour.

— Le moment est venu de rencontrer l'autre camp », repris-je.

Oxley fit porter son poids sur son autre jambe ; derrière moi, je sentis Beverley faire un pas en arrière.

« Comme c'est aimable, dit Isis d'un ton jovial. Et si nous prenions tous une bonne tasse de thé ? »

Oxley ouvrit la bouche comme pour protester, puis il parut se raviser et, se tournant vers sa femme, dit : « Bonne idée. »

Je soufflai, Beverley rit nerveusement et le soleil sortit de derrière les nuages. Je pris la naïade par la main et la fis avancer. Oxley avait un physique de laboureur, mince et couvert de muscles durs et noueux – Isis semblait avoir un faible pour le genre mauvais garçon. Chose intéressante, Beverley paraissait plus attirée par l'eau.

« Quel bel endroit ! lança-t-elle.

— Voulez-vous vous joindre à moi ? demanda Oxley.

— Avec plaisir », dit Beverley, et sous mes yeux éberlués, elle enleva son pull et son boléro en un seul mouvement fluide, retira ses leggins et, dans une vision mémorable de membres nus et bruns, se jeta dans l'eau. Heureusement, Isis et moi avions eu le réflexe de reculer, sans quoi nous aurions été complètement trempés.

Oxley me fit un clin d'œil et regarda sa femme. « Tu viens aussi, mon amour ?

— Nous avons un autre invité, lui rappela-t-elle d'un ton guindé. Certains d'entre nous n'ont pas totalement oublié les bonnes manières. »

Beverley remonta à la surface ; debout dans l'eau qui lui arrivait à la ceinture, elle avait les seins nus et un sourire insolent sur les lèvres. Je ne pus m'empêcher de remarquer ses mamelons, larges et durcis. Elle tourna son regard vers moi, paupières lourdes et suggestives. Si sa mère était comparable à un courant sous-marin, alors Beverley était aussi irrésistible qu'un torrent aux eaux limpides dans la chaleur d'un après-midi d'été.

J'avais déjà commencé à déboutonner ma chemise quand je sentis la main d'Isis sur mon bras.

« Vous êtes vraiment un jeune homme d'une crédulité extraordinaire, me dit-elle. Qu'est-ce qu'on va bien pouvoir faire de vous ? »

Oxley plongea sous la surface. Beverley me dévisagea, la tête penchée sur le côté, un sourire narquois sur les lèvres, puis elle glissa à son tour sous l'eau.

Isis m'offrit un siège autour de la table de jardin en plastique, puis, marmonnant tout bas, elle ramassa les vêtements de Beverley, les plia soigneusement et les tendit sur un séchoir à linge à côté de la porte de la cuisine. Oxley et Beverley s'étaient éclipsés depuis plus d'une minute. Je regardai Isis, que cela ne semblait pas perturber.

« Ils en ont encore pour une petite demi-heure », m'informa-t-elle, et elle nous prépara du thé. Je surveillai la rivière pendant qu'elle s'affairait, mais il n'y avait même pas de bulles. Je me dis qu'ils avaient dû sortir de l'eau quelque part au-delà des arbres, sans parvenir à m'en convaincre. Elle me fit les serments d'usage alors qu'elle versait le thé et me proposait une part de cake citron-amandes – non merci. Je lui demandai si elle se rappelait un certain Henry Pyke. Le nom lui était familier.

« Je crois me souvenir d'un acteur qui s'appelait ainsi, dit-elle. Mais ils étaient si nombreux, tant d'hommes séduisants. Ma bonne amie, Anne Seymour, avait un valet de pied, un mulâtre, qui aurait pu être votre frère. Il était la terreur des jeunes domestiques. » Elle se pencha vers moi et me regarda droit dans les yeux. « Et vous, Peter, terrorisez-vous les jeunes femmes vulnérables ? »

Je songeai à Molly. « Je crains que non, répondis-je.

— Non, je le vois bien, fit-elle en s'adossant à sa chaise. Il a été assassiné, lâcha-t-elle abruptement.

— Le valet de pied ?

— Henry Pyke. C'est ce que disait la rumeur, en tout cas. Une autre victime du tristement célèbre Charles Macklin.

— Qui était-ce ?

— Un Irlandais épouvantable, dit Isis. Mais un acteur de génie. Il avait déjà tué un homme avant ça, au Theatre Royal, au cours d'une dispute à propos d'une perruque. Il lui avait planté sa canne dans l'œil.

— Charmant, commentai-je.

— Il avait ce fichu tempérament irlandais, voyez-vous. » Macklin avait été un acteur à succès du temps de sa jeunesse et il s'était retiré en pleine gloire pour tenir une taverne qui avait rapidement fait faillite. Forcé de retourner sur les planches, il était vite redevenu populaire et il faisait presque partie des meubles au Theatre Royal. « Le public l'adorait. Il avait son siège réservé dans la fosse, juste derrière l'orchestre. Anne aimait attirer mon attention sur lui.

— Et il a tué Henry Pyke ?

— Si on en croit les commérages, oui, bien qu'une demi-douzaine de témoins aient prétendu le contraire.

— Ces témoins étaient des amis de Macklin ?

— Et ses admirateurs, précisa Isis.

— Savez-vous où Henry Pyke est enterré ? demandai-je.

— Non, désolée. Ça a fait scandale à l'époque, avant d'être vite oublié. Mais en toute logique, il aurait dû être inhumé à St Paul. »

Elle parlait de St Paul's Church à Covent Garden, bien sûr – l'Église des Acteurs. Tout finissait toujours par revenir à cet endroit, bon sang.

J'entendis un clapotement, et Beverley monta en courant sur l'appontement, comme s'il y avait un escalier caché sous l'eau. Elle était aussi brune, lisse et brillante dans sa nudité qu'une orque, et même un coup de fusil tiré à côté de mon oreille n'aurait pas eu le pouvoir de me faire détourner les yeux. Elle fit demi-tour vers la rivière en sautillant comme une gamine.

« Je t'ai battu », dit-elle.

Oxley sortit de l'eau avec autant de dignité que le pouvait un homme blanc, dévêtu et d'âge moyen.

« La chance du débutant », bougonna-t-il.

Beverley se jeta sur la chaise à côté de la mienne. Ses yeux brillaient et l'eau perlait sur ses bras, sur la peau lisse de ses épaules et les courbes de ses seins. Elle me sourit et je tentai de ne fixer que son visage. Oxley nous rejoignit à pas feutrés et, sans se préoccuper du regard que lui lançait Isis, prit un morceau de cake.

« C'était bien ? demandai-je.

— Tu n'imagines pas les choses qui vivent au fond de cette rivière, Peter.

— Tes cheveux sont mouillés », lui fis-je remarquer.

Beverley toucha ses mèches qui commençaient à frisotter. Je continuai à la contempler lorsqu'elle sembla soudain prendre conscience de sa nudité. « Oh, merde, lâcha-t-elle, et elle se tourna vers Isis, l'air affolé. Désolée.

— Il y a des serviettes dans la salle de bains.

— À plus », lança-t-elle en courant vers la porte de la cuisine.

Oxley rit et fit mine de se servir une autre tranche de cake. Isis lui donna une claque sur la main. « Va t'habiller, le gronda-t-elle. Vieux satyre. » Oxley soupira et rentra dans le pavillon, les yeux d'Isis le suivant avec tendresse.

« Ils sont toujours comme ça après une baignade, commenta-t-elle.

— Vous nagez aussi ?

— Oh, oui, dit Isis, et elle rougit légèrement. Mais je reste une créature des berges. Chez eux, il y a un équilibre entre l'eau et la terre ; plus ils passent de temps parmi nous, plus ils deviennent comme nous.

— Et l'inverse est vrai aussi ?

— Ne soyez pas si pressé de vous jeter à l'eau, dit Isis. C'est une décision qui demande réflexion. »

Beverley garda le silence durant tout le trajet du retour. Je lui demandai si elle voulait que je la dépose quelque part.

« Tu peux me ramener chez moi ? demanda-t-elle. Je pense qu'il faut que je parle à ma mère. »

Je dus donc traverser toute la ville jusqu'à Wapping en compagnie d'une Beverley trop sombre pour ouvrir la bouche, un phénomène perturbant en soi. Quand je m'arrêtai devant chez elle, elle marqua une pause avant de sortir complètement du véhicule, et me dit de faire attention. À quoi ? Elle haussa les épaules et, sans que je puisse l'en empêcher, m'embrassa sur la joue. Je la regardai s'éloigner de la voiture, le bas de son pull épousant sa chute de reins, et pensai : *Putain, qu'est-ce qui vient de se passer ?*

Comprenez-moi bien, Beverley Brook me plaisait, mais je me méfiais un peu – notamment parce qu'elle et sa mère semblaient capables de provoquer une érection chez un mort si l'envie les en prenait. L'avertissement d'Isis – bien réfléchir avant de se jeter à l'eau avec quelqu'un qui n'était pas à cent pour cent humain – n'était que la cerise sur le gâteau.

Je retournai à la Folie au début de l'heure de pointe. Le temps s'était couvert, et la pluie se mit à crépiter sur le pare-brise. Le courant était passé entre Oxley et Beverley, j'en étais presque sûr. Quand je les avais vus debout l'un à côté de l'autre dans la rivière, ils m'avaient paru... à l'aise, je ne trouvais pas de meilleur terme, ou peut-être semblables, comme pouvaient l'être des cousins. Bartholomew, une autorité sur le sujet des *genii locorum* en Angleterre, était catégorique : les « esprits de la nature », comme il les appelait, adoptaient toujours certaines des caractéristiques du lieu qu'ils représentaient. Père et Mère Tamise étaient les esprits d'un même fleuve – si je parvenais à les rapprocher, alors leur véritable nature ferait le reste.

Et si pour cela je devais passer quelques jours à regarder Beverley dans la rivière, c'était un prix que j'étais prêt à payer.

Je décidai d'aller prendre des nouvelles de Lesley ; après avoir remisé la voiture au garage, je traversai donc le parc en direction de la station de métro de Russell Square. J'achetai un bouquet de fleurs à côté de la station et, sans raison apparente, je descendis attraper un train pour une autre destination.

9. L'APPÂT

J'étais sorti du métro à Swiss Cottage, et j'avais déjà parcouru un quart de Fitzjohns Avenue quand je commençai à me demander ce qui m'était passé par la tête. J'avais non seulement abandonné ma bagnole pour les transports en commun, mais j'étais aussi en train de me farcir à pied l'une des collines les plus raides de Londres, alors que j'aurais très bien pu prendre le train jusqu'à Hampstead et descendre cette même colline. C'était un bel après-midi, et le soleil se faufilait à travers les arbres qui bordaient l'avenue. Je tenais un bouquet de roses à la main, une variété d'un violet si profond qu'il en était presque noir. Je ne savais pas pour qui elles étaient.

Comme il faisait assez chaud, je déclipsai ma cravate et la fourrai dans la poche de ma veste. Je ne voulais pas arriver en nage ; je pris donc mon temps et marchai d'un pas tranquille à l'ombre des platanes plantés le long du trottoir. Il y a des jours comme ça, où une chanson vous trotte dans la tête, et on ne peut pas s'empêcher de la fredonner tout haut. Aujourd'hui, c'était un morceau qui me ramenait des années en arrière, « Digging Your Scene », des Blow Monkeys. Par je ne sais quel miracle, je connaissais toutes les paroles, alors que le disque était sorti quand je portais encore des couches. J'en étais au troisième couplet – « I'd like to think that I was just myself again » – en arrivant à destination. La maison était une espèce de pièce montée de style gothique flanquée d'une tour à chaque angle et des fenêtres à guillotine peintes en blanc. Des marches dotées d'un revêtement en marbre menaient à l'imposante porte d'entrée, mais je les ignorai et me dirigeai sur le côté – je savais où j'allais. Je m'assurai que ma veste n'était pas froissée et frottai le bout de mes chaussures sur l'arrière de mes mollets ; satisfait, je poussai le battant et pénétrai à l'intérieur.

Du chèvrefeuille avait été semé le long de la façade latérale de la maison, parfumant agréablement ce corridor qui donnait sur un vaste jardin ensoleillé. La pelouse, impeccablement tondue, était bordée de parterres de fleurs plantés de pétunias, de soucis et de tulipes. Deux énormes pots en terre cuite chargés de fleurs de printemps gardaient les marches descendant vers un patio en contrebas, au cœur duquel s'élevait une fontaine, baignée par la lumière du jour. Même moi, j'étais capable de me rendre compte qu'il ne s'agissait pas d'une pièce achetée dans une jardinerie ou un hypermarché. C'était une vasque pour oiseau en marbre, d'une grande finesse, avec une statue centrale, un nu porteur d'eau ; Renaissance italienne, peut-être – je ne connaissais pas suffisamment l'histoire de l'art pour en être sûr. C'était une sculpture ancienne, qui avait subi les outrages du temps ; le marbre était ébréché par endroits, et la naïade avait bruni là où l'eau s'écoulait depuis la calebasse qu'elle portait sur l'épaule jusqu'à l'aine.

L'eau dégageait une odeur suave, tentatrice, juste ce dont j'avais besoin après ma longue marche vers le haut de la colline. Une belle femme d'âge moyen m'attendait près de la fontaine. Elle avait revêtu une robe bain-de-soleil jaune en coton, un chapeau de paille et chaussé des sandales ouvertes. En approchant, je vis qu'elle avait les yeux de sa mère, noirs et bridés, comme ceux d'un chat, mais qu'elle était plus fine que Beverley, avec un joli nez bien droit et télégénique.

Une potence se dressait jadis près de l'emplacement actuel de Marble Arch. On y pendait les criminels du vieux Londres. La potence avait été baptisée du nom du bourg dont les habitants tiraient de tels profits de ces spectacles macabres qu'ils avaient construit des gradins pour attirer le public. Le village lui-même devait son patronyme à la rivière qui le traversait : la Tyburn. On y avait mis à mort cette pauvre Elizabeth Barton, et Gentleman Jack, malgré ses quatre évasions réussies, et le révérend James Hackman pour le meurtre de la jolie Martha Ray. D'où savais-je tout ça ? Eh bien, après que Beverley avait glissé dans la conversation le nom de sa sœur qui connaissait « des gens importants », j'avais mené ma petite enquête.

« J'ai pensé qu'il était grand temps que vous et moi fassions un brin de causette », déclara Tyburn.

Je lui offris les fleurs qu'elle accepta avec un rire ravi. Elle me fit baisser la tête et m'embrassa sur la joue. Il se dégageait d'elle une odeur de cigares et de sièges de voiture neufs, de chevaux et d'encaustique, de fromage de Stilton, de chocolat belge et, derrière tout ça, le chanvre et la foule et la trappe qui s'ouvre sur le néant.

J'avais – dans la mesure du possible – retrouvé les sources de toutes les rivières oubliées de Londres. Pour certaines, comme la Beverley Brook, la Lea ou la Fleet, ç'avait été facile. Mais pour la Tyburn, le légendaire Shepherd's Well avait été perdu au cours de la folle expansion de Londres sous le règne de

Victoria et à l'ère de la machine à vapeur, à la fin du XIXe siècle. Cette fontaine marquait visiblement la source, mais je soupçonnais fortement la sculpture elle-même d'avoir été chapardée par un fonctionnaire zélé dans les derniers jours de l'Empire britannique.

J'avais soif – j'aurais aimé boire quelque chose.

« De quoi voulez-vous qu'on parle ? demandai-je.

— Pour commencer, j'aimerais savoir quelles sont vos intentions concernant ma sœur.

— Mes intentions ? » répétai-je. J'avais la bouche très sèche. « Tout à fait honorables, je vous assure.

— Vraiment ? » Elle s'accroupit pour récupérer un vase derrière la fontaine. « C'est pour ça que vous l'avez emmenée en visite chez les romanichels ? »

Romanichel n'est pas un mot qu'un jeune policier bien élevé est censé utiliser. « Il ne s'agissait que d'une première approche, rien de plus, tempérai-je. Et Oxley et Isis ne sont pas des romanichels. »

Tyburn fit courir sa main le long du dos de la porteuse d'eau en marbre, et le filet de la calebasse s'épaissit jusqu'à devenir un jet puissant auquel elle remplit le vase. « Quand bien même, dit-elle en déballant les roses, ce ne sont pas des gens que ma sœur devrait fréquenter.

— On ne choisit pas sa famille, fis-je gaiement. Dieu merci, on peut choisir ses amis. »

Tyburn me lança un regard pénétrant et commença à arranger les roses. C'était un vase en fibre de verre laqué, de couleur verte, à fond plat – comme une fiole jaugée – assez quelconque, du genre qu'on trouve pour cinquante pence dans un vide-grenier. « Je n'ai rien contre le Vieil Homme et les siens, mais nous sommes au XXIe siècle, et ici, c'est ma ville ; je ne me suis pas démenée pendant trente ans pour que des “gens du voyage” puissent revenir et prendre ce qui m’appartient.

— Et qu’est-ce qui vous appartient au juste ? »

Elle fit comme si elle n’avait pas entendu ma question et, ayant fini de disposer les roses, plaça le vase sur le patio, tout près d’elle. Quand je les avais achetées, les fleurs étaient les dernières qui restaient et elles commençaient à se faner sur le kiosque. Une fois que Tyburn les eut mises dans un vase, elles semblèrent se requinquer, sentant plus fort, devenant plus pleines et même plus sombres.

« Peter, dit-elle, vous avez vu la façon dont la Folie est organisée – ou devrais-je dire désorganisée. Vous savez qu’elle n’a aucun poids officiel au sein du gouvernement, et que sa relation avec la Police métropolitaine n’est guère plus qu’une question de coutume, d’usage et de tradition. Tout ça ne tient plus que par un peu de salive et de cire à cacheter, et au copinage qui règne au sein des élites. C’est un pot-pourri typiquement britannique, qui a horriblement échoué la seule fois où l’on a fait appel à lui. J’ai accès à des dossiers dont vous ignorez jusqu’à l’existence, Peter. Ettersburg, ça vous dit quelque chose ? C’est en Allemagne – vous devriez en parler à votre mentor.

— Le terme exact est “maître”, rectifiai-je. J’ai prêté serment pour devenir son apprenti. » Ma langue me parut épaisse et sèche, comme si je venais de dormir toute une nuit la bouche ouverte.

« C.Q.F.D., dit-elle. Je sais que ça va à l’encontre du tempérament national, mais ne vous est-il jamais arrivé de souhaiter qu’on gère tout ça avec un peu plus de rigueur, comme des adultes ? Ça ne nous ferait certainement pas de mal que l’administration prenne officiellement les choses en main, non ?

— Un ministère de la Magie ? proposai-je.

— Ha ha, très drôle. »

Je voulais savoir pourquoi elle ne m'avait pas proposé une tasse de thé. Je lui avais apporté des fleurs, me disant que je pouvais au moins espérer une bonne tasse de thé ou une bière en retour, ou même un verre d'eau. Je m'éclaircis la voix, me faisant l'effet d'un asthmatique. Je lançai un regard vers la fontaine et le liquide qui coulait dans la vasque.

« Elle vous plaît ? demanda-t-elle. La vasque est du XVIIe, une imitation plutôt grossière d'un modèle italien. Mais la figure centrale a été déterrée lors de la construction de la station de métro de Swiss Cottage. » Elle posa la main sur le visage de la statue. « Bien que le marbre vienne de Belgique, les archéologues m'ont garanti qu'il avait été sculpté ici. »

J'avais du mal à comprendre pourquoi je rechignais à boire l'eau de la fontaine. Il m'était déjà arrivé de consommer de l'eau auparavant, quand il n'y avait ni bière ni café ni Coca Light. De l'eau en bouteille, parfois au robinet. Gamin, je rentrais en courant à la maison et je ne me donnais même pas la peine de sortir un verre ; j'ouvrais le robinet et je collais ma bouche en dessous. Lorsque ma mère me surprenait, elle me grondait, mais mon père me conseillait simplement de faire bien attention. « Et si un poisson sautait dans ta bouche ? disait-il. Tu l'avalerais avant d'avoir eu le temps de dire ouf. » Papa sortait tout le temps des trucs comme ça, et j'ai attendu d'avoir dix-sept ans pour comprendre que c'était parce qu'il était défoncé en permanence.

« Arrêtez ça », marmonnai-je.

Elle me fit un joli sourire. « Arrêter quoi ? »

J'aime bien me prendre une cuite de temps à autre, mais il y a toujours un moment dans la soirée où je m'observe, et je me vois en train de me cogner un peu partout et je me dis : « J'en ai ma claque, je peux reprendre le contrôle de mon cerveau, maintenant ? S'il vous plaît ? » Je me sentais tout aussi irrité par ma brusque envie de livrer des fleurs à Hampstead et de boire de l'eau à des fontaines bizarres. J'essayai de faire un pas en arrière, sans parvenir à esquisser plus qu'un mouvement.

Le sourire de Tyburn disparut. « Pourquoi ne pas étancher votre soif ? » demanda-t-elle, désignant la fontaine du menton.

Elle était allée trop loin, et elle en avait conscience – et elle savait que je savais qu'elle le savait. L'influence à laquelle elle m'avait soumis avait probablement été trop subtile pour permettre une suggestion aussi évidente. Et puis cette histoire de poisson m'avait toujours turlupiné.

« Bonne idée, répliquai-je. Je connais un pub au bas de la rue. Allons-y.

— Espèce de vieux renard », dit-elle, mais elle ne semblait pas s'adresser à moi. Elle se pencha plus près et me regarda droit dans les yeux. « Je sais que vous avez soif. Buvez l'eau. »

Je me sentis entraîné vers la fontaine. C'était involontaire, comme quand on a la jambe qui se contracte ou le hoquet, sauf que là, c'était mon corps tout entier qui bougeait de sa propre initiative – j'étais terrifié. Je compris alors que le Vieil Homme et Mama Tamise n'avaient même pas essayé de me contrôler ; s'ils l'avaient voulu, ils auraient pu me faire faire la roue autour de la pièce. Leur pouvoir avait nécessairement une limite, sinon qu'est-ce qui empêchait Mama Tamise ou le Vieil Homme de marcher sur le 10, Downing Street et d'imposer leurs conditions ? Si ça devait arriver, je pense que les gens s'en rendraient compte – la Tamise serait plus propre, pour commencer.

Nightingale. C'était forcément lui. Le contrepoids humain, face au surnaturel – et ça signifiait qu'ils n'avaient pas prise sur lui. La seule différence entre Nightingale et un type ordinaire était sa magie, c'était donc elle qui devait fournir une défense. Ça demandait un effort d'imagination, et j'avais un peu de mal à me concentrer avec l'incarnation d'une des rivières historiques de Londres en train d'essayer de m'écraser mentalement.

Pour gagner du temps, je tentai de me jeter en arrière. Sans donner le résultat escompté, cela eut au moins le mérite de ralentir ma progression vers la fontaine. Nightingale ne m'avait pas encore appris comment faire obstacle à la magie, alors je focalisai mon attention sur *Impello*, faute de mieux. J'alignai la *forma* en pensée avec une facilité qui me surprit moi-même, et je me laissai un peu emporter – plus tard, j'avançai l'hypothèse que ce que Tyburn était en train de me faire subir avait déclenché une réaction de la partie instinctive de mon cerveau, pas des fonctions « supérieures ».

« *Impello* », articulai-je, dans un effort pour soulever la statue de son piédestal.

Tyburn arqua les sourcils en entendant le marbre qui se lézardait. Elle fit volte-face et quand ses yeux quittèrent les miens, je reculai en titubant, soudain libre. Je perdis le contrôle de la forme dans mon esprit et la tête de la statue se désintégra dans une pluie d'éclats. Je sentis un impact à l'épaule et une coupure au visage, et un bloc de pierre de la taille d'un petit chien s'écrasa à mes pieds.

Je vis que la vasque s'était fendillée, elle aussi, et de l'eau se répandait sur le patio, telle une tache de sang. Tyburn se retourna vers moi. Elle avait une égratignure sur le front et sa robe bain-de-soleil était déchirée juste au-dessus de la hanche.

Elle était devenue très calme, ce qui n'était pas bon signe. J'avais déjà rencontré cette expression, chez ma mère, et sur le visage d'une fille dont le frère venait d'être renversé par un chauffard ivre. Parce que les médias leur ont bourré le crâne, les gens se trimbalent toutes sortes de clichés sur les femmes noires : soit elles sont impertinentes et exubérantes, parlent fort et secouent beaucoup la tête ; soit elles font preuve de dignité dans l'adversité, persévérant envers et contre tout. Mais si jamais vous voyez une femme noire se statufier comme Tyburn l'avait fait à l'instant, les yeux brillants, les lèvres serrées et la face aussi immobile qu'un masque mortuaire, vous savez que vous vous êtes fait une ennemie pour la vie : ne passez pas par la case départ, ne touchez pas deux cents livres.

Je vous déconseille de traîner dans les parages et d'essayer d'en discuter – ça finira mal, faites-moi confiance. Écoutant mon propre avertissement, je battis en retraite. Les prunelles noires de Tyburn me suivirent, et dès que je fus à l'abri du flanc de la maison, je me retournai et accélérai l'allure. Je ne descendis pas la colline en courant, mais marchai d'un bon pas. Je tombai sur un publiphone avant d'arriver en bas, une aubaine puisque la batterie de mon mobile était restée dans l'appareil au moment où j'avais démoli la statue. Je joignis l'opérateur et transmis mon code personnel afin de transférer mon appel sur le téléphone de Lesley. Elle voulut savoir où j'étais passé, parce que, apparemment, en mon absence, les choses avaient mal tourné.

« On a sauvé l'aveugle, dit-elle, et pas grâce à toi. » Elle refusa de me donner des détails et m'informa que « mon chef » requérait ASAP. Je lui demandai où je devais retrouver Nightingale et elle m'indiqua la morgue de Westminster ; ça me mit en rogne, parce qu'on avait peut-être sauvé l'aveugle, mais un pauvre bougre s'était de nouveau fait exploser le visage. Je lui dis que j'arrivais dès que possible.

Le véhicule d'intervention rapide de l'arrondissement me déposa à la station de métro de Swiss Cottage et je montai dans un train de la Jubilee Line pour rentrer en ville. Je doutais que Lady Ty ait les effectifs suffisants pour surveiller toutes les stations, et l'un des rares avantages d'avoir bousillé mon téléphone était qu'il ne pouvait plus servir à me repérer – idem pour tous les mouchards qu'elle aurait pu dissimuler sur moi. Je ne suis pas parano, vous savez. On trouve facilement ce genre de trucs sur Internet.

C'était presque la pleine heure de pointe, et mon wagon était rempli de gens ayant déjà accepté la réduction de leur espace personnel, mais pas encore serrés comme des sardines. Je remarquai qu'un des passagers me dévisageait, alors que je prenais position au fond, le dos contre la porte de communication. J'envoyais des signaux contradictoires ; d'un côté, le costume et l'expression rassurante de mon visage ; de l'autre, le fait que, visiblement, je m'étais battu récemment et que j'étais métis. Les Londoniens ne s'ignorent pas dans le métro : c'est un mythe. Nous sommes extrêmement conscients les uns des autres et révisons constamment nos hypothèses et nos contre-stratégies. Et si ce beau jeune homme affable, mais à l'origine ethnique incertaine, me demande de l'argent ? Je lui en donne ou je refuse ? S'il raconte une blague, dois-je réagir, et comment ? Par un sourire timide ou en m'esclaffant ? Et s'il a été blessé dans une bagarre et qu'il ait besoin d'aide ? Si je lui porte secours, est-ce que je ne risque pas de me trouver entraîné dans une situation dangereuse, ou une aventure, ou encore une folle passion interraciale ? Vais-je arriver en retard pour dîner ? Et s'il ouvre sa veste en criant « Dieu est grand », vais-je pouvoir atteindre l'autre extrémité du wagon avant qu'il ne soit trop tard ?

On fait tous ça, ou presque : on imagine des stratégies sans friction, afin d'encourager la paix sur terre, dans notre rame – et, mon Dieu, si vous m'écoutez, je vous en supplie, au moins jusqu'à ce que je sois rentré chez moi. Les plus de soixante ans appellent ça la politesse, et c'est censé nous empêcher de nous entretuer. Pareil pour les *vestigia* : sans être en permanence conscients de leur présence, on fonde instinctivement sa conduite en réaction à l'accumulation de magie autour de soi. C'était ça qui permettait aux fantômes d'être toujours là, compris-je ; ils carburaient aux *vestigia*, comme des LED sur une pile longue durée, s'éteignant parfois pour économiser l'énergie. Je me rappelai la maison des vampires à Purley, une zone morte. Selon Nightingale, les vampires étaient des individus ordinaires, qui, une fois « infectés » – sans qu'on sache comment ou pourquoi –, commençaient à absorber le potentiel magique, y compris les *vestigia*, de leur environnement.

« Mais cela ne suffit pas à maintenir en vie un être organique, avait expliqué Nightingale. Il leur faut toujours plus de magie, alors ils chassent. » Selon Isaac Newton, les êtres humains représentaient la meilleure source de magie ; mais on ne peut pas voler sa magie à une personne, ou à toute forme de vie plus complexe que des myxomycètes, sauf au moment de l'agonie – et même dans ce cas, ce n'est pas une tâche facile. J'avais posé la question qui s'imposait – pourquoi les vampires buvaient-ils du sang ? Personne ne le savait. J'avais demandé pourquoi on n'avait jamais mené d'expérience là-dessus, et il m'avait lancé un regard étrange.

« Il y a eu des expériences, avait-il dit après une longue pause. Pendant la guerre. Mais on a considéré que les résultats étaient contraires à l'éthique et les dossiers ont été archivés et scellés.

— On a voulu utiliser des vampires pendant la guerre ? m'étais-je étonné, et j'avais été surpris par l'expression sincère de peine et de colère sur son visage.

— Non », avait-il répondu d'un ton sec. Puis, avec plus de modération : « Pas nous – les Allemands. »

Parfois quand on vous conseille de laisser tomber, il vaut mieux écouter.

Les *genii locorum* comme Beverley, Oxley et le reste de la famille dysfonctionnelle des Tamise étaient également, à un certain niveau, des êtres animés, et ils tiraient leur pouvoir de leur environnement. Bartholomew et Polidori avaient tous deux suggéré qu'ils trouvaient leurs moyens de subsistance *dans la vie et la magie, diverses et innombrables, à l'intérieur de leur domaine*. J'étais sceptique, mais prêt à accepter qu'ils vivaient en symbiose avec leurs « domaines », tandis que les vampires étaient clairement des parasites. Et si la même distinction opérait parmi les spectres ? Si Nicholas Wallpenny faisait, d'une certaine façon, partie intégrante des *vestigia* qu'il habitait et dont il tirait son énergie – un symbiote, en quelque sorte – alors le revenant pouvait être un parasite, un fantôme vampire. Ce qui expliquerait le chou-fleur ratatiné qu'il laissait derrière lui, en guise de cerveau, chez ses victimes – elles avaient été vidées de leur magie.

Autrement dit, mon invocation du fantôme de Henry Pyke avec les calculettes n'avait fait qu'alimenter son appétit pour la magie. Mais je me demandai également s'il n'y avait pas moyen d'attirer un revenant en l'appâtant avec de la magie, comme avec la palangre qu'on utilise pour la pêche au requin. J'étais déjà en train d'échafauder un plan.

Le métro est un bon endroit pour avoir ce genre de révélation conceptuelle, parce que à moins d'avoir de la lecture, il n'y a vraiment rien d'autre à foutre.

Cette fois, quand j'arrivai à la morgue de Westminster, on ne me réclama même pas ma carte de police. À l'entrée, les gardes me firent simplement signe de passer. Nightingale m'attendait au vestiaire. Pendant que j'enfilais ma combinaison, je lui fis un bref compte rendu de ma rencontre avec Tyburn.

« Les enfants causent toujours des problèmes, commenta Nightingale. Ils sont incapables de se satisfaire du statu quo.

— Comment avez-vous fait pour sauver l'aveugle ? demandai-je.

— Apparemment, ils ne sont pas aveugles. Ils sont malvoyants, en fait, comme me l'a longuement expliqué une jeune femme très énergique, pendant que nous patientions à l'hôpital.

— Alors, comment avez-vous sauvé la vie de ce malvoyant ?

— J'aimerais pouvoir m'en attribuer le mérite, mais c'est son chien qui a tout fait. Dès que la séquestration a commencé…

— La séquestration ? »

Le Dr Walid avait choisi ce mot pour décrire le phénomène de prise de contrôle d'un être humain normal par notre revenant. C'est un terme juridique qui s'applique à la confiscation des biens d'une personne afin de payer ses dettes ou parce que l'on considère qu'il s'agit du produit d'un crime. Dans ce cas, la propriété mise sous séquestre était le corps de la victime.

« Dès que la séquestration a commencé, reprit Nightingale, le chien – Malcolm, je crois – est devenu comme fou et a traîné de force la victime potentielle, la mettant hors de danger. Les hommes de l'inspecteur Seawoll quadrillaient le secteur, gardant un œil sur les collectes de charité en cours, et l'un d'eux est intervenu avant que notre pauvre Punch séquestré puisse se lancer à la poursuite de notre aveugle.

— Des informations bien exploitées et un nouveau triomphe pour la police.

— Absolument, approuva Nightingale. Votre amie l'agent May est arrivée la première sur les lieux.

— Lesley ? Je parie qu'elle n'a pas apprécié.

— Pour reprendre ses propres termes : "Pourquoi est-ce que cette merde me tombe toujours dessus ?"

— On sait qui était la victime de la séquestration de son vivant ?

— Qui a dit qu'il était mort ? » demanda Nightingale.

Il me guida au bout du couloir, où une chambre avait été aménagée en unité de soins intensifs mobile, ce que je trouvais un rien inquiétant dans une morgue. Lesley était affalée sur une chaise dans un angle de la pièce. Elle leva la main pour nous saluer. Le lit était entouré, de part et d'autre, de machines qui soufflaient, bipaient ou se contentaient de clignoter en silence. L'homme qui y était étendu se nommait Terrence Pottsley, vingt-sept ans, habitant Sedgefield, comté de Durham, employé par Tesco au poste de gestionnaire des stocks – la famille n'avait pas encore été prévenue. Une forêt d'inox lui poussait sur le visage – on appelle ça un échafaudage médical. Le Dr Walid espérait que ça faciliterait la chirurgie réparatrice une fois le problème de séquestration réglé.

« Et dire que j'ai râlé quand on m'a posé mon appareil dentaire, lança Lesley.

— Il est conscient ? demandai-je.

— Il est maintenu dans ce qu'on appelle un "coma artificiel", dit Nightingale. Oxley a-t-il pu vous éclairer sur la nature de notre problème ?

— Non, mais Isis s'est souvenue de Henry Pyke, un acteur raté qui aurait été assassiné par Charles Macklin – un autre acteur, beaucoup plus populaire, et un dangereux récidiviste. » Je leur racontai la conclusion tragique de la malheureuse altercation autour de la perruque, et la façon dont Macklin, beau parleur, avait su éviter deux condamnations pour meurtre, malgré des preuves accablantes.

— Ça expliquerait le ressentiment, commenta Nightingale.

— Que Macklin soit passé à travers les mailles du filet une fois, par accident, je veux bien. Mais deux, ça me paraît foutrement improbable. Et injuste.

— Macklin a vécu jusqu'à un âge avancé. Il était une des figures de la vie de Covent Garden. J'étais au courant pour le premier meurtre, mais je n'avais jamais entendu parler de Henry Pyke.

— On ne pourrait pas avoir cette discussion ailleurs ? proposa Lesley. Ce gars me rend nerveuse. »

Comme nous étions – presque – tous des flics, ça voulait dire un pub ou la cafétéria – la cafétéria était plus près. J'attendis que le Dr Walid se soit joint à nous avant d'exposer les grandes lignes de ma stratégie.

« J'ai une idée, commençai-je.

— Tant que ce n'est pas un plan subtil[1] », ironisa Lesley.

---

1. Allusion à la populaire série télévisée britannique *Blackadder*, dans laquelle le personnage de Baldrick, souffre-douleur du personnage principal joué par Rowan Atkinson, est devenu célèbre pour ses « plans subtils » (« *cunning plans* »), tous plus catastrophiques les uns que les autres.

Nightingale n'avait visiblement pas saisi l'allusion, mais le Dr Walid laissa échapper un petit rire.

« En fait, c'est un plan tout ce qu'il y a de subtil », répondis-je.

Mon supérieur avait sur lui une version papier du texte de Piccini. Je le dépliai sur la table et attirai l'attention de tous sur la scène qui suivait celle où M. Punch se débarrasse du mendiant aveugle. Un policier arrive pour procéder à l'arrestation de Punch, pour le meurtre de sa femme et de son bébé.

« Je serai le policier dans cette scène.

— Vous vous portez volontaire pour prendre des coups de bâton sur la tête ? demanda le Dr Walid.

— Si vous lisez le texte, vous constaterez que le policier survit à leur rencontre, rappelai-je. Tout comme son collègue qui le rejoint immédiatement après.

— Je suppose que ce rôle me revient, intervint Nightingale.

— Tant que ça ne tombe pas sur moi, dit Lesley.

— Je ne suis pas convaincu, reprit mon supérieur, ignorant l'interruption. Henry Pyke n'a aucune raison de manigancer une rencontre avec nous, même si nous suivons scrupuleusement sa petite pièce. »

Le Dr Walid pointa du doigt un passage et lut : « *Punch demande : "Et qui vous a appelé ?", et le policier lui répond : "Je n'ai pas besoin qu'on m'appelle." Punch n'a pas le choix ; il est rattrapé par son destin. "Je n'ai pas besoin de la police", dit-il.* »

— Je pense que vous vous trompez, dit Lesley. Vous envisagez notre Punch comme une sorte de tueur en série surnaturel condamné à répéter les scènes d'un spectacle de marionnettes. Et s'il était tout autre chose ?

— Quoi, par exemple ?

— La manifestation d'une tendance sociale, du crime et du chaos, une sorte de super-caillera. L'esprit de sédition et de rébellion de la populace de Londres. »

Nous la regardâmes tous avec stupéfaction.

« Tu n'es pas le seul à avoir fait des études, tu sais, se défendit-elle.

— Tu as un autre plan ? demandai-je.

— Non. Je te dis juste de faire attention. Ce n'est pas parce que tu penses savoir ce que tu fais que tu sais réellement ce que tu fais.

— Je suis content qu'on ait clarifié ce point, dis-je.

— Il n'y a pas de quoi. Et même si tu parviens à retrouver Henry, qu'est-ce que tu comptes faire ? »

C'était une bonne question – je me tournai vers Nightingale.

« Je peux suivre son esprit à la trace, dit ce dernier. Si je m'en approche suffisamment, je peux même remonter à ses ossements.

— Et ensuite ?

— On les déterre et on les pulvérise, on mélange la poussière à du sel gemme et on les disperse en mer.

— Et ça va marcher ? insista-t-elle.

— C'est une méthode qui a fait ses preuves, confirma le Dr Walid.

— Il vous faudra un mandat, objecta Lesley.

— Pas pour un fantôme », dis-je.

Lesley sourit et poussa le texte vers moi. Elle tapota la page à l'aide de sa cuillère et je lus la ligne : « *Le policier : "Je ne veux rien entendre. Vous avez commis un meurtre et j'ai un mandat d'arrêt contre vous."* »

— Si tu veux jouer ce rôle, il te faudra tous les accessoires.

— Un mandat d'arrêt contre un fantôme…

— Ça ne devrait pas poser de problème, dit Nightingale. Mais ça signifie que nous ne pourrons pas passer à l'action avant tard cette nuit.

— Vous êtes sérieux ? » demanda Lesley. Elle me considéra avec inquiétude. Je m'efforçai de faire bonne figure, même si l'insouciance que je voulais afficher ressemblait probablement plus à un optimisme dénué de tout fondement.

« Je crois, agent May, que c'est notre seule option, avança Nightingale. Vous voudrez bien en informer l'inspecteur Seawoll et lui demander de se tenir prêt à Covent Garden à vingt-trois heures.

— Ce n'est pas un peu tard ? m'enquis-je. Pyke risque de ne pas attendre si longtemps.

— Nous n'obtiendrons pas notre mandat avant vingt-trois heures, au plus tôt, dit Nightingale.

— Et si ça ne marche pas ?

— Alors ce sera au tour de Lesley de nous proposer un plan », conclut mon supérieur.

De retour à la Folie, Nightingale s'enferma dans la bibliothèque magique, vraisemblablement pour potasser ses sorts de pistage de revenant. De mon côté, je montai dans ma chambre et sortis mon uniforme du placard. Je dus fouiller un peu pour trouver mon casque, mais je finis par mettre la main dessus, sous le lit, avec le sifflet argenté à l'intérieur – ce dernier faisant encore partie, comble du ridicule, de la tenue du policier moderne. Comme mon téléphone n'avait pas survécu à mon entrevue avec Tyburn, je récupérai mon Airwave dans mon bureau et y insérai la batterie. Alors que je le glissais dans le sac fourre-tout avec ma veste d'uniforme, je pris conscience que cette pièce avait toujours l'apparence d'une chambre d'ami, un endroit où je logeais en attendant mieux.

Je passai mon sac par-dessus mon épaule et, me tournant vers la porte, vis Molly qui m'observait depuis le seuil. Elle pencha la tête sur le côté.

« Je ne sais pas, dis-je. Mais on dînera en ville. »

Elle fronça les sourcils.

« C'est moi qui serai en première ligne, assurai-je, mais elle ne parut guère impressionnée. Il ne lui arrivera rien. »

Elle me lança un regard sceptique avant de s'éloigner en silence. Quand je sortis de ma chambre, elle avait disparu. Je descendis et attendis Nightingale dans la salle de lecture. Il émergea une heure plus tard, vêtu de son « costume de travail » et tenant sa canne à la main. Il me demanda si j'étais prêt, je répondis par l'affirmative.

Plutôt que de prendre la Jag, nous flânâmes le long du British Museum pour profiter de la douceur de la soirée, avant de couper par Museum Street et de déboucher sur Drury Lane. Même à cette allure d'escargot, nous avions encore plusieurs heures devant nous, aussi décidâmes-nous de manger près du Theatre Royal, dans un établissement au nom prometteur, la *Maison du Bengale*.

Alors que je parcourais le menu dans lequel je notai avec bonheur l'absence de pommes de terre, de pâtisserie à croûte épaisse, de graisse de rognon de bœuf et de sauce au jus de viande, je compris pourquoi Nightingale aimait tant aller au restaurant.

Il choisit l'agneau au citron sauvage et moi un poulet Madras suffisamment épicé pour faire larmoyer les yeux de mon vis-à-vis. C'était encore un peu trop doux pour moi. La cuisine indienne ne fait pas peur du tout à un garçon élevé à la volaille aux arachides et au riz jollof. Si ça ne met pas le feu à la nappe, la cuisinière a chipoté sur le poivre ; telle est la devise de la gastronomie d'Afrique de l'Ouest. Je plaisante, je viens de l'inventer. Du point de vue de ma mère, il était tout bonnement inconcevable qu'on puisse vouloir manger quelque chose qui ne brûlait pas l'intérieur de la bouche.

Nightingale me demanda où en étaient mes démarches diplomatiques. « En laissant de côté votre petit contretemps avec Tyburn. »

Je lui parlai de la visite chez Oxley et de la réaction de Beverley. Je passai sous silence l'attrait qu'avait également exercé la rivière sur moi. D'après moi, ça s'était bien déroulé, et cette rencontre avait eu le mérite d'ouvrir des relations entre les deux camps. « C'est un début, conclus-je.

— Résolution des conflits. C'est bien ce qu'on vous enseigne à Hendon, maintenant ?

— Oui, monsieur. Mais ne vous inquiétez pas, on continue à apprendre comment frapper un suspect avec un annuaire téléphonique, et les dix meilleures façons de dissimuler des preuves sur lui pour l'incriminer.

— C'est bon de savoir que les anciennes techniques ne se perdent pas. »

Je bus une gorgée de bière. « Tyburn ne pense pas beaucoup de bien des anciennes techniques, fis-je observer.

— Peter, soupira-t-il. Parmi tous les enfants de Mère Tamise, il a fallu que vous cherchiez querelle à Lady Ty. » Il agita sa fourchette. « C'est précisément pour cette raison qu'on évite de faire usage de la magie avant de la maîtriser complètement.

— Qu'est-ce que j'étais censé faire ?

— Vous auriez pu vous en sortir par le dialogue, dit-il. Pour qui prenez-vous Lady Ty – un gangster ? Vous pensiez qu'elle allait vous "faire tomber les molaires" ? Elle vous a poussé pour voir jusqu'où vous iriez, et vous vous êtes laissé emporter. »

Nous mangeâmes en silence pendant un moment. Il avait raison – j'avais paniqué.

« C'est "plomber les molaires", rectifiai-je. Pas "faire tomber" – plomber.

— Ah.

— Toute cette histoire avec Lady Ty ne semble pas beaucoup vous inquiéter, monsieur. »

Nightingale avala une bouchée d'agneau et déclara : « Peter, nous sommes sur le point de nous offrir en appât à un puissant revenant qui a tué plus de dix personnes à ce jour – à notre connaissance. » Il attaqua son riz. « Je commencerai à me faire du souci à propos de Lady Ty une fois que nous aurons survécu à ça.

— Si j'ai bonne mémoire, l'appât c'est moi – le "policier" dans ce scénario. C'est moi qui risque ma peau sur ce coup-là, monsieur. Est-ce que, de votre côté, vous êtes certain de pouvoir le pister ?

— Rien n'est jamais certain, Peter. Mais je ferai de mon mieux.

— Et si on ne parvient pas à le suivre jusqu'à sa tombe ? revins-je à la charge. On a une solution de repli ?

— Molly peut faire de l'hémomancie, dit Nightingale. C'est très impressionnant. »

Je fis appel à mes maigres connaissances en grec. « Technique de divination par le sang ? »

Nightingale mâcha d'un air pensif et déglutit. « Le terme est peut-être mal choisi, convint-il. Molly est capable d'augmenter la portée de votre perception des *vestigia*.

— Jusqu'à quelle distance ?

— Deux à trois kilomètres. Je ne l'ai fait qu'une fois, alors c'est difficile à dire.

— Comment c'était ?

— Comme d'évoluer dans un monde rempli de fantômes. D'ailleurs, c'est même peut-être ça, *le* monde des fantômes. Il devrait être possible de retrouver Henry Pyke de cette façon.

— Pourquoi ne pas avoir commencé par là ? demandai-je.

— Parce que vous n'avez qu'une chance sur cinq de survivre à l'expérience.

— D'accord. Mieux vaut continuer comme prévu alors. »

Si ma profession – policier, pas sorcier – était née quelque part à Londres, c'était à Bow Street, avec Henry Fielding, magistrat, écrivain satirique et fondateur de la première force de police officielle de Londres, plus tard connue sous le nom de Bow Street Runners. Sa maison était située juste à côté du Royal Opera House, quand il n'était encore que le Theatre Royal et que Macklin bouclait ses fins de mois difficiles de tavernier sur les planches. J'avais appris tout cela dans un téléfilm consacré à Fielding sur Channel 4 – avec, dans le rôle principal, le gars qui avait joué l'Empereur dans les *Star Wars*. À la mort de Henry Fielding, son frère cadet aveugle l'avait remplacé à son poste de magistrat et avait renforcé les Bow Street Runners, mais apparemment pas assez pour empêcher Macklin de battre à mort Henry Pyke pratiquement sur le pas de leur porte. Pas étonnant que Henry l'ait mauvaise. J'aurais réagi de la même façon.

Le premier commissariat de Londres y a été installé, avant de déménager de l'autre côté de la rue au XIXe siècle pour devenir le tribunal d'instance de Bow Street – probablement le plus célèbre de Grande-Bretagne après l'Old Bailey. Oscar Wilde y a comparu pour trouble à l'ordre public, et William

Joyce, Lord Haw Haw en personne, y a entamé le court trajet qui devait le mener à la corde. Les frères Kray y ont été déférés pour le meurtre de Jack « The Hat » McVitie. Un magnat de l'immobilier a acquis le bâtiment en 2006 pour en faire un hôtel – à Londres, l'histoire et la tradition ont leur importance, mais la douceur du chant des sirènes de l'argent est irrésistible.

L'édifice d'origine avait été remplacé par un marché aux fleurs, surmonté par un dôme de verre et de fer forgé. Eliza Doolittle – le personnage joué par Audrey Hepburn dans *My Fair Lady* – aurait pu acheter ses violettes ici, avant d'exhiber son terrible accent cockney à la face du monde. Quand le Royal Opera House a été reconstruit dans les années 1990, il a englouti la majeure partie du pâté de maisons, y compris le marché aux fleurs. Raison pour laquelle nous attendions devant l'entrée des artistes de l'opéra où, apparemment, Nightingale connaissait quelqu'un susceptible de nous y faire pénétrer.

C'était davantage un passage taillé pour les poids lourds que pour les artistes. J'avais déjà vu des entrepôts avec des aires de transbordement plus petites, et il y avait un monte-charge assez grand pour transporter d'énormes palettes d'éléments de décor. Terry, un homme menu à la calvitie naissante et vêtu d'un gilet beige – le contact de Nightingale –, déclara qu'elles pouvaient peser plus de quinze tonnes, et qu'elles étaient stockées au pays de Galles quand elles n'étaient pas utilisées – il ne précisa pas pourquoi ça devait être au pays de Galles.

« Nous sommes venus voir le Magistrat », l'instruisit Nightingale.

Terry hocha la tête d'un air grave et nous guida à travers un dédale de couloirs étroits peints en blanc et de portes coupe-feu conformes aux normes hygiène-sécurité-environnement qui me rappela désagréablement la morgue de Westminster. Notre périple se termina dans une réserve basse de plafond ; Nightingale nous assura que nous étions au rez-de-chaussée du marché aux fleurs.

« Précisément à l'endroit où se trouvait le petit salon du numéro quatre, dit-il, et il se tourna vers notre guide. Vous pouvez nous laisser, Terry. Je connais le chemin. »

Terry nous salua d'un geste de la main plein d'entrain et prit congé. La pièce était tapissée d'horribles rayonnages en acier et en isorel, remplis de cartons et de sacs de livraison contenant des serviettes, des piques à apéritif et une dizaine de plateaux. Le milieu de la réserve était vide ; seules quelques marques d'usure indiquaient l'ancien emplacement d'une rangée d'étagères. J'essayai de sentir des *vestigia*, mais je ne perçus d'abord que poussière et plastique déchiré. Puis vint quelque chose d'autre, à la limite de ma conscience ; parchemin, sueur rance, cuir et porto renversé.

« Un magistrat fantôme… Pour nous fournir un mandat fantôme ?

— Les symboles ont du pouvoir sur les spectres, répondit Nightingale. Ils peuvent avoir plus d'effet que toute pression exercée depuis le monde physique.

— Pourquoi ?

— Pour être honnête, Peter, je me rappelle avoir étudié ça et je sais que j'ai lu quelque chose à ce sujet chez Bartholomew – j'ai peut-être même rédigé une dissertation, mais j'avoue ne plus me souvenir du pourquoi.

— Et comment comptez-vous m'apprendre tout ça si vous ne le savez pas vous-même ? »

Nightingale tapota doucement sa canne contre sa poitrine. « J'avais l'intention de me rafraîchir la mémoire avant d'aborder cette partie de votre instruction, dit-il. Je connais au moins deux de mes maîtres qui en ont fait autant, et à l'époque, nous avions des professeurs spécialisés par matière. »

Je pris soudain conscience que mon maître attendait de moi des paroles rassurantes, ce que je trouvai pour le moins inquiétant. « Faites en sorte de toujours garder une longueur d'avance sur moi. Maintenant, comment trouve-t-on le Magistrat ? »

Nightingale sourit. « Il suffit d'attirer son attention. » Il se tourna vers le milieu de la pièce. « Le capitaine Nightingale demande à voir le colonel. »

L'odeur de sueur rance et d'alcool renversé devint plus forte, et une silhouette apparut devant nous. Ce fantôme semblait plus transparent que mon vieil ami Wallpenny, plus maigre et plus spectral, mais ses pupilles brillaient quand elles se posèrent sur nous. Comme Sir John Fielding avait porté un bandeau noir pour cacher ses yeux aveugles, et que Nightingale l'avait appelé « colonel », je devinai que nous avions affaire au colonel Sir Thomas de Veil – un homme tellement corrompu qu'il était parvenu à choquer la société londonienne du XVIIIe siècle, généralement considérée par les spécialistes comme étant la plus décadente dans l'histoire des îles Britanniques.

« Que voulez-vous, capitaine ? » demanda de Veil. Sa voix était grêle et distante, et je sentais plus que je ne voyais les contours un peu flous du mobilier qui l'entourait : un bureau, une chaise, une bibliothèque. La légende voulait que de Veil menât les interrogatoires des témoins et des suspects de sexe féminin dans un cabinet de travail privé.

« J'ai besoin d'un mandat d'arrêt, affirma Nightingale.

— Aux conditions habituelles ?

— Cela va de soi. » Nightingale tira un rouleau de papier épais de la poche de sa veste. Le fantôme tendit une main transparente et le cueillit entre les doigts de Nightingale. Malgré la désinvolture de son geste, j'étais persuadé que déplacer un objet physique exigeait un effort important de la part du spectre. Les lois de la thermodynamique étaient claires sur le sujet : tout se paie.

« Et quel scélérat souhaitez-vous appréhender ? s'enquit de Veil, posant le papier sur le bureau transparent.

— Henry Pyke, Votre Honneur. Qui se fait également appeler Punch, ou Punchinello. »

Les yeux de De Veil étincelèrent et ses lèvres se contractèrent. « Vous arrêtez des marionnettes à présent, capitaine ?

— Nous nous intéressons plutôt au marionnettiste, monsieur, rectifia Nightingale.

— Quel est le chef d'accusation ?

— Meurtre de sa femme et de son enfant. »

De Veil inclina la tête sur le côté. « Était-elle une mégère ? demanda-t-il.

— Pardon, monsieur ?

— Allons donc, capitaine. Aucun homme ne bat son épouse sans provocation – était-elle une mégère ? »

Nightingale hésita.

« Une horrible mégère, intervins-je. Je demande bien pardon à monsieur le juge. Mais le bébé était innocent.

— La langue d'une femme peut conduire un homme à des actes terribles, dit De Veil. Je peux en témoigner. » Il me fit un clin d'œil – voilà une image que je n'étais pas près d'oublier. « Néanmoins, l'enfant était innocent et pour cela, il doit être arrêté et traduit devant ses pairs. » Une plume apparut entre les doigts spectraux de De Veil et il signa théâtralement le mandat. « Je suppose que vous n'avez pas oublié nos conditions, rappela de Veil.

— Le policier qui m'accompagne se chargera des formalités », lui assura Nightingale.

Première nouvelle. Je regardai Nightingale qui mima le geste *lux* avec sa main droite. Je hochai la tête pour indiquer que j'avais compris.

De Veil souffla avec ostentation sur l'encre pour la faire sécher, avant de rouler le document et de le rendre à Nightingale.

« Merci, monsieur, dit-il, puis se tournant vers moi : Dès que vous serez prêt, agent Grant. »

Je créai une lumiforme et l'envoyai flotter en direction du fantôme qui la prit avec douceur dans sa main droite. Bien que je maintienne toujours le sort, l'intensité baissa alors que de Veil absorbait la magie. Je continuai pendant une minute avant que Nightingale me fasse signe d'arrêter. Le spectre soupira quand la lumière se tarit et me remercia d'un hochement de la tête. « Si peu », se lamenta-t-il, et il disparut.

Nightingale me tendit le rouleau de papier. « À présent, vous voilà muni d'un mandat d'arrêt officiel », dit-il. Je déroulai le document et, comme je m'y attendais, la feuille était vierge. « Allons arrêter Henry Pyke », reprit Nightingale.

Une fois sorti de la réserve, je remis la batterie dans l'Airwave et appelai Lesley. « Ne t'en fais pas pour nous, dit-elle. Ça ne nous dérange vraiment pas de patienter pendant que vous vous décarcassez… » Derrière elle, j'entendais des voix, le bruit des verres et le dernier single de Dusty Small. Je ne ressentais aucune solidarité pour elle ; elle était au pub. Je suggérai qu'il était grand temps qu'elle et le reste des renforts se mettent en position.

Le travail de la police est avant tout une question de méthodes, de procédures et de planification – même quand on traque une entité surnaturelle. Il nous fallut moins de quinze minutes pour finaliser les détails de l'opération, car il ne s'agissait, du point de vue procédural, que d'une interpellation classique. Identifier la prochaine victime de Henry Pyke, ça c'était mon boulot. Une fois cela fait, Nightingale exécuterait son tour de magie et suivrait l'esprit de Henry jusqu'à sa tombe. Les hommes de Seawoll seraient chargés d'isoler le secteur au cas où les choses se compliqueraient, tandis que le Dr Walid et une équipe de traumatologie mobile se tiendraient prêts à porter assistance au pauvre bougre qui aurait la malchance de voir son visage commencer à s'affaisser. De son côté, l'inspecteur Stephanopoulos attendrait notre signal avec un fourgon rempli de maçons payés en heures sup et même, comme je le découvris plus tard, une mini-pelleteuse. Elle avait aussi à sa disposition un autre fourgon, rempli de flics en tenue celui-là, histoire de contenir la foule si Henry Pyke avait la mauvaise idée d'être enterré sous un endroit très fréquenté comme un pub ou un cinéma. En théorie, Seawoll chapeautait toute l'opération, ce qui ne devait pas manquer de le mettre de charmante humeur, j'en étais persuadé.

Tout était censé être en place au moment où Nightingale et moi émergerions de l'entrée des artistes du Royal Opera House et nous retrouverions sur Bow Street. Étant donné que Henry Pyke avait été battu à mort moins de dix mètres plus haut dans la même rue, nous pensions tous les deux avoir trouvé l'endroit idéal pour commencer notre chasse au revenant. À contrecœur, j'ouvris mon sac fourre-tout et revêtis ma veste d'uniforme et mon foutu casque. Pour info, tous les flics détestent ce foutu casque ; il est inutile dans une bagarre et ça nous fait ressembler à des Bics bleus avec leurs capuchons. Si l'on n'en a toujours pas changé, c'est parce que jusqu'à maintenant tout ce qu'on nous a proposé semblait encore pire. Mais bon, quitte à jouer le rôle d'un policier en tenue, autant en avoir l'apparence.

Minuit approchait et l'opéra s'était vidé petit à petit, les derniers passionnés d'art lyrique se dirigeant vers le métro ou les stations de taxis. Bow Street était aussi calme et déserte que pouvait l'être une rue du centre de Londres.

« Vous êtes sûr de pouvoir le suivre ? m'enquis-je une fois de plus.

— Faites votre part de travail, dit Nightingale, et je ferai la mienne. »

Je serrai la sangle de mon casque et m'assurai du bon fonctionnement de l'Airwave. Cette fois, ce fut Seawoll qui répondit en me disant d'arrêter de glandouiller et de me mettre au boulot. Je me retournai pour demander à Nightingale de quoi j'avais l'air quand je vis surgir de l'obscurité, près de l'entrée des artistes, un homme bien habillé qui leva son arme et tira dans le dos de l'inspecteur.

10. ANGLE MORT

C'était un homme d'âge moyen dans un costume sur mesure de bonne qualité, mais d'une coupe ordinaire. Il brandissait ce qui ressemblait à un pistolet semi-automatique dans sa main droite, et tenait le guide de l'opéra Kobbé dans l'autre. Il portait un œillet blanc à sa boutonnière.

Nightingale s'écroula rapidement. Il glissa sur ses genoux, puis s'étala face contre terre. Il lâcha sa canne, qui roula bruyamment sur les pavés.

L'homme dans le beau costume me regarda, ses yeux pâles et vides sous la lumière des réverbères à vapeur de sodium, et il me fit un clin d'œil. « C'est comme ça qu'il faut faire », lança-t-il.

On peut fuir devant un suspect muni d'un pistolet, en particulier quand l'éclairage n'est pas très bon, et à condition de se rappeler comment zigzaguer et d'élargir le champ assez rapidement. Je ne dis pas que cette option n'était pas tentante, mais si je prenais mes jambes à mon cou, rien n'empêcherait le tireur de sortir de l'ombre et d'achever Nightingale d'une balle dans la tête. On m'avait appris comment calmer un individu armé tout en reculant petit à petit ; la parole établit une relation et focalise l'attention du suspect sur le policier, afin de permettre aux civils de se mettre à l'abri. Vous avez déjà vu *Police sans armes*, avec Jack Warner et Dirk Bogarde ? Pendant notre formation à Hendon, ils nous ont montré cette scène où l'agent Dixon, le personnage joué par Warner, se fait tuer. Le film a été écrit par un ex-flic qui connaissait son sujet. Dixon meurt parce qu'il est un dinosaure qui s'approche bêtement d'un homme armé. Nos instructeurs ont été clairs : ne pas se presser autour du suspect, ne pas le menacer, continuer à lui parler et reculer ; sauf exception, personne n'est assez idiot pour croire que descendre un flic va améliorer la situation – bien sûr, on peut toujours tomber sur un abruti vraiment gratiné, un fanatique, ou encore, comme dans une affaire restée dans les mémoires, un suspect bénéficiant de l'immunité diplomatique. Mais au moins, ça permet de gagner assez de temps pour que les renforts armés se pointent et explosent la tête de ce pauvre con.

Dans le cas présent, je ne pensais pas pouvoir battre en retraite. L'individu qui me faisait face était un des « séquestrés » de Henry Pyke, une marionnette entre ses doigts, et j'avais peu de chances de l'influencer par des paroles, si apaisantes soient-elles ; il n'hésiterait pas à tirer, sur moi ou Nightingale.

Pour être honnête, je ne m'accordai pas vraiment le temps de la réflexion. Mon cerveau prit les commandes : *Nightingale à terre – flingue – sort !*

« *Impello* ! », dis-je, aussi calmement que j'en étais capable, et je soulevai d'un mètre, par lévitation, le pied gauche de l'homme. Il cria, tandis que son corps était catapulté vers le haut et sur la droite. J'avais dû perdre ma concentration, parce que j'entendis distinctement le craquement d'un os se fracturant dans sa cheville. Il lâcha son arme et battit des bras en tombant sur le sol. J'avançai vers lui et, d'un coup de pied, éloignai le pistolet ; puis je lui donnai un coup à la tête, avec force, par mesure de précaution.

J'aurais dû lui passer les menottes, mais Nightingale était allongé sur la chaussée derrière moi, respirant avec difficulté. Les médecins nomment ça un « pneumothorax traumatique », l'air transite du poumon vers la plèvre, lésée par une plaie directe. Mon supérieur avait une plaie d'entrée de dix centimètres de long sous l'épaule droite, mais quand je le fis rouler doucement sur le côté, je ne trouvai pas de plaie de sortie. Mes cours de secourisme étaient sans équivoque sur les blessures de ce genre – mieux valait appeler une ambulance sans perdre une seconde.

Je savais que les équipes de renfort n'avaient certainement pas entendu la détonation, sinon elles auraient déjà été là ; j'avais bousillé mon Airwave quand j'avais projeté le tireur dans les airs. Puis je me souvins de mon sifflet argenté ; je le sortis maladroitement de la poche du haut de ma veste d'uniforme et soufflai de toutes mes forces.

Un coup de sifflet d'un flic sur Bow Street. L'espace d'un instant, je sentis un lien, comme un *vestigium*, avec la nuit, les rues, le sifflet, l'odeur du sang et ma propre peur, avec tous les autres policiers en tenue de Londres à travers les âges qui se demandaient pourquoi diable ils n'étaient pas encore rentrés chez eux à une heure pareille. Ou alors, je paniquais ; il est facile de se tromper.

La respiration de Nightingale commença à faiblir.

« Continuez à respirer, dis-je. C'est une bonne habitude, ce serait dommage de la perdre. »

J'entendis les sirènes qui approchaient – quel son magnifique.

Le problème avec le copinage dans la police, c'est qu'on ne sait jamais trop à quoi s'en tenir. Le fait d'appartenir à la maison ne joue pas nécessairement en votre faveur. Je commençai à soupçonner que ça ne jouait pas du tout en la mienne lorsqu'on m'apporta une tasse de café et deux petits gâteaux en salle d'interrogatoire. Quand les choses se passent de manière amicale, entre collègues, on va boire un café ensemble, à la cafétéria. Le room-service, c'est bon pour les suspects. J'étais de retour au poste de Charing Cross, et je savais très bien où se trouvait la cafétéria.

L'inspecteur Nightingale était toujours en vie, on avait bien voulu me dire au moins ça avant de me faire asseoir du mauvais côté de la table. Il avait été admis au service de traumatologie flambant neuf de l'UCH et son état était jugé « stable », un terme qui pouvait signifier n'importe quoi.

Je consultai ma montre. Trois heures et demie du matin, moins de quatre heures après que Nightingale avait pris un pruneau. Quand on travaille depuis un certain temps pour une grande institution, on finit par acquérir une sorte de familiarité instinctive avec le flux et le reflux de la bureaucratie ambiante. Le couperet était en train de tomber, et comme je n'étais flic que depuis deux ans, le fait que je puisse le sentir signifiait que le bourreau ne devait pas y aller de main morte. J'avais ma petite idée sur l'identité du bourreau, d'ailleurs, mais je ne pouvais rien faire, à part rester assis du mauvais côté de la table de la salle d'interrogatoire, avec ma tasse de café machine et deux biscuits au chocolat.

Parfois, il faut savoir encaisser le premier coup sans broncher. De cette façon, on force l'adversaire à dévoiler son jeu, à révéler ses intentions et, si ce genre de choses vous semble important, se mettre sans équivoque du bon côté de la loi. Et si le coup est assez fort pour vous assommer ? C'est un risque à courir.

L'arme contondante utilisée me prit par surprise, même si je fis en sorte de garder une expression neutre quand Seawoll et l'inspecteur Stephanopoulos entrèrent dans la salle et s'assirent en face de moi. Stephanopoulos flanqua un dossier sur la table. Il était bien trop épais pour avoir été produit au cours des deux dernières heures, c'était donc probablement du bidon. Elle m'adressa un petit sourire, alors qu'elle déchirait l'emballage en cellophane des deux cassettes audio et les introduisait dans le magnétophone. L'une de ces bandes était pour moi, ou mon représentant légal, afin de m'éviter d'être cité hors contexte ; l'autre revenait à la police, pour qu'elle puisse prouver que mes aveux avaient été obtenus sans me frapper dans le dos, sur les cuisses et les fesses avec une chaussette remplie de roulements à billes. Et toutes les deux étaient inutiles puisque je me trouvais dans le collimateur d'une caméra de télésurveillance montée juste au-dessus de la porte. Les images étaient transmises en direct dans une salle d'observation au bout du couloir où, à en juger par l'entrée théâtrale effectuée par Seawoll et Stephanopoulos, un haut gradé, au moins l'inspecteur général des services, devait assister au spectacle.

Après avoir mis le magnétophone en route, Seawoll identifia les personnes présentes – moi, lui-même et Stephanopoulos – et me rappela que je n'étais pas en état d'arrestation, mais ne faisais qu'aider la police dans ses investigations. En théorie, je pouvais me lever et sortir à tout moment, à condition, bien entendu, de dire au revoir à ma carrière. Ne croyez pas que cette idée ne m'ait pas traversé l'esprit.

Seawoll me demanda, pour mémoire, de décrire la nature de l'opération dans laquelle Nightingale et moi avions été engagés au moment où il avait été abattu.

« Vous voulez vraiment que ça figure dans votre enregistrement ? » fis-je.

Seawoll hocha la tête, et je lui fis un compte rendu détaillé : notre théorie selon laquelle Henry Pyke était un revenant, un fantôme vampire revanchard qui jouait la célèbre histoire de Punch et Judy en utilisant des personnes bien réelles comme marionnettes ; comment nous avions imaginé une façon de nous introduire dans ce scénario, afin de permettre à Nightingale de retrouver les ossements de Henry Pyke et de les détruire. Stephanopoulos ne put s'empêcher de grimacer à l'évocation des aspects magiques de l'affaire – Seawoll resta impassible. Quand j'abordai l'épisode du coup de feu, il me demanda si j'avais reconnu le tireur.

« Non. Qui est-ce ?

— Son nom est Christopher Pinkman, dit Seawoll, et il nie avoir tiré sur qui que ce soit. Il affirme qu'il rentrait chez lui après une soirée à l'opéra quand deux hommes l'ont agressé en pleine rue.

— Et comment explique-t-il le pistolet ?

— Il prétend qu'il n'y avait pas de pistolet, dit Seawoll. Il a déclaré ne se souvenir de rien entre son départ de l'opéra et le moment où vous lui avez shooté dans la tête.

— Ça, plus la douleur insoutenable de ses os fracturés dans la partie inférieure de sa jambe, dit Stephanopoulos. Sans oublier les graves contusions dues à sa chute quand il a été projeté au sol.

— Et les résidus de poudre ? Qu'est-ce qu'a donné l'analyse ?

— Pinkman enseigne la chimie à Westminster School, m'informa Stephanopoulos.

— Merde. »

L'analyse visant à déterminer la présence de résidus de poudre était notoirement sujette à caution, et si le suspect manipulait des produits chimiques au quotidien, aucun expert médico-légal digne de ce nom n'allait affirmer, ou même suggérer, devant un tribunal que l'accusé avait tiré – pas sur la base de ces tests. Un horrible soupçon se forma dans mon esprit.

« Vous avez bien trouvé un pistolet, n'est-ce pas ? interrogeai-je.

— Aucune arme à feu n'a été retrouvée sur les lieux.

— Je l'ai poussé du pied, sur la chaussée.

— Aucune arme à feu n'a été retrouvée, répéta lentement Stephanopoulos.

— Je l'ai vu, protestai-je. C'était un pistolet semiautomatique.

— On n'a rien trouvé.

— Alors comment Nightingale a-t-il été abattu ? demandai-je.

— Nous espérions que vous seriez en mesure de nous l'expliquer, justement, dit Seawoll.

— Qu'est-ce que vous insinuez ? Que c'est moi qui aurais tiré sur lui ?

— C'est le cas ? » demanda Stephanopoulos.

J'eus soudain la bouche sèche. « Non, répondis-je. Ce n'est pas moi, et de toute façon, sans pistolet, comment aurais-je fait ?

— Apparemment, vous êtes capable de déplacer les objets autour de vous par la pensée, fit observer Stephanopoulos.

— Pas par la pensée…

— Comment, alors ?

— Par magie.

— D'accord, par magie.

— À quelle vitesse pouvez-vous faire bouger les choses ? demanda Seawoll.

— Pas à la vitesse d'une balle.

— Et c'est rapide, une balle ? fit Stephanopoulos.

— Trois cent cinquante mètres par seconde, répondis-je. Pour un pistolet moderne. Plus pour un fusil.

— Ça fait combien, selon l'ancien système ? voulut savoir Seawoll.

— Je ne sais pas, dis-je. Mais si vous me prêtez une calculette, je peux vous trouver ça.

— Nous avons vraiment envie de vous croire », dit Stephanopoulos, endossant le rôle de « gentil flic » le plus improbable de l'histoire de la police. Je me forçai à marquer une pause et à respirer à fond. Je n'avais pas suivi de cours sur les techniques d'interrogatoire poussées, mais je connaissais les bases et la façon dont était mené cet entretien me semblait vraiment manquer de rigueur. Je regardai Seawoll et il me gratifia de cette expression signifiant « c'est pas trop tôt » qu'affectionnent tout particulièrement les enseignants, les officiers supérieurs et les mères de famille des classes aisées.

« Qu'est-ce que vous avez envie de croire ? demandai-je.

— Que la magie est bien réelle, dit Seawoll, et il m'adressa un sourire entendu. Pouvez-vous nous faire une démonstration ?

— Ce n'est pas une bonne idée. Il pourrait y avoir des effets secondaires.

— Ça me semble un peu trop commode, comme excuse, intervint Stephanopoulos. Vous pouvez préciser ?

— Ça risque de bousiller vos téléphones mobiles, vos PDA, vos ordinateurs portables et tout autre équipement électronique présent dans la pièce, dis-je.

— Et le magnétophone ? demanda Seawoll.

— Ça aussi, dis-je.

— La caméra de vidéosurveillance ?

— Même topo. Vous pouvez protéger vos téléphones en retirant la batterie.

— Je ne vous crois pas, dit Stephanopoulos, et elle se pencha vers moi d'un air agressif, empêchant ainsi la caméra montée derrière elle de la surprendre en train d'enlever la batterie de son élégant Nokia slimline.

— Je pense qu'il va nous falloir une démonstration, insista Seawoll.

— Quel genre de démonstration ?

— Montrez-nous ce que vous avez dans le ventre, mon garçon. »

J'avais eu une très longue journée et j'étais complètement claqué, alors je décidai de jouer la sécurité – la *forma* sur laquelle je savais pouvoir compter en situation de crise – et je fis apparaître une lumiforme. Le globe de lumière pâle, presque une vision chimérique sous l'éclat du tube au néon, ne sembla pas impressionner Seawoll, mais le visage aux traits épais de Stephanopoulos se fendit d'un grand sourire ravi et, l'espace d'un instant, j'eus en face de moi la petite fille qu'elle avait été, dans sa chambre pleine de licornes en peluche. « C'est magnifique », dit-elle.

La bande d'une des cassettes audio se déroula de sa bobine et se prit dans le moteur du magnétophone, tandis que l'autre cassette s'arrêtait net. Je savais, d'après mes expériences, que j'aurais besoin de mettre la gomme pour dézinguer la caméra. J'essayais de produire plus de clarté quand je perdis le contrôle de la « forme » dans mon esprit ; soudain, une colonne brillante bleu vif s'éleva jusqu'au plafond. En bougeant la main, j'arrivai à diriger le faisceau sur les murs – c'était comme d'avoir un projecteur à soi.

« J'avais en tête quelque chose de plus subtil », objecta Seawoll.

J'éteignis la lumière et m'efforçai de me rappeler la forme ; c'était comme de vouloir se souvenir d'un rêve, et elle se déroba malgré mes tentatives. Je savais que j'allais devoir passer beaucoup de temps au labo pour la retrouver, mais comme Nightingale l'avait dit au début de mon apprentissage, quand on connaissait l'existence d'une *forma*, la partie était presque gagnée.

« La caméra a eu son compte ? » demanda Seawoll. Je hochai la tête et il poussa un soupir de soulagement. « On a moins d'une minute. Je n'ai pas vu un tel bordel depuis que de Menezes s'est fait descendre par les flics en 2005, alors un bon conseil, mon garçon, trouvez-vous un trou bien profond et restez-y jusqu'à ce que les choses se tassent.

— Et Lesley ? demandai-je.

— Vous n'avez pas à vous inquiéter pour elle, dit Seawoll. Elle est sous ma responsabilité. »

Autrement dit, Seawoll s'était érigé en protecteur et avait bien fait comprendre à tout le monde que quiconque s'attaquerait à Lesley aurait d'abord affaire à lui. Comme Nightingale était actuellement immobilisé sur un lit à l'hôpital et respirait par un tube, il pouvait difficilement en faire autant pour moi. J'aimais à penser que Seawoll aurait étendu sa protection à ma personne s'il l'avait pu, mais je ne le saurais jamais avec certitude. Il ne m'avait pas dit de me débrouiller tout seul, c'était déjà ça.

« Et maintenant, qu'est-ce qu'on fait, bordel ? demanda Seawoll.

— C'est à moi que vous posez la question ?

— Non, je parle à cette putain de table.

— Je ne sais pas, inspecteur. Il y a quantité de choses que j'ignore.

— Alors vous feriez bien d'apprendre, et vite, agent Grant. À mon avis, M. Henry Pyke ne va pas s'arrêter en si bon chemin – qu'est-ce que vous en pensez ? »

Je secouai la tête.

Stephanopoulos grogna et tapota sa montre.

« Je vais vous faire sortir, dit-il. Parce qu'il faut mettre un terme à toutes ces conneries surnaturelles avant qu'une des huiles de l'ACPO[1] ne panique et ne décide d'appeler l'archevêque de Canterbury.

— Je ferai de mon mieux. »

Seawoll me lança un regard suggérant que ça avait intérêt à être foutrement suffisant. « Quand nous allons reprendre cet entretien, dit-il, je veux que vous réfléchissiez bien avant d'ouvrir la bouche. Comme après l'affaire de Hampstead – c'est clair ?

— Limpide. »

La porte de la salle d'interrogatoire s'ouvrit brusquement et un homme passa la tête à l'intérieur. Âge moyen, cheveux grisonnants, épaules larges et sourcils extraordinairement broussailleux. Même si je ne l'avais pas reconnu grâce à son portrait sur le Web, j'aurais deviné que l'inspecteur général Richard Folsom était un des grands fauves de la jungle. Il fit un signe du doigt à Seawoll. « Alex, je peux vous parler une minute ? »

Seawoll considéra le magnétophone foutu. « Interrogatoire suspendu », dit-il, et il donna l'heure. Puis il se leva et suivit docilement Folsom hors de la pièce. Stephanopoulos tenta vaguement de me foudroyer du regard, mais cela manquait de conviction,

1. Association of Chief Police Officers.

et je me demandai si elle avait encore sa collection Mon Petit Poney.

À son retour, Seawoll nous annonça que l'interrogatoire se poursuivrait dans une salle adjacente dont le matériel d'enregistrement était toujours en état de marche. Là, nous honorâmes cette tradition ancienne consistant à mentir comme des arracheurs de dents tout en ne disant que la vérité. Je leur expliquai que Nightingale et moi avions eu des raisons de croire, grâce à un informateur tout à fait classique, que la bande – parce qu'il s'agissait nécessairement de plus d'une personne – responsable de la série de violences gratuites perpétrées au cœur et autour du West End avait son QG sur Bow Street, et que nous étions précisément en train d'explorer cette piste quand nous avions été les victimes d'agresseurs inconnus.

« L'inspecteur général Folsom s'inquiète tout particulièrement des menaces qui pourraient peser sur l'opéra », dit Seawoll. Apparemment, c'était un mélomane de fraîche date, qui avait découvert Verdi peu après avoir accédé à ses nouvelles fonctions. À partir d'un certain âge et d'un certain grade, de nombreux policiers succombent subitement à une crise de snobisme culturel. Un peu comme la crise de la quarantaine, mais avec plus de lustre et de langues étrangères.

« Nous pensons que Bow Street est le foyer de ces actes de violence, dis-je. Mais à ce jour, nous n'avons découvert aucun lien tangible avec le Royal Opera House. »

À six heures, nous avions bouclé une version des événements que nous pensions pouvoir vendre à Folsom, et je dormais debout. Je m'attendais à être suspendu, ou au moins à être prévenu qu'une procédure disciplinaire me pendait au nez, voire une enquête de la police des polices, mais il était à peine sept heures quand on me laissa partir.

Seawoll proposa de me déposer, ce que je refusai. Je remontai St Martin's Lane, les jambes flageolantes à cause de la tension et du manque de sommeil. Le temps avait changé pendant la nuit. Un vent frais soufflait, sous un ciel bleu sale. L'heure de pointe commence tard le samedi, et les rues avaient gardé un peu de la quiétude du lever du jour alors que je traversais New Oxford Street et me dirigeais vers la Folie. Je m'attendais au pire, et je ne fus pas déçu. Je repérai au moins une voiture de police banalisée, garée en face. Il semblait n'y avoir personne à l'intérieur, mais je fis un petit coucou, juste au cas où.

J'entrai par la porte de devant, parce qu'il est toujours préférable d'aborder les problèmes de front et que j'étais trop crevé pour marcher jusqu'à la remise à l'arrière. Je pensais être accueilli par la police, pas par deux militaires en treillis et équipés de fusils d'assaut. Ils portaient des blousons Woodland DP et des bérets marron avec l'insigne de leur régiment de parachutistes. Ils bloquaient le passage, m'empêchant d'aller plus loin que la guérite du vestibule. Deux autres soldats montaient la garde à l'arrière de celle-ci, tandis que deux de leurs collègues étaient postés de part et d'autre des portes principales, prêts à fondre sur tout individu assez suicidaire pour s'attaquer à deux paras armés jusqu'aux dents. Quelqu'un prenait la sécurité de la Folie très à cœur.

Les militaires ne levèrent pas leurs fusils pour me barrer la route, ils se contentèrent d'adopter cet air de nonchalance menaçante qui avait dû égayer les rues de Belfast dans les années précédant les accords de paix. L'un d'eux hocha le menton en direction du renfoncement où, du temps de la splendeur de la Folie, le portier attendait qu'on ait besoin de lui.

Un autre para, avec des galons de sergent, s'y trouvait, un mug de thé dans la main droite et un exemplaire du *Daily Mail* dans la gauche. Je reconnus Frank Caffrey, l'agent de liaison de Nightingale chez les pompiers ; il me salua amicalement de la tête et me fit signe de m'approcher. Je regardai les écussons sur ses épaules. Les soldats appartenaient au 4e bataillon du régiment de parachutistes – il faisait partie de l'armée territoriale. Ainsi, Frank était un réserviste ; ça expliquait certainement comment il avait pu se procurer des grenades au phosphore. La présence de ces militaires n'avait sans doute aucun caractère officiel, mais je savais que Frank était un homme de Nightingale – encore le pouvoir des réseaux. Je n'aperçus aucun officier. Ils étaient probablement restés à la caserne, fermant les yeux pendant que les moins gradés mettaient de l'ordre dans tout ça.

« Je ne peux pas vous laisser entrer, dit Frank. Pas tant que votre chef n'ira pas mieux, ou qu'un remplaçant n'aura pas été officiellement nommé.

— Qui a donné cet ordre ? demandai-je.

— Oh, tout ça fait partie de l'accord. Nightingale et le régiment sont de vieilles connaissances ; on pourrait dire que nous avons une dette envers lui.

— Ettersburg ? lançai-je au hasard.

— Il est des dettes dont on ne s'acquitte jamais, déclara Frank. Et nous, nous avons une mission à accomplir.

— Je dois entrer, insistai-je. Il faut que je me rende à la bibliothèque.

— Je suis désolé, dit Frank, mais l'accord est clair – aucun accès non autorisé au-delà du périmètre principal…

— Le périmètre principal », fis-je en écho. Frank essayait de me dire quelque chose que le manque de sommeil m'empêchait de comprendre. Il dut se répéter pour que je comprenne enfin son allusion à la remise à calèches, qui se trouvait hors périmètre.

Je ressortis sous le pâle soleil, fis le tour de la maison. Une Renault Espace cabossée était stationnée devant le garage ; avec des plaques si manifestement fausses, elle ne pouvait appartenir qu'à l'un des paras. Je m'arrêtai pour vérifier que les portières de la Jag étaient bien fermées à clé, puis je la recouvris d'une housse de protection dénichée sous un établi. Avec lassitude, je montai d'un pas lourd les marches menant à la remise, où j'eus la surprise de découvrir que Tyburn m'avait précédé.

Elle s'employait à fouiller dans les malles et toutes les vieilleries que j'avais entassées dans un coin. La peinture de Molly et le portrait de l'homme que j'avais pris pour le père de Nightingale étaient calés contre le mur. Je la regardai s'agenouiller et tendre le bras sous le divan pour sortir un autre bagage.

« On appelait ça une malle-cabine, dit-elle, sans se retourner. Assez basse pour être glissée sous un lit. C'était très pratique, les gens y mettaient les affaires nécessaires à la durée du voyage.

— C'était probablement le valet de chambre qui devait s'en charger. Ou la bonne. »

Tyburn sortit de la malle une veste en lin soigneusement pliée et la disposa sur le divan. « Non, la plupart des gens n'avaient pas de domestiques. Ils se débrouillaient. » Elle trouva ce qu'elle cherchait et se redressa. Elle portait un élégant tailleur-pantalon italien en satin noir et des chaussures noires pratiques. Elle avait toujours une marque sur le front, à l'endroit où un fragment de marbre l'avait coupée. Elle me montra son butin, une pochette en carton gris contenant un 78 tours. « Duke Ellington et Adelaide Hall, "Creole Love Call", le pressage original, sur le label Black and Gold Victor, dit-elle. Quand je pense qu'il l'avait fourré au fond d'une malle dans la chambre d'ami.

— Vous espérez en tirer un bon prix sur eBay ? » l'interrogeai-je.

Elle me lança un regard glacial. « Vous êtes venu récupérer vos affaires ?

— Si vous n'y voyez pas d'inconvénient. »

Elle hésita. « Allez-y, dit-elle.

— Vous êtes trop bonne. »

La plupart de mes vêtements étaient coincés dans la Folie, mais comme Molly ne faisait jamais le ménage dans la remise, je parvins à me dégoter un sweat-shirt et un jean tombés derrière le sofa. Mon ordinateur portable était là où je l'avais laissé, perché au sommet d'une pile de magazines. Je dus fouiner un peu pour localiser la sacoche. Tyburn ne me quitta pas des yeux un seul instant. J'avais l'impression d'être surveillé dans mon bain par ma mère.

Parfois, comme l'avait souligné Frank, certaines choses doivent être faites, quelles qu'en soient les conséquences. Je me redressai et me tournai vers Tyburn. « Écoutez, commençai-je, je tiens à m'excuser pour la fontaine. »

L'espace d'un instant, je pensai qu'elle accepterait mes excuses. Son regard parut s'adoucir, je crus y lire… de la reconnaissance peut-être, quelque chose en tout cas. Mais elle reprit bien vite son masque de colère.

« Je me suis intéressée à vous, dit-elle. Votre père est un drogué, ça fait trente ans que ça dure. »

Je ne devrais pas me sentir blessé par ce genre d'attaques. Après tout, je sais depuis mes douze ans que mon père se drogue. Le jour où je l'ai découvert, il a adopté une approche très terre à terre, tenant à bien m'expliquer ce que ça signifiait – il ne voulait pas que je suive ses traces. Il est l'une des rares personnes au Royaume-Uni à se faire encore prescrire de l'héroïne, par un généraliste grand admirateur de cette légende du jazz que le succès a fui. Il n'a jamais été clean, mais il a toujours gardé son addiction sous contrôle, et ça me fait mal quand on le traite de camé, même si je sais que ça ne devrait pas.

« Merde, dis-je. Et moi qui ne m'étais rendu compte de rien. Quel choc !

— La déception, ça tient de famille chez vous, pas vrai ? poursuivit-elle. Vous-même, vous avez tellement déçu votre professeur de chimie qu'il a écrit une lettre au *Guardian*. Vous étiez son chouchou.

— Je sais, convins-je. Mon père a toujours la coupure du journal dans son album.

— Et quand vous serez renvoyé de la police pour faute professionnelle grave, dit Tyburn, vous pensez qu'il découpera aussi l'article pour le garder ?

— L'inspecteur général Folsom. C'est votre larbin, je me trompe ? »

Tyburn m'adressa un petit sourire. « J'aime garder un œil sur les étoiles montantes, dit-elle.

— Vous le menez par le bout du nez, alors ? demandai-je. C'est dingue, ce que les gens sont prêts à faire pour la gaudriole.

— Arrêtez vos enfantillages, Peter, dit Tyburn. C'est une simple question de pouvoir et d'intérêts mutuels. Ce n'est pas parce que vous utilisez vos organes génitaux à la place de votre cerveau que tout le monde en fait autant.

— Je suis heureux de l'apprendre, parce que quelqu'un doit lui dire de débroussailler un peu ses sourcils. Est-ce que le pistolet venait de vous ?

— Ne soyez pas stupide.

— C'est votre style. Trouver quelqu'un d'autre pour régler vos problèmes. Machiavel serait fier de vous.

— Vous avez lu Machiavel ? ». J'hésitai, et elle en tira la conclusion qui s'imposait. « Moi oui, dit-elle. Dans le texte.

— Pourquoi avoir fait ça ?

— Pour ma maîtrise. À St Hilda's, à Oxford. Histoire et italien.

— Mention très bien dans les deux disciplines, cela va de soi.

— Cela va de soi. Alors vous comprenez pourquoi je ne me laisse pas aussi facilement impressionner par les airs de vieille noblesse de Nightingale.

— Donc, le pistolet, c'était vous ? insistai-je.

— Non. Je n'ai pas eu besoin de manigancer ce fiasco. Nightingale allait commettre une erreur tôt ou tard, c'était juste une question de temps. Même si je dois reconnaître que je ne l'aurais pas imaginé assez stupide pour se faire tirer dessus. Enfin, à quelque chose malheur est bon.

— Qu'est-ce que vous faites dans la remise, d'ailleurs ? demandai-je. Vous devriez plutôt vous intéresser à la maison. La bibliothèque est incroyable, vous savez, et vous pourriez vous faire un paquet de blé rien qu'en louant la baraque comme décor pour des films d'époque.

— Chaque chose en son temps. »

Je tentai maladroitement de sortir les clés de ma poche.

« Tenez, je vous les prête, si vous voulez. Je suis sûr que les paras ne seront pas un obstacle pour vous. » Elle ignora ma main tendue.

« Au moins, à partir de maintenant la raison l'emportera. C'est bien le seul point positif dans toute cette histoire.

— Vous ne pouvez pas entrer, pas vrai ? »

Je pensai à Beverley Brooke et à ses « champs de force hostiles ».

Elle me lança un de ces regards méprisants qui n'appartiennent qu'aux vieilles fortunes et que les femmes de footballeurs s'efforcent vainement d'acquérir leur vie durant. Pendant un moment, je sentis émaner d'elle la puanteur des égouts, de l'argent et des marchés conclus autour d'un verre de cognac et d'un bon cigare. Mais comme Tyburn était de son temps, je décelai aussi une bouffée de cappuccino et de tomates séchées. « Vous avez trouvé ce que vous étiez venu chercher ? demanda-t-elle.

— La télé est à moi. »

Elle me dit que je pourrais la récupérer quand bon me semblerait. « Qu'a-t-il vu en vous ? fit-elle, secouant la tête. Pourquoi a-t-il fait de *vous* le gardien de la flamme sacrée ? »

Je me demandai ce que pouvait bien être la flamme sacrée. « Un coup de chance, je suppose. »

Elle ne daigna même pas me répondre. Elle me tourna le dos et se remit à farfouiller dans les malles. Que cherchait-elle réellement ?

En repartant, alors que je traversais la cour, j'entendis un aboiement étouffé derrière moi et levai les yeux. Un visage pâle et triste me regardait depuis une des fenêtres du deuxième étage – Molly, serrant Toby contre sa poitrine. Après leur avoir adressé un signe de la main qui se voulait rassurant, je pris le chemin de l'hôpital.

Un policier armé montait la garde devant la chambre de Nightingale. Je lui montrai ma carte de police et il me demanda de laisser mon sac à l'extérieur. Une USI moderne est étrangement calme : les appareils de contrôle ne font du bruit que quand quelque chose ne tourne pas rond, et comme Nightingale s'oxygénait sans assistance, aucun respirateur ne jouait les Dark Vador à côté de lui.

Il avait l'air vieux et ne semblait pas à sa place sous les draps aux couleurs pastel, impeccables et faciles d'entretien. Un bras ballant était visible, auquel étaient accrochés une demi-douzaine de fils et de tubes, il avait les traits tirés, le teint gris et les yeux fermés. Mais sa respiration était forte, régulière. Une coupe de raisin se trouvait sur la table de chevet, et un bouquet de fleurs des champs bleues avait été arrangé, un peu n'importe comment, dans un vase.

Je restai debout à côté du lit pendant un moment, songeant que je devrais dire quelque chose, mais rien ne me vint à l'esprit. Après m'être assuré que personne n'était susceptible de me voir, je lui pris la main et la serrai – elle était étonnamment chaude. Je crus sentir quelque chose, une vague impression de pin humide, de fumée de feu de bois et de toile, mais c'était si faible que j'étais incapable de déterminer s'il s'agissait ou non de *vestigia*. J'étais tellement fatigué que je me surpris à osciller sur mes pieds. Dans un coin de la chambre trônait un fauteuil dont l'assise et le dossier en polyester semblaient bien trop inconfortables pour piquer du nez. J'y pris place, laissai pendre ma tête sur le côté et sombrai dans le sommeil moins de trente secondes plus tard.

Je me réveillai un bref instant, alors que le Dr Walid et deux infirmières s'affairaient autour du lit de Nightingale. Je les fixai d'un air hébété, jusqu'à ce que le Dr Walid s'en aperçoive et me dise de me rendormir – c'est du moins ce que je compris.

Une odeur de café chaud me tira une nouvelle fois du sommeil. Le Dr Walid m'avait apporté un crème dans un grand gobelet en carton et suffisamment de sachets de sucre pour faire un trou significatif dans mon budget épicerie.

« Comment va-t-il ? voulus-je savoir.

— Il a pris une balle dans la poitrine, dit le Dr Walid. C'est le genre de choses qui vous ralentit forcément un peu.

— Il va s'en sortir ?

— Il vivra, dit le Dr Walid. Mais je ne sais pas s'il se remettra complètement. Le fait qu'il respire sans aide extérieure est de bon augure. »

Je bus une petite gorgée de mon café au lait et me brûlai la langue.

« On m'a refusé l'entrée de la Folie.

— Je sais, dit le Dr Walid.

— Vous pouvez m'arranger le coup ? »

Il rit. « Non. Je ne suis qu'un conseiller civil doté d'une certaine expertise ésotérique. Avec Nightingale immobilisé, la décision est du ressort du préfet, peut-être même d'une autorité supérieure.

— Le ministre de l'Intérieur ? » demandai-je.

Le Dr Walid haussa les épaules. « Au minimum, dit-il. Qu'est-ce que vous comptez faire, maintenant ?

— Vous avez un accès à Internet ? »

Dans un centre hospitalier universitaire comme celui-ci, en poussant la bonne porte on passe aisément de l'établissement médical aux salles dévolues à l'administration et à la recherche. Le Dr Walid y avait un bureau et même – j'avoue avoir été abasourdi de l'apprendre – des étudiants. « Je ne leur enseigne rien d'ésotérique », expliqua-t-il. En fait, Walid était un gastro-entérologue de renommée mondiale. « Tout le monde a besoin d'un hobby, ajouta-t-il, modeste.

— Le mien va consister à chercher du boulot, dis-je.

— À votre place, je commencerais par prendre une douche. Si vous avez l'intention de passer des entretiens… »

Son bureau était un local bizarrement exigu, avec une fenêtre au fond et des étagères couvrant les deux murs latéraux sur toute leur longueur. Sur chaque surface disponible s'empilaient des dossiers, des revues professionnelles et des ouvrages de référence. À l'une des extrémités de la planche étroite qui faisait office de table de travail, un PC oscillait dangereusement sur un océan de sorties papier. Je déposai mes sacs et branchai mon portable sur la prise de courant afin de recharger la batterie. Le modem était caché derrière une pile de *Gut: an International Journal of Gastroenterology and Hepatology*. Un sous-titre enjoué révélait que *Gut* avait été élue meilleure revue de gastro-entérologie par les gastro-entérologues du monde entier. Je ne savais pas si je devais m'inquiéter, ou être rassuré, par l'implication qu'il existait de nombreuses autres publications consacrées au bon fonctionnement de mes intestins. La prise modem me semblait un peu louche ; elle avait l'air bricolée, et certainement pas en conformité avec les normes du NHS. Quand je posai la question au Dr Walid, il se contenta de répondre qu'il avait à cœur de protéger certains de ses fichiers.

« Les protéger de qui ? demandai-je.

— D'autres chercheurs. Ils n'arrêtent pas d'essayer de pirater mes travaux. » Apparemment, les hépatologues étaient les pires. « Ça n'a rien d'étonnant, ces gars-là passent leur temps à se faire de la bile… » ajouta le Dr Walid, qui parut déçu par mon absence de réaction.

Une fois les conditions réunies pour me mettre au travail, je laissai le Dr Walid me conduire à la salle de bains du personnel où je me douchai dans une cabine assez large et équipée pour accueillir un paraplégique et son fauteuil roulant, un aide-soignant et même un chien d'aveugle. Le savon était fourni, un pain antibiotique générique parfumé au citron, redoutable au point de décoller la couche supérieure de mon épiderme.

Pendant que je prenais ma douche, je réfléchis à la façon dont Nightingale avait été mis au tapis. Contrairement à ce que suggèrent les fantasmes sensationnalistes du *Daily Mail*, on n'achète pas simplement une arme à feu au hasard du comptoir d'un pub – et certainement pas un semi-automatique haut de gamme comme celui qu'avait brandi aussi maladroitement Christopher Pinkman la nuit précédente. Autrement dit, Henry Pyke n'avait pas pu mettre Pinkman en place dans l'intervalle séparant notre arrivée au Royal Opera House et notre départ, par l'entrée des artistes, vingt minutes plus tard. Henry Pyke avait forcément su que nous avions l'intention de le piéger sur Bow Street, ce qui ne pouvait s'expliquer que de trois façons : soit il était capable de prédire l'avenir, soit il avait lu dans l'esprit de quelqu'un qui était au courant du plan ; ou quelqu'un qui était au courant du plan était une de ses marionnettes séquestrées.

J'écartai d'emblée la première hypothèse. Et pas seulement parce que je crois dur comme fer à la causalité. Henry Pyke n'avait jamais rien fait qui suggérât une quelconque forme de précognition. D'après mes recherches dans la bibliothèque de la Folie, la télépathie n'existait pas, du moins pas dans le sens d'entendre les pensées d'un autre individu comme une voix off à la télévision. Non : quelqu'un avait parlé du plan à Henry Pyke ou à l'un de ses séquestrés. Ce n'était pas Nightingale. Ni moi. Ce qui ne laissait plus que la brigade criminelle. Étant donné le manque d'enthousiasme dont faisaient preuve Stephanopoulos et Seawoll à discuter de magie avec ses praticiens officiels, je les voyais mal mettre leurs hommes au parfum, et Lesley aurait respecté leurs instructions.

Je sortis de la douche avec l'impression pas déplaisante d'avoir la peau à vif, et je me séchai à l'aide d'une serviette à laquelle des lavages répétés avaient donné la texture du papier de verre. Les habits que j'avais pris dans la remise n'étaient pas exactement propres, mais ils l'étaient plus que ceux que j'avais portés. J'errai un peu dans les couloirs monotones avant de retrouver le bureau du Dr Walid.

« Comment vous sentez-vous ? demanda-t-il.

— Humain.

— C'est déjà pas mal. » Puis il m'indiqua où se trouvait la machine à café et me laissa me débrouiller.

Depuis que l'humanité a cessé d'aller sans but et a commencé à cultiver sa nourriture, la société a perdu de sa simplicité. Dès l'instant où l'on s'est arrêté de coucher avec nos cousins et où l'on s'est mis à construire des murs, des temples et quelques night-clubs dignes de ce nom, la société est devenue trop complexe pour qu'un seul individu puisse la comprendre dans son ensemble, et ainsi la bureaucratie est-elle née afin de décomposer la complexité en une série de systèmes étroitement liés. Pas besoin de savoir comment ils s'emboîtent ; la plupart du temps, chaque maillon de la chaîne ignore son propre rôle, il se contente d'exécuter sa partie, et toute la machine avance en grinçant. Plus les fonctions relevant d'une institution sont diversifiées, plus les systèmes et les sous-systèmes se compliquent. Quand, à l'instar de la Police métropolitaine, une organisation est chargée à la fois d'empêcher les attaques terroristes, de régler les scènes de ménage et de faire en sorte que les automobilistes ne tuent pas des inconnus, alors les choses s'embrouillent pour de bon.

Le système requiert que chaque brigade ait accès aux bases de données HOLMES 2 et CRIMINT, que ce soit à partir d'une salle dédiée ou par l'intermédiaire d'un logiciel spécialisé installé sur un ordinateur portable autorisé – tâche confiée à la Direction des systèmes d'information, dont la responsabilité s'arrête là. Ça n'est pas leur problème de savoir s'ils montent ledit logiciel sur une machine de la direction de la PJ ou de la Folie. D'ailleurs, cette dernière ne devait son statut de brigade qu'au fait que personne ne savait où la caser dans l'organigramme de la Métro. Ce qui laissait probablement l'inspecteur Nightingale de marbre, mais pour votre serviteur, cela signifiait que j'avais le droit d'installer une copie légale de l'interface HOLMES 2 sur mon portable et que je bénéficiais des mêmes droits d'accès que le patron de la PJ.

Ça tombait bien, parce que l'un de mes suspects était justement l'inspecteur divisionnaire Seawoll, et ce n'était pas le genre d'adversaire auquel on s'attaquait sans être sûr de l'abattre du premier coup. L'inspecteur Stephanopoulos, qui avait également été informée des détails de l'opération à l'avance, était une autre de mes cibles, guère plus facile, à moins que je ne souhaite devenir, à mon tour, l'objet d'une plaisanterie – *Vous savez ce qui est arrivé au policier qui a accusé Stephanopoulos d'être l'instrument inconscient de l'esprit mauvais d'un revenant ?* Le Dr Walid était mon suspect numéro quatre, raison pour laquelle je ne lui avais pas expliqué ce que j'avais en tête ; Lesley était cinquième sur ma liste. Sans oublier celui qui m'effrayait le plus, le sixième : moi. Je n'avais aucun moyen de le prouver, mais j'étais relativement certain qu'entre le moment où il avait tué William Skirmish et celui où il avait jeté son bébé par la fenêtre, Brendan Coopertown n'avait pas soupçonné une seconde qu'il était différent de l'homme qu'il avait toujours été.

Je n'avais rien senti chez Lesley. Était-il possible de dissimuler une séquestration ? Plus probablement, je n'étais peut-être pas aussi sensible que je le croyais. Nightingale me répétait sans cesse qu'apprendre à distinguer les *vestigia* des caprices de nos sens était le travail de toute une vie. J'avais accordé ma confiance en me basant sur une supposition – je n'allais pas refaire la même erreur.

Après ma douche, j'avais longuement contemplé mes traits dans la glace, réunissant tout mon courage pour ouvrir la bouche et regarder à l'intérieur. Ensuite, j'avais fermé les yeux et enfoncé les doigts dans mes joues – je n'avais jamais été aussi heureux de caresser une prémolaire de toute mon existence. Pour l'heure, j'avais une certitude : Henry Pyke n'avait pas tiraillé mon visage dans tous les sens. *Pas encore*.

Je lançai HOLMES et saisis mon identifiant et mon mot de passe. En principe, tous deux appartenaient à l'inspecteur Nightingale et, toujours en principe, ils auraient dû être annulés dès qu'il était devenu inactif, mais visiblement personne n'avait eu le temps de le faire – l'inertie est une autre caractéristique importante de la civilisation et de la bureaucratie. Je commençai par le début, avec le meurtre de William Skirmish à Covent Garden, le 26 janvier.

Je trouvai ce que je cherchais trois heures et deux cafés plus tard, alors que je passais en revue l'affaire Framline. Cette attaque avait débuté par un accident de la route sur le Strand, au cours duquel le coursier avait été renversé. Il avait été conduit à UCH pour être soigné par le Dr Framline, qu'il avait alors agressé. Un policier en tenue avait même pris sa déposition sur le lieu de l'accident, pendant qu'ils attendaient l'arrivée de l'ambulance. Il avait affirmé qu'un chauffard l'avait dépassé et délibérément fait sortir de la route. Lesley m'avait dit que le choc avait eu lieu dans l'une des rares sections échappant à la vigilance de la télésurveillance sur le Strand, mais à en croire le rapport, le coursier était tombé devant la gare de Charing Cross. Il n'y a plus eu d'angle mort devant une gare de Londres depuis que l'IRA les a déclarées des cibles admissibles dans les années 1990. Je commençai à fouiller dans les entrailles des archives HOLMES, où un pauvre fou appartenant à la brigade criminelle avait pris la peine de télécharger les images pertinentes issues de toutes les caméras situées entre Trafalgar Square et l'Old Bailey. Aucun des fichiers n'était correctement nommé, et il me fallut une bonne heure et demie pour mettre la main sur la vidéo que je cherchais. Le coursier n'avait pas mentionné la marque du véhicule qui l'avait serré d'un peu trop près, mais j'aurais reconnu cette Honda cabossée entre mille. La résolution du film n'était pas assez bonne pour distinguer les traits du chauffeur ou lire la plaque d'immatriculation. Pourtant avant même de suivre sa progression sur les caméras haute résolution de la sécurité routière surveillant les feux de signalisation de Trafalgar Square, je sus à qui j'avais affaire.

C'était logique. Elle avait été présente quand Coopertown avait tué sa femme et leur fils, lors de l'incident au cinéma et au moment où le Dr Framline avait été attaqué. Elle avait été là quand nous avions planifié l'opération devant le Royal Opera House, et elle était arrivée avec les renforts, juste à temps pour ramasser le pistolet manquant.

Lesley May était ma suspecte. Séquestrée par Henry Pyke dans le cadre de ce jeu démentiel, de vengeance et de chaos. Je me demandai si elle avait été dans le coup dès cette première nuit, quand William Skirmish avait été décapité et que j'avais fait la connaissance de Nicholas Wallpenny. Puis je me rappelai Pretty Polly dans le texte de Piccini – la jeune fille silencieuse séduite par Punch après qu'il a tué sa femme et son enfant. Il l'embrasse avec ostentation, et elle n'y trouve rien à redire. Puis il chante *Si toutes les femmes du vieux Roi-Soleil étaient miennes, je les tuerais toutes pour ma jolie Polly.*

Permettez-moi de vous raconter l'histoire de cette femme qui a perdu son fils à Covent Garden. Très anglaise, au sens traditionnel du terme, avec sa robe en tissu imprimé de bonne qualité, son joli sac. Elle était venue faire du shopping dans le West End et visiter le Musée des Transports. Elle s'est laissé distraire un moment par la devanture d'une boutique et quand elle s'est retournée, son garçon de six ans avait disparu.

Je me souviens très clairement de son expression au moment où elle s'est adressée à nous. Sous un vernis de calme, un flegme britannique de surface, ses yeux la trahissaient – elle jetait des regards furtifs à gauche et à droite, luttant contre l'impulsion de se précipiter dans toutes les directions à la fois. J'ai fait de mon mieux pour qu'elle ne s'affole pas pendant que Lesley appelait les collègues et commençait à organiser les recherches. Je ne sais plus ce que je lui ai dit, juste des mots apaisants, mais alors même que je lui parlais j'ai remarqué qu'elle tremblait, presque imperceptiblement, et j'ai compris que j'avais devant moi un être humain en train de lâcher prise. Le gamin a été ramené moins d'une minute plus tard, par un mime ; il s'était perdu dans l'une des cours en retrait de la Piazza. Je regardais la mère quand son fils est réapparu, j'ai vu le soulagement à l'état brut dans ses yeux, et la façon dont la terreur battait en retraite, laissant de nouveau derrière elle la femme active, en robe bain-de-soleil et sandales confortables.

À présent, je comprenais cette peur qu'on éprouve pour un autre que soi. Lesley avait été séquestrée – Henry Pyke était installé dans sa tête, il y avait élu résidence depuis au moins trois mois. J'essayai de me souvenir de la dernière fois où j'avais vu Lesley. Son visage m'avait-il semblé différent ? Puis je me rappelai son large sourire, dévoilant toutes ses dents. Les avais-je aperçues récemment ? J'en avais l'impression. Si Henry Pyke avait activé le *dissimulo* sur elle, lui donnant la forme de Punch, elle n'aurait pas pu cacher la ruine de sa dentition. J'ignorais comment extraire Henry Pyke de la tête de Lesley, mais si je parvenais jusqu'à elle avant que le spectre lui abîme irrémédiablement le visage, je pensais savoir comment empêcher ça.

Quand le Dr Walid revint dans son bureau, j'avais un plan.

« C'est quoi, votre idée ? » demanda-t-il.

Je la lui exposai, et il tomba d'accord avec moi : c'était un très mauvais plan.

11. UNE ÉMEUTE AVEC UNE TOUCHE DE CLASSE

Il me fallait tout d'abord dénicher Lesley. Je l'appelai donc sur son mobile et lui demandai où elle se trouvait.

« On est à Covent Garden », dit-elle. Derrière ce « on » se dissimulaient Seawoll et une bonne moitié de la brigade criminelle, l'inspecteur divisionnaire ayant adopté l'approche consistant, dans le doute, à envoyer le maximum d'effectifs – une vénérable tradition dans la police. Ils allaient sillonner la Piazza et procéder à une fouille rapide de l'opéra.

« Qu'est-ce qu'il espère ? demandai-je.

— Contenir d'éventuels problèmes dans un premier temps. Pour le reste, on compte sur toi, tu n'as pas oublié ?

— J'ai peut-être fait une découverte. Mais tu dois me promettre de ne pas commettre de bêtise.

— Eh, c'est à moi que tu parles. »

Si seulement c'était vrai.

Ensuite, j'avais besoin d'une bagnole, alors j'appelai Beverley sur son mobile étanche, espérant qu'elle n'était pas en train de faire des longueurs sous Tower Bridge, ou toute autre activité réservée aux naïades en congé. Elle décrocha à la deuxième sonnerie et voulut savoir ce que j'avais fait à sa sœur. « Elle n'est pas contente, dit-elle.

— On s'en fiche de ta sœur. J'ai besoin d'emprunter une voiture.

— Seulement si je peux venir avec toi. » Je m'y attendais ; en fait, je comptais même là-dessus. « Sinon, tu peux y aller à pinces.

— D'accord », lâchai-je, feignant de me faire prier.

Troisième tâche sur ma liste : me procurer des drogues dures. Ce qui se révéla étonnamment difficile, alors que je me trouvais dans un des plus grands hôpitaux du pays, essentiellement parce que mon docteur de service avait des scrupules d'ordre éthique.

« Vous regardez trop la télé, dit le Dr Walid. Les fléchettes-seringues, ça n'existe pas.

— Bien sûr que si, protestai-je. Ils en utilisent tout le temps en Afrique, avec des fusils hypodermiques.

— Je vais reformuler ça et parler lentement : une fléchette-seringue sans risque, ça n'existe pas.

— Ça n'a pas besoin d'être une fléchette, insistai-je. Lesley est séquestrée et Henry Pyke est susceptible de la défigurer à tout moment. Chaque minute qui passe lui fait courir un danger. Pour pratiquer la magie, il faut être conscient. En éteignant la partie consciente du cerveau, je suis prêt à parier que Henry sera impuissant et que le visage de Lesley restera comme Dieu l'a conçu. »

À l'expression du Dr Walid, je vis qu'il me croyait. « Et ensuite ? demanda-t-il. On ne peut pas la maintenir indéfiniment dans le coma.

— On gagne du temps. En attendant que Nightingale se réveille, que je retourne à la bibliothèque de la Folie, que Henry Pyke meure de vieillesse… ou ce que font les non-morts quand ils s'en vont. »

Le Dr Walid s'éloigna en ronchonnant et revint un peu plus tard avec deux sirettes jetables dans leur emballage stérile, muni d'une étiquette danger biologique et un autocollant disant « Tenir hors de portée des enfants ».

« Hydrochlorure d'étorphine en solution, dit-il. En quantité suffisante pour endormir un être humain de sexe féminin pesant dans les soixante-cinq kilos.

— C'est rapide ? demandai-je.

— C'est ce qu'on utilise avec les rhinocéros, dit-il, et il me tendit un autre paquet contenant deux autres seringues auto-injectables. C'est l'antagoniste, de la naloxone. Si jamais vous vous injectez de l'étorphine par accident, utilisez ça immédiatement, avant d'appeler une ambulance, et tâchez de faire en sorte que l'auxiliaire médical lise cette carte. »

Il me tendit une carte encore chaude – elle venait d'être plastifiée. Le Dr Walid avait écrit, avec soin, en capitales : « Attention, j'ai été assez stupide pour m'injecter de l'hydrochlorure d'étorphine. » Il avait ajouté la liste des procédures à suivre. La plupart d'entre elles concernaient la réanimation et une série de mesures héroïques pour que le cœur continue à battre et que la respiration se maintienne.

Je tapotai nerveusement ma veste, alors que l'ascenseur me ramenait à la réception au rez-de-chaussée, et répétai tout bas que les tranquillisants étaient dans ma poche gauche et l'antagoniste dans la droite.

Beverley m'attendait dans la zone de stationnement interdit, vêtue d'un pantalon cargo kaki et d'un t-shirt noir court et ajusté portant la légende WINE BACK HERE sur ses seins.

« Ta-da ! » s'exclama-t-elle, me montrant sa voiture, un cabriolet Mini Cooper S jaune canari, avec le compresseur à l'arrière et les pneus *run flat*. Difficile de faire moins discret au centre de Londres. Je lui abandonnai bien volontiers le volant – j'ai tout de même ma fierté.

Il faisait chaud en cette fin de mai, une journée parfaite pour rouler en décapotable, même avec les gaz d'échappement de l'heure de pointe. Beverley conduisait à peu près aussi mal qu'on pouvait s'y attendre de la part de quelqu'un qui n'avait son permis que depuis deux ans. Le côté positif de la circulation à Londres, c'est qu'elle ne laisse que rarement à un automobiliste la possibilité de prendre assez de vitesse pour commettre une erreur fatale. Comme prévu, nous nous arrêtâmes dans un grincement de freins au bas de Gower Street, et je me trouvai confronté au dilemme séculaire du voyageur londonien – sortir et marcher, ou patienter et espérer.

Je rappelai Lesley, mais son téléphone bascula directement sur sa messagerie vocale. Je joignis le poste de police de Belgravia et demandai à l'opératrice de me mettre en contact avec l'Airwave de Stephanopoulos. Au cas où ce canal serait sur écoute, elle m'ordonna de rentrer chez moi et d'attendre les consignes avant de m'apprendre que, la dernière fois qu'elle avait vu Seawoll et Lesley, ils se dirigeaient vers l'opéra. Je lui répondis que je suivais ses ordres, sur un ton qui ne risquait pas de convaincre Stephanopoulos ou d'éventuelles oreilles indiscrètes, mais qui me permettrait de faire bonne figure si une transcription était utilisée devant une cour de justice.

La circulation se débloqua après New Oxford Street, et j'indiquai à Beverley de prendre Endell Street.

« Quand on sera arrivés, je veux que tu te tiennes à l'écart de Lesley, dis-je.

— Tu penses que je ne suis pas de taille ?

— Je crois qu'elle pourrait bien absorber toute ta magie.

— T'es sérieux ? »

C'était une simple hypothèse, mais un *genius locorum* comme Beverley devait tirer son pouvoir de quelque part, et pour un revenant comme Henry Pyke, ça faisait d'elle une victime particulièrement appétissante. À moins qu'elle ne soit protégée par une sorte d'immunité naturelle, et dans ce cas je me faisais du souci pour rien, toutefois je préférais ne pas courir le risque.

« Très sérieux.

— Merde. Moi qui pensais qu'on allait être amies. »

Je m'apprêtais à ajouter quelque chose de réconfortant, mais fus coupé dans mon élan quand Beverley sortit comme une flèche d'une artère à sens unique près de l'Oasis Sports Centre et tourna dans Endell Street sans tenir compte – ni même avoir conscience, me sembla-t-il – des autres usagers de la route.

« Lesley est ton amie, précisai-je. Pas Henry Pyke. »

La foule du vendredi soir s'était déversée sur les trottoirs, devant les pubs et les cafés, et pendant quelques heures les rues de Londres ressembleraient à l'image que s'en faisaient les gens qui possèdent des villas en Toscane. Le rétrécissement de la chaussée et la perspective de heurter un piéton obligèrent même Berveley à lever le pied – momentanément.

« Fais attention, dis-je.

— Boire ou marcher, il faut choisir », répliqua-t-elle.

La voiture fit une embardée autour du mini rond-point sur Longacre, ralentit par considération pour un autre groupe de buveurs devant le *Kemble's Head*, avant d'accélérer dans Bow Street. Ne voyant ni véhicule de police, ni camion de pompiers dans le périmètre de l'opéra – rien qui indiquât une situation de crise –, j'en déduisis que nous étions peut-être arrivés à temps. Beverley se gara sur une place de stationnement réservée aux handicapés, en face du Royal Opera House.

« Laisse tourner le moteur », lançai-je en sortant. Je ne m'attendais pas à devoir repartir d'urgence, mais ça me paraissait une bonne façon de l'obliger à ne pas quitter la voiture, et à se tenir tranquille. « Si un agent de police essaie de te faire bouger, donne-lui mon nom et dis-lui que je suis à l'intérieur, en mission officielle.

— Ça va l'impressionner, c'est sûr », ironisa Beverley, qui resta néanmoins dans la Mini, et c'était le plus important. Je traversai la route en courant, en direction de l'entrée principale, et poussai l'une des portes en verre et en acajou. J'arrivai dans l'atrium ; après le soleil de la rue, il faisait frais et sombre à l'intérieur. De part et d'autre des battants, des vitrines accueillaient des mannequins parés des costumes de précédentes représentations. Alors que je franchissais une deuxième série de portes donnant sur le foyer, je vis soudain un grand nombre de personnes venir à ma rencontre. Je regardai rapidement autour de moi, essayant de comprendre la raison qui les poussait à agir ainsi. Elles avaient l'air pressés, mais ne paraissaient manifester aucun affolement. Je pigeai enfin : c'était l'entracte, et les fumeurs se précipitaient dehors pour griller une cigarette.

Effectivement, des flots de spectateurs sortaient par les ouvertures menant à l'orchestre et se dirigeaient vers la gauche, vers les toilettes et le bar à n'en pas douter – probablement dans cet ordre. Je laissai passer la marée humaine – je ne devrais pas avoir de mal à repérer Seawoll, ne serait-ce qu'à cause de sa taille. Sur le plan vestimentaire, j'étais déçu ; pour l'essentiel, les gens portaient des tenues chics – et chères –, mais décontractées, avec seulement une robe du soir de-ci de-là pour tromper l'ennui – je m'étais attendu à mieux de la part de l'élite. La foule s'éclaircit et je me fondis dans le flot ; je me laissai entraîner, passant devant le vestiaire, puis montant l'escalier menant au bar. Un panneau indiquait qu'il s'agissait du *Restaurant du balcon* – plusieurs tonnes de pin décapé jetées dans une serre victorienne en fer forgé. Conçu pour permettre à un millier de spectateurs légèrement abasourdis de se remettre de leurs émotions à grands coups de gin-tonic au moment de l'entracte, le bar proposait de grands espaces ouverts et des fauteuils rembourrés ordinaires avec des garnitures en cuivre. Sous la voûte du toit en fer forgé et en verre, ça donnait l'impression qu'IKEA avait remporté l'appel d'offres pour la remise en état de la gare de St Pancras. Si la locomotive de *Thomas et ses amis* avait été suédoise, alors son salon aurait ressemblé exactement à ça – en moins joyeux, probablement.

À six mètres de haut, un balcon faisait le tour de la pièce, assez large pour accueillir des chaises et des tables dressées avec nappes blanches en lin et couverts en argent. Il y avait moins de monde là-haut, sans doute parce que la plupart des gens s'étaient rués sur le bar, histoire d'engloutir le plus possible de gin avant que la musique reprenne. Je me dirigeai vers l'escalier le plus proche, espérant avoir une vue plus plongeante. J'étais à mi-chemin quand je pris conscience que l'atmosphère était en train de changer. C'était presque imperceptible, comme un chien qui aboie au loin, tard dans la nuit.

« Cette garce peut aller se faire foutre », fit une voix de femme, stridente, quelque part en dessous de moi.

C'était le même sentiment de tension que j'avais ressenti sur Neal Street – juste avant que le Dr Framline fasse son numéro de psychopathe. Quelqu'un laissa tomber un plateau, le métal résonna sur le sol en bois précieux, deux verres se brisèrent, salués par des bravos ironiques.

J'atteignis le balcon, me faufilai entre deux tables inoccupées et observai la foule.

« Espèce de branleur, dit un type quelque part en bas, sale branleur. »

Je repérai un homme bien de sa personne, approchant la cinquantaine, cheveux poivre et sel, costume classique, sourcils broussailleux reconnaissables entre mille. L'inspecteur général Folsom – comme si ma vie n'était déjà pas assez compliquée comme ça. J'eus un mouvement de recul et, à ce moment-là, j'aperçus Lesley, appuyée sur la balustrade du balcon d'en face, qui me regardait droit dans les yeux. Elle semblait normale, active, heureuse, et portait sa tenue de travail habituelle, blouson de cuir et pantalon. Quand elle fut certaine que je l'avais vue, elle me fit un petit signe de la main et inclina la tête vers le bar où Seawoll était en train de commander un verre.

Une voix annonça que la représentation allait reprendre dans trois minutes.

En bas, au comptoir, un type en veste de tweed gifla l'un de ses interlocuteurs. Quelqu'un cria, Lesley baissa les yeux, et je courus le long du balcon, bousculant des spectateurs au passage. Je jetai un coup d'œil à Lesley, qui me lança un regard stupéfait alors que je négociais le premier virage et traversais à toute allure le balcon qui enjambait la pièce dans le sens de la largeur. Je ne savais pas qui, de Lesley ou de Henry Pyke, était aux commandes dans l'esprit de mon amie en ce moment. Mais ni elle ni lui ne s'étaient attendus à me voir me frayer un passage à travers une foule de notables bien sapés. Et je tablais bien là-dessus. Pas facile, de tenter maladroitement de sortir une sirette remplie de tranquillisant de sa poche tout en écartant des épaules les mélomanes indignés. Pourtant, tout était en place quand je pris l'ultime virage et fonçai droit sur Lesley.

Elle me dévisageait avec une pointe d'amusement, la tête penchée d'un côté, et je me dis, tu peux la jouer cool autant que tu veux, parce que bientôt tu vas faire dodo. À ce stade, les gens s'écartaient spontanément devant moi et la voie était libre sur les cinq derniers mètres. C'était sans compter Seawoll, qui, surgissant par l'escalier, me frappa au visage. J'eus l'impression d'avoir heurté une poutre d'un plafond trop bas : je tombai sur le dos et contemplai une vue floue du toit.

Bon sang, ce type savait être rapide quand il le voulait.

Manifestement, Henry Pyke était capable d'influencer d'autres personnes, quand bien même elles avaient la tête solidement plantée sur les épaules, comme cet enfoiré de Seawoll – ce n'était pas un signe très engageant.

« Franchement, je m'en tape, brailla une femme quelque part sur ma droite. Des connards qui s'égosillent et racontent des histoires de mecs, qu'est-ce que j'en ai à foutre ? »

Une voix annonça que la représentation reprendrait dans moins d'une minute, et que les spectateurs étaient invités à regagner leurs places. Un jeune homme à l'accent roumain et en tenue de serveur m'ordonna de ne pas bouger, et que la police avait été avertie.

« C'est moi, la police, pauvre con », dis-je, mais j'avais l'impression d'avoir la mâchoire disloquée, ce qui ne favorisait pas la communication. Je dénichai ma carte et l'agitai devant son nez ; à sa décharge, il m'aida à me relever. Le bar était vide, à part le personnel resté pour tout nettoyer. Quelqu'un avait marché sur la sirette et l'avait écrasée. Je me palpai le visage. Comme j'avais encore toutes mes dents, Seawoll avait dû retenir son coup. Je demandai où était passé le grand costaud, et on m'indiqua qu'il était descendu, en compagnie de la femme blonde.

« Ils sont entrés dans la salle ? » interrogeai-je, mais personne ne sut me répondre.

J'avalai les marches quatre à quatre et j'arrivai devant le long comptoir en marbre du vestiaire, en bas. L'avantage, avec Seawoll, c'est qu'il est facile à repérer et difficile à oublier – le préposé m'informa qu'il s'était dirigé vers l'orchestre. Je retournai dans le foyer où une jeune femme courtoise essaya de m'empêcher d'entrer. Je demandai à parler à son patron, et quand elle s'éclipsa pour le chercher, je me faufilai à l'intérieur.

La musique me frappa d'emblée, telle une puissante vague lugubre, puis la dimension du théâtre lui-même. Un immense fer à cheval, qui s'élevait sur plusieurs niveaux de dorures et de velours rouge. Devant moi, une mer de têtes descendait jusqu'à la fosse d'orchestre ; au-delà se trouvait la scène. Le décor représentait la poupe d'un grand voilier, mais l'échelle avait été exagérée au point que les plats-bords écrasent les interprètes. Tout était peint dans des nuances froides de bleu, de gris et de blanc sale – un navire à la dérive sur un océan cruel. La musique était tout aussi sombre – tout ça manquait un peu de rythme, à mon goût, ou, à défaut, d'une fille en minijupe. Des hommes en uniforme et coiffés de tricornes chantaient entre eux pendant qu'un blond en chemise immaculée les observait avec des yeux de biche. J'avais comme l'impression que les choses n'allaient pas bien se terminer pour le blond, et pour les auditeurs non plus d'ailleurs. Je venais à peine de comprendre que le ténor jouait le rôle du capitaine quand la basse, le méchant dans la pièce, hésita. Je crus d'abord que ça faisait partie du spectacle, mais le murmure qui parcourut le public m'indiqua clairement qu'il s'était planté. Le chanteur essaya de se ressaisir, mais il avait du mal à se souvenir de son texte. Le ténor se mit à improviser, mais bredouilla à son tour et, avec une expression de pure panique, regarda vers la coulisse. La rumeur commençait à couvrir l'orchestre qui, ayant enfin compris que quelque chose clochait, s'arrêta net.

Je m'engageai dans l'allée menant à la fosse, même si je n'avais aucune idée de la façon d'accéder à la scène. Quelques spectateurs s'étaient levés et tendaient le cou afin de voir ce qui se passait. J'atteignis le bord de la fosse et, baissant le regard, constatai que les musiciens semblaient figés au-dessus de leurs instruments. J'étais assez près du premier violon pour le toucher. Il tremblait et ses yeux étaient vitreux. Le chef d'orchestre tapota sa baguette sur son pupitre et ses ouailles recommencèrent à jouer. En entendant les premières notes, je reconnus l'une des chansons chantées par M. Punch dans le texte de Piccini, *Malbrough s'en va-t'en guerre*, un vieil air du folklore français, plus connu dans les pays anglophones sous le titre *For He's a Jolly Good Fellow*.

Le ténor interprétant le rôle du capitaine reprit le refrain en premier :

M. Punch is a jolly good fellow,
His dress is all scarlet and yellow[1].

La basse et le baryton joignirent coup sur coup leurs voix à la sienne, suivis par le reste de la troupe, comme s'ils avaient tous la partition sous les yeux.

1. « M. Punch est un bon camarade, / Tout d'or et d'écarlate vêtu ».

And if now and then he gets mellow,
It's only among good friends[1].

Les chanteurs tapèrent du pied au rythme de la musique. Les spectateurs semblaient paralysés dans leurs fauteuils ; je ne savais pas s'ils étaient troublés, fascinés ou tout simplement trop choqués pour faire un geste. Puis le premier rang commença à son tour à tambouriner. Moi-même, je sentais cette pulsion s'emparer de moi, une bouffée de bière, de jeu de quilles, de pâté en croûte, une envie de danser en me fichant éperdument du qu'en-dira-t-on.

With the girls he's a rogue and rover;
He lives, while he can, upon clover[2].

Rangée après rangée, les applaudissements et les battements de pieds se propagèrent vers l'arrière de la salle. Dans la bonne acoustique de l'opéra, les mélomanes étaient aussi bruyants que les supporters d'Arsenal un jour de match, et leur enthousiasme tout aussi communicatif. Je dus serrer les genoux pour empêcher mes pieds d'entrer dans la danse.

When he dies it's only all over:
And there Punch's comedy ends[3].

Lesley monta sur scène et, avec une assurance peu commune, gravit les marches qui la menèrent sur la

---

1. « Et s'il lui arrive de baisser sa garde, / Ce n'est qu'en présence de ses vrais amis. »

2. « Coquin, il passe d'une fille à l'autre ; / Il n'a qu'une règle, mener une vie de volupté. »

3. « À sa mort, tout est fini : / Et ainsi s'achève la comédie de M. Punch. »

proue hypertrophiée. Elle se tourna vers la salle. Je vis alors qu'elle tenait dans sa main gauche une canne à pommeau d'argent. Je la reconnus – ce salaud l'avait volée à Nightingale. Un projecteur troua l'obscurité et la baigna dans une lumière blanche et crue. La musique et le chant s'interrompirent et les piétinements s'estompèrent.

« Mesdames et messieurs, cria Lesley, jeunes gens, jeunes filles. J'ai l'honneur de vous présenter aujourd'hui la comédie tragique et la tragédie comique de M. Punch, relatée par M. Henry Pyke, grand talent et célèbre imprésario. » Elle attendit les applaudissements et, comme ils ne venaient pas, elle marmonna quelque chose et fit un petit geste avec la canne. Je sentis le poids écrasant de la contrainte, alors que la foule se mettait à battre des mains.

Lesley adressa un salut gracieux à son public. « C'est bon d'être de retour, dit-elle. Que ce théâtre a grandi depuis mon époque ! Qui d'autre parmi vous a connu les années 1790 ? »

Un cri solitaire flotta depuis le poulailler, prouvant une fois de plus qu'il faut de tout pour faire un monde.

« Ne croyez pas que je mette votre parole en doute, monsieur, mais vous êtes un fieffé menteur, dit Lesley. Ce vieux cabotin finira bien par montrer le bout de son nez. » Elle regarda au-delà des projecteurs, dans les fauteuils d'orchestre, cherchant quelque chose. « Je sais que tu es là, chien d'Irlandais. »

Elle secoua la tête. « Je voudrais simplement vous dire que je suis content d'être au XXIe siècle, déclara-t-elle brusquement. Que de progrès accomplis : des sanitaires à l'intérieur des maisons, des voitures sans chevaux – une espérance de vie correcte. »

Je ne voyais toujours pas comment passer de l'orchestre à la scène. La fosse était profonde de deux mètres et le bord de la scène en face était hors de portée d'un homme de taille normale.

« Ce soir, mesdames et messieurs, jeunes gens, jeunes filles, j'aurai le plaisir de vous divertir par mon interprétation d'une scène regrettable de l'histoire de M. Punch, dit Lesley. Je veux parler, vous l'aurez compris, de son incarcération et, hélas, de son exécution imminente.

– Non ! » hurlai-je. J'avais lu le texte, et je connaissais la suite.

Lesley me regarda droit dans les yeux et sourit. « Et je compte bien, par l'art de cette scène, frapper directement à l'âme. » Dans un bruit de craquement d'os qui se fracturait, son visage entama sa métamorphose. Alors que son nez se transformait en une lame courbe, sa voix s'éleva en un cri perçant.

« C'est comme ça qu'il faut faire ! » hurla-t-elle.

J'arrivais trop tard, mais je me jetai tout de même dans la fosse. Au Royal Opera House, la musique, c'est du sérieux ; on a droit à un orchestre de soixante-dix instrumentistes, un vrai – pas un quatuor avec une boîte à rythmes –, et la fosse qui va avec. J'atterris au milieu de la section cuivres ; ses membres n'étaient pas sous l'influence de Henry Pyke au point de ne pas protester. Je me frayai un passage entre les violonistes – inutile : même en sautant à pieds joints, je ne parvenais pas à toucher la scène avec mes mains. L'un des violonistes me demanda ce que je fichais là et, épaulé par un contrebassiste, menaça de me casser la figure. Je distinguai dans leur regard cette expression d'ivrogne méchant que je commençais à associer à Henry Pyke. Je venais d'attraper un pupitre pour les tenir à bonne distance quand l'orchestre se remit à jouer. Dès les premières mesures, les deux musiciens aux tendances homicides firent comme si je n'existais plus ; ils prirent leurs instruments, regagnèrent leur place et, avec beaucoup de décorum pour deux individus en pleine crise psychotique, ils se joignirent à l'ensemble. J'entendais la chose qui occupait le corps de Lesley chanter de son atroce voix aiguë :

Punch when parted from his dear,
Still must sing in doleful tune[1].

Je ne parvenais pas à voir ce que faisait Lesley, mais à en juger par sa chanson, elle interprétait la scène dans laquelle Punch assiste, par la fenêtre de sa prison, à la construction de la potence. J'aperçus des portes de part et d'autre de la fosse d'orchestre – elles devaient mener en coulisse, d'une façon ou d'une autre. Je jouai des coudes entre les musiciens, me dirigeant vers l'une d'elles et provoquant dans mon sillage une série de couacs, de grincements et de fracas. Je débouchai dans un couloir étroit en parpaings, bifurquant à gauche et à droite. Comme j'étais sorti côté cour, je supposai qu'en prenant à nouveau à gauche je me retrouverais dans la coulisse. J'avais vu juste, sauf que la coulisse du Royal Opera House ressemblait à un hangar à avions, une salle immense, haute de plafond, et au moins trois fois aussi volumineuse que la scène principale – on aurait pu y ranger un zeppelin. Les régisseurs, les souffleurs et tout le personnel qui reste d'ordinaire tapi à l'abri des regards pendant un spectacle étaient paralysés par le pouvoir qu'exerçait Henry Pyke sur le public. En m'éloignant de lui, j'avais pu reprendre mes esprits et recommencé à réfléchir. Pour Lesley, le mal était fait ; si je lui injectais le sédatif maintenant, elle perdrait définitivement son visage. Me précipiter

1. « Séparé de sa mie, / Punch chante d'une voix plaintive. »

sur scène n'allait pas servir à grand-chose – d'ailleurs, peut-être Henry Pyke l'avait-il même planifié dans son scénario. Je me mêlai aux machinistes et essayai de m'approcher de la scène autant que possible sans me montrer.

Ils n'avaient pas construit de potence. À la place, un nœud coulant avait été abaissé, comme au bout d'une vergue. Soit Henry Pyke avait été encore mieux organisé que je ne m'y attendais, soit l'opéra joué ce soir prévoyait la pendaison d'un de ses protagonistes – mais sans doute pas avant d'avoir chanté pendant des heures.

Lesley mimait Punch en train de se morfondre derrière une fenêtre munie de barreaux. Elle ne semblait plus suivre le texte de Piccini, préférant régaler le public du récit de la vie de Henry Pyke, acteur en herbe, de ses débuts bien modestes dans un petit village du Warwickshire à sa carrière en plein essor sur les planches de Londres.

« Je n'étais plus un jeune homme, déclama Lesley, mais un acteur chevronné qui avait fait fructifier un don de Dieu par des années d'expérience chèrement acquises sur les scènes impitoyables de Londres. »

L'absence totale de ricanement parmi les régisseurs en disait long sur la force de l'influence qu'exerçait Pyke. Comme Nightingale n'avait pas encore abordé ce chapitre avec moi, j'ignorais la quantité de magie nécessaire pour garder deux mille personnes sous son emprise, mais probablement pas mal. Je décidai donc qu'il était préférable pour Lesley de perdre son visage que de voir son cerveau se ratatiner. Je regardai autour de moi. Il y avait forcément une trousse de premiers secours quelque part. Le Dr Walid avait dit que j'allais avoir besoin d'une solution saline et de bandages si je voulais la maintenir en vie jusqu'à l'arrivée de l'ambulance.

J'aperçus la trousse accrochée au mur, au-dessus d'une série d'extincteurs, une valise rouge en plastique d'une taille impressionnante qui pourrait servir d'arme le cas échéant. Je préparai ma dernière sirette et, la trousse dans l'autre main, je me glissai dans la coulisse. Quand j'eus de nouveau la scène dans mon champ de vision, Lesley – je ne supportais pas de voir en elle Punch ou Henry Pyke – était en train de dresser une liste exhaustive et détaillée de tous les déboires qu'avait connus Henry. Il tenait Charles Macklin pour responsable de la plupart d'entre eux. Henry affirmait que Macklin l'avait pris en grippe et, sommé de s'expliquer, l'avait mortellement frappé devant ce même théâtre.

« Il aurait dû se balancer au bout d'une corde pour ça, dit Lesley. Tout comme il aurait dû être puni pour avoir assassiné ce pauvre Thomas Hallum au Theatre Royal. Mais il a la chance des Irlandais et la parole facile. »

Je compris enfin ce qu'attendait Henry Pyke. Charles Macklin avait été un habitué du Royal Opera House jusqu'à sa mort. D'après la légende, le fantôme de Macklin serait apparu à de nombreuses reprises, occupant son fauteuil d'orchestre favori. Henry Pyke essayait de l'amener à se manifester, mais je ne pensais pas qu'il allait se montrer. Lesley arpenta la dunette dans toute sa longueur, lançant des regards interrogateurs dans la salle.

« Montre-toi, Macklin ! » cria-t-elle. Je crus déceler un certain flottement dans sa voix. La dunette était une section surélevée de la scène, trop haute pour que je puisse l'escalader par les côtés. L'escalier sur le devant offrait le seul accès – pas moyen de passer par là sans que Lesley me repère. J'allais devoir faire quelque chose de stupide.

J'entrai sur scène avec assurance, puis je fis l'erreur de regarder dans le public. Je ne voyais pas grand-chose au-delà des feux de la rampe, juste assez pour me rendre compte qu'une grande masse de gens me fixaient depuis les ténèbres. Je trébuchai et me rattrapai à un canon.

« Qui va là ? demanda Lesley d'une voix stridente.

— Mon nom est Jack Ketch, répondis-je un peu trop doucement.

— Dieu me préserve des imbéciles et des amateurs, marmonna Lesley tout bas, puis plus fort : Qui va là ?

— Mon nom est Jack Ketch », et cette fois, je sentis que le public m'avait entendu. Je perçus un clapotis de *vestigia* en retour, provenant de l'âme de la salle elle-même. Le théâtre n'avait pas oublié Jack Ketch, le bourreau de Charles II d'Angleterre, un homme d'une incompétence notoire qui avait poussé le culot jusqu'à publier un opuscule dans lequel il rejetait la responsabilité sur sa victime, Lord Russell, pour ne pas s'être tenu tranquille quand il avait abattu sa hache. Un siècle plus tard, le nom de Ketch avait encore été synonyme de bourreau, et aussi de meurtrier – un nom qui évoquait le diable en personne. Et Jack Ketch avait un rôle dans l'histoire de Punch et Judy, c'était donc ma meilleure chance d'approcher suffisamment Lesley pour utiliser la sirette.

« Merci, monsieur Ketch, mais je n'ai besoin de rien », affirma Lesley.

Si je n'avais pas pris la peine d'apprendre le texte par cœur, j'en savais assez pour improviser. « Vous devez sortir, lançai-je. Pour être pendu.

— Vous ne seriez pas si cruel », plaida Lesley.

J'avais conscience que le dialogue prévoyait nettement plus de badinage, mais comme j'étais incapable de m'en souvenir, je décidai d'aller droit au but. « Alors, je vais devoir venir vous chercher. » Je montai l'escalier menant à la dunette. J'avais du mal à ne pas détourner les yeux devant le spectacle de désolation qu'offrait le visage de Lesley. Une grimace d'agacement déforma les traits de Punch, probablement parce que je ne respectais pas mon texte, mais Lesley continua à jouer – exactement comme je l'espérais. C'était le moment où Jack Ketch attrape Punch et le traîne jusqu'au nœud coulant ; notre assassin est toutefois plus malin que le bourreau et, par la ruse, il oblige ce dernier à passer le cou dans la boucle et à se pendre lui-même. Bel exemple pour la jeunesse – des modèles comme ça, on n'en fait plus de nos jours, non m'sieur.

Je préparai la sirette.

Lesley se recroquevilla à mon approche. « Pitié, pitié, glapit-elle. Je ne recommencerai pas.

— Ça au moins, c'est certain », dis-je, mais avant que je puisse lui faire l'injection, elle tournoya sur elle-même et pointa la canne de Nightingale vers mon visage. Mon dos et mes épaules se bloquèrent et je parvins difficilement à garder l'équilibre.

« Savez-vous ce que c'est ? » interrogea Lesley, agitant violemment la canne.

J'essayai de répondre « un bâton », mais les muscles de ma mâchoire refusaient, eux aussi, de bouger.

« Tel Prospero, votre maître exerce son art grâce à ses livres et à sa baguette magique, continua Lesley. Or je n'ai besoin que de la seconde. Nous autres qui appartenons au monde des esprits avons ce je ne sais quoi qui facilite l'exercice de la magie, mais avec l'absence de corporalité, il nous manque cette étincelle de vitalité nécessaire à l'assouvissement de nos désirs. »

Au moins avais-je la confirmation que Henry Pyke ne détenait aucune magie intrinsèque, une observation qui m'aurait paru bien plus intéressante si je n'avais pas été complètement paralysé et à sa merci.

« Voilà la source du pouvoir de votre maître, poursuivit Lesley. Et avec ce pouvoir, je peux faire ce que bon me chante. » Elle sourit, révélant ses dents broyées. « Votre texte est : “Allons, monsieur Punch, assez tardé.”

— Allons, monsieur Punch, assez tardé, déclamai-je, désignant le nœud coulant. Passez votre tête dans cette corde. » Curieusement, cette fois j'avais l'impression de percevoir son influence, comme s'il s'agissait d'une *forma* dans mes pensées, quoique venue d'ailleurs.

« Par là ? demanda Lesley, faisant un clin d'œil au public. Pourquoi diable ?

— Oui, par là. » Je la sentis de nouveau, et je n'eus plus aucun doute : si l'idée de la forme était extérieure, la forme elle-même était l'œuvre de mon propre esprit. C'était comme de l'hypnose, une suggestion plus qu'un ordre.

« Pour quoi faire ? Je ne sais pas comment m'y prendre, dit Lesley, se composant une attitude de profond désespoir.

— C'est très facile, expliquai-je, saisissant le nœud coulant, la corde rêche contre mes paumes. Il suffit de glisser votre tête par là. »

Lesley se pencha en avant et, passant complètement à côté de l'ouverture, demanda : « Comme ça ?

— Non, non, fis-je, et je lui montrai le nœud. Là. » S'il s'agissait d'une simple suggestion, je devais être capable de la chasser par la pensée.

Lesley échoua encore, d'une manière théâtrale. « Comme ça, alors ? »

Malgré mes tentatives pour bannir la forme de mon esprit, je me surpris à répondre : « Pas comme ça, imbécile », en mimant l'exaspération. L'usage de la force brute n'était pas la solution, mais j'avais intérêt à trouver quelque chose rapidement, parce que deux lignes plus loin, le personnage de Jack Ketch allait passer son cou dans la boucle et se pendre – et moi avec.

« Avant de me traiter d'imbécile, voyons si vous pouvez faire mieux, glapit Lesley, et elle marqua une pause afin de donner au public l'occasion de glousser dans l'attente de ce qui allait suivre. Montrez-moi comment m'y prendre et je vous imiterai sans hésiter. »

Je sentis mon corps changer de position en prévision du mouvement qui enfoncerait ma tête dans le nœud coulant. À ce moment-là, je songeai qu'à défaut de réussir à me débarrasser de la suggestion je pourrais peut-être modifier suffisamment la *forma* pour la rendre inactive. J'utilisai une technique comparable à celle de l'antibruit, qui réduit un bruit indésirable en diffusant une autre onde sonore en opposition de phase – c'est assez malin et, contre toute attente, ça marche. J'espérai avoir le même succès avec ma version de la chose, parce que je venais à peine de commencer à concevoir la forme dans mon esprit quand ma bouche dit : « Très bien, je vais vous montrer. »

Ma *forma* et son pouvoir de suggestion s'affrontèrent tels deux pignons d'une boîte de vitesse frottant l'un contre l'autre, alors qu'ils n'auraient jamais dû le faire. Je crus sentir des fragments de la *forma* tourbillonner dans mon cerveau et ricocher douloureusement contre la paroi de mon crâne, mais c'était peut-être mon imagination. Ça n'avait pas d'importance. Mon corps se libéra de sa paralysie et j'extirpai ma tête du nœud coulant, regardant Lesley d'un air triomphant.

« Peut-être pas, en fin de compte. »

Derrière moi, quelqu'un referma un bras puissant sur ma poitrine et une grosse main m'empoigna l'arrière de la tête et la poussa à travers le nœud. Je sentis une odeur de poil de chameau et d'après-rasage Chanel – Seawoll avait dû approcher dans mon dos pendant que je faisais le malin.

« Ou peut-être que si », insista Lesley.

Je me débattis. Si certains hommes à la carrure imposante ne sont pas aussi forts qu'ils le paraissent, Seawoll n'était pas de ceux-là. Alors, je lui enfonçai la sirette dans la partie exposée de sa main et lui injectai toute la dose. Malheureusement, le sédatif avait été préparé pour Lesley, qui pesait moitié moins que Seawoll. Il maintint donc la pression, jusqu'au moment où Lesley cria : « Hissez-le, moussaillons ! » et je fus entraîné dans les airs.

Heureusement pour moi, j'avais été pendu à une corde de théâtre, conçue selon des règles de sécurité très strictes, afin de ne *pas* tuer le séduisant baryton croate dont le cou était censé se trouver à la place du mien. Le nœud coulant était bidon – renforcé avec du fil de fer pour que la boucle garde sa forme. On avait sans aucun doute prévu un œillet pour le câble qui devait être relié au harnais de sûreté admirablement dissimulé sous le costume du bellâtre, après que ce dernier aurait poussé son ultime aria. Malheureusement, je n'avais pas de harnais, et cette saleté de corde parvint presque à me tuer avant que je réussisse à extraire ma tête, m'écorchant la peau du menton au passage. Je tentai de m'appuyer sur la corde en mettant mon coude dans la boucle, mais même ainsi, mon dos souffrait le martyre.

Je jetai un coup d'œil en bas et constatai que je me trouvais à cinq bons mètres de la scène. Je n'étais pas près de lâcher.

Lesley s'adressa de nouveau au public. « Nous voilà débarrassés de la police », lança-t-elle. Derrière elle, Seawoll s'assit lourdement sur les marches et s'affaissa en avant, tel un coureur épuisé, l'hydrochlorure d'étorphine faisant enfin son effet.

« Voyez, dit-elle, un policier rend son dernier souffle, pendant qu'un autre s'est assoupi, probablement abruti par la boisson. Ainsi, le brave peuple d'Angleterre accorde sa confiance à des porcs que bien peu de choses séparent des vauriens qu'ils prétendent traquer. Combien de temps encore, mesdames et messieurs, jeunes gens, jeunes filles, êtes-vous prêts à supporter cela ? Pourquoi des hommes de qualité devraient-ils payer l'impôt quand les étrangers en sont dispensés, mais espèrent pourtant bénéficier des libertés qui sont la prérogative gagnée de haute lutte par les Anglais ? »

J'avais de plus en plus de mal à maintenir ma prise, mais l'idée de lâcher ne me disait vraiment rien. D'énormes rideaux encadraient la scène, et je me demandai si, en me balançant, j'arriverais assez loin pour en agripper un. Attrapant la corde à deux mains, je changeai de position et commençai à fléchir mon corps afin d'accélérer.

« Je vous pose la question : qui sont les vrais opprimés ? s'exclama Lesley. Ceux qui ne demandent que ce qui leur revient de droit, ou ceux qui exigent de bénéficier de tout – sécurité sociale, allocation logement, pension d'invalidité – et ne paient pour rien ? » Je me souvenais d'avoir étudié la réforme des Lois sur les Pauvres en histoire ; de deux choses l'une, soit Henry Pyke puisait dans la mémoire de Lesley, soit il avait lu le *Daily Mail* ces deux cents dernières années.

« Et sont-ils seulement reconnaissants ? harangua-t-elle les spectateurs qui marmonnèrent en guise de réponse. Non, bien sûr. Parce qu'ils en sont venus à considérer ce genre de choses comme un droit. »

Pas facile d'empêcher la corde de se balancer au-dessus de la fosse d'orchestre. J'essayai de corriger la trajectoire, et finis par décrire un huit. Plusieurs mètres me séparaient encore du rideau, aussi redoublai-je d'efforts, pliant les genoux afin de prendre davantage de vitesse.

Soudain, une clameur s'éleva du public et je sentis une vague de frustration et de colère m'envelopper, telles les eaux de crue refoulées par un collecteur de pluie. Je perdis ma concentration à un moment crucial et heurtai le rideau de plein fouet. Je me lançai, agrippant désespérément le tissu épais par poignées et essayant d'en coincer suffisamment entre mes jambes pour amortir ma chute et éviter de m'écraser sur la scène.

Puis toutes les lumières s'éteignirent. Elles ne jetèrent pas d'étincelles, ne vacillèrent ni ne clignotèrent, rien de théâtral – elles s'éteignirent, tout simplement. Probablement quelques microprocesseurs du système d'éclairage sophistiqué du Royal Opera House qui avaient dû se désagréger et se transformer en sable. Quand on tient sa vie – littéralement – du bout des doigts, la bonne direction est presque toujours le bas ; alors, je fis de mon mieux pour ignorer la douleur dans mes avant-bras et commençai à descendre le long du rideau. Dans l'obscurité, la foule ne semblait pas paniquer, ce que, étant donné les circonstances, je trouvais franchement inquiétant.

Un cône de lumière blanche apparut autour de Lesley, tel le rayon d'un projecteur invisible. « Mesdames et messieurs, jeunes gens et jeunes filles. Je pense qu'il est temps d'aller s'amuser un peu. »

Un jour, un de mes oncles maternels m'a emmené voir Arsenal contre les Spurs à Highbury, parce que son fils n'était pas libre ce jour-là. Nous étions dans la tribune des abonnés, de vrais amateurs de football qui vont au stade pour le jeu, pas pour la violence. Dans un groupe de ce genre, on a l'impression d'être emporté par la marée – on peut essayer de nager contre le courant, mais on finit toujours par être entraîné. C'était un match plutôt ennuyeux, et on se dirigeait droit vers un nul, zéro à zéro, lorsque soudain, pendant les prolongations, Arsenal a lancé une ultime attaque. Au moment où les joueurs sont entrés dans la surface de réparation, je vous jure que les soixante mille spectateurs présents dans les gradins retenaient leur respiration. Et quand l'avant d'Arsenal a mis la balle au fond des filets, je me suis surpris à hurler ma joie avec le reste des gens qui m'entouraient. C'était complètement involontaire.

Je ressentis la même chose quand Henry Pyke laissa la foule du Royal Opera House se déchaîner. J'avais dû lâcher le rideau et parcourir les deux derniers mètres en tombant : tout ce que je savais, c'était que j'étais soudain allongé sur le dos, avec une douleur lancinante à la cheville, et animé par le désir de casser la gueule à quelqu'un. Je me relevai et me retrouvai face à face avec une Lesley complètement défigurée.

Je tressaillis. De près, les dégâts occasionnés au visage de mon amie étaient encore plus impressionnants. Mes yeux n'arrêtaient pas de se détourner de cette caricature grotesque. Elle était flanquée des premiers rôles, tous masculins, tous tendus, et à l'exception du baryton d'allure bien plus patibulaire qu'on aurait pu s'y attendre de la part de membres de l'élite culturelle.

« Vous allez bien ? demanda-t-elle d'une voix stridente. Vous nous avez fait peur.

— Vous avez essayé de me prendre, répliquai-je.

— Peter, répondit Henry Pyke, je n'ai jamais souhaité votre mort. Au cours des derniers mois, j'en suis arrivé à vous considérer moins comme un ennemi juré et plus comme un personnage de la pièce, le faible d'esprit dont le rôle est de détendre l'atmosphère, permettant aux vrais comédiens de se changer pendant l'intervalle comique où il distrait les spectateurs par ses tours, accompagné par son chien.

— Je remarque que Charles Macklin n'a pas daigné faire une apparition. »

Le nez de Punch remua. « Ce n'est pas grave, dit Lesley. Ce maudit bâtard d'Irlandais ne pourra pas se cacher éternellement.

— Et en attendant, on... » C'était une bonne question. « Qu'est-ce qu'on fait, au juste ? demandai-je.

— Nous jouons nos rôles, dit Lesley. Nous sommes, monsieur Punch, l'irrépressible esprit de la sédition et de la rébellion. Nous fomentons des troubles, c'est dans notre nature, comme il est dans la vôtre d'essayer de nous arrêter.

— Des gens meurent, observai-je.

— Hélas. Toute forme d'art requiert des sacrifices. Et vous pouvez me croire, la mort est bien plus ennuyeuse qu'une tragédie. »

Soudain, je fus frappé par le fait que je n'avais pas affaire à une seule personnalité. La façon dont son accent sautait d'une époque à l'autre, les curieux changements de comportement et de motivation. Mon interlocuteur n'était pas Henry Pyke, ni même M. Punch, mais un patchwork, un personnage concocté à partir de fragments à moitié oubliés. Peut-être que tous les fantômes étaient ainsi, constitués de souvenirs retenus dans le tissu urbain, comme des fichiers sauvegardés sur un disque dur – se dégradant lentement à mesure que les générations de Londoniens se succédaient.

« Vous ne m'écoutez pas, me reprocha Lesley. J'ai un emploi du temps très chargé, vous savez. Je vous parle de mes exploits et vous êtes perdu dans vos pensées.

— Dites-moi, Henry, comment se nommaient vos parents ?

— M. et Mme Pyke, bien sûr, en voilà une question !

— Et leurs prénoms ? »

Lesley rit. « Vous essayez de me piéger, dit-elle. Ils s'appelaient papa et maman. »

J'avais raison : Henry Pyke, du moins la partie de lui qui se trouvait à l'intérieur du crâne de Lesley, n'avait – littéralement – pas toute sa tête.

« Et si vous me parliez de votre mère, des bons souvenirs que vous gardez d'elle ? »

Lesley pencha la tête sur le côté. « Je n'aime pas qu'on se moque de moi. » Elle fit un geste en direction des acteurs qui avaient suivi notre conversation d'un air impassible. « Savez-vous, ce que le *Times* a dit à propos de cette production ?

— Il l'a trouvée sinistre et inutile ? » proposai-je. Si Lesley se lançait dans un monologue, autant en profiter pour me relever.

« Presque. En fait, le critique du *Times* a écrit que "la représentation avait toute la gravité d'un épisode de Noël de Coronation Street".

— C'est vache », reconnus-je.

Je n'avais plus de tranquillisants, mais la trousse de premiers secours traînait toujours quelque part en coulisse. Un bon coup à l'arrière du crâne mettrait peut-être Lesley K-O. Et ensuite ?

Sans me quitter des yeux, Lesley adressa un petit signe de la tête aux chanteurs. « Oh, regardez, mes amis, leur dit-elle. Le critique du *Times* est justement parmi nous. »

J'envisageai de leur dire que je n'étais même pas un lecteur du *Times*, mais je ne pensais pas qu'ils m'écouteraient. Je courus vers la sortie de secours la plus proche – la loi imposait qu'elle ne soit jamais verrouillée et, par définition, elle m'offrirait le plus court chemin vers l'extérieur. Par ailleurs, les panneaux lumineux indiquant les issues de secours étaient alimentés par un autre circuit électrique et fournissaient donc le seul éclairage.

Traversant le hangar à avions derrière la scène, je pris une avance de trois mètres sur mes poursuivants et ne ralentis pas au moment de percuter la première porte, ce qui me valut une côte contusionnée, mais je gagnai au moins un mètre supplémentaire. Bien que mes yeux eussent commencé à s'adapter à l'obscurité, la lueur signalant la sortie droit devant moi ne suffit pas à m'empêcher de trébucher sur un chariot mal garé. Je tombai en m'empoignant le tibia, et en me faisant la réflexion absurde qu'un obstacle de ce genre était une violation des règles d'hygiène et de sécurité.

Une silhouette apparut dans le couloir et se précipita vers moi. L'un des chanteurs m'avait rattrapé ; il faisait trop sombre pour savoir lequel. D'un coup de pied, j'envoyai le chariot sur son passage et il s'écroula, son visage à côté du mien. C'était un homme grand et fort, qui sentait la sueur et le maquillage. Je me relevai et l'empêchai d'en faire autant en lui montant sur le dos. Ensuite, ses amis franchirent la porte avec fracas, et je hurlai pour attirer leur attention, avant de prendre la fuite. J'éprouvai une profonde satisfaction en entendant leurs cris, alors qu'ils trébuchaient sur leur collègue.

J'ouvris un autre battant et émergeai en pleine lumière – probablement un circuit indépendant de l'éclairage de la salle. J'étais de retour dans un labyrinthe aveuglant de couloirs étroits, tous identiques. Je traversai une pièce exclusivement habitée par des perruques et tournai dans un corridor sur le sol duquel s'amoncelaient des chaussons de danse. Je glissai sur l'un d'eux et me cognai contre un mur en parpaings. Derrière moi, j'entendais les premiers rôles hurler qu'ils allaient me faire la peau ; que leurs menaces fussent fort bien articulées ne me consola guère.

Enfin, j'arrivai au niveau des toilettes du rez-de-chaussée, à côté du vestiaire. Je perçus des bruits de verre brisé en provenance du foyer, je décidai donc d'emprunter la sortie latérale, près du guichet. J'ignorai la porte-tambour, trop lente et accessible aux fauteuils roulants, et je me dirigeai vers les issues de secours, mais ce que je vis à travers les vitres m'arrêta net.

Il y avait une émeute dans Bow Street. Une foule bien habillée mettait à sac l'hôtel situé sur le trottoir d'en face, et une colonne de fumée noire et grasse s'élevait d'une voiture en flammes. Je reconnus le modèle, un cabriolet Mini jaune canari.

12. LE DERNIER RECOURS

Personne n'aime les émeutes, à part les pillards et les journalistes. La Police métropolitaine, force de maintien de l'ordre moderne et dynamique s'il en est, est prête à parer à toute éventualité en cas de troubles, qu'il s'agisse d'agriculteurs en colère déversant des tonnes de fumier, de jeunes anarchistes de banlieue venus passer le week-end dans la capitale ou de djihadistes du samedi soir. Mais je soupçonne que la Métro n'avait rien prévu contre deux mille mélomanes enragés sortis en masse de l'opéra pour saccager Covent Garden.

J'étais presque sûr qu'une Londonienne intelligente comme Beverley avait eu la sagesse de fuir son véhicule avant que la foule en furie y mette le feu, toutefois je savais que, si je ne m'en assurais pas, sa mère ne me le pardonnerait jamais. Je courus, hurlant de toutes mes forces dans l'espoir que les agitateurs me prendraient pour l'un des leurs.

Dès que je fus dehors, je remarquai le bruit ambiant. On se serait cru dans un pub, juste avant une rixe, et à une échelle colossale. Des huées, presque animales, des sortes de chants, étranges. Ce n'était pas une émeute ordinaire, dans laquelle une bonne partie de la foule se contente de jouer les spectateurs et de pousser des vivats. Bien sûr, si on leur montre une vitrine brisée, ils se font un plaisir de faucher ce qu'elle contient, mais la plupart de gens n'aiment pas se salir les mains. Ici, on avait affaire à une bande de meneurs : tout le monde, de ce jeune homme étonnamment bien habillé à cette matrone en robe du soir, était fou de rage et prêt à casser quelque chose. Je m'approchai autant que possible de la Mini en flammes et constatai avec soulagement qu'il n'y avait personne à l'intérieur. Beverley avait écouté la voix de la raison et s'était barrée, et j'aurais dû en faire autant, mais je fus distrait par l'apparition d'un hélicoptère directement au-dessus de ma tête.

C'était le signe que les services centraux de la Métro avaient pris le contrôle des opérations anti-émeute. Autrement dit, des dizaines de hauts gradés très occupés – qui à une réception, qui à regarder un DVD, qui en compagnie de leur maîtresse – étaient en train d'être dérangés par les appels téléphoniques d'officiers de rang inférieur tenant à s'assurer qu'ils n'étaient responsables de rien. J'étais prêt à parier qu'au sommet on était déjà au courant de la gravité de la situation et que, dès la fin de l'émeute, le grand jeu de chaises musicales des enquêtes internes allait démarrer, et personne ne voulait se retrouver sans un siège quand la musique s'arrêterait.

Cette pensée, ironiquement, détourna suffisamment mon attention pour que je n'entende pas arriver derrière moi l'inspecteur général Folsom. Je me retournai quand il cria mon nom en s'avançant vers moi. Son costume classique – rayé, constatai-je, maintenant que je le voyais de plus près – avait perdu une manche et tous ses boutons. Folsom faisait partie de ces gens dont le visage est agité de tics sous l'effet de la colère ; ils croient être d'un calme glacial, mais quelque chose finit toujours par les trahir. Dans le cas de Folsom, un méchant tressautement à l'œil droit.

« Vous savez ce que je déteste le plus ? » cria-t-il. Je voyais bien qu'il aurait préféré parler d'une voix sinistre, sur le ton de la conversation ; malheureusement pour lui, les émeutiers faisaient trop de boucan.

« Quoi donc, monsieur ? » demandai-je. Je sentais la chaleur de la Mini en feu dans mon dos – Folsom m'avait coincé.

« Je déteste les agents de police. Et vous savez pourquoi ?

— Pourquoi, monsieur ? » Je me glissai furtivement vers la gauche, essayant de me ménager une sortie.

« Parce que vous n'arrêtez pas de vous plaindre, dit Folsom. Je suis entré dans la police en 1982, c'était le bon vieux temps, avant le Police and Criminal Evidence Act, avant Macpherson et ses quotas. Et vous savez quoi ? On était minables. On pensait avoir bouclé une enquête si on arrêtait quelqu'un, n'importe qui – on se fichait bien de tenir l'auteur du crime. On se prenait des raclées de Brixton à Tottenham. Si on était ripous ? Putain, un peu mon neveu ! Mais on n'était pas gourmands ! Pour deux pintes de bière et un paquet de chips, on laissait filer n'importe quel lascar. » Il marqua une pause et, pendant un moment, une expression de perplexité traversa son visage, puis ses yeux revinrent sur moi et le gauche se contracta.

« Et *vous*, dit-il, sur un ton qui ne me plaisait pas beaucoup. Vous pensez que vous auriez tenu le coup longtemps à l'époque ? Vous auriez réagi comment en découvrant votre casier rempli de merde dans les vestiaires ? Et ça n'aurait été qu'un début. Avec un peu de chance, vous auriez trouvé un collègue pour vous expliquer, brutalement, mais de façon amicale, qu'on ne voulait pas de vous dans les parages. »

J'envisageai sérieusement de sauter à la gorge de ce type – j'étais prêt à tout pour le faire taire.

« Et votre inspecteur-chef ne vous aurait pas été d'un grand secours, poursuivit-il. Il n'aurait même pas été capable d'orthographier correctement “discrimination raciale” sur son rapport, à condition qu'il y ait eu un rapport… »

Je feintai, pour l'obliger à reculer, avant de me précipiter sur la droite, loin de la Mini en feu et de l'émeute. Mais Folsom ne se laissa pas abuser et, alors que je passais à côté de lui, il me flanqua un revers qui me donna l'impression d'avoir été frappé avec une latte de plancher. Je me retrouvai le cul par terre, les yeux levés vers un officier supérieur sérieusement en rogne et prêt à me bourrer de coups de pied. Il venait de me balancer son quarante-cinq fillette dans la cuisse – j'allais garder un bleu en forme de talon pendant un mois – quand quelqu'un, derrière lui, l'assomma.

C'était l'inspecteur Neblett, vêtu de sa sempiternelle tunique de police, toujours aussi peu pratique, mais brandissant une bonne vieille matraque anti-émeute en bois, un modèle retiré de la circulation dans les années 1980 parce qu'il s'était révélé un tantinet plus meurtrier qu'un manche de pioche.

« Grant, dit-il. Qu'est-ce qui se passe, bon sang ? »

Je m'approchai tant bien que mal de Folsom, étendu face contre terre sur la chaussée. « Il s'est produit une rupture irrémédiable de l'ordre public », commençai-je tout en tirant Folsom en position latérale de sécurité. La tête me tournait toujours à cause du revers qu'il m'avait infligé, alors je ne fis pas preuve d'une grande douceur.

« Pourquoi ? demanda-t-il. Il n'y avait rien de prévu. »

Les émeutes sont rarement spontanées. En général, la foule doit se réunir, être provoquée, et un inspecteur consciencieux veille au grain, constamment à l'affût de problèmes de ce genre. En particulier si son secteur inclut un endroit comme Trafalgar Square, qui attire les trublions de tout poil. Le seul mensonge à peu près convaincant que je trouvai à lui servir impliquait une attaque contre le Royal Opera House et la vaporisation d'un agent psychotronique, mais je me dis que cette explication susciterait plus de questions qu'elle n'apporterait de réponses. Sans compter qu'elle déclencherait une réaction militaire inopportune. J'allais me risquer à lui avouer la vérité, à savoir qu'un fantôme vampire avait exercé son influence sur la totalité du public, quand Neblett comprit enfin sur la tête de qui il avait abattu son bâton.

« Oh, mon Dieu, lâcha-t-il, s'accroupissant pour regarder de plus près. C'est l'inspecteur général Folsom. »

Nos regards se croisèrent au-dessus de la forme inerte de notre officier supérieur.

« Il ne vous a pas vu, monsieur, dis-je. Si vous appelez une ambulance, on peut le faire évacuer avant qu'il reprenne connaissance. Il a été victime d'une agression pendant l'émeute, vous vous êtes précipité à son secours.

— Et votre rôle, dans tout ça ?

— Témoin digne de confiance de votre intervention opportune, monsieur. »

L'inspecteur Neblett m'examina attentivement. « Je me suis trompé sur vous, Grant, dit-il. Vous avez l'étoffe d'un bon flic.

— Merci, monsieur. » Je regardai autour de moi. La foule s'était déplacée, probablement en direction de la Piazza, en passant par Floral Street.

« Où est le Groupe de soutien territorial ? » demandai-je.

Le TSG, ce sont ces gars qui roulent pépère en Mercedes Sprinter bourrées de matos – du casque antiémeute au taser. Chaque commissariat d'arrondissement en a deux ou trois sur le terrain en permanence, en particulier à l'heure de fermeture, et des renforts se tiennent prêts, juste au cas où quelque chose d'inattendu se produirait. Je supposai que les événements en cours entraient dans la catégorie « inattendu ».

« Ils sont en position sur Longacre et Russell Street, m'informa Neblett. Apparemment, le plan est de contenir la foule autour de Covent Garden. »

Un fracas retentit, semblant provenir de la Piazza, suivi de vivats décousus. « Quoi encore ? demanda Neblett.

— Je pense qu'ils sont en train de piller le marché.

— Vous pouvez vous charger d'appeler une ambulance ?

— Non, monsieur, mes ordres sont de coincer le meneur. »

Un cocktail Molotov produit un bruit aisément reconnaissable. S'il a été fabriqué dans les règles de l'art, il s'écrase, puis rend un son mat avant de faire *whoosh* quand l'essence prend feu – et c'est là qu'il devient une arme mortelle si on n'y prend pas garde. Je sais tout cela parce que avant de sortir diplômées de l'académie de police, les jeunes recrues ont le privilège d'en recevoir sur le coin de la figure pendant toute une journée. Ainsi, n'écoutant que notre instinct, Neblett et moi nous baissâmes vivement en les entendant éclater sur le macadam, moins de quinze mètres plus loin.

« Ça commence », dit Neblett.

Regardant vers le sud, je vis un groupe d'agitateurs au croisement entre Culverhay et Bow Street. Derrière eux, des flammes se reflétaient sur le bleu des casques antiémeute et sur le gris des boucliers.

Il me fallait toujours trouver Lesley, la maîtriser et la ramener à l'UCH où Walid pourrait s'occuper d'elle. La question du moyen de transport ne se posait pas vraiment, la moitié des ambulances de Londres circulant probablement aux alentours de Covent Garden en ce moment. Restait à mettre la main sur Lesley. Je décidai de présumer qu'elle cherchait encore à se venger de Charles Macklin ; ce dernier avait été le propriétaire d'une taverne sur Henrietta Street et il était enterré dans le cimetière de l'Église des Acteurs. Autrement dit, j'allais devoir retraverser la Piazza, ce qui me laissait le choix entre deux options pas franchement excitantes : me frayer un passage à travers une émeute au sud, ou remonter Floral Street qui était devenue la proie des casseurs, entre autres joyeusetés.

Heureusement, quand le Royal Opera House avait été reconstruit, quelqu'un avait eu la bonne idée de s'assurer que le nouveau bâtiment compterait un grand nombre d'issues. Le temps de saluer Neblett et de donner un coup de pied subreptice dans les tibias de Folsom, je retournai à l'intérieur. Mon itinéraire était tout tracé : passer devant le guichet et la boutique de souvenirs, et ressortir de l'autre côté, directement sur la Piazza. Ç'aurait pu être aussi simple que cela si le magasin n'avait pas été saccagé.

La vitrine avait été mise en pièces, et des éclats de verre jonchaient les présentoirs de DVD, de stylos fantaisie et de sacs fourre-tout au logo de l'école de ballet. Quelqu'un avait arraché le mannequin argent et ivoire de la devanture et l'avait projeté à travers le couloir avec assez de force pour le briser contre le mur en marbre d'en face. J'entendais des pleurs à l'intérieur, ponctués par des fracas sporadiques. Cédant à la curiosité, je marquai une pause à l'entrée et jetai un coup d'œil prudent dans la boutique.

Un homme d'âge moyen était assis par terre, pieds nus, entouré de centaines de paquets enveloppés de plastique transparent. Sous mes yeux, il s'empara de l'un d'eux et déchira l'emballage afin d'en extraire une paire de chaussons de danse blancs. Soigneusement, le bout de la langue dépassant du coin de sa bouche, il essaya d'enfiler l'un des souliers sur son grand pied poilu. Comme on pouvait s'y attendre, il était bien trop petit, et l'homme eut beau tirer sur les rubans, rien n'y fit, et les coutures finirent par craquer. Il tint le chausson devenu inutilisable devant son visage et éclata en sanglots. Quand il jeta le paquet à travers la boutique et tendit la main vers une autre paire, je l'abandonnai à son sort – il y a tout simplement certaines choses qu'on ne doit pas savoir.

La sortie à l'arrière du Royal Opera House donnait sur la colonnade située dans le quart nord-est de la Piazza. Sur la gauche, le magasin Paperchase avait été vandalisé, et des lambeaux de papiers de couleur voltigeaient sur les dalles en pierre. À droite, le Disney Store avait été pillé avec enthousiasme, alors que le Build-a-Bear d'à côté avait été curieusement épargné – un havre de paix acidulé un peu cucul. Apparemment, l'essentiel des affrontements sérieux se déroulait près de l'église, du côté ouest – c'était probablement là que je trouverais Lesley. Je me dirigeai vers le marché couvert, pensant pouvoir m'en servir pour approcher de l'édifice sans être détecté. J'étais à mi-chemin quand quelqu'un me siffla – un vrai sifflement, à deux doigts, qui n'eut aucun mal à se faire entendre par-dessus le bruit de l'émeute.

Au deuxième sifflement, je repérai Beverley qui m'observait depuis le balcon du pub, au premier étage – elle me fit un signe de la main quand elle vit que je l'avais reconnue, et elle courut vers l'escalier. Je la retrouvai au bas des marches.

« Ils ont brûlé ma voiture, se lamenta-t-elle.

— Je sais.

— Une si belle voiture – et toute neuve.

— Je sais, répétai-je, et je la pris par le bras. Il faut qu'on fiche le camp d'ici. » J'essayai de l'entraîner de nouveau vers l'opéra.

« On ne peut pas repartir par là, dit-elle.

— Pourquoi ?

— Parce que je pense qu'on t'a suivi. »

Je me retournai. Les premiers rôles étaient de retour, mais accompagnés par l'orchestre et d'autres personnes en jean et t-shirt – probablement l'équipe technique. La Royal Opera Company est une institution de renommée internationale dont la vocation est de monter des productions épiques de certains des plus grands opéras – elle fait donc travailler une foule de techniciens.

« Oh, mon Dieu, dit Beverley. C'est Lesley que j'aperçois ? »

Lesley avait pris la tête de la meute, et son visage était toujours celui de Punch. Elle leva la main, et la troupe s'arrêta.

« Sauve-toi, lançai-je à Beverley.

— Bonne idée. » M'attrapant par le bras, elle me tira si fort en arrière que je faillis tomber. Beverley se précipita dans l'un des corridors en briques sombres qui menaient au cœur du marché couvert. Avec le soir qui approchait, la plupart des magasins étaient fermés, mais pour les étals qui servaient à boire et les fast-foods exotiques, c'était l'heure de tondre les hordes de touristes. Pourtant, l'endroit était vide, et j'espérais que cela signifiait que les clients et le personnel avaient déjà pu se mettre à l'abri.

Derrière nous, j'entendis un hurlement puissant s'élever des gorges de nos poursuivants, en parfaite harmonie, et au-dessus, le rire strident de l'incarnation de la sédition et de la rébellion. Soudain, il y eut un silence qui ne présageait rien de bon ; puis la première bombe incendiaire s'abattit sur le toit. Lesley m'avait dit qu'elle ne souhaitait pas ma mort, mais je la soupçonnais d'avoir menti.

Beverley nous fit emprunter un couloir qui donnait sur une des cours couvertes qu'occupait déjà une famille allemande. Ils étaient cinq : le père, un homme impassible aux cheveux bruns, la mère, une blonde aux traits anguleux, et leurs trois enfants, entre sept et douze ans. Quand l'émeute avait éclaté, ils avaient dû s'abriter derrière l'étal d'un snack, dont ils émergeaient à peine au moment où ils virent Beverley et moi foncer sur eux. La mère laissa échapper un cri terrifié, la fille aînée hurla et le père se mit en garde, prêt à défendre sa famille contre de dangereux stéréotypes, même s'il n'avait manifestement pas envie de se battre. Je lui montrai ma carte de police et il se détendit, visiblement soulagé.

— Polizei », expliqua-t-il à sa femme, puis, très poliment, il demanda si nous pouvions les aider.

Je leur répondis que nous en serions ravis, en commençant par nous indiquer la sortie la plus proche afin d'évacuer les lieux. Soudain, j'étais en nage, et je pris conscience que la chaleur d'un incendie derrière moi en était la cause. Tout l'arrière du marché couvert était la proie des flammes – je posai une main sur le dos du père et l'autre sur son fils aîné, et je les poussai dans la direction opposée.

« Raus, raus ! » hurlai-je, espérant que ça veuille vraiment dire « dehors ».

Beverley ouvrit la marche vers le côté sud-ouest du marché resté intact, mais à peine avions-nous dépassé la deuxième rangée d'étals qu'elle s'arrêta net, la famille allemande et moi-même nous écrasant contre elle. Devant nous, une bande d'émeutiers harcelait les renforts de police depuis la façade ouest.

« On est fait comme des rats », dit Beverley.

Les agitateurs nous tournaient le dos, ce qui n'allait pas durer éternellement – l'un d'eux finirait par se retourner.

Chose curieuse, l'un des magasins voisins semblait avoir échappé aux pillages ; je savais que cela revenait à se réfugier dans un immeuble en flammes au cours d'un incendie, mais nous n'avions pas vraiment le choix. Ce ne fut qu'une fois à l'intérieur, accroupi sous un mannequin ne portant que deux fines volutes de soie, que je pris conscience que nous nous trouvions dans une boutique Seraglio. Je persuadai la famille d'aller s'asseoir derrière le comptoir, afin de ne pas être visible depuis l'extérieur.

« Qu'est-ce qui se passe ? demanda la mère.

— J'en sais rien, ma sœur, répondit Beverley. Je travaille ici, c'est tout. »

Le marché couvert de Covent Garden est organisé en quatre galeries parallèles bordées de commerces sous un toit de verre et de fer. Les étals d'origine accueillant les marchands de fruits et légumes avaient été aménagés – on y avait installé des vitrines et l'électricité avait été mise aux normes –, mais ils faisaient toujours moins de trois mètres de long. Dans ces emplacements minuscules, on avait casé des magasins de loisirs créatifs, des cafés et des versions lilliputiennes des boutiques de grandes enseignes de mode et du luxe, qui n'allaient pas laisser un détail comme une surface ridicule les empêcher d'avoir leur part du gâteau touristique. En conséquence de quoi, notre refuge était envahi de mannequins du meilleur goût, silhouettes abstraites argent et noir, vêtues de microscopiques bouts de satin – une source de distraction dont je me serais bien dispensé. J'espérais que les mannequins détourneraient l'attention de ceux qui auraient la mauvaise idée de regarder à l'intérieur.

Un premier groupe d'émeutiers passa furtivement devant la vitrine. À en juger par les vestes de costume déchirées et les chemises blanches salies, nous avions affaire à des spectateurs de l'opéra, pas à des membres de la troupe. Je retins mon souffle alors qu'ils marquaient une pause sur le fronton de la boutique, s'interpellant les uns les autres avec leur accent des banlieues résidentielles.

Curieusement, je découvris que je n'avais pas peur. En fait, je me sentais même gêné – cette aimable famille tout droit sortie de *La Mélodie du bonheur* était venue dans *ma* ville et au lieu de se faire gentiment soulager de son argent, elle devait affronter la violence et les mauvaises manières d'une poignée de Londoniens. Quelle merde !

Les mélomanes enragés s'éloignèrent à grandes enjambées vers l'ouest.

« Bien, dis-je au bout d'une minute, je vais juste vérifier que la voie est libre. »

Je me glissai hors de la boutique et regardai autour de moi. La bonne nouvelle, c'était qu'il n'y avait plus aucun émeutier en vue ; la mauvaise, que c'était probablement parce que les flammes étaient en train de tout ravager. Je voulus courir en direction de la sortie la plus proche, mais après quelques pas la chaleur commença à me roussir les poils des narines. Je retournai vite me réfugier dans le magasin.

« Beverley, on est vraiment dans la mouise. » Je lui parlai du feu.

La mère fronça les sourcils. Elle était la linguiste de la famille. « Il y a un problème ? » demanda-t-elle.

Il devenait impossible d'ignorer les reflets des flammes sur la devanture et les visages argentés et vides d'expression des mannequins, alors à quoi bon mentir ? Elle regarda ses enfants, puis se tourna de nouveau vers moi. « Vous ne pouvez rien faire ? »

Je regardai Beverley.

« Pourquoi tu n'utilises pas la magie ? » fit-elle.

Il faisait vraiment de plus en plus chaud. « Et toi, tu ne peux rien faire ?

— Pas sans que tu donnes ta permission, dit-elle.

— Hein ?

— C'est stipulé dans l'accord, expliqua Beverley. Tu dois me donner la permission. »

L'une des vitres se fendit. « Tu l'as, dis-je. Fais le nécessaire. »

Beverley s'agenouilla et pressa la joue contre le sol. Je vis ses lèvres bouger. Je sentis quelque chose d'indéfinissable me parcourir, une sensation où se mêlaient la pluie, le bruit de garçons en train de jouer au football au loin, l'odeur des roses en banlieue et des voitures fraîchement lavées, la lumière vacillante des télévisions à travers les rideaux.

« Qu'est-ce qu'elle fait ? demanda la mère. Elle prie pour nous, c'est ça ?

— En quelque sorte, dis-je.

— Chut, nous interrompit Beverley. J'écoute.

— Qu'est-ce que tu espères entendre ? »

Quelque chose vola à travers la devanture, rebondit sur le mur et tomba sur mes genoux – le couvercle d'une bouche d'incendie. Beverley me vit l'examiner et haussa les épaules avec l'air de s'excuser.

« Qu'est-ce que tu as fait, au juste ? demandai-je.

— Je n'en suis pas sûre, dit-elle. C'est la première fois que j'essaie ça. »

La fumée s'épaissit, nous obligeant à nous allonger à plat ventre sur le sol en pierre qui, Dieu merci, avait gardé une certaine fraîcheur. Le deuxième des trois enfants pleurait. Sa mère passa son bras autour de lui et le serra contre elle. La plus jeune, une fille, semblait remarquablement stoïque. Ses yeux bleus étaient rivés aux miens. Le père s'agita. Il se demandait s'il ne devait pas tenter quelque chose d'héroïque, même en vain. Je savais exactement ce qu'il ressentait. La dernière des vitrines vola en éclats, une pluie de verre s'abattant sur mon dos. J'inspirai de la fumée, toussai, inspirai plus de fumée. Je n'avais pas l'impression de respirer. Je compris que c'était la fin – j'allais y rester.

Beverley se mit à rire.

Soudain, c'est une belle journée, il fait doux et le ciel bleu a pris tout le monde par surprise. C'est dimanche, le matin. Une odeur de plastique chaud et de poussière se dégage quand on sort la pataugeoire de la cabane de jardin et les enfants en maillots de bain sautillent d'excitation. Papa gonfle la piscine, il est tout rouge ; maman crie d'être prudent ; le tuyau d'arrosage passe par la fenêtre de la cuisine, branché sur le robinet d'eau froide. Il crachote et tous les gamins ont les yeux fixés sur son extrémité…

Le sol commença à vibrer, et j'eus à peine le temps de penser *Putain, qu'est-ce que…* quand un mur liquide frappa le côté sud de la boutique. La porte s'ouvrit avec fracas et, avant que je puisse me cramponner à quelque chose, je fus soulevé par la vague et plaqué au plafond. L'impact expulsa l'air de mes poumons et je dus lutter contre mon instinct pour ne pas reprendre mon souffle. Puis le bouillonnement s'apaisa suffisamment pour me permettre d'apercevoir Beverley, flottant sereinement parmi les débris, tandis que l'eau se retirait brusquement, me déposant sans douceur par terre.

Le père, qui avait fait preuve de plus de présence d'esprit que moi, s'était entassé, avec le reste de sa famille, contre le comptoir. Ils m'assurèrent qu'ils allaient tous très bien – sauf le cadet, qui voulait recommencer. Beverley se tenait au milieu du magasin, frappant l'air de son poing.

« T'as vu ça ? dit-elle. C'est pas Tyburn qui en ferait autant. »

L'euphorie de Beverley se prolongea suffisamment pour nous permettre de conduire notre famille allemande à l'ambulance la plus proche. À en juger par ce que je voyais autour de nous pendant que nous marchions, la vague de Beverley était partie du centre du marché couvert et avait déferlé vers l'extérieur pour inonder la Piazza sous dix centimètres d'eau. J'estimai qu'à vue de nez Beverley avait, à elle seule, multiplié par quatre les dégâts de cette nuit, mais je gardai cette pensée pour moi. Alors que nous nous éloignions furtivement, les pompiers prenaient déjà le relais.

Curieusement perturbée à la vue des soldats du feu, Beverley parut pressée de m'entraîner dans James Street, et loin du marché. Les troubles semblaient être terminés, sauf pour les médias qui allaient se livrer à l'habituelle chasse aux sorcières. Les agents des Groupes de soutien territoriaux en tenue antiémeute discutaient entre eux, partageant trucs et astuces sur le bon usage de la matraque et remettant leur numéro d'identification sur leur uniforme.

Nous nous assîmes sur le socle de la colonne du cadran solaire au carrefour de Seven Dials et regardâmes les véhicules d'intervention d'urgence se succéder à toute vitesse, Beverley tressaillant chaque fois qu'une voiture de pompiers s'approchait de nous. Toujours trempés jusqu'aux os, nous commencions à avoir froid, malgré la soirée plutôt douce. Beverley prit ma main et la serra. « Je vais avoir de gros problèmes », confessa-t-elle.

Je passai mon bras autour de ses épaules et elle en profita pour glisser l'une de ses mains glacées sous ma chemise et la réchauffer contre mes côtes. « Merci beaucoup, dis-je.

— Tais-toi, et pense à des choses agréables, répliqua-t-elle, comme si c'était difficile, avec ses seins frottant contre moi.

— Tu as fait péter quelques conduites, la belle affaire ! C'est si grave que ça ?

— J'ai touché à des bouches d'incendie ; le culte de Neptune ne me laissera pas m'en tirer à si bon compte.

— Le culte de Neptune ?

— La Brigade des sapeurs-pompiers de Londres, précisa-t-elle.

— Les pompiers de Londres sont des adorateurs du dieu Neptune ?

— Pas officiellement, non. Cela dit, les marins, Neptune… ça paraît logique.

— Les pompiers sont des marins ?

— Plus maintenant. Mais dans les temps anciens, quand il a fallu trouver des gens méthodiques, pour qui l'eau, les cordes ou les échelles n'avaient pas de secret, et qui n'avaient pas peur de l'altitude… Et pas mal de marins cherchaient un emploi stable, sur la terre ferme – un mariage idéal.

— Tout de même, fis-je. Neptune, le dieu des mers des Romains ? »

Beverley posa la tête sur mon épaule. Ses cheveux avaient beau être humides, je ne me plaignais pas. « Les marins sont superstitieux, dit-elle. Même ceux qui sont croyants savent qu'il vaut mieux mieux avoir un minimum de respect pour le Roi des Profondeurs.

— Tu l'as déjà rencontré, Neptune ?

— Ne sois pas ridicule, il n'existe pas. Enfin bref, je regrette pour les bouches d'incendie ; c'est la Compagnie des Eaux qui m'inquiète vraiment.

— Laisse-moi deviner, dis-je. Ce sont des adorateurs du redoutable Cthulhu.

— Je ne les crois pas particulièrement religieux, mais il vaut mieux ne pas se mettre à dos des gens qui sont capables de déverser des eaux usées à ta source.

— Tu sais, dis-je, je crois que je n'ai jamais vu ta rivière. »

Beverley se retourna, se blottissant confortablement contre ma poitrine. « J'habite une maison jumelée, près de la bretelle de contournement de Kingston. Ce n'est pas un palace, mais mon jardin descend jusqu'à la rivière. » Elle leva la tête jusqu'à ce que ses lèvres effleurent les miennes. « On pourrait aller nager. »

Nous nous embrassâmes. Elle avait un goût de fraise, de crème et de chewing-gum. Dieu seul sait où ce baiser aurait pu nous entraîner, si un Range Rover ne s'était pas arrêté devant nous dans un crissement de pneus. Beverley s'écarta tellement vite que j'eus l'impression que ma lèvre me brûlait.

Une femme trapue en jean descendit du Range Rover et avança vers nous d'un bon pas. Elle avait la peau brune, et un visage rond et expressif qui, pour l'heure, montrait une vive irritation. « Beverley, dit-elle, semblant à peine remarquer ma présence. Cette fois, tu as dépassé les bornes – monte. »

Beverley soupira, me fit la bise et alla à la rencontre de l'inconnue. Je me relevai tant bien que mal, ignorant la douleur de mon dos blessé.

« Peter, déclara Beverley, je te présente ma sœur, Fleet. »

Celle-ci me jaugea d'un œil critique. Elle semblait avoir la trentaine, bâtie comme une sprinteuse – épaules larges, taille étroite et grosses cuisses musclées. Elle portait une veste en tweed sur un sous-pull noir, ses cheveux étaient courts et épais. Elle suscitait en moi un étrange sentiment de familiarité, comme quand on rencontre une célébrité mineure dont on ne parvient pas à se rappeler le nom.

« J'aimerais beaucoup faire votre connaissance, Peter, mais le moment est mal choisi », dit Fleet. Elle se tourna vers Beverley. « Monte dans la voiture. »

Beverley me fit un petit sourire triste, puis elle s'exécuta.

« Attendez, intervins-je. Je vous ai déjà vue quelque part.

— Vous avez fréquenté la même école que mes enfants », dit-elle, et elle grimpa à bord du Ranger Rover. La portière avait à peine eu le temps de se refermer que Fleet commençait à enguirlander Beverley. La voix était étouffée, mais je distinguai tout de même clairement l'expression « gamine irresponsable ». Beverley s'aperçut que je les observais et roula des yeux. Je me demandai comment c'était de grandir avec autant de sœurs. Je trouvais plutôt sympa d'avoir quelqu'un qui vienne me chercher en Range Rover, même si c'était pour me gueuler dessus sur tout le chemin de retour.

Ce qu'il y a de curieux avec les émeutes à Londres, c'est qu'une fois hors du périmètre, rien ne semble différent. D'accord, Covent Garden avait presque été réduit en cendres, mais d'un autre côté, aucune ligne importante de bus ou de métro n'avait été affectée. Il faisait sombre, j'étais trempé, l'accès à la Folie m'était toujours interdit et je me voyais mal dormir une nuit de plus sur la chaise dans la chambre de Nightingale à l'hôpital. Je fis donc ce que fait tout le monde quand toutes les autres possibilités ont été épuisées – je retournai au seul endroit dont on ne pouvait pas me refuser l'entrée.

Je fis l'erreur de prendre le métro. Il était bondé, les gens de sortie ce soir-là rentraient chez eux. Même aussi tard, il faisait chaud dans le wagon, et les voyageurs étaient serrés les uns contre les autres, mais avec mes airs de chien mouillé métis, je jouissais d'un peu plus d'espace.

Mon dos et ma jambe me tiraillaient, j'étais fatigué et quelque chose s'obstinait à rester hors de portée de ma compréhension. Je n'avais jamais été partisan de ces flics qui laissent parler leur instinct. J'avais bien observé Lesley au travail, et chaque fois qu'elle tombait juste, c'était parce qu'elle avait remarqué quelque chose qui m'avait échappé, qu'elle avait creusé un peu plus une affaire. Si je voulais lui sauver la vie, j'allais devoir procéder comme elle.

Des passagers supplémentaires montèrent à Goodge Street. La température augmenta encore, mais au moins commençai-je à sécher. Un type en pantalon beige et blazer bleu vint s'installer à côté de la porte communicante, à ma droite, assez près de moi pour me faire bénéficier du rythme métallique des écouteurs de son iPod. Je me sentis redevenir anonyme – ça avait quelque chose de rassurant.

Aucun des ouvrages de référence que j'avais consultés n'expliquait clairement pourquoi un fantôme ordinaire se retrouvait soudain doté de la capacité à absorber la magie de ses congénères. Je travaillais sur une hypothèse selon laquelle les spectres étaient les copies de personnalités « incrustées » dans les résidus magiques accumulés sur les objets physiques – les *vestigia*. Je soupçonnais les revenants de se dégrader avec le temps, à l'instar des enregistrements sur bande magnétique, sauf si leur signal était stimulé par une petite cure de magie, d'où la nécessité d'aller en chiper aux copains.

Un ivrogne véhément avait dû monter à la station de Warren Street ; une fois lancé, il nous régala de ses mots d'esprit jusqu'à Euston. Pour ma part, je fus distrait par une femme portant un dos-nu rose avec un décolleté plus profond que je ne l'aurais cru physiquement possible ; elle vint se coller contre la cloison vitrée juste en face de moi, mais je détournai les yeux avant qu'elle surprenne mon regard, et me concentrai sur la publicité qui me faisait face. Je sentis le type en blazer bleu changer de position, probablement pour la même raison.

Un jeune Blanc avec des dreadlocks arriva en titubant dans mon petit coin de métro et je perçus une bouffée de patchouli, de tabac et de marijuana. La femme à la robe aguicheuse hésita, puis se rapprocha de moi – apparemment, je représentais un moindre mal.

« À la dérive ! cria l'ivrogne quelque part à l'autre bout du wagon. Ce pays va à la dérive. » Sur cette note optimiste, la rame se remit en route en secouant ses passagers.

Les revenants devaient être rares s'ils ne voulaient pas risquer une pénurie de fantômes à qui voler leur magie, ce qui me ramenait à ma question de départ : comment devenait-on un spectre ? L'état psychologique au moment du décès, peut-être ? Henry Pyke avait connu une mort inutile et injuste, même selon les critères nettement plus laxistes du XVIIIe siècle, mais le ressentiment qu'il éprouvait envers Charles Macklin et la cruelle déception que lui inspirait sa carrière d'acteur ne semblaient tout de même pas une motivation suffisante pour lui donner envie de forcer Brendan Coopertown à battre sa femme à mort.

« On vivait dans un putain de paradis », hurla l'ivrogne en pleine divagation. Il ne parlait vraisemblablement pas de Camden Town dont l'ambition, en dépit des marchés, n'avait jamais excédé un vernis de respectabilité plutôt miteux.

À la station de métro de Camden, la Northern Line bifurque vers Edgware et High Barnet. De nombreux passagers descendirent, mais ils furent encore plus à monter. Nous nous serrâmes tous un peu plus et je me retrouvai à fixer le sommet de la tête de la femme en dos-nu – elle avait des racines blondes et des pellicules. La foule des voyageurs poussa l'homme au blazer bleu depuis la droite. J'étais coincé entre eux, contre la porte. Tout le monde essayait tant bien que mal de garder ses aisselles hors de portée des narines des autres passagers – l'inconfort n'excuse pas tout. Pas question, non plus, de regarder son voisin dans les yeux.

L'ivrogne souhaita la bienvenue à tous les nouveaux venus. « Plus on est de fous, plus on rit, dit-il. Bientôt, on aura le monde entier dans ce putain de wagon – et pourquoi pas ? »

Urine et excréments vinrent enrichir l'odeur qui émanait du jeune Blanc avec les dreadlocks, et je me demandai quand il avait changé son treillis bidon pour la dernière fois.

Moins d'une minute après avoir quitté la gare de Camden Town, le train s'arrêta brutalement. Un grognement presque subliminal s'éleva des gorges des passagers, en particulier quand les lumières se mirent, elles aussi, à donner des signes de faiblesse. J'entendis quelqu'un glousser à l'autre bout du wagon.

Il y avait forcément quelque chose derrière Henry Pyke, pensai-je, quelque chose de bien pire qu'un acteur raté rongé par l'amertume.

« Ne cherchez pas plus loin, cria l'ivrogne. Je suis là. »

Je tendis le cou pour l'apercevoir, mais le jeune Blanc aux dreadlocks, affichant à présent une expression de satisfaction béate, me bouchait la vue. L'odeur de merde devenait insoutenable, et je compris qu'il venait de faire dans son froc. Il croisa mon regard et me fit un grand sourire de contentement.

« Qui êtes-vous ? » criai-je. J'essayai de me dégager, mais la femme en dos-nu se projeta en arrière et me plaqua contre le mur. Les lumières baissèrent un peu plus, et cette fois le grognement des passagers n'eut plus rien de subliminal.

« Je suis le démon de la boisson, hurla l'ivrogne. Je suis Gin Lane et la crack house au coin de la rue. Je suis un partisan de Captain Swing, Wat Tyler et Oswald Mosley. Je suis le visage souriant à la fenêtre du fiacre. C'est à cause de moi que Dickens a quitté la ville pour la campagne et je suis le pire cauchemar de vos maîtres. »

Je voulus repousser la femme au dos-nu, mais mes bras me semblèrent lourds, comme dans un mauvais rêve. Elle commença à se frotter contre moi. Il faisait de plus en plus chaud dans le wagon, je transpirais. Soudain, quelqu'un me mit la main aux fesses et serra – l'homme au blazer bleu. J'étais tellement choqué que je restai figé sur place. Je le dévisageai, mais il regardait droit devant lui, avec l'expression d'ennui typique du voyageur aguerri. Le son qui s'échappait des écouteurs de son iPod était plus fort et plus irritant qu'auparavant.

L'odeur de merde me donnait des haut-le-cœur ; je parvins à écarter suffisamment la femme au dos-nu pour voir à l'autre bout du wagon. Je repérai mon ivrogne – il avait le visage de M. Punch.

L'homme au blazer bleu lâcha mon cul et essaya de glisser sa main à l'intérieur de mon jean. L'allumeuse pressa ses hanches contre mon entrejambe.

« Ce n'est pas une vie, pour un jeune homme, cria M. Punch, vous n'êtes pas d'accord ? »

Le type avec les dreadlocks se pencha vers moi et, très posément, me donna un petit coup sur le visage avec son index. « Pouic », dit-il, et il gloussa. Puis il remit ça.

Tout être humain à une limite au-delà de laquelle il pète les plombs et envoie balader tout ce qui l'entoure. Certaines personnes passent leur vie sur le fil – la plupart finissent en prison. Certaines, souvent des femmes, y arrivent progressivement, après des années d'oppression, jusqu'au jour où elles craquent, crament le lit conjugal et prennent un avocat qui leur conseille de plaider la provocation.

J'en étais à ce stade, et je sentais une colère justifiée s'emparer de moi. Une fois, une seule fois, pouvoir se dire : *Rien à foutre des conséquences*, et se laisser aller. Quel bonheur ! Parce que, parfois, on a simplement envie que l'univers se rende compte qu'on existe – putain, ce n'est quand même pas trop demander, non ?

Puis je compris de quoi il retournait.

M. Punch, l'esprit de la sédition et de la rébellion, était à la hauteur de sa réputation. C'était lui, qui était derrière Henry Pyke, et il s'amusait avec moi.

« J'ai compris, dis-je. Henry Pyke, Coopertown, le coursier, toute cette frustration – tout le monde est comme ça dans une grande ville, pas vrai, monsieur Punch ? Mais combien sont-ils à vraiment vous ouvrir la porte ? Je suis prêt à parier que votre taux de réussite est plutôt minable – alors barrez-vous de ma tête, je rentre me coucher. »

À ce moment-là, je pris conscience que le train était reparti, les lumières s'étaient rallumées et l'homme au blazer bleu n'avait plus sa main dans mon pantalon. L'ivrogne était redevenu silencieux. Tous les autres passagers du wagon prenaient bien soin de ne pas me regarder.

Je descendis à Kentish Town, l'arrêt suivant. Ça tombait bien, c'était là que je voulais aller.

De septembre 1944 à mars 1945, ce galopin nazi de Wernher von Braun pointa ses missiles V2 vers les étoiles et réussit pourtant à en larguer quelques-uns sur Londres. Quand mon père était jeune, la ville était parsemée de lieux pilonnés, de brèches ouvertes dans les rangées régulières des maisons, à l'emplacement de celles qui avaient été détruites. Dans les années d'après-guerre, ces endroits ont progressivement été déblayés et l'on y a reconstruit une série de monstruosités architecturales. Mon paternel disait souvent que l'erreur dans laquelle j'avais grandi avait été bâtie au point d'impact d'un V2, mais je suppose qu'il s'agissait probablement d'obus allemands largués par un bombardier tout à fait ordinaire.

Les urbanistes se moquaient bien de ce qui avait creusé un trou de deux cents mètres de large dans l'alignement de maisons victoriennes bordant Leighton Road, ils n'allaient pas laisser passer l'occasion d'édifier une monstruosité d'une telle ampleur. Édifiés dans les années 1950, les immeubles de la cité Peckwater sont des rectangles de six étages en briques gris sale – pour la touche esthétique – qui ont mal vieilli. Résultat, quand la loi antipollution a mis fin aux célèbres purées de pois londoniennes et qu'on a commencé à décaper les anciens bâtiments à la sableuse, Peckwater en est sortie pire qu'avant.

Les appartements étaient solidement construits, je n'ai donc pas eu à grandir au son des émissions de téléréalité que regardaient les voisins ; en revanche, nos chers urbanistes d'après-guerre semblaient curieusement persuadés que la classe ouvrière de Londres était entièrement constituée de hobbits. Mes parents habitaient au troisième étage et on accédait à l'appartement par une sorte de balcon courant sur toute la façade. Quand j'étais jeune, au début des années 1990, les murs avaient été couverts de graffitis et la cage d'escalier était pleine de merde de chien. De nos jours, les graffitis avaient presque disparu, et les marches étaient régulièrement lavées au jet. D'après les critères de la cité de Peckwater, on était à la limite de l'embourgeoisement. J'avais toujours ma clé, heureusement d'ailleurs, parce que mes parents étaient sortis.

C'était suffisamment inhabituel pour que je le note. À plus de soixante-dix ans, mon père ne se déplace plus beaucoup. Il devait s'agir d'un événement important, un mariage ou un baptême, justifiant qu'il se mette sur son trente-et-un et que ma mère arrive à le traîner hors de la maison. Et ils allaient tout me raconter, dans les moindres détails, dès leur retour. En attendant, je me préparai une tasse de thé avec du lait concentré et du sucre, et je mangeai deux biscuits d'une marque de distributeur. Ayant repris des forces, je gagnai mon ancienne chambre dans l'espoir d'y trouver assez d'espace pour faire un somme.

Quand j'avais quitté la maison – à peine dix minutes après que j'avais refermé la porte derrière moi –, ma mère avait transformé ma chambre en entrepôt. Elle était aujourd'hui remplie de cartons de déménagement, tous pleins à ras bord et scellés avec du ruban adhésif. Je dus en déloger plusieurs pour me faire une petite place sur le lit. Ils étaient lourds et sentaient la poussière. Ma mère y entassait des vêtements, des chaussures, des ustensiles de cuisine et des produits de beauté non périssables et, environ tous les deux ans, elle les fourrait dans des cartons et envoyait le tout à Freetown. Le fait qu'une bonne partie de ses proches eût déjà émigré au Royaume-Uni, aux États-Unis et, chose étrange, au Danemark, n'avait apparemment en rien réduit le flux de marchandises. Le concept de famille étendue semble avoir été inventé pour les Africains, mais j'avais le sentiment que ma mère était liée à la moitié de la population de la Sierra Leone. J'avais appris dès mon plus jeune âge que tout ce qui m'appartenait, si je ne le défendais pas férocement, était susceptible de faire l'objet d'une saisie et d'une déportation arbitraires. Mes Legos, en particulier, ont été au cœur d'une bataille continuelle à partir de mes onze ans, quand ma mère a décidé que j'étais trop grand pour jouer à ça. Dans ma quatorzième année, ils ont disparu alors que je participais à une sortie scolaire.

Je retirai mes chaussures, me glissai sous les couvertures et sombrai dans le sommeil avant d'avoir eu le temps de me demander où étaient passés tous mes posters.

Je me réveillai brièvement, quelques heures plus tard, au son de la voix étouffée de mes parents et de la porte qu'on refermait discrètement. Ma mère dit quelque chose qui fit rire mon père ; tout allait bien. Soulagé, je me rendormis.

J'émergeai à nouveau, bien après, sous les rayons obliques du soleil matinal. Étendu sur le dos, je me sentais revigoré ; j'avais une solide érection et le vague souvenir d'un rêve érotique avec Beverley. Qu'est-ce que j'allais bien pouvoir faire de Beverley Brook ? Elle me plaisait, c'était évident – et c'était visiblement réciproque. Malheureusement, il y avait de fortes chances qu'elle ne soit pas complètement humaine, ce que je trouvais tout de même un peu inquiétant. Beverley voulait que je vienne nager dans la rivière, et je n'avais aucune idée de ce que ça signifiait, mais Isis m'avait mis en garde. J'avais la très nette impression qu'il valait mieux ne pas baiser une des filles de la Tamise sans être sûr d'avoir pied – littéralement.

« Ce n'est pas que j'aie peur de m'engager, dis-je au plafond. C'est juste que j'aimerais savoir à quoi je m'engage vraiment.

— Tu es réveillé, Peter ? demanda doucement une voix de l'autre côté de la porte – mon père.

— Oui, papa.

— Ta mère t'a préparé à déjeuner. »

Déjeuner, pensai-je. La journée était à moitié écoulée, et je n'avais encore rien fait. Je roulai hors du lit, me glissai entre deux piles de cartons et me dirigeai vers la douche.

La salle d'eau était aussi petite que le reste de l'appartement, et seule l'ingéniosité d'un plombier polonais avait permis de coincer une douche haute pression entre le lavabo et la fenêtre. Comme c'était moi qui avais dû cracher au bassinet pour l'avoir, j'avais fait en sorte de ne pas avoir à baisser la tête pour la mettre sous le jet. Un nouveau distributeur de savon avait été monté à côté de la cabine, du genre qu'on trouve d'habitude dans les toilettes des bureaux de direction, acheté ou fauché auprès d'un grossiste en fournitures professionnelles. J'avais remarqué que le papier W-C et les draps de bain étaient de bien meilleure qualité qu'à l'époque où je vivais encore chez mes parents – maman faisait le ménage dans des bureaux beaucoup plus classe ces temps-ci.

Je sortis de la douche et me séchai à l'aide d'une énorme serviette pelucheuse avec la mention « Le nom de votre entreprise ici » brodée dans un coin. Pour mon père, un homme, un vrai, ne s'hydratait pas la peau, et ma mère n'avait qu'un tube de beurre de cacao, conditionnement familial. Je n'avais rien contre l'usage du beurre de cacao, mais je n'avais pas envie de sentir comme un Mars géant le reste de la journée. Ayant pris soin de mon épiderme, je retournai dans mon ancienne chambre où j'ouvris quelques cartons au hasard, à la recherche d'habits de rechange. L'un de mes lointains cousins allait devoir faire une croix dessus.

La cuisine était une pièce étroite qui aurait pu servir à entraîner le personnel du mess d'un sous-marin Trident. Il y avait juste assez de place pour un évier, une cuisinière et un plan de travail. À l'autre bout, une porte donnait sur un balcon tout aussi vestigial, mais qui avait le mérite d'offrir une bonne exposition au soleil toute l'année, ce qui en faisait l'endroit idéal pour mettre les vêtements à sécher. Des volutes de fumée bleue s'élevaient à l'extérieur ; j'en déduisis que mon père s'y trouvait, savourant l'une des quatre cigarettes quotidiennes qu'il se roulait.

Ma mère avait laissé du poulet aux arachides et une demi-livre de riz basmati sur la cuisinière. J'enfournai le tout dans le micro-ondes et demandai à mon vieux s'il voulait un café. Il me dit que oui ;

je nous préparai donc deux tasses de Nescafé déniché dans une boîte spéciale collectivités. J'ajoutai un centimètre de lait concentré pour masquer le goût.

Mon père avait l'air en forme, c'était le signe qu'il avait déjà pris ses « médicaments » ce matin. À l'apogée de sa carrière, il avait eu la réputation d'un type qui soignait son apparence, et ma mère s'efforçait de lui faire conserver une allure respectable : pantalon kaki et veste en lin sur une chemise vert pâle. Ç'avait toujours évoqué pour moi une sorte d'élégance coloniale que ma mère semblait particulièrement apprécier. Assis au soleil sur sa chaise en osier presque aussi large que le balcon, il avait indéniablement un petit air d'Empire britannique. Il restait juste assez de place pour un tabouret et une table basse en plastique blanc. Je posai les cafés dessus, à côté du cendrier publicitaire Foster's Lager et du pot de Golden Virginia de mon père.

De notre fenêtre, par temps clair, la vue portait de l'autre côté de la cour, sur les voilages de nos voisins.

« Comment va la flicaille ? » demanda-t-il. Il appelait toujours la police la flicaille ; pourtant, il était venu à Hendon, pour la remise des diplômes, et il avait semblé fier de moi.

« Pas facile de mater les masses populaires, répondis-je. Elles résistent et continuent à faucher des trucs.

— C'est la dure condition de l'homme de la rue. »

Mon père but son café à petites gorgées, remit la tasse sur la table et prit son pot à tabac. Il ne l'ouvrit pas, le plaça simplement sur ses genoux et mit les doigts dessus.

Je lui demandai comment allait maman, et où ils avaient été la veille. Elle était en forme, et ils avaient été invités à un mariage. De qui ? Il n'en avait qu'une vague idée – l'un de mes nombreux cousins, un terme qui englobait aussi bien le fils de ma tante qu'un type entré par hasard dans la maison de ma mère pour n'en repartir que deux ans plus tard. Traditionnellement, en Sierra Leone, un mariage réussi dure plusieurs jours – pareil pour des obsèques. Mais, par égard pour le rythme effréné de la vie moderne britannique, les expatriés réduisent les festivités à une journée, ou trente-six heures, maximum. Sans compter le temps de préparation.

Alors qu'il me décrivait la musique qu'on avait jouée – il était plus imprécis sur la nourriture, les vêtements et la religion des mariés –, mon père ouvrit son pot à tabac, sortit un paquet de feuilles Rizla et, posément, avec beaucoup de soin, se roula une cigarette. Une fois satisfait du résultat, il rangea le tabac, les feuilles et la cigarette dans le pot qu'il referma et plaça sur la table. Quand il leva sa tasse, je vis sa main trembler. Mon père laisserait le pot sur la table aussi longtemps qu'il le pourrait, avant de le reprendre et de le remettre sur ses genoux, éventuellement de rouler une autre tige ou, s'il craquait, d'allumer cette saleté. Mon père souffrait d'un début d'emphysème. Le médecin qui lui fournissait son héroïne l'avait prévenu : s'il ne parvenait pas à arrêter de fumer, il devait au moins réduire sa consommation à moins de cinq clopes par jour.

« La magie, tu y crois ? demandai-je.

— Un jour, j'ai entendu jouer Dizzy Gillespie, dit mon père. Ça compte ?

— Peut-être bien. À ton avis, d'où ça peut venir, une musique pareille ?

— Chez Dizzy ? Du talent et beaucoup de travail, mais j'ai connu un saxophoniste qui prétendait avoir fait un pacte avec le diable, ou un truc de ce genre.

— Laisse-moi deviner. Il était du Mississippi ?

— Non, de Catford, dit mon père. Il a prétendu avoir croisé le diable sur Archer Street.

— Il était bon ?

— Pas mauvais. Mais il est devenu aveugle deux semaines plus tard, le pauvre bougre.

— Ça faisait partie du contrat ?

— Faut croire. C'est ce qu'a pensé ta mère quand je lui en ai parlé. D'après elle, tout se paie, et il n'y a que les imbéciles pour croire le contraire. »

Maman tout craché. Son dicton favori était : « Si ça ne coûte pas grand-chose, ça ne vaut probablement rien » – même si j'avais longtemps cru qu'elle lui préférait : « Ne crois pas que parce que tu es devenu grand et fort, je ne peux plus te mettre une raclée. » Elle ne m'a pourtant jamais frappé, une faille dans mon éducation à laquelle elle a plus tard attribué mes échecs aux examens – mes nombreux cousins promis à de brillantes études universitaires faisant figure de modèles de discipline obtenue par l'exercice de la violence physique.

Mon père saisit son pot à tabac et le posa sur ses genoux. Je pris les tasses et j'allai les laver dans l'évier. Je me souvins du poulet et du riz oubliés dans le micro-ondes. Emportant mon assiette dehors, je mangeai seulement la viande. Je bus aussi près d'un litre d'eau froide, un effet secondaire fréquent avec la cuisine de ma mère. J'envisageai sérieusement de retourner me coucher. Qu'est-ce que je pouvais faire de plus ?

Je passai la tête sur le balcon pour demander à mon père s'il avait besoin d'autre chose. Il me dit qu'il avait tout ce qu'il lui fallait. Alors que je le regardais, il ouvrit son pot à tabac, sortit la cigarette et la porta à sa bouche. Il prit son briquet à essence et l'alluma aussi cérémonieusement qu'il l'avait roulée. Une expression de pur bonheur apparut sur son visage tandis qu'il inhalait la première bouffée. Puis il fut secoué par une méchante toux grasse qui donnait l'impression qu'il s'arrachait la paroi des poumons. D'un tour de poignet expert, il éteignit la cigarette et attendit que ça se calme. Puis il remit la clope entre ses lèvres et la ralluma. Je ne m'attardai pas – je connaissais la suite.

J'aime mon père. C'est un avertissement ambulant.

Ma mère a trois téléphones fixes. Je décrochai l'un d'eux et appelai ma messagerie. J'entendis d'abord la voix du Dr Walid.

« Peter, dit-il. Je voulais simplement vous informer que Thomas a repris conscience et qu'il a demandé à vous voir. »

Les journaux sérieux avaient titré *Folie en mai*, ce qui sonnait un peu comme un thé dansant. La presse à scandale avait préféré adopter des manchettes du genre *Terreur à Covent Garden*. La télévision avait tourné quelques bonnes images de femmes d'âge moyen en robes longues en train de lancer des briques sur la police. Personne n'avait la moindre idée de ce qui avait bien pu se passer, et des experts avaient été mobilisés en force afin d'expliquer quel facteur sociopolitique – facteur qui faisait immanquablement l'objet du livre qu'ils venaient de publier – avait provoqué les troubles. Chacun y allait de son réquisitoire virulent contre la société moderne, mais tout ça restait très flou.

Il y avait une forte présence policière aux urgences de l'UCH, la plupart des flics traînant dans le coin espéraient décrocher quelques heures sup ou essayaient de prendre les dépositions des victimes de l'émeute. Je n'avais pas envie de faire de rapport, aussi me faufilai-je par-derrière armé d'un balai à franges et d'un seau, me faisant passer pour un agent de service. Je me perdis dans les étages supérieurs en cherchant le Dr Walid, avant de déboucher sur un couloir qui me semblait vaguement familier. J'ouvris les portes au hasard, jusqu'à ce que je tombe sur celle de Nightingale. Il n'avait pas l'air beaucoup plus en forme que la dernière fois.

« Inspecteur, m'annonçai-je. Vous avez demandé à me voir. »

Il ouvrit les yeux et se tourna lentement vers moi. Je m'assis au bord du lit pour qu'il puisse me voir sans être obligé de bouger la tête.

« On m'a tiré dessus, chuchota-t-il.

— Je le sais. J'étais là.

— Non. Avant.

— Quand ça ?

— À la guerre.

— Laquelle ? »

Nightingale grimaça et changea de position dans son lit. « La deuxième.

— La Deuxième Guerre mondiale, complétai-je. Vous étiez dans quelle brigade ? Celle des nourrissons ? » Pour s'engager en 1945, Nightingale aurait dû être né en 1929, et seulement en mentant sur son âge. « Vous êtes né quand ?

— Longtemps, murmura-t-il. Début du siècle…

— Au début du siècle ? répétai-je, et il hocha la tête. Vous êtes né au début du siècle – du XXe siècle ? » J'avais l'impression d'avoir devant moi un solide gaillard de quarante-cinq ans, ce qui n'était pas un mince exploit pour quelqu'un d'allongé sur un lit d'hôpital et branché à une machine qui faisait « ping » à intervalles réguliers. « Vous avez plus de cent ans ? »

Nightingale émit un sifflement qui m'alarma un instant, le temps de comprendre qu'il riait.

« C'est naturel ? »

Il secoua la tête.

« Vous savez pourquoi ?

— Cheval donné, chuchota-t-il. Regarde pas la bouche. »

Je n'allais pas dire le contraire. Je ne voulais pas trop le fatiguer, alors je lui parlai de Lesley, de l'émeute et de mon exclusion de la Folie. Quand je lui demandai si Molly pouvait m'aider à retrouver la trace de Henry Pyke, il secoua la tête.

« Trop dangereux, dit-il.

— On n'a pas le choix. Je ne pense pas qu'il s'arrêtera sans y être forcé. »

Lentement, un mot après l'autre, Nightingale m'expliqua en détail comment m'y prendre – je trouvai cela plutôt inquiétant. C'était un très mauvais plan, et ça ne réglait pas la question de la façon dont j'allais pouvoir m'introduire dans la Folie.

« La mère de Tyburn, dit Nightingale.

— Vous voulez qu'elle s'oppose à sa propre fille ? m'étonnai-je. Qu'est-ce qui vous fait croire qu'elle fera une chose pareille ?

— L'amour-propre, dit Nightingale.

— Vous me demandez de la supplier ?

— Pas son amour-propre, précisa Nightingale. Le vôtre. »

13. LONDON BRIDGE

Conduire un semi-remorque sur Wapping Wall n'est pas une tâche facile ; j'embauchai donc un nommé Brian, un homme bedonnant, d'âge moyen, mal embouché et à la calvitie naissante. Ne manquaient plus, pour en faire un stéréotype ambulant, qu'une barre chocolatée Yorkie et un exemplaire du *Sun* roulé sous le bras. Cependant, je ne l'avais pas engagé pour son érudition, et il nous mena jusqu'au domicile de Mama Tamise sans que j'aie à rédiger de déclaration de sinistre pour mon assurance.

Brian gara le camion moitié devant l'immeuble de Mama Tamise, moitié devant le *Prospect of Whitby*. Le personnel du pub, croyant probablement avoir affaire à une livraison exceptionnelle, se précipita hors de l'établissement – j'expliquai qu'il s'agissait d'une soirée privée, et curieusement, cela ne sembla pas tellement les surprendre. Je demandai à Brian de m'attendre et, allant prendre ma caisse d'échantillons dans la cabine, je me dirigeai vers l'entrée d'un pas mal assuré. Cette fois, quand je sonnai, ce fut la dame blanche que j'avais aperçue parmi les copines de Mama Tamise qui vint m'ouvrir. Elle était vêtue d'un twin-set différent, mais tout aussi élégant, avec un collier de perles, et elle portait un petit enfant noir sur la hanche.

« Agent Grant. Quel plaisir de vous revoir !

— Laissez-moi deviner : vous devez être Lea.

— Bravo. J'aime les jeunes gens qui ont l'esprit vif. » La Lea prend sa source dans les Chiltern au nord-ouest de Londres, elle longe les hauteurs de la ville avant de faire un coude vers la droite et de descendre vers la Tamise en traversant la vallée de la Lea. Comme c'est la moins urbanisée des rivières de Londres, et la plus longue, elle a survécu à la Grande Puanteur. Lea devait appartenir à la même génération de *genii locorum* qu'Oxley, peut-être était-elle encore plus vieille.

Je fis une moue à l'enfant, une fillette apparemment en âge d'aller à la maternelle, et elle me répondit de façon similaire. « Qui est cette charmante jeune fille ? demandai-je.

— Je vous présente Brent, dit Lea. C'est la plus jeune d'entre nous.

— Bonjour, Brent. » Elle avait la peau plus claire que ses sœurs, des yeux bruns qu'un menteur accommodant aurait pu qualifier de noisette, mais son visage affichait une détermination caractéristique. Elle portait une version miniature de la tenue de l'équipe d'Angleterre de football, avec le maillot numéro 11, comme on pouvait s'y attendre.

« Tu sens drôle, dit Brent.

— Parce que c'est un sorcier », lui expliqua Lea.

Brent se tortilla pour se dégager de l'étreinte de Lea et me prit la main. « Suis-moi », dit-elle, et elle essaya de me faire franchir le seuil de la porte. Elle était d'une force surprenante, et je dus résister un peu pour ne pas bouger. « Je dois prendre ma caisse, protestai-je.

— Ne vous en faites pas pour ça, je m'en occupe », indiqua Lea.

Je me laissai guider par Brent dans le long couloir menant à l'appartement de Mama Tamise. Derrière moi, j'entendis Lea appeler tonton Luissier et lui demander d'avoir la gentillesse de porter la caisse chez Mama.

Selon le Dr Polidari, les *genii locorum* « *se comportent comme si un certain formalisme leur est aussi nécessaire que boire et manger l'est pour un être humain* ». Il affirmait également que « *leur capacité à anticiper de tels événements est proprement miraculeuse, ce qui leur permet d'être toujours vêtus comme il convient ; pris à l'improviste ou empêchés d'une façon ou d'une autre de se préparer, ils peuvent montrer les signes d'une grande détresse* ». Il avait écrit ça à la fin du XVIIIe siècle, mais je n'allais pas chipoter.

Ils m'attendaient dans la salle du trône, réarrangée pour l'occasion. Le palétuvier en pot abritait le fauteuil de P-DG acheté chez World of Leather sur lequel était assise Mama Tamise, resplendissante dans sa dentelle autrichienne et sous sa coiffe de perles portugaises. Derrière elle se trouvaient les membres de sa suite en jupes portefeuille batik et foulards et, à sa gauche et à sa droite, formant une haie qu'il me fallait longer, se tenaient ses filles. Je reconnus Tyburn et Fleet à ma gauche, en compagnie de deux adolescentes aux cheveux finement tressés, vêtues de pulls en cachemire. Beverley était à ma droite, pas vraiment habillée pour la circonstance avec son short en lycra et son sweat-shirt violet. Quand elle fut certaine que je la regardais, elle roula des yeux. À côté d'elle se dressait une femme incroyablement grande et mince, avec un visage sexy, des extensions capillaires bleu électrique et blondes, et de faux ongles longs vernis en vert, or et noir. Il s'agissait vraisemblablement d'Effra, un autre cours d'eau souterrain, également déesse du marché de Brixton – et elle avait le physique de l'emploi. Je remarquai que les rivières du nord de Londres avaient pris place à ma gauche, et celle du sud à ma droite.

Brent lâcha ma main, essaya de faire une révérence en direction de Mama Tamise, mais gâcha l'effet en allant se jeter sur les genoux de sa mère. Il y eut une brève pause dans la cérémonie, le temps que la petite se tortille dans une position confortable.

Mama Tamise tourna toute son attention vers moi, et le reflux de son regard m'attira plus près du trône. Je dus lutter contre une envie irrépressible de tomber à genoux et de me prosterner jusqu'au sol.

« Agent Peter, dit Mama Tamise. Quel plaisir de vous voir.

— Le plaisir est partagé. En témoignage de respect, je vous ai apporté un cadeau », dis-je, espérant qu'il allait arriver avant que j'en aie terminé avec les banalités. J'entendis un tintement derrière moi, et tonton Luissier entra dans la pièce avec ma caisse. C'était un homme blanc, costaud, avec une coupe tondeuse et un tatouage décoloré de deux éclairs SS sur le cou. Il posa la caisse devant Mama, la salua respectueusement d'un petit signe de la tête et repartit sans un mot en me lançant un regard apitoyé.

L'une des copines de Mama s'avança, prit une bouteille dans la caisse et la lui montra. « De la Star », dit-elle. La bière vedette de Nigerian Breweries Plc, disponible au Royaume-Uni chez tous les bons revendeurs, et si votre maman connaît quelqu'un qui connaît quelqu'un qui a une dette envers quelqu'un.

« Il en a apporté combien ? demanda Fleet.

— Un camion plein, dit Lea.

— Quel genre de camion ? fit Mama Tamise sans me quitter des yeux.

— Un gros, intervint Brent.

— Rempli de Star ? voulut savoir Mama Tamise.

— J'ai mis quelques Gulder. De la Red Stripe aussi, pour varier un peu, quelques caisses de Bacardi, du rhum Appleton, du Cointreau et quelques bouteilles de Bailey's. » J'avais liquidé mes économies, mais comme dit ma mère, rien de ce qui a de la valeur n'est gratuit en ce bas monde.

« C'est un beau cadeau, déclara Mama Tamise.

— Tu plaisantes ? s'indigna Tyburn.

— Ne vous en faites pas, Ty, dis-je. J'ai pensé à vous : il y a aussi quelques bouteilles de Perrier. »

Quelqu'un ricana – probablement Beverley.

« Et que puis-je faire pour toi ? demanda Mama Tamise.

— Une bricole. L'une de vos filles a l'impression qu'elle a le droit de se mêler des affaires de la Folie. Je demande simplement qu'elle cesse ses ingérences et laisse les autorités compétentes faire leur travail.

— Les autorités compétentes », cracha Tyburn.

Mama Tamise tourna les yeux vers Tyburn qui s'avança devant le trône. « Tu crois avoir le droit de te mêler de ça ? demanda-t-elle.

— Enfin, maman ! protesta Tyburn. La Folie est un vestige de l'ancien temps, une relique victorienne imaginée par les mêmes personnes à qui on doit déjà l'Huissier du bâton noir et la parade du Lord-maire de Londres. Le patrimoine, c'est bon pour le tourisme, mais ce n'est pas de cette façon qu'on gère une ville moderne.

— C'est une décision qui ne vous appartient pas, objectai-je.

— Parce que vous pensez qu'elle vous appartient ?

— J'en ai la certitude. J'ai pris un engagement. C'est mon devoir, ma décision.

— Et vous demandez…

— Je ne *demande* rien du tout, coupai-je, en ayant fini avec les civilités. Ne me cherchez pas, Tyburn, pas sans savoir à qui vous avez à faire. »

Tyburn fit un pas en arrière et se reprit. « On sait tous qui vous êtes, dit-elle. Votre père est un musicien raté et votre mère nettoie des bureaux pour gagner sa vie. Vous avez grandi dans une cité, vous êtes allé au collège et vous avez loupé vos examens de fin d'études...

— Je suis un policier assermenté, et cela fait de moi un représentant de la loi. Je suis aussi un apprenti, et cela fait de moi le gardien de la flamme sacrée. Mais surtout, je suis un homme libre de Londres, et cela fait de moi un Prince de cette ville. » Je pointai l'index vers Tyburn. « Face à ça, même deux mentions très bien à Oxford ne font pas le poids.

— C'est ce que vous croyez ?

— Ça suffit, trancha Mama Tamise. Laisse-le entrer dans sa maison.

— Ce n'est pas sa maison, protesta Tyburn.

— Fais ce que je te dis.

— Mais, maman...

— Tyburn ! »

Tyburn parut affligée et, l'espace d'un instant, j'eus sincèrement de la peine pour elle – aucun adulte ne l'est assez pour affronter sa mère. Elle tira un Nokia slimline de sa poche et composa un numéro sans me quitter des yeux. « Sylvia ? dit-elle. L'inspecteur général est dans son bureau ? Bien. Je peux lui parler ? » Puis, satisfaite de sa démonstration, elle fit volte-face et sortit de la pièce. Je résistai à mon envie de jubiler, mais je jetai un coup d'œil en direction de Beverley, pour voir si je l'avais impressionnée. Elle m'adressa un regard d'une indifférence affectée qui valait tous les baisers.

« Peter », reprit Mama Tamise, et elle m'invita à m'approcher de son fauteuil. Elle me fit comprendre qu'elle avait quelque chose de personnel à me dire. J'essayai de me pencher vers elle avec autant de dignité que possible, mais je me retrouvai à genoux devant elle, sous les yeux amusés de Brent. Mama se baissa et ses lèvres effleurèrent mon front.

Pendant un moment, j'eus l'impression de me trouver tout en haut du carénage central de la Barrière de la Tamise, le regard tourné vers l'est et l'embouchure du fleuve. Je sentais les tours de Canary Wharf s'élever triomphalement derrière moi et, au-delà, les docks, la tour Blanche et tous les ponts, les églises et les maisons de Londres. Mais devant moi, sur l'horizon, je sentais la tempête qui menaçait, la combinaison fatale des marées hautes, du réchauffement climatique et d'une mauvaise planification, attendant son heure. Prêt à lancer un mur d'eau de dix mètres de haut à l'assaut du fleuve et à abattre les ponts, les tours et tout le toutim.

« Je veux simplement que tu comprennes qui détient le vrai pouvoir, dit-elle.

— Oui, Mama.

— Je compte sur toi pour régler mon différend avec le Vieil Homme, ajouta-t-elle.

— Je ferai de mon mieux.

— Tu es un brave garçon. Et maintenant, pour te remercier de tes bonnes manières, j'ai un dernier cadeau pour toi. » Elle pencha la tête et me chuchota un nom à l'oreille. « Tiberius Claudius Verica. »

À mon retour à Russell Square, les paras étaient partis. J'étais de nouveau le maître de la Folie – j'en étais aussi responsable. Toby vint se fourrer entre mes jambes dès que j'eus franchi le seuil, haletant et s'agitant affectueusement. Mais après qu'il eut établi que je n'apportais rien de comestible, il perdit tout intérêt et fila. Molly m'attendait au pied de l'escalier ouest. Je l'informai que Nightingale avait repris conscience, puis je mentis en disant qu'il avait demandé de ses nouvelles. Je lui expliquai ce que j'avais l'intention de faire et elle eut un mouvement de recul.

« Je vais juste aller récupérer quelques affaires dans ma chambre, dis-je. Je redescends d'ici une demi-heure. »

Une fois seul, je me plongeai dans mes cours de latin. Relisant mes notes sur les noms romains, je me rappelai avoir appris qu'ils comprenaient souvent trois parties – le *praenomen*, le *nomen* et le *cognomen* – qui en disaient long sur l'individu qui les portait. Verica n'était pas un patronyme latin, mais sans doute britannique. Tiberius Claudius étaient les deux premiers noms de Tiberius Claudius Caesar Augustus Germanicus, dit Britannicus, fils de l'empereur Claude qui conquit la Grande-Bretagne. L'Empire aimait s'assurer les services des classes dirigeantes locales quand il en avait l'occasion – partant du principe qu'il était plus facile de mettre un pays dans son lit après avoir casqué pour un dîner et une douzaine de roses. L'envahisseur n'hésitait pas à faire miroiter la citoyenneté romaine et parmi ceux qui se laissèrent séduire, bon nombre gardèrent leur nom d'origine, en y adjoignant le *praenomen* et le *nomen* de leur parrain – dans le cas présent, l'Empereur en personne. Ainsi, j'en déduisais que Tiberius Claudius Verica était un aristocrate britannique qui avait vécu à peu près à l'époque de la fondation de la ville.

Ce qui ne m'aidait pas beaucoup. Si je survivais aux événements des quelques prochaines heures, j'allais devoir en discuter avec Mama Tamise. Mais j'avais des problèmes plus pressants à régler.

En 1861, William Booth quitta les méthodistes de Liverpool et partit pour Londres où, fidèle à une longue tradition de réinvention métropolitaine, il créa sa propre Église afin d'apporter la parole du Christ et du pain aux païens les plus pauvres de l'Est londonien. En 1878, il déclara qu'il ne voulait plus être considéré comme un volontaire, mais comme un soldat de métier de l'armée du Christ ; l'Armée du Salut était née. Néanmoins, aucune armée, si honorables ses intentions soient-elles, n'occupe un pays étranger sans rencontrer de résistance. L'Armée du Squelette incarna ce ressentiment grandissant, ses membres estimant que le sort de la classe ouvrière dans l'Angleterre victorienne était déjà bien assez dur sans se faire sermonner par une bande de nordistes moralisateurs. Emmenée par des leaders imbibés de gin, l'Armée du Squelette organisa des contre-défilés, dispersa des réunions de l'Armée du Salut et alla jusqu'à s'en prendre physiquement à ses soldats. Elle avait pour emblème un squelette blanc sur fond noir – un écusson porté par tous les propres à rien, de Worthing à Bethnal Green. J'en avais vu un sur la forme spectrale de Nicholas Wallpenny, une recrue idéale pour l'Armée du Squelette, et c'était ce même écusson que j'avais ramassé dans le cimetière de l'Église des Acteurs. Nightingale m'avait dit que j'allais avoir besoin d'un guide spirituel, et en l'absence d'ours, de coyote, ou je ne sais quel autre animal mystique, une fripouille cockney devrait faire l'affaire.

L'écusson se trouvait là où je l'avais laissé, dans la boîte en plastique où je rangeais les trombones. C'était un petit objet bon marché, en étain et en cuivre. Quand je refermai la main dessus, je perçus l'odeur fugace du gin, des chansons oubliées et une pointe de ressentiment.

S'agissant d'un voyage spirituel, je n'aurais besoin de rien d'autre, et j'avais suffisamment repoussé ce moment. À contrecœur, je retournai au rez-de-chaussée où Molly m'attendait au milieu de l'atrium. Elle se tenait tête baissée, ses cheveux formant un rideau noir sur son visage, les mains croisées devant elle.

« Je n'en ai pas plus envie que vous », dis-je.

Elle leva la tête et, pour la première fois, me regarda droit dans les yeux.

« Allez-y. »

Elle bougea si vite que je ne vis rien venir. Elle se jeta sur moi, glissa un bras autour de mes épaules et m'empoigna la nuque, tandis que, de l'autre, elle me prenait par la taille. Je sentis ses seins contre ma poitrine, ma jambe coincée entre ses cuisses jointes. Son visage était enfoui dans le creux de mon cou, et ses lèvres effleurèrent ma gorge. La peur s'empara de moi : quand j'essayai de me dégager, elle me serra plus fort qu'une amante. Ses dents égratignèrent ma peau, puis vint la douleur, quand elle me mordit pour de bon, une sensation curieusement plus proche d'un coup de poing que d'un coup de couteau. Je la sentis avaler le sang qu'elle suçait, mais je perçus également la connexion avec les carreaux sous mes pieds et les briques des murs – l'argile jaune de Londres. Puis je tombai à la renverse dans la lumière du jour et l'odeur d'essence de térébenthine.

Ce n'était pas comme une réalité virtuelle ou un hologramme ; non, j'avais l'impression de respirer des *vestigia*, d'évoluer dans la pierre. J'avais investi la mémoire de la Folie, les souvenirs de l'atrium.

J'avais réussi – j'étais dans la place.

À part les couleurs atténuées, presque sépia, l'atrium ne semblait pas très différent. J'avais aussi un bourdonnement dans les oreilles, comme la sensation qu'on éprouve quand on nage vers le fond du grand bassin. Molly avait disparu, mais je crus apercevoir Nightingale, ou du moins la trace de celui-ci dans la mémoire de la pierre, en train de monter l'escalier d'un air las. J'ouvris la main, m'assurant que je « tenais » toujours l'écusson au squelette. Il était bien là, et lorsque je serrai les doigts dessus, je le sentis me tirer, très légèrement, vers le sud. Je me retournai et me dirigeai vers la porte donnant sur Bedford Place, mais tandis que je coupais par l'atrium, je pris soudain conscience de la présence de vastes ténèbres sous mes pieds. Comme si le sol était devenu transparent, révélant un abîme terrifiant – noir, sans fond et glacé. Je m'efforçai d'accélérer le pas, car j'avais l'impression de lutter contre un vent contraire. Je dus me pencher en avant et pousser de toutes mes forces pour avancer. Ce ne fut qu'après m'être frayé un passage dans les quartiers étroits des domestiques, sous l'escalier est, que je me demandai si, me trouvant dans le royaume des fantômes, il ne m'était pas possible de simplement traverser les murs. Après m'être cogné la tête deux ou trois fois, je me contentai d'emprunter la porte comme un individu ordinaire.

Je débouchai dans les années 1930 et la puanteur des chevaux. J'avais identifié l'époque par les costumes croisés et les chapeaux de gangsters. Les voitures n'étaient guère que des ombres, mais les chevaux étaient solides et sentaient la sueur et le fumier. Des gens marchaient sur les trottoirs ; exception faite de l'expression distraite de leurs regards, ils semblaient parfaitement normaux. À titre expérimental, je vins me mettre en travers de la route de l'un d'eux, qui se contenta de me contourner, comme si j'étais un obstacle familier et sans importance. Une douleur aiguë au cou me rappela que je n'étais pas là pour jouer les touristes.

Guidé par l'écusson au squelette, je traversai Bedford Place en direction de Bloomsbury Square. Au-dessus de ma tête, le ciel semblait étrangement mal défini, bleu un moment, couvert le suivant, puis grumeleux de fumée de charbon. Tout en marchant, je remarquai que les vêtements des passants changeaient ; les voitures fantômes finirent par disparaître complètement et même la ligne des toits se modifia. Je compris que je remontais le temps. Si j'avais vu juste, l'écusson de Nicholas Wallpenny me conduirait au lieu fréquenté par le revenant au moment où il avait commencé à le hanter.

Le livre le plus récent que j'avais déniché sur ce sujet datait de 1936 ; il avait été écrit par un dénommé Lucius Brock qui avait avancé l'hypothèse selon laquelle les *vestigia* se déposaient en couches, comme des strates archéologiques, et que des esprits différents habitaient chaque couche. Je comptais sur Wallpenny, à la fin de l'ère victorienne, pour me guider jusqu'à Henry Pyke, à la veille du XIXe siècle ; et Pyke, qu'il le veuille ou non, me révélerait l'emplacement de sa dernière demeure.

J'étais arrivé au bout de Drury Lane quand l'ère victorienne me fit tomber à genoux, secoué de haut-le-cœur. J'avais fini par m'habituer à l'odeur sous-jacente du crottin, mais entrer dans les années 1870 revenait à plonger la tête dans un cloaque. Ce n'était peut-être que des *vestigia*, cela suffit à renvoyer mon déjeuner imaginaire dans ce caniveau répugnant. Je sentis du sang dans ma bouche et je compris que c'était en partie le mien – attisant probablement les diableries surnaturelles auxquelles se livrait Molly pour me permettre de rester ici.

Dans Bow Street encombrée, des chevaux tiraient d'énormes charrettes et des tombereaux de la taille d'un break familial. L'activité battait son plein à Covent Garden. Au lieu de m'entraîner dans Russell Street, en direction de la Piazza, l'écusson de Nicholas Wallpenny me fit prendre à droite, vers le Royal Opera House. Puis l'aspect des véhicules changea et je compris que j'étais revenu trop loin dans le temps et que mon plan ne se déroulait pas comme prévu.

Devant l'opéra, les grosses charrettes disparurent, comme pour faire place nette avant le début de la scène suivante. Le ciel s'obscurcit et la rue devint sombre, uniquement éclairée par des torches et des lampes à pétrole. Les images fantômes de voitures de maître dorées défilèrent à côté de moi, alors que nobles dames et gentlemen emperruqués et parfumés montaient et descendaient nonchalamment les degrés de l'ancien Theatre Royal. Un groupe de trois hommes attira mon attention. Ils semblaient plus solides, plus denses et plus réels que les autres silhouettes. L'un d'eux, une personne âgée, plutôt corpulente et coiffée d'une perruque impressionnante, marchait avec raideur en s'aidant d'une canne – probablement Charles Macklin. La lumière l'éclairait comme si quelqu'un avait décidé de le filmer en gros plan – pas difficile de deviner qui.

J'allais assister, supposai-je, à la reconstitution du meurtre infâme de Henry Pyke par l'ignoble Charles Macklin. Et, à point nommé, Henry Pyke fit son entrée, enveloppé dans son manteau de velours et visiblement très agité, sa coiffe postiche de travers et un énorme bâton à la main.

Mais ce visage ne m'était pas inconnu. Je l'avais vu pour la première fois un froid matin de janvier ; il appartenait au fantôme qui s'était présenté à moi sous le nom de Nicholas Wallpenny – ancien membre de la paroisse de Covent Garden. Sauf que ce n'était pas Nicholas Wallpenny, mais Henry Pyke. Depuis le début, sous le portique de l'Église des Acteurs, exploitant à fond son personnage de joyeux cockney. Je comprenais mieux à présent pourquoi Wallpenny n'avait jamais voulu se montrer en présence de Nightingale. Cela signifiait également qu'il m'avait joué la comédie en prétendant être la victime de Henry Pyke, et que je m'étais livré pour rien à des fouilles impromptues dans un des inestimables monuments du patrimoine londonien.

« À l'aide, à l'aide ! cria l'un des compagnons de Macklin. À l'assassin ! »

Certaines choses ne changent jamais : les oiseaux volent, les poissons nagent et les policiers accourent. Je me précipitai sans un mot et arrivai ainsi à deux mètres de Pyke avant que ce dernier ne m'aperçoive. J'eus la satisfaction de le voir afficher une expression qui disait clairement « Oh, merde ! », et ensuite son visage se transforma et devint le quartier de lune caricatural et ridicule que j'avais appris à connaître sous le nom de M. Punch, l'esprit de la sédition et de la rébellion.

« Tiens donc ! glapit-il. Vous n'êtes pas aussi bête que vous en avez l'air, finalement. »

La procédure à suivre avec les cinglés : les faire parler, approcher subrepticement, et les empoigner quand ils ont l'esprit occupé ailleurs.

« Alors derrière le masque de ce pauvre Nicholas Wallpenny, c'était vous ?

— Non, dit M. Punch. J'ai laissé la duperie à Henry Pyke – il aime tant jouer la comédie. C'est la vie dont il a toujours rêvé.

— Mais il est mort, fis-je observer.

— Je sais. Le monde est bien fait, vous ne trouvez pas ?

— Où se trouve Henry, en ce moment ?

— Dans la tête de votre bonne amie, en train de faire connaissance avec son cerveau – bibliquement », précisa M. Punch, puis il renversa la tête en arrière et éclata de rire. Je me jetai sur lui, mais ce salopard se montra plus rapide que moi, tournant les talons et disparaissant par une des ruelles étroites qui donnaient sur Drury Lane.

Je me lançai à sa poursuite, et je ne prétendrais pas avoir senti à cet instant l'esprit des premiers policiers de Londres souffler en moi, mais le fait est que M. Punch et moi avions entamé ce duel devant le tribunal de Bow Street, et la nécessité de le traquer était aussi forte en moi que le besoin de respirer.

Quand je débouchai sur Drury Lane, c'était l'hiver, avec ses piétons emmitouflés et anonymes, et la vapeur qui s'élevait des chevaux et des hommes tirant des chaises à porteurs. Avec l'arrivée du froid et de la neige, la ville dégageait une odeur de propre – j'y voyais un présage que nous serions bientôt débarrassés pour de bon d'un revenant particulièrement irritant. Le printemps vint rapidement, comme par à-coups, et M. Punch m'entraîna dans des petites rues crasseuses dont je savais qu'elles n'existaient plus, avant de passer devant l'église St Clements récemment reconstruite et d'entrer dans Fleet Street. Je ne pris conscience du Grand Incendie de Londres qu'à cause d'un souffle d'air chaud, comme si la porte d'un four avait été ouverte. St Paul apparut en haut de Fleet Street, et la minute suivante, le dôme disparut, remplacé par la tour romane de l'ancienne cathédrale, une vision hérétique pour un Londonien comme moi – c'était comme de se réveiller avec une inconnue dans son lit. La rue elle-même était plus étroite, à l'instar des façades des maisons à colombages, entassées les unes contre les autres, avec plusieurs étages en surplomb. Londres, à l'époque de Shakespeare. Pourtant, ça ne sentait pas aussi mauvais que le XIXe siècle. M. Punch avait beau essayer de sauver la caricature qui lui servait de tête, je gagnais du terrain.

Londres se réduisait. Des brèches s'ouvraient entre les constructions de chaque côté de la route, révélant de verts pâturages, avec des meules de foin et des troupeaux de vaches. Les choses perdaient de leur clarté. La Fleet jaillit devant moi et j'entamai la descente vers un pont en pierre. Sur l'autre flanc de la vallée s'élevaient des murs – les anciens murs de Londres. Je franchis Ludgate de justesse, avant que les portes n'aient refait leur apparition et m'empêchent de passer. La vieille cathédrale n'existait plus depuis longtemps ; nous avions manqué les Anglo-Saxons et ce que les historiens modernes les plus enthousiastes appelaient la période subromaine, et le paganisme faisait un retour en force.

En y réfléchissant, j'aurais probablement dû prendre le temps de jeter un coup d'œil et de répondre à quelques questions importantes qu'on se posait sur la vie à Londinium, mais je n'en fis rien, parce que, à ce moment-là, je comblai les deux derniers mètres qui me séparaient de M. Punch et je plaquai ce salopard de revenant au sol.

« Monsieur Punch, déclarai-je. Je vous arrête.

— Bâtard ! Chien galeux !

— Je vais finir par me fâcher, Punch. » Je l'obligeai à se relever, en lui tenant les bras derrière le dos, soulevés assez haut pour lui ôter l'envie de se sauver sans au moins un coude cassé.

Il cessa de se débattre et tourna la tête jusqu'à pouvoir me lancer un regard en coin. « Vous m'avez attrapé, monsieur l'agent. Et maintenant, qu'allez-vous faire de moi ? »

C'était une bonne question, et une soudaine et forte douleur au creux de ma gorge me rappela que le temps m'était compté.

« Voyons ce qu'en dira le juge.

— De Veil ? demanda Punch. Avec plaisir, je pense que je vais me régaler. »

Pauvre idiot, c'est un revenant, l'esprit de la sédition et de la rébellion. Il se nourrit de fantômes. J'avais besoin de quelque chose de plus fort que lui. Brock avait écrit que les *genii locorum*, les dieux et les esprits des lieux, étaient plus puissants que les spectres. Y avait-il une divinité de la justice ? Et où allais-je le – ou la – trouver ? Puis je me souvins : la statue d'une femme se dressait au sommet du dôme de l'Old Bailey. Dans une main, elle tenait une épée, dans l'autre une balance. J'ignorais s'il existait une déesse de la Justice, mais j'étais prêt à parier que M. Punch le saurait.

« Et si on allait poser la question à cette brave Old Bailey ? » suggérai-je.

Il se crispa, et je compris que j'avais vu juste. Il recommença à se débattre et essaya de me décocher des coups de tête dans le menton, sauf que je n'étais plus un bleu et que ma propre tête était en sécurité, hors de portée.

« Cette fois, vous êtes bon pour la potence », dis-je.

M. Punch devint mou ; je pensai qu'il admettait sa défaite, mais il se mit à trembler entre mes mains. D'abord, je crus qu'il pleurait, alors qu'il riait. « Ça risque de ne pas être aussi facile, dit-il. Comme vous pouvez le constater, la ville n'est plus là. »

Je regardai autour de moi et vis qu'il avait raison. Nous étions remontés trop loin dans le temps, et à présent il ne demeurait rien de Londres, à part quelques huttes et le rempart de pieux en bois du camp romain au nord. Aucune maçonnerie, juste l'odeur de la poix chaude et des planches en chêne fraîchement coupé. Une seule chose était restée intacte : le pont – un assemblage de madriers à moins d'une centaine de mètres de distance ; tout au plus une jetée qui avait eu des idées de grandeur et s'était décidée à traverser le fleuve dans une crise d'exubérance.

Je vis un attroupement au milieu du pont, le soleil se reflétant sur le cuivre de l'équipement de légionnaires au garde-à-vous. Derrière eux, des civils vêtus de toges d'un blanc aveuglant étaient réunis pour un événement exceptionnel ; plusieurs dizaines d'hommes, de femmes et d'enfants en pantalons de barbares et torques en cuir assistaient à la scène.

Soudain, je saisis ce que Mama Tamise avait essayé de me dire.

Je pense que M. Punch comprit également, parce qu'il redoubla d'efforts pour se libérer alors que je le traînais de l'autre côté du pont, tout près des officiels en toges. Eux aussi étaient des échos du passé, des souvenirs de la cité – ils n'eurent aucune réaction quand je jetai Punch à leurs pieds. Mes connaissances de l'histoire romaine remontaient au CM2 ; on n'avait pas appris beaucoup de dates, mais on avait fait pas mal d'ateliers sur la vie quotidienne dans la province romaine de Bretagne. C'est ainsi que j'étais capable de reconnaître le prêtre qui officiait grâce à l'étole rayée de violet qui lui couvrait la tête. Son visage, aussi, m'était familier, même s'il était bien moins âgé que la dernière fois que je l'avais vu en chair et en os. En plus, il était bien rasé et ses cheveux noirs lui tombaient sur les épaules. Mais c'était bien le même visage que j'avais aperçu, adossé à la clôture protégeant la source de la Tamise. C'était l'esprit du Vieil Homme du Fleuve, en jeune homme.

Tout à coup, beaucoup de choses m'apparurent plus claires.

« Tiberius Claudius Verica », criai-je.

Tel un dormeur émergeant d'une rêverie, le prêtre tourna les yeux vers moi. Quand il me vit, il se mit à sourire, l'air ravi. « Vous devez être le cadeau que les dieux m'envoient, dit-il.

— Aidez-moi, Père Tamise. »

Verica emprunta son *pilum* au légionnaire le plus proche – le soldat ne réagit pas – et me le tendit. Je sentis une odeur de fer humide et de bois de hêtre. Je savais ce qu'il me restait à faire. La lance était lourde dans ma main. Je la retournai, puis j'hésitai. M. Punch cria et brailla de sa curieuse voix aiguë. « N'aurez-vous donc pas pitié de la si jolie Lesley ? couina-t-il. Aimerez-vous toujours autant votre jolie petite Lesley quand elle aura perdu son visage ? »

Cette créature n'est pas un être humain, me dis-je pour me donner du courage, et j'enfonçai le *pilum* dans la poitrine de M. Punch. Aucun sang ne coula, mais je sentis le choc de la lance perçant la peau, le muscle et enfin les planches en bois du pont lui-même. L'esprit revenant de la sédition et de la rébellion était épinglé tel un papillon dans sa vitrine.

Et dire que certains prétendent que l'éducation moderne est une perte de temps.

« J'ai demandé au fleuve de nous offrir un sacrifice, dit Tiberius Claudius Verica, et il y a pourvu.

— Je croyais que les Romains ne voyaient pas les sacrifices humains d'un très bon œil », remarquai-je.

Verica rit. « Les Romains ne sont pas encore arrivés. »

Je regardai autour de moi. Il avait raison, il n'y avait aucune trace de Londres – ou du pont. Pendant un instant, je restai figé, comme un personnage de dessin animé, puis je tombai à l'eau. La Tamise était froide, et aussi vive qu'un ruisseau de montagne.

Je refis surface, en proie à une horrible sensation d'humidité ; je me sentais poisseux. J'avais du sang étalé sur la poitrine et j'avais pissé dans mon froc à un moment, probablement quand Molly m'avait mordu. J'étais épuisé, vidé, engourdi. J'avais envie de me rouler en boule et de faire comme si rien de tout cela n'était réel.

« Ce n'est pas demain la veille qu'on utilisera cette technique pour faire de la recherche historique. »

Quelqu'un avait des haut-le-cœur ; à ma grande surprise, ce n'était pas moi. Molly s'était détournée, le visage caché par ses cheveux, et elle vomissait du sang sur son si beau carrelage. Mon sang, pensai-je en me relevant. J'avais la tête qui tournait, mais je tenais debout – c'était forcément bon signe. Je fis un pas vers Molly, qui tendit le bras vers moi, paume ouverte, me signifiant clairement que je ne devais pas approcher. Je respectai sa volonté.

Je me retrouvai à nouveau assis par terre, sans garder aucun souvenir d'en avoir eu l'intention. J'avais le souffle court et je sentais mon pouls s'accélérer dans ma gorge – tous les symptômes d'une hémorragie. Décidant que ce serait une bonne idée de me reposer un peu, je m'étendis sur le sol carrelé et frais, ce qui ne pouvait pas faire de mal pour maintenir l'afflux de sang au cerveau. Il est surprenant de constater à quel point une surface dure peut sembler confortable quand on est assez fatigué.

Le bruissement de la soie attira mon attention. Molly, toujours recroquevillée sur elle-même, s'était détournée de la flaque de vomi rouge et avançait lentement vers moi. Sa tête était penchée et ses lèvres retroussées révélaient ses dents. J'étais sur le point de lui dire que tout allait pour le mieux et que je n'avais pas besoin d'aide quand je pris conscience que ce n'était probablement pas ce qu'elle avait à l'esprit.

Dans un mouvement arachnéen troublant, elle fit claquer sa main sur le carrelage devant son visage et déplaça son centre de gravité afin de se rapprocher encore de moi. Ses yeux entièrement noirs étaient remplis d'une soif désespérée.

« Molly, dis-je, je ne crois vraiment pas que ce soit une bonne idée. »

Sa tête pencha de l'autre côté et elle laissa échapper un son sifflant, une sorte de gargouillis à mi-chemin entre un rire et un sanglot. En me redressant, je fus pris de vertige, mon champ visuel se rétrécit et je luttai pour ne pas céder au désir de m'allonger à nouveau.

« Vous n'êtes pas dans votre état normal, temporisai-je. Essayez d'imaginer ce que pensera Nightingale quand il découvrira que vous m'avez boulotté. »

La mention de Nightingale ne la déstabilisa qu'un instant. Puis son autre main passa par-dessus sa tête et vint claquer tout près de ma cuisse. Je fis de mon mieux pour la chasser d'un geste brusque et gagnai un mètre de distance entre nous.

Cela ne sembla que l'exaspérer davantage, et je la regardai ramener ses jambes sous son torse. Je me remémorai la vitesse à laquelle elle s'était déplacée quand elle m'avait mordu. Pour autant je n'allais pas me laisser faire sans opposer de résistance. Je commençai à élaborer une boule de feu, mais la *forma* était soudain insaisissable, impossible à imaginer.

Molly grogna et sa tête se tordit sur le côté comme si son cou était devenu aussi flexible qu'un serpent. Je voyais la tension s'accumuler dans la cambrure de son dos et ses épaules voûtées. Je pense qu'elle avait conscience que j'essayais d'utiliser la magie, et qu'elle n'avait pas l'intention de m'en laisser l'occasion. Elle ouvrit grand – trop grand – la bouche, révélant beaucoup – beaucoup trop – de dents pointues ; le petit mammifère trouillard qui occupait le pied de mon arbre généalogique obligea mes jambes à bouger tant bien que mal, dans une folle tentative pour me propulser en arrière.

Une forme brune sentant la moquette humide passa devant moi comme un éclair et s'interposa entre Molly et moi, ses griffes dérapant sur le carrelage. Toby, le meilleur ami de l'homme, venait de justifier à lui seul des siècles de domestication par cet acte de bravoure canine. Planté face à Molly, il aboyait si fort que ses pattes avant rebondissaient sur le sol.

Pour être honnête, Molly aurait probablement pu se pencher vers Toby et lui arracher le museau d'un coup de dents, toutefois elle recula. Puis elle se courba de nouveau en avant et siffla. Cette fois, Toby tressaillit, mais en accord avec la longue tradition des petits chiens miteux trop bêtes pour savoir quand battre en retraite, il ne céda pas un pouce de terrain. Molly s'accroupit, un masque de colère plaqué sur le visage, puis, comme si quelqu'un avait tourné un interrupteur, elle s'effondra à genoux. Ses cheveux lui retombèrent sur les yeux, et ses épaules se mirent à trembler – je crois qu'elle pleurait.

Je me relevai tant bien que mal et titubai vers la porte de derrière ; il était probablement préférable d'éviter toute nouvelle tentation à Molly. Toby me suivit en trottinant, remuant la queue. Dehors, le soleil brillait ; je me retrouvai devant l'escalier à spirale en fer forgé menant à la remise. Je considérai les marches avec attention et me dis que j'aurais dû faire installer un ascenseur ou adopter un plus gros chien.

Je sus que quelque chose ne tournait pas rond quand Toby refusa de monter jusqu'en haut. « Reste là », ordonnai-je, et il s'assit bien sagement sur le palier, me laissant jouer les héros. J'envisageai de repartir, mais j'étais simplement trop crevé pour m'en faire, et puis c'était mon appart, avec ma télé à écran plat, et je voulais les récupérer.

Je me tins d'un côté de la porte et la poussai du pied avant de jeter un coup d'œil prudent à l'intérieur, afin de voir qui se trouvait là. Lesley m'attendait sur la méridienne, la canne de Nightingale sur les genoux, le regard fixé dans le vide. Elle se tourna vers moi alors que j'entrais.

« Vous m'avez tué, dit-elle.

— Vous ne pouvez pas retourner d'où vous venez ?

— Pas sans mon ami, dit-elle. Pas sans M. Punch. Vous m'avez assassiné. »

Je m'écroulai dans le fauteuil. « Vous êtes mort depuis deux cents ans, Henry. Je suis presque sûr qu'on ne peut pas assassiner quelqu'un qui est déjà mort. » Si c'était possible, la Métro aurait un formulaire prévu pour ça.

« Permettez-moi de ne pas partager cette opinion, dit Lesley. Mais force est de constater qu'un raté reste un raté.

— Ne soyez pas si dur avec vous-même. Vous m'avez bien fait marcher. »

Lesley se tourna vers moi et me fixa. « C'est vrai, vous y avez cru. »

Je voyais les fines lignes pâles des vergetures autour de l'arête du nez de Lesley, la dentelle des vaisseaux sanguins rompus qui partaient de ses lèvres et se lançaient à l'assaut de ses joues, telle une plante grimpante. Même sa façon de parler était différente, les mots mal articulés à cause des dents cassées et de la nécessité de garder la bouche fermée pour cacher les dégâts. Je dus retenir la colère que je sentais monter en moi : j'avais une prise d'otage sur les bras, et la règle numéro un pour un négociateur était de ne pas s'impliquer émotionnellement. Ou peut-être que c'était : « Ne pas tuer le kidnappeur avant qu'il ait libéré les otages » – c'était forcément l'une ou l'autre.

« Avec le recul, déclarai-je, ça semble d'autant plus incroyable que vous ne vous soyez jamais trahi.

— Vous ne vous êtes jamais douté de rien ? demanda Lesley, sur un ton joyeux.

— Non. Vous étiez très convaincant.

— Un rôle féminin représente toujours un défi, dit Lesley. Et le fait qu'il s'agisse d'une femme moderne ne fait qu'ajouter à la difficulté.

— Dommage qu'elle doive mourir, concédai-je.

— Je veux que vous sachiez que j'ai été le premier surpris d'occuper ce corps. C'est la faute de Piccini – un peuple de passionnés, ces Italiens. Ils se sentent obligés d'inclure de la luxure dans toutes leurs entreprises – même leurs œuvres religieuses. »

Je hochai la tête, feignant l'intérêt. Les voyants lumineux de la télévision et du lecteur de DVD, tous deux branchés, étaient éteints. Lesley m'avait attendu ici assez longtemps pour absorber l'énergie de tous mes appareils électroniques ; autrement dit, la prochaine victime serait le cerveau de Lesley. Je devais extirper les derniers vestiges de Henry Pyke de son esprit.

« C'est comme ça, au théâtre, poursuivit Lesley. Les scènes et les actes se succèdent de façon bien plus ordonnée que dans la banalité du quotidien. S'il n'y prend garde, un acteur peut se laisser emporter par le génie de son personnage. Ainsi, Punchinello nous a dupés tous les deux.

— Mais vous préféreriez que Lesley ait la vie sauve ? demandai-je.

— C'est possible ?

— Seulement avec votre accord. »

Lesley se pencha vers moi et me prit par la main. « Oh, mais je ne demande pas mieux, mon garçon. Personne ne pourra dire que Henry Pyke a eu la mauvaise grâce d'infliger son triste sort à une âme innocente. »

À l'entendre, on pouvait se demander s'il avait la moindre idée des cadavres et de la souffrance qu'il avait semés dans son sillage. Peut-être que les fantômes étaient ainsi, que pour les morts, le monde des vivants n'était qu'un rêve, à ne pas prendre trop au sérieux.

« Alors, laissez-moi appeler mon médecin, dis-je.

— Vous voulez parler du mahométan écossais ?

— Le Dr Walid.

— Si vous le croyez capable de la sauver, faites donc ! »

Je sortis sur l'escalier, remis la batterie dans mon téléphone de rechange et composai le numéro du Dr Walid ; il m'assura qu'il serait là d'ici une dizaine de minutes. Il me donna quelques instructions à suivre en attendant son arrivée. À mon retour, Lesley semblait pleine d'impatience.

« Je peux récupérer le bâton de Nightingale ? » demandai-je.

Elle hocha la tête et me tendit la canne à pommeau d'argent. Je plaçai ma main sur la poignée, comme l'avait suggéré le Dr Walid, mais rien ne se produisit, je sentis simplement le froid du métal – elle avait été complètement vidée de sa magie.

« On n'a pas beaucoup de temps. » Je m'emparai de la housse relativement propre qui recouvrait la méridienne.

« Vraiment ? demanda Lesley. Las, alors que l'heure approche, je me sens réticent à faire mes adieux à la scène. »

Je commençai à déchirer la housse en larges bandes. « Puis-je parler directement à Lesley ? demandai-je.

— Bien sûr, mon cher ami.

— Tu vas bien ? » Je ne détectai aucun signe extérieur de changement.

« Ha », dit-elle, et au ton de sa voix, je sus que j'avais affaire à la vraie Lesley. « C'est vraiment une question idiote. C'est arrivé, pas vrai ? Je le sens... » Elle leva la main vers son visage, mais je l'interceptai et, gentiment, l'obligeai à la baisser.

« Tout va bien se passer, lui assurai-je.

— Quel menteur lamentable ! Pas étonnant que je doive faire la conversation en permanence.

— Tu as toujours eu un talent naturel pour ça.

— Ce n'est pas une question de talent, dit Lesley. Ça demande des efforts.

— Ça ne t'a jamais fait peur.

— Enfoiré. Quand je me suis engagée dans la police, je ne me rappelle pas avoir été prévenue que je risquais de perdre mon visage...

— Tu es sûre ? Quand tu vois l'inspecteur Neblett, tête de pelle en personne... Peut-être qu'il y a eu droit...

— Redis-moi que tout va bien se passer.

— Tout va bien se passer, répétai-je. Je vais maintenir ton visage en place grâce à ça. » Je lui montrai les bandes de tissu.

« Eh bien, me voilà rassurée. Tu promets de rester près de moi, quoi qu'il arrive ? »

Je promis. Suivant les instructions de Walid, je commençai à enrouler fermement une bande autour de sa tête. Elle marmonna quelque chose, et je lui assurai que je découperais un trou pour la bouche quand j'aurais terminé. Je fixai la gaze comme l'une des sœurs de ma mère m'avait appris à attacher un fichu.

« Génial, dit Lesley, une fois que j'eus pratiqué le trou promis. Maintenant, je suis la femme invisible. » Pour plus de sûreté, je nouai le tissu dans sa nuque afin de maintenir la tension. Je trouvai une bouteille d'Évian près de la méridienne et l'utilisai pour humidifier le bandage de fortune.

« Tu essaies de me noyer ? ironisa Lesley.

— Je ne fais que respecter les instructions du Dr Walid. » Je me gardai bien de lui expliquer que c'était pour éviter que le pansement colle aux plaies.

« C'est froid.

— Je suis désolé. Tu vas devoir de nouveau céder la place à Henry, j'ai besoin de lui parler. »

Henry Pyke revint, masquant mal son impatience. « À présent, que dois-je faire ? »

Je fis le vide dans mon esprit, ouvris la main et prononçai le mot : « *Lux* ! » Une lumiforme s'épanouit au-dessus de ma paume. « Voilà la lumière qui vous emmènera à la place qui vous revient de droit dans l'histoire, expliquai-je. Prenez ma main. » Il hésita. « Ne vous inquiétez pas, elle ne vous brûlera pas. »

La main de Lesley se referma autour de la mienne, de la lumière s'échappant d'entre ses doigts. Je ne savais pas combien de temps je tiendrais, ni même si mon petit épisode vampirique avec Molly avait laissé assez de magie en moi. Parfois, il faut simplement espérer que tout se passe au mieux.

« Écoutez-moi, Henry. On y est, c'est votre moment, votre grande sortie. Les lumières vont baisser, votre voix va s'affaiblir, mais la dernière chose que verra le public, ce sera le visage de Lesley. Concentrez-vous sur cette image.

— Je ne veux pas partir.

— Il le faut. Tous les grands acteurs savent quand vient l'heure de quitter la scène.

— Vous êtes un sage, Peter, dit Henry Pyke. C'est la marque d'un génie, de se donner à son public, mais de garder ce côté privé, cet espace secret, inconnaissable…

— Pour qu'ils en redemandent, insistai-je, essayant de ne pas céder au désespoir.

— Oui, dit Henry Pyke, pour qu'ils en redemandent. »

Et sur cette dernière réplique, cette grande gueule de cabotin tira sa révérence.

Des pas lourds résonnèrent sur l'escalier en fer. Le Dr Walid et la cavalerie étaient arrivés. Des taches rouges fleurirent immédiatement sur le tissu blanc couvrant le visage de Lesley. Je l'entendis gargouiller et s'étouffer, alors qu'elle tentait de respirer. Une grosse main s'abattit sur mon épaule et m'écarta sans ménagement.

Je me laissai tomber sur le sol, me disant que je pouvais enfin rattraper mon sommeil en retard.

14. AU TRAVAIL

Le jeune homme sur le lit d'hôpital se nommait St John Giles ; c'était un troisième ligne ou un rameur d'Oxford University – un athlète, en tout cas – venu passer la soirée à Londres. Ses cheveux lui retombaient sur le front, collés par la sueur.

« J'ai déjà tout dit à la police, mais personne n'a voulu me croire. Pourquoi ce serait différent avec vous ? demanda-t-il.

— Parce que nous, justement, on croit les gens que personne d'autre ne croit.

— Qu'est-ce qui me dit que vous ne me racontez pas des salades ?

— Vous allez simplement devoir me faire confiance. »

Comme les draps étaient remontés sur sa poitrine, ses blessures n'étaient pas visibles. Je ne pus cependant empêcher mes yeux de dériver vers la région de son aine – là-dessous, ça ressemblait à un accident de la route ou à une horrible verrue faciale. Il vit que je m'efforçais de ne pas regarder.

« Croyez-moi, dit-il, vous n'avez pas envie de voir ça. »

Je pris une des grappes de raisin dans la coupe de fruits sur la table de chevet. « Et si vous me disiez ce qui s'est passé ? »

Lui et quelques potes étaient allés en boîte, derrière Leicester Square. Il avait rencontré une sympathique jeune femme qu'il avait fait boire plus que de raison, avant de l'entraîner dans un coin sombre pour un câlin. Avec le recul, St John admettait volontiers qu'il s'était montré peut-être un peu trop entreprenant, mais il était prêt à jurer qu'elle avait été consentante, ou du moins qu'elle n'avait pas protesté trop vigoureusement – une histoire tellement familière que c'en était déprimant, et que les policiers de l'Unité saphir, la brigade chargée d'enquêter sur les viols et les agressions sexuelles, connaissaient bien. Enfin, au moins jusqu'au moment où elle lui avait arraché la bite d'un coup de dents.

« Avec son vagin ? demandai-je, juste pour m'assurer que j'avais bien entendu.

— Ouais, dit St John.

— Vous en êtes sûr ?

— Ça ne s'oublie pas, vous savez.

— Et vous êtes certain qu'il s'agissait bien de dents ?

— C'est la sensation que j'ai eue, dit-il. Pour être franc, à ce moment-là, je n'ai pas vraiment fait attention.

— Elle n'aurait pas pu vous couper avec quelque chose, peut-être un couteau ou un tesson de bouteille ?

— Je lui tenais les mains », et il mima la scène. Son geste était vague, mais je compris l'essentiel – il l'avait clouée contre le mur en la tenant par les poignets.

Un vrai prince, pensai-je, et je relus la description qu'il avait donnée lors d'une précédente déposition. « Vous dites qu'elle avait de longs cheveux noirs, des yeux noirs, la peau pâle et des lèvres très rouges ? »

St John hocha la tête avec enthousiasme. « Un peu comme une Japonaise, sauf que ce n'en était pas une. Très belle, sans les yeux bridés.

— Vous avez vu ses dents ?

— Non, je vous ai déjà dit…

— Pas celles-là, précisai-je. Je vous parle de sa bouche.

— Je ne m'en souviens pas. C'est important ?

— Ça pourrait l'être. Elle vous a dit quelque chose ?

— Du genre ?

— N'importe quoi. »

Il sembla déconcerté et, après réflexion, admit qu'il ne se rappelait pas l'avoir entendue prononcer un mot tout le temps qu'ils avaient été ensemble. Après ça, je lui posai quelques dernières questions, mais St John avait été trop occupé à se vider de son sang pour remarquer dans quelle direction était partie son assaillante. Elle ne lui avait pas donné son nom, et encore moins son numéro de téléphone.

Je lui dis qu'étant donné les circonstances, je trouvais qu'il prenait les choses plutôt bien.

« Pour le moment, on m'a bourré de médocs vraiment puissants. Je n'aime pas trop penser à ce qui va se passer quand j'arrêterai de les prendre. »

En sortant, j'interrogeai les médecins – le pénis égaré n'avait pas été retrouvé. Après que j'eus mis la dernière main à mes notes – il s'agissait toujours d'une enquête officielle de la Police métropolitaine –, j'allai prendre des nouvelles de Lesley qui occupait une chambre à l'étage du dessus. Elle dormait, le visage emmailloté de bandages. Je restai près de son lit pendant un moment. Le Dr Walid était catégorique : j'avais sauvé la vie de mon amie, et peut-être augmenté ses chances de succès pour une opération de chirurgie réparatrice. Je ne pouvais pas m'empêcher de songer qu'elle avait failli mourir à cause de moi. Six mois à peine s'étaient écoulés depuis qu'elle était allée nous chercher des cafés et que j'avais rencontré un fantôme ; si les choses s'étaient déroulées différemment, j'aurais très bien pu me retrouver à sa place, le visage bandé – cette pensée me terrifiait.

Moins terrifiant, quoique bien plus déprimant, j'avais enfin compris d'où tout était parti en cette froide nuit de janvier ou, plus précisément, en cette belle journée d'hiver à Hampstead Heath, quand Toby avait mordu Brandon Coopertown au nez. Cette semaine-là, le Linbury Studio, la deuxième salle, plus petite, du Royal Opera House, avait proposé la reprise d'une pièce méconnue intitulée *L'École des maris*, dont la première représentation avait eu lieu en 1761. À ma connaissance, elle n'avait plus jamais été montée depuis. Son auteur était Charles Macklin. Le Royal Opera House se mit en quatre pour me faciliter l'accès aux fichiers des réservations, probablement dans l'espoir de ne plus jamais me revoir, et je découvris que William Skirmish et Brendan Coopertown étaient venus assister à la pièce le même soir. Un simple concours de circonstances avait scellé le sort de William Skirmish, et celui de tous ceux qui étaient morts ou avaient été mutilés après lui. Je vous l'avais bien dit – déprimant.

« Si vous voulez vous rendre utile, m'avait dit Nightingale, concentrez-vous sur vos études, apprenez plus vite. Travaillez. »

Je serais bien resté plus longtemps, mais j'avais à faire.

Dans une chambre adjacente, Nightingale était réveillé ; assis dans son lit, il faisait les mots croisés du *Telegraph*. Nous examinâmes l'affaire du pénis disparu.

« *Vagina dentata* », déclara Nightingale. Je n'étais pas sûr d'être rassuré par la pensée que ce fût suffisamment répandu pour qu'il existe un terme technique le désignant. « Peut-être d'origine orientale, on pourrait creuser du côté de Chinatown.

— Ce n'est pas japonais, précisai-je. La victime a été très claire là-dessus. »

Nightingale me fit une liste de quelques ouvrages à consulter dans la bibliothèque quand j'aurais un moment. « Mais pas aujourd'hui, ajouta-t-il. Vous êtes nerveux ?

— Pas mal de choses peuvent aller de travers.

— Ne buvez rien, et tout ira bien. »

Sur le chemin du retour, je commençai à me forger mes propres soupçons sur l'identité de la mystérieuse voleuse de bite. À peine avais-je franchi le seuil de la Folie que je me mis en quête de Molly. Elle se trouvait dans la cuisine, où elle hachait des concombres.

« Vous êtes sortie en boîte récemment ? » demandai-je.

Elle s'arrêta de couper et, tournant ses yeux noirs vers moi, m'observa d'un air grave.

« Vous êtes sûre ? »

Elle haussa les épaules et se remit au travail. Je décidai de laisser à Nightingale le soin de régler ça – autant respecter la voie hiérarchique.

« C'est pour le voyage ? demandai-je. Des sandwichs aux concombres ? »

Molly désigna le reste de ses ingrédients – salami et saucisse au pâté de foie.

« Vous vous payez ma tête, c'est ça ? »

Elle me lança un regard méprisant et me tendit un sac Saintsbury's recyclé avec un panier-repas à l'intérieur.

Dans le garage, il n'y avait pas moins de six valises empilées à côté de la Jag. En plus de cela, Beverley avait apporté une grande besace avec laquelle, je l'appris plus tard, elle avait dévalisé un salon de coiffure de Peckham. Beverley avait entendu tout et son contraire à propos de la campagne, et elle ne prenait aucun risque.

« Pourquoi moi ? » demanda-t-elle, alors qu'elle me regardait charger la Jag.

Je lui ouvris la portière et elle monta à bord, boucla sa ceinture, serrant son sac d'un air protecteur sur ses genoux.

« Parce que c'est ce que prévoit l'accord, répondis-je.

— Personne ne m'a demandé mon avis. »

Je montai à mon tour et vérifiai que la boîte à gants contenait bien deux barres Mars et une bouteille de mousseux. Nous étions parés à toute éventualité. Je démarrai la Jag et, une fois hors du garage, m'insérai dans la circulation.

Beverley resta silencieuse jusqu'à la sortie numéro 3 de la M4.

« C'était la Crane, lança-t-elle.

— Où ça ?

— La rivière Crane. On vient juste de la traverser.

— Une de tes sœurs ?

— La dernière de ce côté-ci du fleuve. »

À la sortie numéro 15, je pris la M25 en direction du sud. Fort heureusement, la circulation n'était pas très dense. Un Airbus A380 en approche finale de Heathrow croisa notre route si bas que j'eus la certitude de distinguer les visages collés aux deux rangées de hublots.

« Elle n'était pas à la réunion. Comment ça se fait ? demandai-je.

— Elle n'est jamais dans le pays, dit Beverley. Elle passe sa vie dans les avions, et nous envoie des SMS de Bali ou des cartes postales de Rio. Elle a nagé dans le Gange, tu sais », fit-elle sur un ton désapprobateur, mais on sentait bien que sa sœur lui inspirait un respect mêlé d'admiration.

Grâce au programme scolaire imposé par le gouvernement, même moi je savais que le Gange était l'un des fleuves les plus sacrés d'Inde, bien que, pour être tout à fait honnête, je ne m'en rappelle pas la raison – une histoire de bûchers funéraires et de chants. Je l'ajoutai à ma liste de sujets à approfondir – elle s'allongeait de jour en jour.

Au bout du compte, j'avais trouvé un de ces compromis pas vraiment satisfaisants. Comme Brock l'avait écrit, les *genii locorum* ne pouvaient pas se contenter d'apposer leur signature sur un contrat ; l'occasion exigeait un certain symbolisme. Un serment d'allégeance était hors de question, et un mariage entre dynasties était un sort trop cruel, aussi bien pour Mère Tamise que pour le Vieil Homme du Fleuve. J'avais donc suggéré d'échanger des otages, un geste de confiance afin de cimenter les liens entre les deux moitiés du fleuve. Une solution dont le caractère médiéval convenait à deux personnes qui croyaient toujours au droit divin. C'était un compromis typiquement anglais, qui ne tenait que par quelques gouttes de salive et de cire à cacheter, et par toutes sortes de magouilles entre les dieux eux-mêmes. J'aimerais pouvoir dire que cette idée d'échange d'otages m'avait été soufflée par mes souvenirs de cours d'histoire ou par les récits de la vie précoloniale en Sierra Leone, mais ce serait mentir. En fait, j'avais appris ça en jouant à Donjons & Dragons, quand j'avais treize ans.

« Pourquoi j'ai été choisie ? avait demandé Beverley quand on le lui avait annoncé.

— Ça ne peut pas être Tyburn, avais-je répliqué. Tu imagines ? Infliger Tyburn en geste de paix et de bonne volonté ? Et Brent est trop jeune. » Il y avait d'autres filles, les esprits de cours d'eau dont je n'avais jamais entendu parler et même une jeune femme grassouillette et souriante dont le patronyme officiel était Black Ditch – mais personne ne l'appelait ainsi. D'après moi, Mama

Tamise avait dû se dire que Beverley était la moins susceptible de la mettre dans l'embarras au cours de son séjour chez les ploucs. L'otage du camp opposé se nommait Ash, sa rivière était surtout connue pour longer les studios de Shepperton.

L'échange était programmé le soir du 21 juin, au solstice d'été, à Runnymede. Notre hôte était Colne Brook, fils de Colne qui était également le père d'Ash – avec les affluents de la Tamise, il est facile de s'y perdre, surtout après deux mille ans d'« aménagements ». Mais je soupçonnais Oxley d'être le véritable cerveau de toute l'opération – il ne voudrait rien laisser au hasard. Cette impression me fut confirmée quand une série de panneaux de fortune firent leur apparition sur le bas-côté de la route alors que je négociais un passage difficile dans Hythe End, et nous guidèrent jusqu'à un cul-de-sac, bordé de maisons mitoyennes, qui se terminait par une grille et un parking improvisé.

Isis nous accueillit à l'entrée, en compagnie d'un essaim d'adolescents, tous en habits du dimanche, qui se précipitèrent avec enthousiasme vers la Jag et exigèrent de porter nos bagages. Un garnement à la tignasse couleur paille proposa de garder la voiture contre un billet de cinq – je lui en promis dix, par mesure de sûreté, payables à mon retour, bien entendu.

Isis serra Beverley dans ses bras, cette dernière consentant enfin à relâcher sa prise sur son sac rempli de produits de beauté. Isis lui fit franchir la grille et l'emmena dans les champs, de l'autre côté. Le « trône » de Père Tamise se trouvait près du prieuré, à l'ombre d'un if ancien. Autour de lui étaient déployés ses fils, leurs femmes et les petits-enfants, dans toute leur splendeur, grosses vestes et rouflaquettes comprises. Tous observaient notre approche en silence, comme si Beverley jouait la veuve réticente dans un mélodrame de Bollywood. Le trône lui-même était constitué de balles de foin traditionnelles, de forme rectangulaire – comme on n'en utilisait plus guère dans les fermes modernes – et drapées de couvertures pour chevaux brodées avec minutie. Pour l'occasion, le Vieil Homme du Fleuve avait revêtu son plus beau costume, et il avait peigné sa barbe et ses cheveux pour paraître un peu moins miteux.

Je suivis Beverley et Isis alors qu'elles s'avançaient vers le trône. On avait répété la veille, toute la journée, mais Isis dut tout de même lui montrer comment faire – une révérence dans les règles de l'art – avant que Beverley l'imite. Le Vieil Homme du Fleuve croisa mon regard, puis, d'un air entendu, il porta la main à sa poitrine puis tendit le bras, paume vers le bas – le salut romain. Ensuite, il descendit de son trône, prit la main de Beverley dans la sienne et l'aida à se relever.

Il lui souhaita la bienvenue dans une langue qui m'était inconnue et l'embrassa sur les deux joues.

L'atmosphère s'emplit brusquement d'une odeur de fleurs de pommier et de transpiration chevaline, de Tizer et de tuyau d'arrosage, de routes pleines de poussières et du son d'enfants qui riaient, le tout assez puissant pour me faire reculer d'un pas sous l'effet de la surprise. Un bras musclé s'enroula autour de mes épaules afin de me remettre d'aplomb, et Oxley me donna une claque sur la poitrine, un geste amical, mais capable de vous enfoncer une côte.

« Hé, vous avez senti *ça*, Peter ? demanda-t-il. Sauf erreur de ma part, c'est le début de quelque chose.

— Le début de quoi ?

— Je n'en ai pas la moindre idée. Mais je suis catégorique : l'été est dans l'air. »

Je ne voyais plus Beverley au sein de l'entourage du Vieil Homme. Oxley m'attira à l'écart de l'auditoire pour me présenter à l'autre moitié de notre échange d'otages. Ash était un garçon qui me dépassait de dix bons centimètres ; large d'épaules, il avait des yeux limpides, un front noble et la tête vide.

« Vos affaires sont prêtes ? » l'interrogeai-je.

Ash acquiesça en tapotant la gibecière qui pendait sur sa hanche.

Isis émergea de la foule assez longtemps pour me donner un baiser fraternel sur la joue et me soutirer la promesse que je l'accompagnerais au théâtre, maintenant que s'ouvrait un avenir radieux pour tous. Je serais parti sur-le-champ, mais il fallut presque une heure aux parents d'Ash pour lui dire au revoir, et la nuit commençait à tomber quand nous prîmes enfin congé. Alors qu'Ash et moi revenions à la Jag, je me retournai et vis que les partisans de Père Tamise avaient suspendu des lampes-tempête aux branches de l'if. Deux violons – au moins – avaient entonné un air et j'entendis un son de claquettes qui ne pouvait provenir que d'une planche à laver. Des silhouettes bondissaient et dansaient dans la lumière jaune, et la musique avait cette mélancolie séduisante des fêtes auxquelles on n'a pas été invité. Je n'en étais pas sûr, mais avec un pincement au cœur, je crus apercevoir Beverley parmi les danseurs.

« Il y a des endroits où danser à Londres ? » demanda Ash. Il semblait aussi nerveux que l'avait été Beverley.

« Et comment ! »

Nous montâmes dans la Jag, direction l'A308, puis la M25 et enfin, cap sur la Folie.

« Et des endroits où boire ? s'enquit Ash, faisant preuve d'un bon sens des priorités.

— Vous n'êtes jamais allé à Londres ?

— Non. Ni dans aucune autre ville. Papa n'approuve pas.

— Ne vous en faites pas. Au fond, c'est comme la campagne, dis-je. Mais avec plus de monde. »

Remerciements

Tout d'abord, je dois remercier Andrew Cartmel pour ses encouragements. *Quelle plus belle démonstration de l'amour de son prochain que de lui sacrifier son dernier billet de cinq !* Cela ne diminue en rien les efforts de James, de l'autre Andrew, de Marc, de Kate et de Jon. Puis, une fois le manuscrit achevé, vint le tour des deux John (alias der Management), de Jo chez Gollancz et de Betsey chez Del Rey. Enfin, j'aimerais remercier tous les employés de la librairie Waterstone de Covent Garden, passés et présents, pour leur soutien, même quand je menaçais de les faire pleurer d'ennui.

Ben Aaronovitch
Covent Garden
Août 2010

10450

Composition
NORD COMPO

Achevé d'imprimer en Slovaquie
par NOVOPRINT SLK
le 6 janvier 2014.

Dépôt légal janvier 2014.
EAN 9782290040416
OTP L21EPGN000415N001

ÉDITIONS J'AI LU
87, quai Panhard-et-Levassor, 75013 Paris

Diffusion France et étranger : Flammarion